Pat Barker

Das Auge in der Tür

Roman

Aus dem Englischen von
Matthias Fienbork

Carl Hanser Verlag

Die Originalausgabe erschien erstmals 1993
unter dem Titel *The Eye in the Door* bei Viking in London.

1 2 3 4 5 02 01 00 99 98

ISBN 3-446-19281-6

Satz: Satz für Satz. Barbara Reischmann, Leutkirch
Druck und Bindung: Clausen & Bosse, Leck
Printed in Germany

Für David

Auf dem Gebiet der Moral, und zwar an meiner eigenen Person, lernte ich die absolute, grundsätzliche Zwiespältigkeit des Menschen kennen. Mir wurde klar, daß ich nur deswegen zu Recht annehmen konnte, eine der beiden Naturen zu sein, die in meinem Bewußtsein miteinander kämpften, weil ich im Grunde beide Seiten in mir hatte …

R. L. Stevenson

Der seltsame Fall des Dr. Jekyll und Mr. Hyde

Erster Teil

1

In den Rabatten am See im Hyde Park standen in dichten Reihen die ersten Tulpen. Billy Prior brauchte eine Weile, bis er die richtige Perspektive gefunden hatte, dann ließ er den Arm seiner Begleiterin los, nahm ein imaginäres Maschinengewehr und schoß allen Tulpen die Köpfe ab.

Myra sah ihm erstaunt zu: »Du kleiner Spinner.«

Traurig schüttelte er den Kopf. »Fünf Monate Klapsmühle letztes Jahr.«

»Ach komm.«

Sie glaubte ihm natürlich kein Wort. Lächelnd bot er ihr wieder seinen Arm. Eine Stunde gingen sie schon am See spazieren, doch nun schwand der Nachmittag langsam dahin. Kupferfarbenes Licht, das eher an Herbst als an Frühling erinnerte, fiel schräg über das Gras bis zu den Rosenbüschen, deren dornige Zweige in der Dämmerung wie rötliche Glühfäden leuchteten.

Prior, wie immer selbstbewußt, registrierte die anerkennenden Blicke, die ihnen folgten. Vermutlich gaben sie ein romantisches Bild ab, dachte er. Ein junges und hübsches Mädchen am Arm eines Mannes in Uniform, eines Mannes zudem, dessen Mantel derart fleckig und ramponiert war, daß er gewiß einiges an Kämpfen erlebt haben mußte. Das stimmte ja auch, und wenn er die dumme Kuh nur überreden konnte, sich auf den Mantel zu legen, würde er noch mehr erleben.

»Du frierst ja«, sagt er zärtlich und knöpfte den Mantel auf. »Steck deine Hand hier rein. Unter den Bäumen ist es sicher ein bißchen wärmer. Dort ist es nicht so windig.«

Sie blieb unschlüssig stehen, denn am See war es hell, während die Bäume, auf die er zeigte, schon im Dunkel lagen. »Na gut«, sagte sie schließlich.

Sie gingen über das Gras und warfen dabei Schatten vor sich her, schwarze, langgestreckte Figuren, die bis zu den Bäumen reichten und an ihnen hochstiegen, noch lange bevor sie in deren Nähe kamen. In der Dunkelheit lehnten sie sich an einen Baumstamm und küßten sich. Nach einer Weile fing sie an zu stöhnen, ihre Schenkel gaben nach, und er preßte sie gegen die rissige Rinde. Sein weiter Mantel verbarg sie beide. Sie schob die Hände unter seine Uniformjacke und packte sein Hinterteil, drückte ihn fest an sich. Sie zerrte an Gürtel und Knöpfen, er half ihr dabei, so daß sie mit seinem Schwanz und den Eiern spielen konnte. Seine Hände wanderten unter ihrem Rock langsam höher. Schon hatte er die Stelle gefunden, wo die rauhen Strümpfe in glatte Haut übergingen. »Wollen wir uns hinlegen?«

Ihre Hände fuhren abwehrend hoch. »Was, hier?«

»Dir wird bestimmt warm.«

»Von wegen. Ich frier mir einen ab.« Um ihren Worten Nachdruck zu verleihen, preßte sie die Hände in die Achselhöhlen und wiegte sich.

»Na gut«, sagte er trotzig. »Dann gehen wir eben zu mir.« Genau das hatte er vermeiden wollen, denn er wußte, daß seine Wirtin da war und aufpassen würde.

Sie sah ihn nicht an. »Nein. Ich glaube, ich geh lieber nach Hause.«

»Ich begleite dich.«

»Nein, mir ist es lieber, wir verabschieden uns hier, wenn du nichts dagegen hast. Meine Schwiegermutter wohnt fünf Häuser weiter.«

»Neulich abend warst du aber ganz scharf drauf.«

Myra lächelte besänftigend. »Hör zu, eine Frau war bei mir und hat herumgeschnüffelt. Freiwillige Polizeireserve, verstehst du. Die können zu einem ins Haus kommen und so, sie brauchen keine Erlaubnis. Eine richtige alte Zicke war das. Ich kannte sie aus der Zeit vor dem Krieg. Große Frauenrechtlerin. Ich sage: ›Und was ist mit meinen Rechten? Bin ich keine Frau?‹ Es hat aber keinen Zweck, sich mit denen anzulegen. Sie können dafür sorgen, daß man kein Geld mehr bekommt. Und überhaupt, es ist nicht recht, wo Eddie doch an der Front ist.«

Prior sagte mit entschlossener, harter Stimme: »Freitag nacht war er auch an der Front.« Er hörte die Selbstgefälligkeit heraus und sah sich schon den Hosenstall der bürgerlichen Moral aufknöpfen. Nein, bloß das nicht. Lieber sich einen Knoten reinbinden, als mit diesem Bild leben zu müssen. »Komm«, sagte er. »Ich bring dich zur U-Bahn.«

Er marschierte in Richtung Lancaster Gate los, ohne sich darum zu kümmern, ob sie nachkam. Atemlos lief sie neben ihm her. »Wir können doch Freunde bleiben, oder?«

Er spürte ihren Blick auf seinem Gesicht.

»Oder?«

Er blieb stehen und sah sie an. »Myra, Mädchen wie du enden in der Gosse, mit einem Strumpf um den Hals.«

Er ging jetzt etwas langsamer weiter. Als er nach einer Weile ihre Hand an seinem Arm spürte, zögerte er kurz, schob sie aber nicht weg.

»Hast du ein Mädchen?« fragte sie.

Ein kurzer Kampf. »Ja.«

Sie nickte zufrieden. »Dacht ich mir schon. Bist ein kleiner Schwindler, was? Freitag abend hattest du keine.«

»Freitag abend haben wir beide ziemlich viel geredet.«

Am U-Bahnhof löste er ihr ein Billett, sie stellte sich auf die Zehenspitzen und gab ihm einen Kuß auf die Wange, als wäre nichts passiert. Na ja, dachte er, es war ja tatsächlich nichts passiert. Hinter der Sperre drehte sie sich um, und für einen Augenblick schien es, als bedauere sie, daß aus dem Abend nichts wurde, doch dann winkte sie nur rasch, trat auf die Rolltreppe und wurde sanft davongetragen.

Draußen vor dem Stationsgebäude blieb er stehen. Der ganze Abend lag vor ihm, und er wußte nicht, was er machen sollte. Er überlegte, ob er etwas trinken gehen sollte, verwarf den Gedanken aber sofort. Wenn er so früh, und noch dazu in dieser Stimmung, mit dem Trinken anfing, würde er bald blau sein, und das konnte er sich nicht leisten. Für das Gefängnis am nächsten Morgen brauchte er einen klaren Kopf. Ziellos schlenderte er weiter.

Langsam belebten sich die Straßen, die Menschen eilten in Restaurants und Bars, taten ihr Bestes, um die Versorgungsmängel zu vergessen, die fadenscheinigen Sachen, das graue Brot. Den ganzen Winter über, fand Prior, hatte sich in London eine immer größere Ausgelassenheit bemerkbar gemacht. Verständlich, durchaus. Wenn Soldaten auf Heimaturlaub kamen, sollten sie sich schließlich amüsieren und nicht daran denken müssen, wohin sie zurückkehren würden, und das war für alle ein prima Vorwand, überhaupt nicht mehr daran zu denken.

In dieser Woche war das jedoch etwas schwierig gewesen. Haigs Tagesbefehl vom 13. April hatte in vollem Wortlaut in jeder Zeitung gestanden. Alle kannten ihn auswendig. Prior auch.

> Uns bleibt keine andere Möglichkeit, als die Entscheidung zu suchen. Jede Stellung ist bis zum letzten Mann zu halten. Ein Rückzug ist ausgeschlossen. Auch wenn wir mit dem Rücken zur Wand stehen, so sind wir doch überzeugt von der Gerechtigkeit unserer Sache, und in diesem Geiste hat jeder Soldat bis zum Ende zu kämpfen.

Welchen Effekt dieser Befehl auch auf die Truppen gehabt haben mochte, die Zivilbevölkerung hatte er jedenfalls in Panik versetzt. Manche Frauen planten offenbar allen Ernstes, sich und ihre Kinder umzubringen, wenn die Deutschen kämen. Die Greuelgeschichten der ersten Kriegsmonate saßen tief. Sehr tief sogar. Nonnen, denen man die Brüste abgeschnitten hatte. Priester, die kopfüber als Klöppel in den Glocken ihrer Kirchen hingen. Gewiß waren Greueltaten verübt worden, jedoch in erster Linie an Kriegsgefangenen, und die Schuld war gleichmäßiger verteilt, als die Presse zu glauben beliebte.

Es gab Zeiten – wie etwa an diesem Abend –, da wurde Prior regelrecht schlecht, wenn er Zivilisten sah, hörte oder roch. Er dachte an den Gestank eines Bataillons, das von der Front zurückkehrt, einen schweren, gelben Gestank, den er sehr viel angenehmer fand. Er wußte, er mußte herunter von den Straßen, weg von der lärmenden Menschenmenge und den Parfümschwaden, die seine Nasenlöcher attackierten, sooft eine Frau vorüberging.

Im Park, unter den Bäumen, beruhigte er sich wieder. Vielleicht war es sein eigenes Verlangen, das seine Wahrnehmung färbte, aber er hatte das Gefühl, daß Hyde Park an diesem Frühlingsabend unter Strom stand. Ein Soldat und sein Mädchen, Silhouetten vor der untergehenden Sonne, kamen so eng aneinandergeschmiegt daher, daß der eine hingefallen wäre, wenn der andere zurückgewichen wäre. Er mußte an Sarah denken, an den Strandspaziergang mit ihr in Schottland, und abrupt wandte er sich ab. Es hatte keinen Sinn, daran zu denken. Mindestens sechs Wochen würde es noch dauern, bis er hoffen konnte, sie wiederzusehen. Weiter hinten, in Richtung Marble Arch, bewegten sich einzelne Gestalten. Auf den Gehwegen stapften und schlurften Militärstiefel, in den dunkelsten Ecken stoben Funken.

Er setzte sich auf eine Bank und zündete sich eine Zigarette an, noch immer ohne rechte Vorstellung, was er mit dem Rest des Abends anfangen sollte. Er brauchte dringend Sex. Sich einen runterzuholen brachte nichts, weil ... weil es nichts brachte. Prostituierte kamen nicht in Frage, weil er nicht bereit war, dafür zu bezahlen. Er entsann sich, daß er Dr. Rivers, seinem Arzt im Militärhospital Craiglockhart, der »Klapsmühle«, wo er im Jahr zuvor fünf Monate Patient gewesen war, von einem Bordell in Amiens erzählt hatte, in dem die Soldaten, die einfachen Soldaten, bis auf die Straße hinaus anstanden und jeder nur zwei Minuten hatte. »Wieviel Zeit haben Offiziere?« hatte Rivers gefragt. »Ich weiß es nicht«, hatte Prior geantwortet. »Länger.« Und dann in verächtlichem Tonfall: *»Ich bezahle nicht.«* Rivers hatte diese Bemerkung gewiß für ziemlich töricht gehalten, für den lächerlichen Stolz eines jungen Mannes auf seine sexuellen Fähigkeiten, auf sein Talent, es umsonst zu kriegen. Doch damit hatte es nichts zu tun. Prior bezahlte deswegen nicht, weil einige Jahre zuvor einmal er selbst bezahlt worden war, und er wußte genau, wie der Zahlende in den Augen desjenigen aussieht, der bezahlt wird.

»Haben Sie Feuer?«

Prior klopfte sich automatisch die Taschen ab. Zuerst beachtete er den Fragenden kaum, nahm ihn nur als störende Unterbrechung seiner Gedanken wahr, doch während er die Streichhölzer herausholte, registrierte er unbewußt etwas Nervöses in der Stimme des anderen Mannes und blickte auf. Eigentlich hatte er ihm die Schachtel geben wollen, doch nun entschied er sich anders, nahm ein Streichholz und zündete es selbst an. Es zischte und knisterte ziemlich laut. Er legte die Hand schützend um die Flamme und hielt sie dem anderen hin, der sich jetzt etwas vorbeugte. Eine Offiziersmütze, dunkle Augen, dünner Schnurrbart über einem vollen Mund, das Gesicht rund, aber nicht fett. Prior war sicher, daß er ihn schon einmal gesehen hatte, konnte sich aber nicht mehr erinnern, wo. Als die Zigarette angezündet war, ging der Mann nicht sofort weiter, sondern setzte sich auf die Bank und sah sich verstohlen um. Der deutlich hervortretende Adamsapfel tanzte an seinem Hals auf und ab, und das linke Bein hielt er merkwürdig gestreckt, wahrscheinlich erklärte das den Verwundetenstreifen am Ärmel.

Prior erkannte das Problem. Diese Gegend war nicht ganz das richtige Terrain, höchstens Grenzgebiet, und er selbst hatte sich, obschon aufgeschlossen, nicht eindeutig auffordernd verhalten. Der Gedanke, den anderen hinzuhalten, reizte ihn. Doch statt dessen rückte er näher und fragte: »Haben Sie eine Wohnung, wo wir hingehen können?«

»Ja.« Der Mann sah auf. »Ganz in der Nähe.«

Hohe, schmale dunkle Häuser standen um einen eingezäunten kleinen Park mit dürren Bäumen. Auf dem Rasen und den Blumenbeeten wucherte Unkraut. Weiter rechts hatte eine Fliegerbombe eine riesige Lücke in die Häuserreihe gerissen, drei Gebäude waren völlig zerstört und ein viertes teilweise beschädigt. Als sich die beiden Männer, die kaum miteinander sprachen, der Lücke näherten, knirschte es unter ihren Füßen. Der Bürgersteig war mit dem weißen Staub bedeckt, der ständig von Ruinengrundstücken herüberwehte, auch wenn sie noch so sorgfältig abgesperrt worden waren. Prior spürte deutlich eine Kraft, die ihn seitlich zu dieser Bresche hinzog. Er kannte dieses Gefühl von anderen ausgebombten Orten her, an denen er vorbeigekommen war. Er wußte nicht, ob alle Leute diese Anziehungskraft spürten oder nur er, ob es eine Art Affinität zu Orten war, wo die etablierte Ordnung gewaltsam umgestürzt worden war.

Vor Nummer 27 blieben sie stehen. Die Fensterläden waren geschlossen. Auf der Treppe zum Souterrain kauerte eine Katze vor etwas Eßbarem, das sie gefunden hatte, machte einen Buckel und knurrte warnend.

Priors Begleiter hatte Schwierigkeiten mit dem Schloß. »Hat auch etwas abbekommen«, sagte er über die Schulter und verzog das Gesicht. Er stemmte sich erst gegen die Tür, dann nahm er den Türknopf und zog in seine Richtung. »Man muß ziehen, das vergesse ich immer.«

»Hoffentlich nicht allzuoft«, sagte Prior.

Sein Begleiter wandte sich lächelnd um, und für einen kurzen Moment flackerte wieder diese sexuelle Spannung zwischen ihnen auf. Er legte Mütze und Mantel ab und streckte die Hand aus, um Priors Sachen zu nehmen. »Meine Familie ist auf dem Land, ich wohne zur Zeit in meinem

Club.« Er zögerte. »Ich denke, ich sollte mich vorstellen. Charles Manning.«

»Billy Prior.«

Verstohlen musterten sie einander. Manning hatte einen sehr runden Kopf, was durch die dichten, glatten dunklen Haare, die er ohne Scheitel nach hinten gekämmt trug, noch betont wurde. Seine Augen waren hellwach. Er hatte Ähnlichkeit mit einem Tier, dachte Prior, einem Otter vielleicht. Manning sah einen dünnen, blonden Mann vor sich – dreiundzwanzig, vierundzwanzig, mit Knubbelnase, hohen Wangenknochen und einer Ausstrahlung, als würde er sich in jeder Situation zurechtfinden. Manning stieß linker Hand eine Tür auf, und ein Schwall muffiger Luft erfüllte die Diele. »Gehen Sie schon rein. Ich bin gleich wieder da.«

Prior trat ein. Hohe Fenster, die Läden verschlossen, weiße Tücher über den Möbeln. Starker Rußgeruch vom leeren Kamin. Alles war unter Schonbezügen verborgen, nur der hohe Spiegel nicht, in dem man, durch die geöffnete Tür, den Spiegel im Flur sehen konnte. Prior sah eine lange Folge von Priors, einige mit dem Rücken zu ihm, der eine so irreal wie der andere. Er drehte sich um.

»Möchten Sie einen Drink?« fragte Manning von der Tür her.

»Ja, bitte.«

»Whisky?«

»Gern.«

Prior, wieder allein, ging zum Flügel, hob das Tuch an und entdeckte das Foto einer Frau mit zwei kleinen Jungen, von denen einer ein Segelboot an die Brust gedrückt hielt.

Als Manning mit einer Whiskyflasche, einem Krug und zwei Gläsern zurückkam, betrachtete Prior gerade einen Riß in der Wand über der Tür. »Das sieht ja nicht sehr geheuer aus«, sagte er.

»Ja, stimmt. Ich weiß nicht recht, was ich machen soll. Da man keine Handwerker kriegt, komme ich nur ab und zu her und schaue es mir an.« Er hielt den Krug hoch. »Wasser?«

»Nur einen Schuß.«

Sie gingen zu den Sesseln am Kamin, Manning zog die Schonbezüge beiseite, und Prior lehnte sich zurück. Der steife Brokat gab überhaupt nicht nach, so daß er kerzengerade sitzen blieb. Sie begannen, die Sorte Konversation zu machen, die sie zweifellos geführt hätten, wenn sie einander im Kasino vorgestellt worden wären. Prior beobachtete Manning genau, bemerkte die Tapferkeitsmedaille, den Verwundetenstreifen, das Zucken, die Anzeichen von Spannung, das gelegentliche Stottern. Er schien sehr nervös, aber es war schwer zu sagen, inwieweit das mit der Situation zu tun hatte. Und die zog sich in der Tat ein wenig hin. Wenn das so weiterging, würden sie die Flasche austrinken und um Mitternacht immer noch belanglosen Regimentsklatsch austauschen. Alles ganz nett, dachte Prior, aber nicht das, wozu ich hergekommen bin. Er bemerkte Mannings ruhelosen Blick, der immer wieder zu den Sternen auf seinen Schulterklappen zurückkehrte. *Du wußtest doch, daß ich Offizier bin*, sagte er zu sich. Langsam kam ihm der Verdacht, daß Manning einer von diesen Typen war, die bei sozial ebenbürtigen Partnern sexuell gehemmt, einfach gehemmt sind. Prior seufzte und stand auf. »Haben Sie was dagegen, wenn ich das hier ausziehe?« sagte er. »Mir ist ganz schön warm.«

Ihm war nicht warm. Im Gegenteil, er fror sich einen ab, um die Formulierung zu verwenden. Aber egal. Er zog seine Krawatte aus, die Uniformjacke und das Hemd und warf alles über eine Stuhllehne. Manning sagte nichts, beobachtete ihn nur. Prior fuhr sich mit den Fingern durch die kurzen Haare, so daß sie wie Stacheln hochstanden, zündete sich eine Zigarette an, behielt sie in einer bestimmten Weise zwischen den Lippen und lächelte. Er hatte sich in einen jungen Proletarier verwandelt, den zu ficken Manning eher würde akzeptieren können. In eine Art Spucknapf. Und es funktionierte. Mannings Augen wurden dunkel, seine Pupillen begannen zu flackern. Prior beugte sich über ihn, und während er ihm die Hand zwischen die Schenkel legte, war ihm, als hätte er noch nie einen so scharfen Klassengegensatz empfunden wie in diesem Moment. Er gab seiner Stimme etwas Rauhes. »Wolln wir?«

»Ja. Gehen wir nach oben.«

Prior folgte ihm. Im ersten Stock kamen sie an einer offenen Tür vorbei, die in ein großes Schlafzimmer mit Doppelbett führte. Manning zog die Tür zu. Prior lächelte schwach. Nicht in diesem Bett, in dem er seine Braut defloriert hat. Statt dessen stiegen sie immer weiter, immer höher. Natürlich dorthin, wo das Personal wohnt. Am Ende des Korridors stieß Manning eine Tür auf, reichte Prior die Lampe und sagte: »Ich bin gleich wieder da.«

Prior trat ein. Ein breites Messingbettgestell füllte das winzige Zimmer fast aus. Er setzte sich auf den Rand und wippte. Es schien ihm das lauteste Bett zu sein, das er je erlebt hatte. Gott sei Dank war niemand im Haus. Außer dem Bett gab es noch einen Waschständer mit Krug und Schüssel, einen Tisch mit einem Spiegel und hinter einem Vorhang eine Kleiderstange. Er stand auf und zog den Vorhang zur Seite. Zwei Dienstmädchenuniformen hingen dort, die Kragen und Häubchen so ordentlich arrangiert, daß er die Dienstmädchen persönlich vor sich zu sehen glaubte. Ein Geruch entströmte dem Schrank, Lavendel und Schweiß, ein trauriger Geruch. Priors Mutter hatte in einem solchen Haushalt als Dienstmädchen angefangen. Er sah sich im Zimmer um, in diesem eiskalten Loch hoch über den Dächern, zog plötzlich eine der Uniformen hervor, vergrub sein Gesicht in deren Achselhöhle und atmete den Schweißgeruch ein. Das hatte nichts Sexuelles, auch wenn der Impuls aus einer ebenso tiefliegenden Schicht seiner Persönlichkeit kam. Manning kehrte genau in dem Moment in das Zimmer zurück, als Prior gerade den Kopf hob. Beim Anblick von Prior, der sich die Uniform an den Körper hielt, erschrak er. Prior lachte und hängte die Uniform wieder an den Haken.

Manning stellte einen kleinen Glastiegel auf den Nachttisch. Das Geräusch, das dabei entstand, machte sie noch nervöser als alles, was sie bis dahin unternommen hatten, um einander näherzukommen. Prior zog sich ganz aus und legte sich auf das Bett. Mannings Bein sah schlimm aus. Sehr schlimm. Er beugte sich vor, um es sich genau anzuschauen, und in diesem Augenblick hätte man sie für Jungen auf dem Sportplatz halten können, die gegenseitig ihre Schrammen inspizieren.

»Sieht so aus, als wärst du aus dem Schneider.«

»Wahrscheinlich. Die Sehnen sind verkürzt. Sehr viel beweglicher werden sie wohl nicht mehr werden. Aber wer weiß das schon? So wie die Dinge liegen, kann da irgend jemand sicher sein?«

Prior richtete sich auf, und da er schon mal in der Gegend war, begann er, mit dem Gesicht über Mannings Schamhaare zu fahren. Mannings Schwanz rührte sich und wurde steif. Er nahm ihn in den Mund, ließ die Zunge um die glänzende Eichel kreisen, doch noch spielte er bloß. Mannings Schenkel spannten sich. Nach einer Weile strich er Prior über die Stoppelhaare und massierte mit dem Daumen seinen Nacken. Prior schaute hoch und sah, daß Manning nervös wirkte, verständlicherweise, denn in dieser Situation mußte seine zärtliche Geste ihn zu Härte provozieren. Und das würde Manning nicht gut bekommen in seinem Zustand. Prior leckte ihn wieder, nahm dabei Mannings Hintern in die Hände und fuhr mit dem Mund schnell den Schaft auf und ab. Manning schob ihn sanft von sich und stieg zu ihm ins Bett. Einen Moment lang lagen sie ausgestreckt nebeneinander. Prior stützte sich auf den Ellbogen und fing an, Mannings Brust, Bauch und Schenkel zu streicheln. Er dachte, daß sich Sex unmöglich auf die Frage reduzieren ließe, wer was wo reinsteckt. Während er Manning streichelte, verspürte er Lust und auch Ärger, nicht zuletzt deshalb, weil Manning sich für dieses Zimmer entschieden hatte, Mitgefühl wegen der Wunde, Neid, weil Manning auf *ehrenvolle* Weise aus allem raus war... Und ihm wurde zunehmend bewußt, daß Manning ihn die ganze Zeit ebenfalls beobachtet hatte. Priors Gesichtszüge verhärteten sich. Na ja, dachte er, wenigstens zucke ich nicht so sehr wie du. Seine streichelnde Hand hielt auf Mannings Hüfte inne, und er versuchte, ihn umzudrehen. Doch Manning sträubte sich. »Nein«, sagte er. »So.«

Athletischer Hund. Prior schraubte das Glas auf, rieb seinen Schwanz mit einer Mischung aus Vaseline und Spucke ein und wischte den Rest an Mannings Arsch ab. Er hob Mannings Beine an, legte sie sich über die Schulter, ganz vorsichtig, um das Knie nicht ruckartig zu bewegen. Er war viel zu erregt, und die Stellung war hoffnungslos. Er konnte sich kaum noch beherrschen, zwei, drei Zentimeter war er erst eingedrungen, da keuchte Manning und versuchte, sich ihm zu entwinden. Prior wollte ihn schon herausziehen, als er plötzlich begriff, daß Manning hart genommen werden wollte. »Nicht bewegen«, sagte er und fickte weiter. Es war ein gefährliches Spiel. Prior wußte, daß er richtig sadistisch sein konnte, und Mannings Knie war nur ein paar Zentimeter von seiner Hand entfernt. Er kam schnell, unter lautem Stöhnen und mit einem in der Kehle einsetzenden Gefühl, als würde er aus sich selbst herausgezogen. Vorsichtig legte er Mannings Beine wieder hin und machte es ihm mit dem Mund. Manning war so erregt, daß er Priors Kopf fest umklammerte und schon loskeuchte, noch ehe Prior richtig angefangen hatte. »Das war's, was ich gebraucht hab«, sagte er, als es vorbei war. »Einen richtig guten Fick.«

Das braucht ihr doch alle, dachte Prior. Manning ging ins Badezimmer. Prior griff nach dem Spiegel und drehte ihn in seine Richtung. In diesen Spiegel hatten sie geschaut, jeden Morgen um halb sechs, ob Winter oder Sommer, gähnend, verschlafen, um zu prüfen, ob das Häubchen korrekt auf dem Kopf saß und das Haar ordentlich zurückgesteckt war. Er erinnerte sich an die Erzählung seiner Mutter, daß sie in dem Haushalt, in dem sie als Dienstmädchen gearbeitet hatte, das Gesicht zur Wand drehen mußte, wenn sie auf dem Flur einem Mitglied der Familie begegnete.

Manning kam mit der Whiskyflasche und Gläsern zurück.

Er humpelte ziemlich stark. Trotz Priors Vorsicht konnte die Stellung seinem Knie nicht gutgetan haben.

»Wo hast du das her?« fragte Prior und nickte in Richtung Wunde.

»Passchendaele.«

»Ah ja. Deine Jungs waren bei dem Angriff auf die Anhöhe dabei?«

»Richtig.« Manning goß Whisky ein, setzte sich ans Fußende, lehnte sich an das Bettgestell und streckte das linke Bein aus. »Dolle Sache.«

Prior sagte: »Ich mußte kürzlich vor eine Ärztekommission.« Eigentlich wollte er nicht über seine Verfassung reden, aber er konnte das Thema nicht lassen. Daß Manning dazu schwieg, ärgerte ihn, um so mehr, als eine Frage viel natürlicher gewesen wäre.

»Was haben sie gesagt?« fragte Manning.

»Noch nichts. Sie wollen mich zum Heimatdienst abstellen, aber so wie die Dinge liegen ...«

Manning zögerte, dann fragte er: »Es ist doch Neurasthenie, oder?«

Nein, hätte Prior am liebsten geantwortet, es sind irrwitzige Mordphantasien, und besonders geil finde ich es, vornehmen, blasierten Heinis mit verwundeten Knien die Knochen zu brechen. »Nein, es ist Asthma«, sagte er. »Es war Neurasthenie, aber dann hatte ich im Krankenhaus zwei Asthmaanfälle, das machte die ganze Sache etwas kompliziert.«

»In welchem Krankenhaus warst du?«

»Craiglockhart, oben in ...«

»Aha, dann kennst du Rivers.«

Prior starrte ihn an. »Er war mein Arzt. Ich bin noch immer bei ihm in Behandlung. Er ... er ist jetzt in London.«

»Ja, ich weiß.«

Jetzt war es Prior, der die naheliegende Frage nicht stellte.

»Hast du noch Genesungsurlaub?« fragte Manning nach einer Weile.

»Nein, ich bin im Rüstungsministerium. Im ...« Er musterte Manning. »Und *dort* habe ich dich gesehen. Ich wußte es.«

Manning lächelte, war aber sichtlich nicht erfreut. »Gut, daß ich mich nicht als ›Smith‹ vorgestellt habe. Ich hatte es mir schon überlegt.«

»In dem Fall würde ich vorher die Briefe von dem Tisch in der Diele räumen. Die sind nämlich nicht an ›Smith‹ adressiert.« Prior starrte in sein Glas und gab den Kampf auf. »Woher kennst du Rivers?«

Manning lächelte. »Er ist auch mein Arzt.«

»Granatschock?«

»Nein. Nicht ganz. Ich ... äh ... die Polizei hat mich erwischt. Vor ungefähr zwei Monaten. Nicht gerade in flagranti, aber ... Der junge Mann verschwand, als wir auf der Polizeiwache ankamen. Na ja.«

»Und wie ging's weiter?«

»Ach, wir haben alle dagesessen. Niemand hat sich danebenbenommen. Ich hab meinen Anwalt kommen lassen, und als der dann kam, ließen sie mich laufen. Die Wunde war hilfreich. Der Orden war hilfreich.« Er sah Prior ins Gesicht. »Beziehungen waren hilfreich. Du darfst mich aber nicht verachten. Ich bin ja nicht blöd. Und dann bin ich nach Hause gegangen und habe gewartet. Mein Anwalt dachte, daß ich zwei Jahre kriegen würde, wenn ich vor Gericht käme, aber wegen des Beins vermutlich nicht zu harter Arbeit verurteilt würde.«

»Wie edel von ihnen.«

»Ja, nicht wahr? Dann meinte jemand, ich solle mir einen Psychologen suchen und mich behandeln lassen und und ... das würde etwas nützen. Also bin ich zu Dr. Head gegangen, der eine Koryphäe auf diesem Gebiet ist – man hat mir tatsächlich gesagt: ›Henry Head kann Sodomiten heilen.‹ Er meinte aber, er könne mich nicht nehmen, er sei völlig überlaufen, und empfahl mir Rivers. Also bin ich zu Rivers gegangen, und der sagte, er würde mich nehmen.«

»*Willst* du geheilt werden?«

»Nein.«

»Was macht er denn?«

»Er redet. Genauer gesagt, ich rede. Er hört zu.«

»Über Sex?«

»Nein, nicht sehr oft. Hauptsächlich über den Krieg. Weißt du, deswegen war ich ja so verwirrt, weil ihm ein Blick genügte, um bei mir Neurasthenie zu diagnostizieren. Ich meine, ich kann ihn verstehen. Es ging mir ziemlich schlecht, als ich aus dem Lazarett kam. Viel schlechter, als mir eigentlich bewußt war. Eines Abends beim Essen nahm ich eine Vase und warf sie an die Wand. Wir hatten Gäste eingeladen, ungefähr zwölf Leute, und plötzlich dieses schreckliche ... Schweigen. Und ich konnte nicht erklären, warum ich das getan hatte. Nur, daß die Vase furchtbar häßlich war. Daraufhin sagte meine Frau: ›Das ist deine Tante Dorothea auch. Wo kommen wir denn hin, wenn wir so denken?‹« Er lächelte. »Ich kann mit niemandem sonst reden, also rede ich mit ihm.«

Prior legte die Hand auf Mannings Arm. »Kommst du damit klar? Ich meine, werden sie dich in Ruhe lassen?«

»Ich weiß es nicht. Ich sage mir, wenn sie mir den Prozeß machen wollten, hätten sie es längst tun können.« Er senkte seine Stimme. *»In diesem Moment klopfte es an der Tür ...«*

Prior dachte nach. »Es ist doch aber ganz praktisch, daß du Neurastheniker bist.«

»Nicht besonders.«

»Ich meine, für Rivers. Er muß mit dir nicht über ...«

»Ich weiß nicht, was Rivers denkt. Jedenfalls muß ich über den Krieg reden. Und weißt du, sogar bei ihm gibt es Dinge, die ich nicht ...«

»Du wirst schon noch ...«

Sie lagen nebeneinander und sahen sich an. Manning sagte: »Du wolltest erzählen, in welchem Teil des Ministeriums ...«

»Ja, richtig. Geheimdienst.«

»Bei Major Lode?«

»Ja. Bei Major Lode. Und du?«

»Ich bin im fünften Stock.«

Natürlich, das war die Antwort. Manning legte seinen Arm auf Priors Brust. »Hast du Lust, dich umzudrehen? Oder machst du das nicht?«

Prior lächelte. »Ich mache alles.«

2

Charles Manning verließ das Rüstungsministerium zwei Stunden früher als gewöhnlich, weil er zu Hause mit einem Handwerker verabredet war, der ihm versprochen hatte, den Bombenschaden zu reparieren. Es war Nachmittag. Ein überraschend schwüler Tag für den Frühling, warm und feucht. Wenn die Sonne gelegentlich durch die schwarzen Wolkenmassen drang, schimmerten die jungen Blätter an den Bäumen in einem intensiven, fast giftigen Grün.

Als Manning an dem Ruinengrundstück vorbeikam, rissen ihn der knirschende Schutt unter den Schuhsohlen und der Geruch von verkohlten Backsteinen aus seinen Gedanken. Er blieb stehen und spähte durch eine Zaunlücke. An den Seitenwänden der Nachbarhäuser zeichneten sich, wie nachwirkende Bilder auf der Netzhaut, die Umrisse der zerstörten Häuser ab. Er sah die gemusterte Schlafzimmertapete, die früher vermutlich nur die Familie und die Bediensteten gesehen hatten, die jetzt aber Wind und Regen und dem Blick der Passanten ausgesetzt war. Nichts bewegte sich in dieser Ödnis, aber aus irgendeiner unsichtbaren, unstillbaren Wunde drang unablässig Staub.

Plötzlich tauchte eine Katze auf, eine magere Katze, eines dieser herrenlosen Tiere, die sich auf dem Platz herumtrieben. Sie suchte sich einen Weg durch den Schutt, eine schwarze, schmale Silhouette, kantig und geschmeidig zugleich. Sie blieb stehen, und Manning sah bösartige gelbe Augen, die zu ihm herüberstarrten, und eine gespaltene hellrote Nase, die sie prüfend in die Luft streckte. Dann schlich sie weiter, setzte die weichen Pfoten vorsichtig zwischen glitzernde Glasscherben. Manning sah ihr zu, bis sie verschwunden war. Dann dachte er daran, daß er weitergehen mußte, humpelte mit seinem steifen Bein die Stufen hinauf, steckte den Schlüssel ins Schloß und erinnerte sich mit einem schwachen Lächeln, daß er ziehen und nicht drücken mußte.

Im Briefkasten lag ein Umschlag. Er nahm ihn heraus und ging damit, während sich seine Augen allmählich an das Dunkel gewöhnten, in den Salon. Starker Rußgeruch. Es mußte wieder etwas heruntergekommen sein. Auch Schornsteinfeger gab es nicht. Er warf einen Blick auf den Umschlag. Getippt. Eine Rechnung wahrscheinlich. Seine Familie und alle Freunde wußten, daß er im Club wohnte. Er legte den Brief auf das abgedeckte Sofa, ging ans andere Ende des Zimmers und öffnete die Fensterläden. Blaßgelbes Licht flutete herein.

Er betrachtete den Riß über der Tür. Ist es eine tragende Wand? hatte der Maurer gefragt. Manning klopfte mit der geballten Faust dagegen. Es klang weder hohl noch dünn. Diese Häuser waren einfach grundsolide gebaut. Er ging in die Diele, klopfte an die Außenmauer, glaubte vielleicht doch einen Unterschied zu hören. Aber er war nicht sicher. Er kehrte zu dem Riß zurück und stellte fest, daß sich der ganze Türrahmen gelockert hatte. Je näher er hinschaute, desto schlimmer kam es ihm vor. Das sieht ja nicht sehr geheuer aus, hatte Prior mit einem unbestimmten Lächeln gesagt. Merkwürdiger Typ. Selbst jetzt, als bei der Erinnerung an jenen Abend Erregung in ihm aufstieg, arbeitete es in seinem Kopf, und er versuchte, sich Klarheit zu verschaffen. Aufgrund von Priors flachen Vokalen hatte er zuerst gedacht, ach ja, ein Gentleman auf Zeit. Ein dummer, snobistischer Ausdruck, aber jeder verwendete ihn, außer natürlich für Leute, die man mochte. Es war erstaunlich, wie gut die Wahrnehmung sozialer Unterschiede funktionierte. Anscheinend registrierte man in beinahe jeder Lebenslage sogar noch die unscheinbarsten Hinweise. Er erinnerte sich an die Somme, an die Northumberlands und die Durhams, die vom

Maschinengewehrfeuer erwischt worden waren. Aufgereiht wie Weizengarben lagen sie da. Als er später an diesem stockdunklen Abend einen Graben entlangstolperte, um verzweifelt festzustellen, wo sein Frontabschnitt endete, war ihm ein Offizier der Northumberlands begegnet, den die ungeheuren Verluste seines Bataillons sichtlich mitgenommen hatten. Und wer mochte es ihm verdenken! Weiß der Himmel, wie viele Leute sie verloren hatten. Manning fühlte mit ihm, redete ihm gut zu, wohl wissend, daß seine eigenen Nerven noch nicht auf die Probe gestellt worden waren. Gleichwohl hatte er bemerkt, daß der Offizier in seinen Dialekt zurückgefallen war. Das hatte ihn zutiefst erschüttert. Er war entsetzt von dieser Reaktion und trotzdem erschüttert. Und das Merkwürdige war, er wußte, wenn der Mann ein einfacher Soldat gewesen wäre, hätte es ihn nicht so erschüttert, dann hätte es ihm nicht so viel ausgemacht.

Im Laufe des Abends, den er mit Prior verbracht hatte, war ihm der Ausdruck »Gentleman auf Zeit« immer unpassender erschienen. Als gehörte er zu diesen grauenhaften Leuten – ja, sie waren wirklich grauenhaft –, die ihre Vorgesetzten nachäfften, sich bemühten, ja keine Fehler zu machen, und dabei immer farbloser wurden, moralisch verkümmerten und einen nur noch anekelten. Prior gehörte nicht zu ihnen, aber nicht etwa, weil er nicht imitierte – das tat er sehr wohl –, sondern weil es ihn letztlich nicht interessierte. Ein- oder zweimal hatte er dabei fast amüsiert gewirkt, als wollte er jemanden parodieren. Trotzdem: Der Mann war weder Fisch noch Fleisch. Sozial gesehen. Sexuell natürlich auch, obschon das kein so angenehmer Gedanke war. Angeblich hatte er eine Freundin oben im Norden, aber das sagten sie ja alle. Manning hatte vorgeschlagen, sich irgendwann wieder zu treffen, und Prior hatte höflich, aber nicht sehr enthusiastisch eingewilligt. Wahrscheinlich würde er nicht kommen, und wahrscheinlich war das auch ganz gut so. Dadurch, daß er im Ministerium arbeitete, wurde die ganze Sache zu eng für … einfach zu eng.

Manning sah auf seine Uhr. In zehn Minuten wollte der Maurer dasein. Er ging zum Flügel, hob das Tuch an und zog das Foto von Jane und den Jungen hervor. Aufgenommen im letzten Sommer. Was für ein Dickerchen Robert gewesen war. Er war noch immer pummelig, würde immer ein pausbäckiges, unauffälliges Kind bleiben. Er hielt das Schiff fest, als befürchtete er, jemand wolle es ihm wegnehmen. James hatte es bestimmt versucht. Robert hat etwas von mir, dachte Manning, während er ihn betrachtete. Er empfand eine fast schmerzhafte Liebe für seinen älteren Sohn, und manchmal hörte er sich etwas zu streng mit dem Jungen reden, doch das lag nur daran, daß er in ihm so viel von sich selbst wiedererkannte. Er wußte, wo er verletzlich war, und das beunruhigte ihn, denn am Ende kann man seine Kinder nicht vor allem bewahren. Alle glaubten – traurigerweise vermutlich auch Robert –, daß er James bevorzuge. Das stimmte aber nicht. Sein Verhältnis zu James war einfach insgesamt sonniger und unbeschwerter. Mit James machte es mehr Spaß, weil er mehr Elan besaß. Er hatte die dunklen, fein gezeichneten Augenbrauen seiner Mutter, ihre Wangenknochen, ihr Kinn, den gleichen amüsierten, offenen Blick. Das Foto tat ihr unrecht. Das Sonnenlicht hatte ihrem Gesicht die Strenge genommen. Wohl deshalb sah sie hübscher aus, aber sie hatte tatsächlich kaum Ähnlichkeit mit Jane. »Sie war häßlich.« Die Vase, die er an die Wand gedonnert hatte. »Das ist deine Tante Dorothea auch. Wo kommen wir denn hin, wenn wir so denken?« Typisch Jane. Das klang herzlos, war es aber nicht. Nicht wirklich. Sie war eine Frau, die sich ohne Zögern jeder noch so großen äußeren Gefahr stellte, doch die dunklen Seiten der Seele ängstigten sie.

Manning ging zum Kamin. Dabei sah er den Brief und überlegte wieder, wer ihm hierher geschrieben haben mochte. Es gab keine unbezahlten Rechnungen. Jeder wußte, daß er im Club war. Beim Öffnen des Umschlags dachte er, daß er den Maurer bitten könnte, die Stelle in der Wand auszubessern, wo die Vase gelandet war. Statt des erwarteten Briefbogens lag ein Zeitungsartikel im Umschlag. Er holte ihn heraus, drehte ihn richtig herum und las:

Der Klitoris-Kult

> Wer zur privaten Aufführung von Oscar Wildes *Salome* mit Maud Allen kommen möchte, muß sich an eine gewisse Miss Valetta, 9 Duke Street, Adelphi, W.C., wenden. Falls Scotland Yard eine Liste der Zuschauer in die Hände gerät, wird man zweifellos die Namen von mehreren tausend der ersten 47 000 haben.

Er kannte diesen Artikel schon. Er war, meist ohne Überschrift, in mehreren angesehenen Tageszeitungen abgedruckt worden, nachdem er zuerst in *Vigilante*, Pemberton Billings grauenhaftem Revolverblatt, erschienen war. Maud Allan – nicht einmal ihr Name war korrekt geschrieben – hatte eine Verleumdungsklage gegen Pemberton Billing angestrengt. Aus Mannings Sicht ein großer Fehler, weil Pemberton Billing, einmal im Zeugenstand, ohne das geringste Risiko alle möglichen Leute beschuldigen konnte. Er mußte keinerlei Strafverfolgung befürchten, im Gegensatz zu den von ihm genannten Leuten. Maud Allans Standpunkt konnte man natürlich verstehen. Sie wäre ruiniert, wenn sie sich nicht wehrte. Vermutlich war sie das ohnehin schon.

Die Frage war nur, wer hatte ihm diesen Ausschnitt geschickt und warum? Der Stempel lieferte keinerlei Aufschluß. Es gab kein Begleitschreiben. Manning legte den Ausschnitt auf das Sofa, nahm ihn dann erneut zur Hand und hielt das kleine, gelbliche Stück Zeitung zwischen Daumen und Zeigefinger. Er strich mit dem Handrücken über seine Oberlippe. Dann wandte er sich zum Spiegel, als wollte er sich selbst um Rat fragen, und da er die Wohnzimmertür offengelassen hatte, sah er sich selbst in einem Labyrinth aus lauter sich wiederholenden Figuren. Sein Name stand auf dieser Liste. Er wollte *Salome* sehen, und zwar nicht nur als gewöhnlicher Zuschauer, sondern in der Gesellschaft von

Robert Ross, der als Oscar Wildes literarischer Nachlaßverwalter die Aufführung genehmigt hatte.

Sofort überlegte er, ob es einen ehrenhaften Ausweg gab, doch dann dachte er, nein, das ist sinnlos. Jetzt einen Rückzieher zu machen würde dem Beobachter nur beweisen, daß er Angst hatte. Denn natürlich gab es einen Beobachter. Jemand wußte so viel, daß er den Zeitungsausschnitt hierhergeschickt hatte.

Prior arbeitete in der Geheimdienstabteilung unter Major Lode. Ob es damit zu tun hatte? Er wußte es nicht. Er wußte überhaupt nichts, das war ja das Verflixte.

Es klingelte. Manning ging, den Zeitungsausschnitt noch immer in der Hand, zur Tür. Vor ihm stand ein dünner, lebhafter, grauhaariger Mann mit wäßrigen blauen Augen und einem Gesichtsausdruck, der besagte: »Wünsche einen fabelhaften Tag, Sir.«

»Captain Manning?« Er nahm die Mütze ab. »O'Brien, Sir. Komme wegen der Reparatur.«

Manning merkte, daß er mit offenem Mund dastand. Er schluckte, steckte den Zeitungsausschnitt in seine Uniformtasche und sagte: »Ja, natürlich, treten Sie ein.«

Er zeigte O'Brien den Riß in der Wand. Dabei war er so durcheinander, daß er ihm kaum folgen konnte. Er zwang sich zur Konzentration. Es war eine tragende Wand.

»Wie lange wird es denn dauern, was meinen Sie?«

O'Brien spitzte den Mund. »Drei Tage, Sir. Normalerweise. Das Dumme ist nur, man kriegt keine Leute, wissen Sie, Sir. Williams zum Beispiel.« Er schüttelte traurig den Kopf. »Guter Arbeiter gewesen, das Bürschchen. Willig. Nicht besonders reif für sein Alter. Samuels.« O'Brien tippte sich auf die Brust. »Staublunge.«

»Wie lange?«

»Zwei, drei Wochen.«

»Wann können Sie anfangen?«

»Jederzeit, Sir. Wär Montag recht?«

Allerdings mußte man sagen, daß O'Brien jemand war, der

sofort Mißtrauen weckte. Hoffentlich mache ich keinen Fehler, dachte Manning, während er ihn zur Haustür begleitete. Dann ging er wieder zurück, um sich den Riß über der Tür noch einmal anzusehen. O'Brien hatte zum Feststellen der Tragfähigkeit der Wand reichlich Putz abgekratzt. Manning betrachtete den grauen Staub auf dem Boden. Er hatte den Verdacht, daß O'Brien in Wirklichkeit ein Abrißtalent war. Ach, was soll's, dachte er. Seine Hand umschloß noch immer den Zeitungsausschnitt, und er holte ihn erneut hervor. Ihm fiel ein, daß ein paar Monate zuvor, als der Artikel über das Schwarzbuch und die 47 000 zum erstenmal erschienen war, Robert Ross ein Exemplar zugeschickt bekommen hatte. Einfach so. Anonym. Ohne Begleitschreiben. Er trat ans Fenster und sah in den Garten. Eine merkwürdige Spannung lag in diesem gelben Licht, als ob jeden Moment ein Gewitter losbrechen würde. Und die Büsche – alle verwildert, seit Jahren nicht mehr richtig beschnitten – bewegten sich nicht, nur die Spitzen der Zweige zitterten verdächtig, erinnerten an einen Katzenschwanz. Ein paar Regentropfen klatschten auf die staubige Terrasse. Eine Erinnerung stieg in ihm hoch. Daran, wie er irgendwo im Staub saß und es zu regnen begann. Tropfen waren auf Gesicht und Hände gefallen, und er hatte vorsichtshalber geweint, obwohl er nicht wußte, ob das die richtige Reaktion war. Und dann war ein Kindermädchen herbeigelaufen und hatte ihn geholt.

Er würde Ross heute abend fragen, ob er einen Zeitungsausschnitt bekommen hatte oder von jemandem wußte, der ebenfalls einen bekommen hatte. Nicht, daß ihn das beruhigen würde. Ross zu kennen war gefährlich, und es würde sogar noch gefährlicher werden, wenn die Hysterie im Fall Pemberton Billing weiter um sich griff. Am klügsten wäre es, überhaupt nichts mehr mit ihm zu tun zu haben. Irgendwie erleichterte es ihn, diesen Gedanken zum erstenmal klar vor Augen zu haben. Natürlich würde er den Kontakt zu Ross nicht abbrechen. Natürlich würde er sich *Salome* ansehen. Letztlich war es eine Frage des Mutes.

Warum hierher? Jeder, der ihn gut genug kannte, um zu wissen, daß sein Name auf der Liste stand, mußte auch wissen, daß er im Club wohnte. Aber dann wußte derjenige wohl auch, daß er regelmäßig vorbeikam, um in seinem Haus nach dem Rechten zu sehen ... und anderes mehr.

Er durfte nicht den Fehler machen, den Leuten zuviel Wissen zuzutrauen. Im Moment arbeitete er ihnen in die Hände.

Daß er den Brief bei sich zu Hause geöffnet hatte, war im Grunde viel schlimmer, als wenn er das im Club getan hätte. Sein beschädigtes Haus barg Erinnerungen an Jane und die Kinder und auch an ihn, wie er vor dem Krieg gewesen war, Erinnerungen, die im Vergleich zu seiner gegenwärtigen inneren Leere so lebendig waren, daß er das Gefühl hatte, wie ein Gespenst seiner selbst zwischen den verhüllten Möbelstücken umherzuschweben.

Diese Grübeleien führten zu nichts. Er vergewisserte sich, daß der abgebröckelte Putz auf den Tüchern lag und nicht danebengefallen war und in den Teppich getreten würde, schloß die Fensterläden, stellte das Foto wieder unter das Tuch und ging hinaus.

Es regnete. Er verließ den Platz, und während er raschen Schritts die Bayswater Road hinunterging, sah er auf dem Bürgersteig unscharfe Spiegelbilder von Gebäuden und Schatten von Menschen, als läge unter der Schicht aus Wasser und Dreck eine andere Stadt. Er hielt den Kopf gesenkt, dachte daran, daß er am Abend Ross besuchen würde, und erinnerte sich, daß er in der Woche darauf einen Termin bei Rivers hatte. Er kam an der U-Bahn-Station Lancaster Gate vorbei, aus der ihm warme Luft entgegenströmte, und ging weiter.

In der Oxford Street kämpfte sich ein Pferd, das zwischen den Deichseln eines Fuhrwerks gestürzt war, mühsam wieder hoch. Die üblichen Neugierigen standen herum. Er würde es schon hinkriegen, er würde ...

Plötzlich packte ihn die ganze Wucht dessen, was in seinem Haus überfallartig auf ihn eingestürmt war, so daß er sich auf den Bürgersteig kauerte, als wäre er in ein Siebzig-Stunden-Bombardement geraten. Er tat, als gucke er in ein Schaufenster, sah aber nichts. Es war eine außergewöhnliche Empfindung, eine der schlimmsten Attacken, die er je erlebt hatte. Als würde er nackt auf einem Mauersims stehen, in vollem Scheinwerferlicht, unter ihm nur grölende Stimmen und Millionen von Augen.

3

Prior saß im Besucherraum des Gefängnisses von Aylesbury. Den rechten Fuß auf dem linken Knie und die Hände um den Knöchel gelegt, sah er sich um. Die Schäbigkeit dieses Raumes stand in deutlichem Gegensatz zu der brutalen, aber eindrucksvollen Backsteinfassade des Gebäudes, obwohl auch die Schäbigkeit einschüchtern sollte. Die abblätternde grüne Farbe, der abgetretene Fußboden von undefinierbarer Farbe, die festgeschraubten Stühle – alles schien zu besagen, daß derjenige, der Kriminelle besucht, selbst ein Krimineller ist. Ein Anschlag an der Wand wies darauf hin, daß unter gewissen Umständen mit Leibesvisitation zu rechnen sei.

Prior schnippte ein unsichtbares Stäubchen von seinem Mantel. Es war nicht der zerknitterte und fleckige Mantel, auf den Myra sich dummerweise nicht hatte hinlegen wollen, sondern ein viel besseres Exemplar, das ihn zwei Monatsgehälter gekostet hatte. In dieser Siuation war er jeden Penny wert.

Die Tür ging auf, und die Wärterin kam herein. Mit leicht übertriebener Höflichkeit stand Prior auf. Traurig, aber wahr, daß sich eine Frau schon durch eine kleine ritterliche Geste auf ihren Platz verweisen läßt.

»Also, es geht wohl in Ordnung«, sagte sie.

Er nickte. »Gut.«

»Wenn Sie mir bitte folgen wollen.«

Er erreichte als erster die Tür und hielt sie auf. Er war nicht geneigt, sein Mitgefühl an diese ältere Frau mit ihrer teigigen Haut zu verschwenden. Sie besaß schließlich selbst genug Macht, mehr absolute Macht, als er je besessen hatte. Wenn er sie jetzt demütigte, würde bestimmt eine alte abgetakelte Hure, die hier einsaß, dafür bezahlen müssen.

Er folgte ihr den Flur entlang hinaus in den Hof.

»Das ist der Frauenblock«, sagte sie mit einer ausholenden Armbewegung.

Ein düsteres, massives Gebäude. Sechs Reihen Fenster, klein und dicht nebeneinander, wie Schweinsäuglein. Prior sagte mit einem Blick auf den Hof: »Aber die Männer können doch bestimmt zusehen, wenn die Frauen ihre Freiübungen machen.«

»Nein, nein«, sagte sie. »Sie können nicht aus dem Fenster schauen. Die sind zu hoch dafür.«

Er stellte noch ein paar Fragen, wie das Gefängnis geführt wurde, wie das Schichtsystem aussah, ob es öffentliche Verkehrsmittel hierher gab. Er hatte sich überlegt, daß es vielleicht nicht irgendeine alte Hure war, die für seine Überlegenheit bezahlen mußte, sondern die Frau, die er besuchen wollte, und das mußte er unbedingt vermeiden. »Schichtarbeit ist bestimmt sehr anstrengend«, sagte er, »besonders für Frauen.«

Im kalten Hof erfuhr er die Geschichte ihrer kränkelnden Mutter. Dann hielt er ihr die Tür zum Frauenblock auf, und diesmal errötete sie, statt den Kopf beleidigt nach hinten zu werfen, da seine Geste einem anderen Geist entsprang. Zumindest glaubte sie das.

Wieder ein Korridor. »Ich weiß, es ist gegen die Vorschriften«, sagte er, »ein Mann, der eine Gefangene allein besuchen will. Aber Sie verstehen doch, oder? Es dreht sich um eine Frage der Sicherheit ...«

»Ja, ja. Ich hatte nur deswegen meine Zweifel, weil sie in der Zelle bleiben muß. Wir verstehen etwas von Sicherheit. Wir hatten hier mal eine Anführerin der irischen Rebellen.« Ein innerer Kampf, dann brach es aus ihr heraus: »Sie war eine *Gräfin*!«

In ihrem Gesicht leuchtete der ganze ehrfurchtsvolle Respekt auf, dessen die englische Arbeiterklasse fähig ist. Meine Güte.

»Roper ist 'ne ganz andere Sorte«, sagte sie. »Stinkordinär.«

Wieder passierten sie eine Reihe von Türen und befanden sich nun in einem großen Saal. Prior wäre gerne darauf vorbereitet gewesen. Er hatte einen weiteren Korridor oder ein anderes Zimmer erwartet. Statt dessen fand er sich auf dem Grund eines hohen schachtartigen Gewölbes wieder, an dessen Wänden sich in drei Etagen eiserne Laufgänge entlangzogen, die durch eiserne Gittertüren abgetrennt und durch eiserne Treppen untereinander verbunden waren. In der Mitte des weiten Runds saß eine Aufseherin, die jede Zellentür im Blick hatte. Priors Begleiterin ging auf ihre Kollegin zu und wechselte ein paar Worte mit ihr.

Prior sah sich um und überlegte, welcher Typ von Frau an einem solchen Ort eingesperrt werden mußte. Prostituierte, Diebinnen, Mädchen, die ihre Babys aussetzten, Engelmacherinnen, die ihre Stricknadeln in lebendes Fleisch stießen – mußte man sie wirklich alle einsperren? Eine Glocke ertönte. Hinter ihm gingen die Türen auf, eine Gruppe von Frauen kam hereinmarschiert und teilte sich vor der Treppe, die in den ersten Stock hinaufführte, in zwei Reihen. Sie trugen alle den gleichen grauen Kittel, der vom Hals bis zu den Füßen reichte und mit dem eisernen Grau der Gänge verschmolz, so daß die Frauen aussahen wie bewegliche Kolonnen aus Metall. Offensichtlich durften sie nicht miteinander sprechen, und eine Zeitlang war kein Geräusch zu hören außer dem Getrappel ihrer Stiefel auf der Treppe und einem Chor von Hustern.

Da wandte sich eine junge Frau um und bemerkte ihn. Sofort lief eine große Welle der Erregung durch die Gruppe, wie ein sich sträubendes Hundefell. Die Ordnung löste sich auf, alle drängten ans Geländer und riefen Bemerkungen hinunter, die sich auf das bezogen, was sie sahen, und Spekulationen, die sich auf etwas bezogen, was sie nicht sahen. Eine

Frau meinte, die Sache sei ganz einfach zu klären, er brauche ihn nur rauszuholen. Dann drängte sich eine untersetzte, dickschädelige Frau nach vorn, hob den Kittel bis zu den Schultern, so daß alle sehen konnten, daß Schlüpfer nicht zur Ausstattung der weiblichen Insassen Seiner Majestät Strafanstalten gehörten. Die Frau stieß sich den Finger in den dünn behaarten Hügel. Dann ertönte eine Trillerpfeife, Aufseherinnen kamen herbeigelaufen, und die Frauen wurden zurückgedrängt. Das Getrappel der Stiefel war wieder zu hören, und bald waren die Gänge leer und still, die Türen fielen krachend ins Schloß, und Schlüsselbunde rasselten. Der ganze Zwischenfall hatte weniger als drei Minuten gedauert.

Die Aufseherin kehrte wieder zurück. »Gott sei Dank«, sagte Prior. »Ich hab mich langsam schon gefühlt wie ein Schweineschnitzel unter lauter Hungernden.«

Das kam nicht gut an. »Ropers Zelle ist ganz oben«, sagte sie.

Ihre Stiefel knallten auf den Stufen. Als Prior auf die inzwischen leeren Laufgänge hinunterschaute, fühlte er sich an irgend etwas erinnert, aber er wußte nicht, was es war. Dann fiel es ihm wieder ein. Die Schützengräben. Das Niemandsland, durch ein Scherenfernrohr gesehen, eine scheinbar leere Landschaft, in der sich tatsächlich Zehntausende von Soldaten aufhielten. Diese irreführende Leere hatte er immer als unheimlich empfunden. Selbst jetzt, während er auf dem obersten Gang entlangschritt, fühlte er, wie sich ihm sämtliche Nackenhaare aufstellten.

Die Aufseherin blieb vor Zelle 39 stehen, beugte sich vor und spähte durch das Guckloch, bevor sie die Tür aufsperrte. »So«, sagte sie. »Tut mir leid, ich muß Sie mit einschließen. Wenn Sie fertig sind, klopfen Sie einfach an die Tür. Ich bin in der Nähe. Laut klopfen.« Sie zögerte. »Sie ist im Hungerstreik. Sie werden merken, daß sie ziemlich schwach ist.«

Er trat hinter der Aufseherin in die Zelle. Es war ziemlich dunkel, obwohl durch das hohe vergitterte Fensterchen in der Wand gegenüber ein Lichtstrahl fiel. Der Schatten der

Gitterstäbe zeichnete sich auf dem Fußboden ab, verschwand aber plötzlich, als sich eine Wolke vor die Sonne schob. Sobald sich seine Augen an die Dunkelheit gewöhnt hatten, sah er eine graue Gestalt, die zusammengekauert auf der Pritsche lag und einen mageren Arm über ihr Gesicht hielt. Außer der Pritsche gab es nur noch einen Kübel in der Zelle, aus dem es scharf nach Urin und Kot stank.

»Roper?«

Die Gestalt auf dem Bett rührte sich nicht.

»Das ist Lieutenant Prior. Er ist gekommen, um mit Ihnen zu sprechen.«

Noch immer keine Reaktion. Einen Moment lang glaubte er, sie sei tot und er wäre zu spät gekommen. Er sagte: »Ich bin vom Rüstungsministerium.«

Ihr Gesicht blieb verborgen. »Verschwinde, laß mich in Ruhe.«

Die Aufseherin schnalzte mit der Zunge. »Ich lasse Sie jetzt allein«, sagte sie. Sie sah sich in der kahlen Zelle um. »Wollen Sie einen Stuhl haben?«

»Nein, es geht schon.«

»Er wird nicht so lange bleiben, daß er einen Stuhl braucht.«

Die Tür fiel ins Schloß. Er horchte und wartete auf das Geräusch sich entfernender Schritte. Er trat näher an die Pritsche heran. »Hör zu, wenn du mitarbeitest, könnte ein Straferlaß drinsein.«

Schweigen.

»Das heißt, wenn du uns die Informationen gibst, die wir brauchen.«

Ihre Augen blieben geschlossen. »Ich hab es dir schon einmal gesagt. Verpiß dich wieder nach London, du mieser kleiner Arschkriecher!«

Schließlich hörte er draußen auf dem Gang die Stiefel. »Deine Ausdrucksweise ist im Gefängnis auch nicht besser geworden, was, Beattie?«

Sie schlug die Augen auf. Er trat vors Fenster, so daß das Licht direkt auf sein Gesicht fiel.

»Billy?«

Er trat noch näher heran. Sie musterte ihn von oben bis unten, faßte ihn am Ärmel, während in ihrem Gesicht eine ganze Armee widersprüchlicher Gefühle miteinander kämpfte. Sie entschied sich für das Einfachste. Den Haß auf die Uniform. »Dein Vater würde sich im Grab umdrehen.«

»Tja, vermutlich, wenn er tot wäre. Ist er aber nicht. Er ist quicklebendig, vor allem, wenn's ums Prügeln geht. Frag meine Mutter.« Es hatte ihr noch nie gefallen, wenn er erzählte, wie sein Vater seine Mutter behandelte. Jetzt, mit dieser Bemerkung, waren sie wieder in der Tite Street, im Zimmer hinter dem Laden, Fleischeintopf und Klöße auf dem Herd, Hettie stand vor dem Spiegel über dem Kamin und drehte sich Locken in die Stirn. Bevor das Gefühl von Vertrautheit wieder verschwand, setzte er sich auf das Bettende, und sie rutschte ein wenig beiseite, um ihm Platz zu machen. »Du ahnst nicht, was ich eben gesehen habe«, sagte er in demselben Plauderton und hob einen imaginären Kittel über den Kopf.

Ihr Gesicht leuchtete vergnügt auf. »Die verrückte Mary«, sagte sie. »O Mann, jedem zeigt sie's, dem Pfarrer, dem Direktor. Ich sage: ›Laß sein, Mary, sind ja kaum noch Haare dran.‹ Aber man kann mit ihr nicht vernünftig reden, sie spinnt ein bißchen, aber du würdest staunen, wie viele hier nicht ganz bei Trost sind. Es gibt hier Frauen, die nie und nimmer im Gefängnis sein dürften. Sie brauchen Hilfe. Mensch, wir hatten mal eine Gräfin hier, eine von den irischen Rebellen, ich hab sie auf dem Hof kennengelernt. Sie sagt: ›Du bist also diejenige, die versucht hat, Lloyd George umzubringen. Ich muß dir die Hand schütteln.‹ Ich sage: ›Also, das ist sehr nett von Ihnen, aber ich war's nicht.‹«

»Nein?«

»'türlich nicht.« Sie starrte ihn an. »Hab ich etwa versucht, Lloyd George einen vergifteten Wurfpfeil in den Arsch zu jagen? Nein. Hab ich nicht. Und wenn du mich jetzt fragst: ›Angenommen, du hättest einen vergifteten Wurfpfeil und dort drüben wär Lloyd Georges Arsch, würdest du es dann tun?‹, natürlich würde ich es tun, denn solange dieser Dreckskerl an der Macht ist, wird es keinen Frieden geben.«

Prior schüttelte den Kopf. »Du kannst das doch nicht an einer einzigen Person festmachen.«

»Du vielleicht nicht. Ich schon.«

»Mir ist nicht klar, wie du das mit einer marxistischen Analyse vereinbaren willst.«

»Scheiß auf die marxistische Analyse. Ich hasse ihn einfach.«

Er wartete. »So sehr, daß du ihn umbringen würdest?«

»Ja, so sehr, daß ich ihn umbringen würde. Und zwar ohne Schuldgefühle. Er hat ja auch keine Schuldgefühle, obwohl er Millionen junge Menschenleben weggeschmissen hat.« Sie ließ sich zurücksinken, und ihre Kiefer mahlten. »Ich bin keine schlappe, kraftlose Pazifistin.«

»Es wär vielleicht besser gewesen, wenn du das alles nicht vor Gericht gesagt hättest.«

»Ich habe die Wahrheit gesagt. Die Wahrheit, die ganze Wahrheit und nichts als die Wahrheit.« Sie lachte. »War echt fatal. Weißt du, Billy, es gab mal eine Zeit, ich war eine junge Frau, da konnte ich jedem irgendwas erzählen. Jetzt stellen sie mir eine simple Frage, und die Wahrheit kommt heraus.« Sie schüttelte den Kopf. »Daran sind nur die Scheißquäker schuld, die haben mich so weit gebracht. Diese christliche Ehrlichkeit hat mich ruiniert.«

»Du hast also nicht vorgehabt, ihn umzubringen?«

»Das Gift war für die Hunde bestimmt.«

Sie stemmte sich hoch und lehnte den Kopf an die Wand. Jetzt sah man, wie entkräftet sie war, wie wächsern ihre Haut. Ihre Haare, zuletzt noch braun, waren fast völlig weiß geworden. Dünne Strähnen, die sich aus ihrem Dutt gelöst hatten, fielen ihr in den Nacken. Er wollte schon etwas sagen, doch sie kam ihm zuvor. »Wieso bist du hier, Billy?«

»Um dir zu helfen.«

Sie lächelte. »Und was sollte das alles von wegen Informationen?«

»Das mußte ich sagen. Sie hat draußen gehorcht.«

»Aber du bist tatsächlich vom Rüstungsministerium?«

»Klar. Wie wär ich denn sonst hier reingekommen? Heißt aber nicht, daß ich Informationen haben will.« Er beugte sich vor. »Denk mal nach, Beattie. Welche Informationen hast du denn?«

Sie warf den Kopf zurück. »Du würdest staunen. Ein einziges Kommen und Gehen in meiner Zelle.« Dann verzog sie das Gesicht. »Es gibt hier nicht sehr viele Politische. Das einzige, was sie interessiert, sind ihre Mösen. Irgendwann geht einem das auf den Geist.«

»Erzähl mir, was passiert ist.«

»Heißt das, du weißt es nicht?«

»Ich habe kein Prozeßprotokoll.«

»Nein? Du überraschst mich. Warum wendest du dich nicht an Spragge?«

»Später. Zuerst will ich deine Version hören. Die habe ich nämlich noch nicht gehört.« Er wartete. »Schau, Beattie, was immer an Schaden angerichtet wurde, ist beim Prozeß passiert. Du brauchst keine Namen zu nennen, die nicht damals schon genannt wurden.«

Sie dachte einen Moment nach. »Weißt du, daß Tommy Blekinsop tot ist?«

»Tommy...«

»Der Deserteur, den ich bei mir einquartiert hatte. Du weißt ja, Hettie war ausgezogen, sie arbeitete als Lehrerin in Middleton, das Zimmer stand also leer, und ich dachte mir, da kann ich Tommy unterbringen. Mann, der arme Tommy, elf Kinder, und wenn man ihn so sah, hätte man nie gedacht, daß er Mumm in den Knochen hat. Er sagt zu mir: ›Also, Beattie, ich hab mich nur gemeldet, damit ich meine Ruhe habe.‹ Der Ärmste. Na ja, in der Nacht saßen wir am Kamin, Tommy und ich, es klopft an der Tür, und ich sage zu Tommy: ›Geh nach oben.‹ Ich mache auf, und draußen steht ...« Sie seufzte und starrte vor sich hin. »Spragge. Pitschnaß, es war schauderhaftes Wetter. Er sagt, er hat einen Brief von Mac, also hab ich ihn natürlich reingelassen. Seitdem hab ich viel Zeit zum Nachdenken gehabt. Er war hinter *Mac* her. Mac war der große Fisch, wir sind bloß mit ins Netz gegangen. Und der Brief war echt, er hat Mac genauso reingelegt wie mich, also muß er ziemlich überzeugend gewesen sein, oder? Na jedenfalls, er erklärt, daß er nach Liverpool will, und fragt: ›Kannst du mich für die Nacht unterbringen?‹, und ich sage: ›Tja, eigentlich nicht.‹ Und dann dachte ich, na ja, und sage: ›Wenn es dir nichts ausmacht, das Bett mit jemand zu teilen‹ und erzähle ihm von Tommy. ›Ist er von der anderen Feldpostnummer?‹ fragt er. Also, ich seh ihn bloß an und sage: ›Nein, ich glaub nicht, er hat elf Kinder. Willst du jetzt das Bett haben oder nicht?‹ Da beschloß er, zu bleiben, und wir setzen uns an den Tisch, und nach einer Weile sieht er auf dem Kaminsims das Foto von unserm William. Ich weiß nicht, ob er von unserm William wußte, ich glaube schon, denn immer wieder brachte er das Gespräch auf ihn und sagte, was für ein feiner Kerl er ist und so. Und weißt du, ich hab mir wahnsinnige Sorgen wegen William gemacht, denn ich wußte ja, was los war, er hatte einen Brief rausgeschmuggelt.«

»Was war denn los?«

»Na ja, unser William, also, sie haben ihn nicht anerkannt. Er ... Zum Teil hatte er wohl Pech mit der Prüfungskommission, aber moralische Verweigerer sind für die sowieso ein rotes Tuch. Wenn man religiös ist, kann man sich die beklopptesten Dinge einfallen lassen – man kann sagen, daß man zu Hause auf dem Kaminsims ein Marmeladeglas mit dem Heiligen Geist stehen hat –, das ist in Ordnung, das ist völlig in Ordnung. Wenn man aber sagt: ›Ich finde es unmoralisch, wenn junge Männer an die Front geschickt werden, damit sie sich gegenseitig massakrieren‹, dann hast du Pech gehabt. Der Vorsitzende der Kommission hat doch tatsächlich zu unserem William gesagt: ›Sie sind kein Verweigerer aus Gewissensgründen, denn Sie glauben nicht an Gott, und wer nicht an Gott glaubt, hat kein Gewissen.‹ Auf diesem Niveau lief es. Na jedenfalls, wenn man nicht anerkannt wird, überstellen sie einen sofort der Armee. Man wird von der Militärpolizei in die Kaserne geschafft, und dort bekommt man seinen ersten Befehl, meist ›Ausziehen und die Uniform anziehen!‹ Und natürlich weigern sich die Jungs, dann wandern sie in den Arrest. Unseren William haben sie nach Wandsworth geschickt, und es war wirklich hart. Sie haben ihn splitternackt in eine Zelle mit Steinfußboden gesteckt, im Fenster war keine Scheibe – das war im Januar, wohlgemerkt –, und dann, sagt er, legen sie einfach eine Uniform neben dich und warten so lange, bis du sie anziehst. Natürlich hab ich mir furchtbare Sorgen gemacht, ich dachte, er holt sich eine Lungenentzündung, aber in seinem Brief schrieb er, daß ihm nicht die Kälte zu schaffen machte, sondern das ständige Beobachtetwerden. Das Auge in der Tür.« Sie lachte. »Zuerst wußte ich nicht, was er damit meinte.«

Sie sah an Priors Schulter vorbei. Er drehte sich um und folgte ihrem Blick. Er sah ein kunstvoll gemaltes Auge. Das Guckloch war die Pupille, aber ringsherum hatte jemand mit viel Zeit und Mühe eine geäderte Iris gemalt, das Augenweiß, Wimpern und ein Augenlid. Dieses Auge, das dort nicht hingehörte, irritierte Prior. Für einen Moment war er wieder in Frankreich, sah Towers' Augapfel in seiner Handfläche. Er blinzelte das Bild weg. »Das ist ja grauenhaft«, sagte er und wandte sich wieder Beattie zu.

»Es ist nicht so schlimm, solange es an der Tür bleibt.« Sie tippte sich an den Kopf. »Kritisch wird's, wenn es hier drinnen anfängt.«

»Also, erzähl weiter. Er hat von William gesprochen.«

»Ja, immer wieder brachte er das Gespräch auf ihn, und natürlich hatte ich Angst, und so kam alles heraus. Ich hab ja nicht nur an unseren William gedacht, sondern an alle.«

»Verweigerer?«

»Du weißt, daß ich es nicht so meine.«

Ja, dachte er. Sie war einer von diesen Menschen, denen jeder Tod naheging. Sie hatte es nie gelernt, beim Frühstück die Verlustmeldungen zu lesen und dann einen unbeschwerten Tag zu verbringen, wie das die allermeisten Zivilisten konnten. Wenn sie das gelernt hätte, wäre sie jetzt vermutlich nicht hier. »Erzähl weiter«, sagte er.

»Er sah, daß ich aufgeregt war, und sagt: ›Wollen wir nicht was trinken?‹ Na ja, das Geld war ein bißchen knapp, ich mußte ja auch noch für Tommy sorgen, aber er sagte: ›Mach dir keine Gedanken, ich bezahl schon.‹ Dann verschwand er in der Küche, kam mit zwei riesigen Krügen und ging raus. Puh, Starkbier. Also, du kennst mich, Billy, zwei Gläser davon, er war wie mein verlorener Bruder, und da hab ich's getan. Ich habe alles rausgelassen. Ich habe Lloyd George verflucht, ich habe den König verflucht, ich weiß nicht, wen ich sonst noch alles verflucht habe, aber ich war einsam, Billy. Seit Monaten hatte ich mit niemand mehr gesprochen, außer mit Tommy, und der zählte nicht, der Arme. Der war fix und fertig mit den Nerven. Und beim Prozeß kam natürlich alles durcheinander. Er behauptete, ich hätte andauernd davon gesprochen, daß Lloyd George sterben würde. Ich weiß noch genau, was ich gesagt habe. Ich sage: ›Lloyd George, dieses gottverdammte Drecksschwein, hat einen Kopf wie ein Vierzig-Shilling-Pißpott, aber paß auf, er wird es noch bereuen.‹ So. Das war's. Das war die Todesdrohung.« Sie schüttelte den Kopf. »Von wegen. Na ja, wir hatten den zweiten Krug schon halb ausgetrunken – oder ich zumindest –, da sagt er: ›Kann ich dir vertrauen?‹ Ich sage: ›Wenn nicht, dann würdest du jetzt aber ganz schön in der Patsche sitzen.‹ Und dann fängt er an, mir von diesem Gefängnis zu erzählen, wo es ziemlich schlimm zuging. Schlimmer als in Wandsworth. Und weißt du was, all die Sachen, die er mir erzählt, die hatte er von mir. Von wegen nackt in der Zelle liegen und so, aber ich war zu doof, um es zu merken. Und dann sagt er, er und ein paar Kumpel hätten eine

Möglichkeit gefunden, wie man die Jungs rauskriegt. Sie hatten eine Kontaktperson in der Anstalt, angeblich ein Aufseher. Aber, sagt er, das Problem sind die Hunde. Sie haben diese Hunde, die den Zaun bewachen. Ich sage: Dann eben Gift. Er sagt, tja, es gibt da nur ein Problem. Wegen des Aufsehers mußte es so aussehen, als hätte es jemand von außen gemacht. Sie wollen nicht, daß er auffliegt. Also sage ich: Curare.«

»Ein vergifteter Wurfpfeil durch den Zaun?«

»Ja.«

»Auf die Hunde?«

»Ja.«

»Dir ist natürlich klar«, sagte Prior, »daß nicht viele Leute Curare kennen?«

Zum erstenmal wirkte sie verunsichert. »Na ja, ich hab in einem Buch über Südamerika darüber gelesen, und dann hab ich Alf davon erzählt, dem Mann von Winnie, und der sagt: O ja, wir haben was in unserem Labor. Nur so habe ich davon erfahren.«

»Und vorher nie daran gedacht, Lloyd George umzubringen? Im Prozeß hieß es, du hättest schon einmal vorgehabt, einen Anschlag auf ihn zu verüben, als du noch bei den Suffragetten warst.«

»Die Aktionen der Suffragetten haben sich nie gegen Personen gerichtet. Das war eine Frage der Ehre: Sachen, aber nicht Menschenleben. Das beweist nur, wie dumm Spragge war, stimmt's? Konnte sich nicht mal eine überzeugende Lüge ausdenken.«

»Die Geschworenen scheint er überzeugt zu haben.«

»Du weißt so gut wie ich, wie es beim Prozeß zuging. Setz irgendeinen Pazifisten auf die Anklagebank, meinetwegen auch Jesus Christus, und laß den größten Banditen gegen ihn aussagen, und was meinst du, wem man glauben wird.«

»Wie hat er reagiert, als du von dem Curare gesprochen hast?«

»Er sagt, ja, aber wie soll er an das Zeug rankommen. Ich

sage, ich weiß, wo man es herkriegt, aber es ist zu riskant. Und dann sagt er, wenn ich ihm helfe, wird er mir helfen. Er wollte den kleinen Tommy rüber nach Irland bringen, und damit war die Sache für mich entschieden, denn Tommy wurde mit der Zeit immer komischer. Ich meine, ich dachte wirklich, wenn ich ihn nicht irgendwie los werde, dann hab ich bald einen Verrückten im Haus, wie Lily Braithwaites Mann. Du weißt ja, in welchem Zustand der zurückgekommen ist.«

»Du hast dich also bereit erklärt, das Curare zu beschaffen?«

»Ja, er gab mir eine Adresse und sagte, ich soll ihm schreiben, sobald ich das Zeug habe. Ich schrieb an Winnies Alf, und in seinem Antwortbrief war von Hunden die Rede, aber dieser Brief ist vor Gericht nie aufgetaucht, ich glaube, man hat ihn einfach beseitigt. Und Alf sagte, er würde das Zeug beschaffen. Er arbeitet ja in einem großen Pharmalabor, er bekam das Gift nur gegen Unterschrift. Er hatte aber keine Bedenken, verstehst du, weil die Hunde ganz woanders sterben sollten, so daß niemand einen Zusammenhang herstellen würde. Aber glaubst du im Ernst, er hätte mit seinem Namen unterschrieben, wenn er gewußt hätte, daß es für Lloyd George gedacht war?«

»Und dann?«

»Ich hab gewartet. Es kam und kam keine Post, aber natürlich wurden alle Briefe geöffnet, ohne daß wir etwas ahnten. Das Päckchen wurde geöffnet. Und als es schließlich zugestellt wurde, stand im nächsten Moment die Polizei vor der Tür. Und ich wurde verhaftet, weil ich angeblich Lloyd George *und andere Personen* umbringen wollte. Das ist noch so etwas, was sie fallengelassen haben. Es ging nicht bloß um Lloyd George. Angeblich wollte ich Hunderte von Leuten umbringen. Natürlich konnte ich darauf nichts antworten als ›Das Gift war für die Hunde.‹ Aber ich konnte es nicht beweisen, Spragges Aussage stand gegen meine. Und er arbeitete für das Scheißrüstungsministerium. Na ja, und der

Prozeß. Weißt du, daß er beim Prozeß alle Briefe vorgelesen hat?«

»Smith?«

»Ja, Smith. Der Staatsanwalt. Oh, es war eine große Ehre für mich, die ganzen schweren Geschütze wurden aufgefahren. Und er las alle meine Briefe vor, daß Winnies Tage überfällig sind und so. Und er hat die Wörter so vorgelesen, wie sie dastanden. Einfach, um mich lächerlich zu machen, ich kann nämlich nicht richtig buchstabieren, hab ich noch nie gekonnt. Aber ich möchte mal wissen, wie gut er schreiben könnte, wenn er mit acht von der Schule abgegangen wäre.«

»Das hätte er nicht tun dürfen.«

»Ich konnte mich ja nicht wehren. Und die Sprache. Er kam einfach nicht über diese Ausdrücke hinweg, diese schreckliche, grobe, unanständige, ordinäre Frau, die diese ganzen Wörter verwendete, die seine süße kleine Gattin bestimmt nicht einmal kannte!«

Prior lehnte sich an die Wand. Er hatte Schwierigkeiten mit dem Auge in der Tür. Sich ihm zuzuwenden war unerträglich, weil man nie sicher sein konnte, ob sich im Zentrum des gemalten Auges nicht ein menschliches Auge verbarg. Und ihm den Rücken zuzukehren war noch schlimmer, weil es nichts Unangenehmeres gibt, als von hinten beobachtet zu werden. Und wenn er im rechten Winkel dazu saß, hatte er ständig den irritierenden Eindruck, als wollte jemand seine Aufmerksamkeit auf sich lenken. Es ermüdete ihn. Und wenn *er* schon nach weniger als einer Stunde müde war, wie mochte es Beattie gehen, die seit mehr als einem Jahr damit klarkommen mußte? Er bemerkte, daß der Kübel an einem Ort stand, der von der Tür aus einzusehen war. »Warum steht der Kübel dort?« fragte er.

»Weil irgendeine arme Kuh sich in ihrer eigenen Pisse ertränkt hat.«

»Mein Gott.« Er starrte sie an. »So schlimm ist es mit dir aber noch nicht, oder?«

»Nein, es geht. Die Sache ist nur, Hungerstreik wird bestraft. Das heißt, ich bekomme keinen Besuch mehr. Unsere Hettie hab ich seit ... ich weiß nicht wie lange nicht mehr gesehen, es muß zwei Monate hersein.«

»Ich werde sehen, was ich tun kann.«

»Das hat Spragge auch gesagt. Als ich ihm erzählte, daß ich Tommy nicht nach Irland bringen kann, sagte er: Ich werde sehen, was ich tun kann.«

»Der Unterschied ist nur, ich verlange nichts dafür.«

Sie berührte seinen Arm. »Wir waren mal gute Freunde, Billy. Du warst wie ein Sohn für mich.« Sie zögerte. »Ich werde dich nicht fragen, auf welcher Seite du stehst, könnte sein, du sagst mir nicht die Wahrheit, und wenn doch, würde ich dir nicht glauben. Aber sag mir nur das eine. *Weißt* du, auf welcher Seite du stehst?«

Er sah sie an und lächelte, gab aber keine Antwort.

4

Das Rüstungsministerium war im Hotel Metropole untergebracht. Hinter dem Empfangstresen, der jetzt von bewaffneten Polizisten bewacht wurde, hatten einst glattgesichtige junge Männer gestanden, die es gewohnt waren, nicht erstaunt zu gucken, wenn sich das sechste Paar in Folge unter dem Namen Smith eintrug oder vornehme Herren, die von auffällig unvornehm wirkenden Neffen begleitet wurden, ein Doppelzimmer verlangten. Mit diesen harmlosen Mätzchen war jetzt Schluß, dachte Prior, während er durch das Foyer schritt. Meine Güte, wie die Moral verfallen war.

Im dritten Stockwerk klopfte er an Major Lodes Tür. Lode schaute von der Akte auf, in der er gerade las, und strich, wie immer, wenn er von etwas Unvorhergesehenem überrascht wurde, über die Enden seines mächtigen, seidig rotgolden schimmernden Schnurrbartes. Aller Biologie zum Trotz betrachtete Prior diesen Schnurrbart als weibliches Zierelement – vielleicht, weil er soviel Schutz vor der Außenwelt zu fordern schien.

»Wie ging's?« fragte Lode.

»Ganz gut. Sie war ... zuerst ziemlich mißtrauisch, aber dann ist sie redseliger geworden.«

»Haben Sie MacDowell erwähnt?«

»Nur beiläufig. Ich hielt es für besser, mich nicht auf ihn ... zu konzentrieren.«

»Hm, ja, ganz recht. Also, wie sieht der nächste Schritt aus?«

»Ich würde gern mit Hettie Roper sprechen. Die jüngere Tochter. Sie erinnern sich, sie ist mit MacDowell gegangen.«

Lode lächelte. »Mit ihm gegangen? Ja. Ich dachte gerade, was für ein komischer Ausdruck. Aber ich hatte angenommen, es wäre aus? Das hat sie jedenfalls der Polizei erklärt.«

»Das glaube ich nicht. Sie waren viel zu gut befreundet.«

»Na ja, tun Sie, was Sie für notwendig halten. Gut.«

Und jetzt, dachte Prior, während er die Tür leise hinter sich schloß, kannst du dein Scheißbüro ausräuchern. »Was für ein komischer Ausdruck.« Dich steck ich in die Tasche, sagte er zu der geschlossenen Tür. Lode hatte keine Ahnung. Er hatte sein ganzes Leben – inklusive seine Kindheit – in uniformierten, disziplinierten hierarchischen Institutionen zugebracht und konnte sich einfach nicht vorstellen, daß andere Menschen möglicherweise anders funktionierten. Für ihn war das Ganze ein großes Schachbrett. Diese bunte Truppe aus Quäkern, Sozialisten, Anarchisten, Frauenrechtlerinnen, Gewerkschaftlern, Sieben-Tage-Adventisten und weiß der Himmel wem war nur eine raffinierte Tarnung, hinter der die wahre Antikriegsbewegung lauerte; eine disziplinierte, höchst effiziente Geheimorganisation, die ebenso überzeugt und entschlossen für den politischen Umsturz kämpfte, wie Lode sich dem Erhalt des Staates verschrieben hatte. Und auf der anderen Seite des Spielbretts saß, schwer faßbar, hartnäckig, gefährlich, der Anführer der gegnerischen Kräfte, der schwarze König höchstpersönlich: Patrick MacDowell. Diese Sichtweise war natürlich nicht völlig absurd. Mac war zweifellos ein entschiedenerer Opponent gegen den Krieg als die meisten anderen, und sei es auch nur deswegen, weil er einfach nicht leiden wollte. Der arme Mac, er hatte schon als Zehnjähriger genug erlebt.

Prior ging den Korridor entlang zu seinem Zimmer, das kaum größer als ein Schrank war, winzig im Vergleich zu Lodes Büro. In der Vorkriegszeit waren hier sicher Leute abgestiegen, die für ihre Sünde nur wenig Geld ausgeben konnten. Er fühlte sich schmutzig nach der langen Zugfahrt, körperlich schmutzig, und als er in den kleinen Spiegel über dem

Waschbecken schaute, sah er, daß sein Gesicht voller Rußflecken war. Er wusch sich, so gut es eben ging, ohne sich ausziehen zu müssen, und begann dann, den Aktenschrank durchzustöbern. Er hatte eine Liste von Akten aufgestellt, in denen Berichte von Lionel Spragge enthalten waren, und brauchte nicht lange, um sie herauszusuchen und auf den Schreibtisch zu packen. Ihm blieb eine Stunde, um sie durchzusehen, bevor Spragge erscheinen würde. Spragge hatte erst gar nicht ins Ministerium kommen wollen, sondern vorgeschlagen, sich woanders mit ihm zu treffen, in einer Kneipe etwa, aber Prior wollte, daß ihre erste Begegnung auf seinem eigenen Terrain stattfand.

Da er die Berichte schon mehrmals gelesen hatte, brauchte er also nur sein Gedächtnis aufzufrischen. Als er zu Beatties Akte kam, zu Spragges Bericht über die Affäre Roper und zu seiner eidesstattlichen Erklärung, las er langsamer. Nach einer Weile schaute er hoch. Irgend etwas im Zimmer irritierte ihn. Er blickte sich um, sah aber nichts Ungewöhnliches, und dann wurde ihm klar, daß es in ihm selbst gewesen war. Bis jetzt war er nicht wütend gewesen.

LIONEL ARTHUR MORTIMER SPRAGGE
gibt die folgende eidesstattliche Erklärung ab:

2. Februar 1917. Ich arbeite seit dem 1. Juli 1916 für das Rüstungsministerium. Meine Aufgabe ist es, Erkundigungen über diverse Organisationen einzuziehen, u. a. die Independent Labour Party und die Vereinigung der Kriegsdienstverweigerer. Meine Berichte gingen an Major Lode. Er war mein Vorgesetzter, meine Anweisungen bekam ich hauptsächlich von ihm.

Zwischen Oktober und Dezember 1916 wurde ich nach Liverpool entsandt, um dort Informationen über einen gewissen Patrick MacDowell zusammenzutragen. Er war der führende Kopf der Streiks in den Munitionsfabriken in Sheffield gewesen. Ich berichtete MacDowell, daß ich in die Gegend von Manchester gehen wolle. Er gab mir einen Brief für Mrs. Beatrice Roper mit. In der Nacht des 23. Dezember besuchte ich Mrs. Roper in ihrem Laden in 11 Tite Street in Salford und gab ihr den Brief. Nachdem Mrs. Roper den Brief gelesen hatte, war sie bereit, mich bei sich aufzunehmen, und wir gaben uns herzlich die Hand. Sie saß am einen Ende des Tisches, ich saß neben ihr. Im Haus wohnte zu dieser Zeit noch ein anderer Mann, der mir als Tommy Blekinsop vorgestellt wurde, ein Fahnenflüchtiger. Er kam erst später herunter. Mrs. Roper wollte Genaueres über mich wissen. Ich erklärte, daß ich nicht als Kriegsdienstverweigerer anerkannt worden wäre und seit September auf der Flucht sei. Ich erzählte, daß ich in einem Gefängnis gesessen hätte, und schilderte wohl auch die Behandlung, die ich dort erfahren hätte. Daraufhin sagte sie: »Genau wie bei meinem William.« Sie stand auf und nahm ein Foto von der Kommode. Es war ein kleines Foto ihres Sohnes, William Roper. Sie zeigte mir das Foto und sagte, daß sie vor dem Krieg in der Suffragettenbewegung aktiv gewesen sei und daß sie eine Kirche niedergebrannt habe. Ihre Worte waren, wenn ich mich recht erinnere: »Hast du von St. Michael gehört? Sie hätten uns fast erwischt, aber wir haben es geschafft.« Sie lachte und sagte: »Du hättest die lodernden Flammen sehen sollen!« Dann sagte sie: »Aber das war noch nicht alles.« Sie erzählte mir, daß sie, zusammen mit anderen, einen Anschlag auf Mr. Lloyd George plane, und zwar mittels eines mit Curare bestrichenen Nagels, der sich durch seine Schuhsohle bohren sollte und sofort Mattigkeit und Lähmungen auslösen würde. Die Aktion sollte auf der Isle of Wight stattfinden, wo Mr. Lloyd George sich seinerzeit aufhielt. In dem betreffenden Hotel arbeitete ein Kellner, der mit der Frauenbewegung sympathisierte. An den Namen des Hotels oder den des Kellners erinnere ich mich nicht mehr. Ich fragte sie, warum es mit dem Anschlag nicht geklappt habe. Sie antwortete: »Dieser saublöde, gottverdammte Lump hat sich nach Frankreich verpißt.« Mrs. Ropers Ausdrucksweise war die meiste Zeit recht gut, aber jedesmal, wenn sie von Mr. Lloyd George sprach, wurde sie ordinär. Ich erkundigte mich dann vorsichtig nach Mrs. Ropers Einstellung gegenüber Mr. Lloyd George. Sie brachte mehrmals zum Ausdruck, daß er beseitigt werden müsse. Dann fragte ich sie, ob es noch jemand anders gebe, den man umbringen sollte, und sie sagte: »Ja, dieser andere George, dieser alte Tattergreis im Buckingham Palace, der ist auch noch fällig.«

Dann fragte ich sie, ob das alles nur Gerede sei oder ob es

> schon einen festen Plan gebe. Sie antwortete: »Kann ich dir vertrauen?« Ich sagte, daß sie andernfalls ja ziemlich in der Bredouille stecken würde. Daraufhin sagte sie, daß sie wisse, woher man Curare bekommen könne, und daß der Golfplatz von Walton Heath ein geeigneter Ort sei, um Mr. Lloyd George mit einem Luftgewehr zu erwischen. Sie sagte, sie kenne drei zuverlässige Burschen in London, die die Sache erledigen würden. Dann fragte sie mich, ob ich mitmachen wolle, und ich hielt es für meine Pflicht, mich zustimmend zu äußern, um an weitere Informationen heranzukommen. Ich verbrachte die Nacht in Mrs. Ropers Haus, und am anderen Morgen lieferte ich Major Lode meinen verschlüsselten Bericht ab.

Spragge war ein großer, bulliger, kerngesund aussehender Mann mit buschigen Brauen und auffälligen blaugrünen Augen, die außen leicht nach unten gezogen waren. Das massige Gesicht saß übergangslos auf den breiten Schultern. Aus den Ohren, den Nasenlöchern und den Hemdmanschetten sprossen Haare. Er war so eindeutig und ungeschlacht potent wie ein Ziegenbock. Beattie wird sich in ihn verguckt haben, dachte Prior, als er aufstand, um ihm die Hand zu geben. Er überlegte, woher er das wußte und warum es ihm soviel ausmachte.

»Ich habe Sie zu mir gebeten«, sagte Prior, nachdem Spragge sich gesetzt hatte, »weil wir möglicherweise einen neuen Auftrag für Sie haben.« Er bemerkte die aufblitzende Hoffnung. Spragge war weniger gepflegt, als es auf den ersten Blick ausgesehen hatte. Sein Anzug war abgetragen, die Manschetten waren ausgefranst. »Sie werden den Zeitungen entnommen haben, daß in den Munitionsfabriken momentan große Unruhe herrscht. Besonders im Norden, wo Sie längere Zeit gewesen sind. Neunzehnhundertsechzehn, nicht wahr?«

»Ja, ich ...«

»Bei MacDowell. Der kurz zuvor aus der Haft entlassen worden war, wenn ich recht informiert bin?«

»Ja, er ist ein Fahnenflüchtiger. Kriegsdienstverweigerer. Ein Schrank von einem Kerl. Sollten ihn mal sehen, meine

Güte. Und daneben diese schwächlichen Typen, die nach Frankreich geschickt werden.« Spragge wirkte entschieden nervös. »Ich glaube nicht, daß ich mich noch einmal an ihn heranmachen kann. Ich meine, er kennt mich ja.«

»Er kennt Sie vom Fall Roper her, wie?«

»Schon vorher.«

»Ihr Rat könnte uns aber sehr nützlich sein. Selbstverständlich dürfen wir Sie nicht mehr in den Gebieten einsetzen, in denen Sie bereits aktiv waren.«

Spragge schien erleichtert.

»Sie haben MacDowell im Sommer neunzehnhundertsechzehn kennengelernt? In Sheffield?«

»Ja, ich sollte mich in der Gewerkschaftsbewegung umhören.«

Prior tat, als studiere er seine Unterlagen. »Sie haben sich bei Edward Carpenter einquartiert?«

»Jawohl.« Spragge beugte sich vor, und sein rosiges Gesicht glänzte vor Schweiß, als er mit ominöser Stimme flüsterte: »Carpenter ist von der anderen Feldpostnummer.«

»Scheint so.« Wieder dieser Ausdruck. Kein Wunder, daß er sich Beattie eingeprägt hatte. Spragge selbst hätte natürlich eher einen Ausdruck wie »warmer Bruder« verwendet. »Von der anderen Feldpostnummer«, das war Major Lode, der Prior, und zwar ausgerechnet im Café Royal, erklärt hatte: »England wird in die Knie gezwungen. Nicht von Deutschland« – hier hatte er so kräftig mit der Faust auf den Tisch gedonnert, daß Teller und Geschirr in die Höhe gehüpft waren –, »NICHT VON DEUTSCHLAND, sondern von einer unheiligen Allianz aus Sozialisten, Sodomiten und Gewerkschaftlern.« Prior hatte nicht gewußt, was er darauf antworten sollte, da er keine gewerkschaftlichen Erfahrungen besaß. »Ist das denn so wichtig?«

»Für mich schon. Die Tür ließ sich nicht abschließen.«

»Er ist immerhin achtzig, oder?« sagte Prior.

Spragge rutschte auf seinem Stuhl herum. »Aber noch gut beieinander.«

»Tags darauf sind Sie zu einer Versammlung gegangen, bei der Carpenter eine Rede hielt.«

»Ich bin mit Carpenter hingegangen.«

»Und im Laufe seiner Rede rezitierte er einige ... nun, wie würden Sie es nennen? Gesänge? Gedichte? Verherrlichungen der gleichgeschlechtlichen Liebe?«

»Richtig. In aller Öffentlichkeit.«

»Nun ja, es war eine öffentliche Veranstaltung, nicht wahr? Und anschließend sind Sie in einen Nebenraum gegangen und wurden dort einigen Leuten vorgestellt, darunter auch dem Verfasser dieser Gedichte?«

»Ja.«

»Walt Whitman.«

»Ja.«

»Walt Whitman ist ein amerikanischer Dichter.« Prior wartete darauf, daß Spragges Mund aufging. »Er ist tot.«

»Er hat auch nicht besonders gut ausgesehen.«

»Achtzehnhundertneunzehn bis achtzehnhundertzweiundneunzig.«

Spragge warf den Kopf zurück. »Na ja, es war das Geld.«

»Ah ja?«

»Klar. Zweieinhalb Pfund die Woche hat er mir versprochen. Aber er sagt, es müssen gute Informationen sein, und man mußte zusehen, daß sie regelmäßig kamen.« Spragge lehnte sich schnaufend zurück. »Ganz egal, wie gut sie waren, ich hatte nie zweieinhalb Pfund auf der Hand, regelmäßig, einfach so. Prämien, ja. Aber was nützen einem hin und wieder Kleckerbeträge? Ich habe Familie.«

»Sie haben Prämien bekommen?«

»Ab und zu.«

»Wenn Sie etwas Besonderes abgeliefert haben?«

Spragge zögerte. »Ja.«

»Wie hoch war die Prämie, die Sie für Beattie Roper bekamen?«

Spragge zögerte wieder, sagte sich dann aber offensichtlich, daß er nichts zu verlieren hatte: »Nicht hoch genug.«

»Aber Sie haben eine gekriegt?«

»Ja.«

»Alles auf einmal?«

»Eine Hälfte bei der Verhaftung, die andere bei Verurteilung.«

»Ihnen wurde eine Prämie versprochen für den Fall, daß sie verurteilt wurde?«

»Schauen Sie, ich weiß, worauf Sie hinauswollen. Sie glauben, daß ich unter Eid eine falsche Aussage gemacht habe. Da täuschen Sie sich aber. Glauben Sie, ich riskiere – wieviel, fünf Jahre? – für schlappe fünfzig Pfund? 'türlich nicht. Müßte ja bekloppt sein.«

»Oder verschuldet.«

Spragge blinzelte. »Bloß weil das mit Walt Whitman gelogen war, heißt das noch lange nicht, daß ich immer lüge. Es war mein erster Bericht, ich wußte überhaupt nicht, wie ich ihn vollkriegen soll.«

»Sie haben mit Mrs. Roper nie über Hunde gesprochen.«

Spragge machte eine unwirsche Handbewegung. »Was für Hunde? Verdammt noch mal, es gab keine Hunde. In Gefängnissen werden keine Hunde eingesetzt. Sie wissen es vielleicht nicht, aber sie weiß es. Sie hat mit Männern gesprochen, die jedes englische Gefängnis von innen kennen. Sie *weiß*, daß es nirgends Hunde gibt.« Er starrte Prior an. »Haben Sie mit ihr gesprochen?«

»Ich habe sie verhört, ja.«

Spragge schnaubte verächtlich. »Na, da kann ich nur sagen, die alte Kuh hat Ihnen schön was vorgemacht.«

»Ich habe nicht gesagt, daß ich ihr *geglaubt* habe.«

»Sie wurde verurteilt. Was Sie glauben, ist uninteressant.«

»Im Hinblick auf Ihre weiteren beruflichen Chancen ist es keineswegs uninteressant.« Prior ließ ihm Zeit, das zu verdauen. »Der Brief, der mit dem Gift kam. Von Mrs. Ropers Schwiegersohn.« Er zog die Akte heran. »›Aus der Nähe tun mir diese armen Geschöpfe leid. Tot in zwanzig Sekunden.‹«

»Das beweist doch nur, daß der Schwiegersohn glaubte, daß es für die Hunde war. Irgend etwas wird sie ihm ja wohl gesagt haben, oder?«

»Sie behaupten noch immer, daß sie einen Anschlag auf Lloyd George vorhatte?«

»Ja.«

»Und daß die Idee dazu von ihr kam und nicht von Ihnen?«

»Ja doch. Sie brauchte keine Ermunterung.«

»Bis hin zu den Details? Beispielsweise, daß der Golfplatz von Walton Heath ein geeigneter Ort sei?«

»Richtig.«

»Woher sollte sie das wissen? Sie hat ihr ganzes Leben in den Slums von Salford verbracht. Wie soll sie wissen, wo Lloyd George Golf spielt?«

Spragge zuckte mit den Schultern. »In der Zeitung gelesen? Es ist doch kein Staatsgeheimnis.« Er beugte sich vor. »Sie sollten vorsichtig sein, wissen Sie. Wenn Sie sagen, daß ich als *agent provocateur* aufgetreten bin – und das behaupten Sie doch, oder? –, dann heißt das, daß Major Lode einen *agent provocateur* eingesetzt hat. Entweder wissentlich, dann ist er ein Schurke, oder unwissentlich, dann ist er ein Trottel. Beide Möglichkeiten sind seiner Karriere nicht gerade förderlich. Sehen Sie sich vor. Es könnte sein, daß *Ihr* Kopf auf dem Richtblock landet.«

Prior machte eine abwehrende Geste. »Wer redet denn von Richtblock? Ich spreche mit einem neuen Agenten, für mich neuen Agenten. Und ich habe klargestellt – zumindest hoffe ich es –, daß mir die kleinste Ungenauigkeit – Walt Whitman wiederauferstanden von den Toten – auffallen wird. Wenn es *keine* Ungenauigkeiten gibt, dann ... dann ist alles in Ordnung.« Mit der Miene desjenigen, der endlich zum Kern der Sache kommen will, zog Prior eine andere Akte heran. »Und jetzt erzählen Sie mir, was Sie von MacDowell wissen.«

Nachdem er Spragge ausgequetscht hatte – für ihn war nichts Neues herausgekommen – und ihn mit der Aufforderung, zu Hause auf weiteren Bescheid zu warten, weggeschickt hatte, blieb Prior, das Kinn auf die Hände gestützt, eine Weile reglos sitzen.

»Das Gift war für die Hunde.«

»Verdammt noch mal, es gab keine Hunde. Sie wissen es vielleicht nicht, aber sie weiß es.«

Hatte Beattie in ihrem kleinen Eckladen in der Tite Street womöglich doch einen Plan entwickelt, den Premierminister umzubringen? Die Beattie, die er vor dem Krieg gekannt hatte, hätte das nicht getan, aber diese Beattie war schließlich am Ort verwurzelt gewesen. O ja, sie galt als sonderbar – jede Frau aus der Tite Street, die für die Suffragetten arbeitete, galt als sonderbar. Aber sie war nicht isoliert gewesen. Das kam erst mit dem Krieg.

Kurz nach Kriegsausbruch war Miss Burtons kleiner Hund verschwunden. Miss Burton war eine alte Jungfer, die ständig in die Kirche ging, sich um den Blumenschmuck kümmerte, für Ordnung sorgte und sich in einer hoffnungslosen Liebe zum Pfarrer verzehrte – wie hoffnungslos, wußte wahrscheinlich nur Prior. Er war seinerzeit, in Erwartung seines Stellungsbefehls, zu Hause gewesen und hatte ihr bei der Suche nach dem Hund geholfen. Sie fanden ihn, von Mücken umschwärmt, mit aufgeschlitztem Bauch am Eisenbahngitter angebunden. Es war ein Dachshund. Einer vom Feind.

In diesem Klima hatte Beattie den Mut gefunden, Pazifistin zu werden. Die Leute kauften nicht mehr bei ihr ein. Ohne ihren Schrebergarten wäre die Familie verhungert. Es flogen so viele Steine durch das Fenster, daß sie es irgendwann nicht mehr reparieren ließen, sondern mit Brettern abdeckten. Regelmäßig fiel Scheiße – Hunde- und Menschenscheiße – durch den Briefschlitz auf den Teppich. In dieser Isolation, in diesem Halbdunkel, hatte Beattie Deserteure untergebracht und später, nach dem Erlaß des Wehrpflichtgesetzes, junge Männer, die nicht als Kriegsdienstverweigerer anerkannt worden waren. Bis dann eines Tages Spragge, mit einem Brief von Mac in der Hand, bei ihr angeklopft und den geplanten Anschlag auf den Premierminister entdeckt hatte. Jedenfalls behauptete er das.

War sie imstande, einen Anschlag auf Lloyd George zu verüben? Prior glaubte nachvollziehen zu können, wie die Ohnmächtigen irgendwann anfangen, Allmachtsvorstellungen zu entwickeln. Die Insignien elender Schinderei, Besen und Kochtopf, verwandeln sich in fliegende Besenstiele und Hexenkessel, *und das nicht nur in den Augen der Verfolger*. Zuerst mochte es nur wilde und heftige Worte geben, Prophezeiungen, daß Lloyd George ein furchtbares Ende finden werde, und dann, angetrieben von Spragge – denn welchen Part Beattie auch spielte, Spragge war nicht unschuldig –, der plötzliche Entschluß, die Phantasie zu verwirklichen: den Mann zu vernichten, den sie für die Verlängerung des Krieges und die Millionen von Toten verantwortlich machte.

Lode dürfte Spragge unschwer geglaubt haben. Der Giftanschlag fügte sich sehr gut in seine Theorien von der Antikriegsbewegung. Keine sonderlich realistische Sichtweise, dachte Prior, weder auf der einen noch auf der anderen Seite. Er war es gewohnt, Politik als Ausdruck widersprüchlicher Interessen zu betrachten, doch was hier passiert war, schien weniger ein Interessenkonflikt zu sein als vielmehr ein verhängnisvolles Aufeinandertreffen diverser Phantasien.

Er packte die Aktenordner weg. In dieser Situation mußte man an den wenigen Gewißheiten festhalten, und er war überzeugt, daß Spragge unter Eid falsch ausgesagt hatte. Allein schon die Tatsache, daß Spragge der einzige Zeuge gewesen war, hieß, daß das Urteil fragwürdig war.

Er verschloß den Aktenschrank und seine Zimmertür und ging den Korridor entlang. Der Lift saß im fünften Stock fest. Prior beschloß, nicht zu warten, sondern die Treppe hinunterzugehen. Im Mezzanin blieb er stehen und blickte in das Foyer hinunter, wie er das oft tat, und dabei stellte er sich vor, wie das Hotel vor dem Krieg ausgesehen haben mußte, bevor die Monotonie von Schwarz und Khaki eingesetzt hatte.

Der Umriß eines Kopfes erregte seine Aufmerksamkeit. Charles Manning, der auf den Lift wartete, und bei ihm – du meine Güte – Winston Churchill und Edward Marsh. Prior beobachtete die drei. Manning, obschon eindeutig der Jüngste, schien sich in ihrer Gesellschaft völlig ungezwungen zu bewegen. Zweifellos scharwenzelte er nicht nur um die beiden herum, denn sie lachten alle drei, und als sie den Lift betraten, ruhte Marshs Hand kurz auf Mannings Schulter. Sieh mal einer an, dachte Prior und setzte seinen Weg nach unten fort. »Beziehungen«, in der Tat!

Prior bewohnte eine heruntergekommene Souterrainwohnung in Bayswater. Er hätte sich etwas Besseres leisten können, doch er gab sein Geld lieber für maßgeschneiderte Uniformen aus, und die waren nicht gerade billig. Sein Schlafzimmer hatte eine Terrassentür, die auf einen kleinen, ummauerten Hof hinausging, in dem es so dunkel war, daß er nie Lust hatte, im Freien zu sitzen, obwohl ihn seine Wirtin öfter dazu ermuntert hatte. Die Mauern waren bis zu einer Höhe von etwa dreieinhalb Metern cremefarben getüncht, und ein paar armselige Pflanzen kümmerten in den verschiedensten Töpfen vor sich hin.

Das Zimmer war klein und L-förmig. Sein Bett stand im senkrechten Teil des L, vor dem Fenster, mit einem Tisch und einem Stuhl am Fußende. An der Grundlinie des L stand ein Kleiderschrank, in dessen Tür ein ovaler Spiegel eingelassen war. Für etwas anderes war kein Platz mehr.

Das Badezimmer befand sich gleich daneben. Prior nahm ein lauwarmes Bad und legte sich dann, eingewickelt in seinen Bademantel, aufs Bett und zündete sich eine Zigarette an. Er war zu müde, um etwas Konstruktives zu denken, trotzdem arbeitete es unablässig in seinem Kopf. Das war genau die Verfassung, in der er schlecht schlief, und es ärgerte ihn, daß er ihr so hilflos ausgeliefert war – so sehr, daß er fast weinen mußte.

Er dachte an Beattie in ihrer Zelle. Anderthalb Jahre, seit

Lionel Spragge bei ihr angeklopft hatte. Vor anderthalb Jahren war er in Frankreich gewesen. Vor anderthalb Jahren hatte William Roper in Wandsworth im Gefängnis gesessen. Ein Bild von William entstand in seinem Kopf, klein, aber einprägsam, wie die Initiale eines Evangeliars. William, nackt in seiner Zelle, durch das Auge in der Zellentür ständig beobachtet, und neben ihm, auf dem steinernen Fußboden, die Uniform, die anzuziehen er sich geweigert hatte. Ziemlich weit oben ein kleines, vergittertes Fenster, das vom bläulichen Schein des Schnees draußen erhellt wurde.

Er merkte, daß ihm die Intensität dieses Bildes unangenehm war. Daß es an sein Mitgefühl appellierte. Ganz bewußt betrat er die Zelle und ließ sich dann zum Fenster hinaustreiben, zwischen den Gitterstäben hindurch, in den fallenden Schnee. Er war jetzt in Frankreich, lag mit seinem Zug im Freien. Die Gräben waren flachgebombt, nirgends konnte man sich vor dem eisigen Wind schützen, keine Hoffnung, die Verwundeten zu bergen. Und kein Wasser, denn das Wasser in der Trinkflasche war gefroren. Einmal flog ein Bussard vorüber, ein schwarzer Schatten auf dem Schnee. Die einzige Bewegung, das einzige Leben in einer toten Mondlandschaft. Stille, stundenlang, und fallender Schnee. Dann plötzlich Sandersons verzerrtes, schreiendes Gesicht, während sie ihm die Wickelgamaschen von den erforenen Beinen schneiden.

Es war sinnlos. Prior setzte sich auf und begann, in der *Times* zu lesen, doch die Buchstaben verschwammen, machten Beatties Gesicht Platz, ihren widerspenstigen weißen Haarsträhnen im Nacken. Die Glocke des Ladens in der Tite Street erklang, als er die Tür aufmachte. Wie alt? Vier, fünf? Der Geruch von Katzenpisse und geteertem Bindfaden von den Holzbündeln in der Ecke. Beatties Katze hatte der Versuchung, diese Bündel zu markieren, nie widerstehen können. Mrs. Thorpe setzte ihren Alfie auf den Ladentisch, während sie die Rechnung bezahlte. Alfie baumelte mit den kurzen Beinen, die in plumpen Stiefeln steckten, paffte an einem Zigarettenstummel, obwohl er erst drei war. Zwischendurch saugte er an der Brust seiner Mutter, abwechselnd paffte und saugte er und spähte dabei an der weißen Rundung entlang zu Prior hinüber, der schon ein großer Junge war und daher Gegenstand von Interesse und Mißtrauen. Es war spätnachmittags. Mrs. Thorpe war bereits ziemlich hinüber. Bitteres Bier war ihr Lieblingsgetränk, dazu schluckte sie irgend etwas Medizinisches aus einem Flachmann, den sie mit einem selbstgemachten Strumpfband aus Gummi am Oberschenkel trug. Whisky für das Herz, Brandy für die Lungen, Gin für die Blase. Alfie sah sehr zufrieden aus, wenn er die Muttermilch soff. Kein Wunder, denn ihr Alkoholgehalt dürfte bei mindestens 35 Prozent gelegen haben.

Die Vergangenheit ist ein Palimpsest, dachte Prior. Frühe Erinnerungen werden immer überdeckt von Wissen, das später hinzukommt. In Gedanken ging er wieder zum Ladentisch – diesmal erinnerte er sich nur an diesen Moment –, legte sein verschwitztes Geldstück auf den kühlen Marmor und fragte: »Was kriege ich für einen halben Penny?«

Beattie hatte sich eine weiße Schürze mit zwei Taschen umgebunden, die von den Münzen darin schwarz geworden waren. Diese Münzen rochen sehr stark, wenn sie sie zum Zählen auf den Ladentisch häufte, ein dunkler, dumpfer, schwerer Geruch.

»Was kriege ich für einen halben Penny?«

Geduldig, als hätte sie es nicht schon millionenmal aufgesagt, leierte Beattie die Liste herunter: Anisbonbons, Karamelbonbons, Lakritzstangen, ein Tütchen Liebesperlen und schließlich – sein Favorit, weil er so lange hielt – einen großen runden Lutschbonbon.

Towers' Auge lag in seiner Hand. »Was soll ich mit diesem Lutschbonbon anfangen?« Logan packte seine zitternde Hand und schnippte das Auge in den Sack.

Denk nicht daran, sagte er zu sich. Es war zu spät am Tag, als daß er es riskieren konnte, daran zu denken.

Er hatte keine Erinnerung an Beatties Gesicht. Sie war

ein Gegenstand gewesen damals, ein Berg, eine Hauswand, etwas Selbstverständliches, keine Person, der sich Adjektive zuordnen ließen. Auch wenn ihm jetzt mühelos welche einfielen: lebhaft, eigensinnig, schlau, ungebildet, ordinär, impulsiv, großzügig, aufbrausend, liebenswürdig. Priors Mutter, seine sanftmütige und, das mußte man sagen, feinsinnige Mutter, konnte Beattie Roper nicht ausstehen, doch als seine Mutter an Tuberkulose erkrankte, wurde er zu Beattie in Obhut gegeben. Das mußte die Entscheidung seines Vaters gewesen sein.

Fast ein Jahr lang, als er fünf oder sechs war, wohnte er bei Beattie und spielte mit ihren beiden Töchtern – Winnie, die jetzt in Leeds im Gefängnis saß, und Hettie, die wegen versuchten Mordes angeklagt, aber freigesprochen worden war. Er war das Kind gewesen, wenn sie Familie gespielt hatten, der Kunde, wenn sie Kaufmannsladen, der Schüler, wenn sie Schule, der Patient, wenn sie Krankenhaus gespielt hatten; Rollen, die alle furchtbar langweilig gewesen waren, abgesehen von der gelegentlichen Rolle als Patient.

Sie hatten unter dem großen Küchentisch gespielt, weil das grüne Tuch, das mit seinen Fransen auf allen Seiten weit herunterhing, ihnen eine eigene Welt bot. Besonders an Waschtagen, wenn es überall im Haus nach Soda, Dolly Blue und nasser Wolle roch und Kohlestaub aus dem Hof herüberwehte, war der Tisch ihr Refugium. Zwischen den grünen Fransen hindurch sahen sie die Stiefel der Erwachsenen, die kamen und gingen, und empfanden dabei ein wohliges Gefühl von Macht.

Mr. Carkers Stiefel. Mr. Carker war Sekretär der Independent Labour Party, und manchmal saßen er und Beattie am Tisch und sprachen über Politik. Diese Diskussionen waren Prior in jeder Hinsicht zu hoch gewesen, aber er konnte sich noch an eine Bemerkung von Mr. Carker erinnern, wonach die Suffragetten Arbeiterinnen wie Beattie einfach ausbeuteten. »Schwesterliche Solidarität, alles schön und gut, aber wenn sie abends nach Hause kommen und ihren

Schlüpfer auf den Boden fallen lassen, muß jemand anders ihnen hinterherräumen.«

Vermutlich hatte sich ihm dieser Ausspruch wegen des Hinweises auf die hingeworfenen Schlüpfer so stark eingeprägt. Vielleicht hatte es Mr. Carker ebenfalls erregt, denn kurz darauf schob er seinen Stiefel vor und rieb ihn an Beatties Fuß. Sie nahm ihren Fuß weg. Der Stiefel folgte, diesmal begleitet von einer Hand, die zwischen den grünen Fransen erschien und sich auf ihr Knie legte. Prior blickte sich um und sah Hetties gequältes Gesicht. Es war ein Haus ohne Vater, und alle Kinder, besonders aber Hettie, kämpften leidenschaftlich für ihre Mutter. Vielleicht zum erstenmal in seinem Leben empfand Prior den Schmerz eines anderen Menschen. Vorsichtig band er Mr. Carkers Schnürsenkel zusammen, so daß er, als er schließlich aufstand, um zu gehen, stolperte und der Länge nach zu Boden fiel.

Kindererziehung dürfte das einzige Thema gewesen sein, zu dem Beattie keine fortschrittlichen Ansichten vertrat. Sie hatte ihn aus seinem Versteck herausgezogen, ihn übers Knie gelegt und ihm den Hintern versohlt. Und er hatte die Zähne zusammengebissen, hin- und hergerissen zwischen der Befriedigung darüber, daß er für Hettie litt, und dem Bedauern, daß das Leiden nicht auf eine würdigere Weise vonstatten ging.

Major Lode hatte sich bei Priors Vorstellungsgespräch über den Tisch gebeugt und gesagt: »Wissen Sie, Sie kennen diese Leute eben.«

Prior zog ein letztes Mal an seiner Zigarette, beugte sich über den Bettrand und drückte sie im Aschenbecher aus. *Ja.*

Er zog die Gardinen zu und schlüpfte unter die Decke. Er hatte Angst, einzuschlafen, aber aus langer Erfahrung wußte er, daß er sich nur die schlimmsten Alpträume einhandelte, wenn er versuchte, so lange wie möglich wach zu bleiben, um dann kurz vor Morgengrauen endlich einzunicken. Er lag da und starrte unverwandt an die Decke, bis es in den Lidern kribbelte, dann drehte er sich zur Seite und zog die Knie bis ans Kinn.

Er war wieder in der Winterlandschaft, hörte ein windartiges Geräusch, nur daß es nicht der Wind war, sondern das Geräusch von Leere. Ein Bussard flog vorbei, und er verfolgte dessen Schatten auf dem Schnee. Sie waren auf dem Rückmarsch. Er brach mit einem Stiefel durch dünnes Eis, stieß auf gefrorenen Schlamm. Weiße, opake Linien im Eis gingen strahlenförmig von seinem Fuß aus, als stünde er im Mittelpunkt eines gefrorenen Spinnennetzes.

Die Kälte weckte ihn. Er merkte, daß sein Bein über den Bettrand hing, und zog es wieder unter die Decke, doch inzwischen war sein ganzer Körper kalt. Er lag nackt auf einem Steinfußboden. Weil sein Schlaf so leicht war, wußte er, daß er träumte, und er wußte auch, daß er aufwachen mußte, bevor Schlimmeres passierte. Er drehte sich um und sah das Auge, das ihn beobachtete, ein Auge, das nicht gemalt, sondern sehr lebendig war. Das Weiße schimmerte im Mondlicht. Das gleiche Geräusch von Leere, das er in Frankreich gehört hatte, war ihm in die Zelle gefolgt. Er starrte das Auge an und zwang sich dann unter größter Willensanstrengung, sich aufzurichten.

Schwitzend und klamm streckte er die Hand nach seinen Zigaretten aus und erinnerte sich, daß er die Packung auf seinem Schreibtisch liegengelassen hatte. Er stand auf und tastete sich vorwärts, denn er wollte das Licht nicht anmachen, weil der grauenhafte Alptraum noch schwer auf ihm lastete und er sich davor fürchtete, was das Licht offenbaren könnte. Er stand im Halbdunkel neben dem Tisch und suchte unter seinen Papieren nach der Zigarettenschachtel, als er ein Kichern vernahm. Er drehte sich um. Das Auge an der Tür beobachtete ihn. Er wich zum Tisch zurück, tastete hinter seinem Rücken nach dem Papiermesser. Seine Finger schlossen sich um den Griff. Er machte einen Satz auf die Tür zu und stach immer wieder auf das Auge ein. Sein nackter Körper war voller Blutspritzer und dickflüssigem, weißlichem Zeug, das nicht herunterfloß, sondern an seinem Bauch klebenblieb und rasch erkaltete. Dann sank er erschöpft auf den

Fußboden und erwachte durch das Geräusch seines eigenen Schluchzens.

Zuerst starrte er nur zur Tür. Erst als er sicher war, daß dort kein Auge war, entspannte er sich allmählich und wurde sich seiner ungewöhnlichen Lage bewußt. Mit den Fingerspitzen der rechten Hand tastete er das kalte Wachstuch ab, als könnte er es durch seine Berührung in ein weiches Bett verwandeln. Nein, er befand sich außerhalb des Bettes, lag auf dem Fußboden. Alptraum, dachte er, und holte tief Luft. Er stemmte sich hoch, spürte eine Nässe in der Lendengegend, und in diesem Moment berührten seine gespreizten Finger das Messer. Das hatte er jedenfalls nicht geträumt. Voller Abscheu versetzte er ihm einen Stoß, so daß es über den Fußboden schlitterte.

5

Der Flugplatz bestand aus zwei Rollbahnen und ein paar flachen Gebäuden am Rande eines Feldes.

Rivers und Dundas stiegen aus dem Wagen und sahen zum Himmel hoch: Es war klar, bis auf eine dunkle Wolkenbank am Horizont.

»Jedenfalls gutes Wetter«, sagte Dundas.

Rivers spürte, daß Dundas Angst hatte, aber nur, weil er ihn schon seit Wochen aus der Nähe beobachtete. Dundas litt unter abnormen Reaktionen beim Fliegen. Während gesunde Piloten keinerlei besondere Empfindungen hatten, berichtete Dundas von einem Gefühl, als würde ihm der Schädel in den Leib gepreßt, und von einer bleiernen Schwere in den Beinen. Ihm wurde schlecht, und mehr als einmal hatte er sogar fast das Bewußtsein verloren. Nachdem alle möglichen physiologischen Untersuchungen nichts erbracht hatten, war er zur psychologischen Beobachtung zu Rivers geschickt worden. Leider kam Rivers auch nicht viel weiter. Dundas schien genau jener Typus des munteren, liebenswerten, etwas leichtsinnigen jungen Mannes zu sein, dem er beim Royal Flying Corps schon so oft begegnet war. Abgesehen von der Fliegerei interessierte er sich hauptsächlich für Theater, Musik und Mädchen, wenn auch nicht unbedingt in dieser Reihenfolge. Im Grunde machte er einen völlig normalen Eindruck. Bis er in ein Flugzeug stieg. Und genau deswegen waren sie jetzt hier.

»Wir sind wohl ein bißchen früh dran«, sagte Dundas. »Möchten Sie einen Tee?«

In der Kantine war es leer. Nur in der hintersten Ecke saß eine Gruppe junger Piloten um einen Tisch, die meisten um die Zwanzig, ein Blondschopf deutlich jünger. Dundas ging den Tee holen, während Rivers sich an einen Tisch setzte, der übersät war mit bräunlichen, sich überschneidenden Teeringen. Die jungen Männer lasen Zeitung und plauderten beiläufig über die Ereignisse des Tages: der massive Vormarsch der Deutschen, Maud Allan und ihre Verleumdungsklage gegen Pemberton Billing, der Klitoris-Kult. Einer, ein Dunkelhaariger, hielt ein Foto von Maud Allan in die Höhe. »Wenn sie mal was Größeres braucht, kann sie sich gern bei mir melden.«

»Sie würde den Unterschied nicht merken«, sagte ein anderer.

Gutmütiges Gekabbel. Dann eine andere Stimme: »Kennt ihr den von Lord Albemarle? Geht in seinen Club und sagt ...« – aristokratischer Tonfall, kraftlos und schnarrend – »›Lese in der Zeitung immer von diesem griechischen Burschen, Klitoris. Weiß jemand, wer das ist?‹« Alle lachten, der Jüngste gequält und unsicher; offensichtlich wußte er ebensowenig Bescheid wie Lord Albemarle.

Dundas kam mit dem Tee und zwei fetttriefenden Krapfen zurück.

»Für mich nicht, vielen Dank«, sagte Rivers und tätschelte sich den Bauch. »Ich muß aufpassen.«

Dundas nickte verständnislos. Dickdarmgeschwüre und aufpassen zu müssen – das lag offensichtlich Lichtjahre außerhalb seiner Erfahrung. Er verzehrte beide Krapfen mit sichtlichem Genuß. Rivers nippte an seinem Tee und versuchte, nicht daran zu denken, daß er, wenn Dundas' Patientenakte auch nur annähernd stimmte (mein Gott, das wär ja noch schöner!), die beiden Krapfen bald wiedersehen würde.

Sie sprachen nicht viel. Dundas war zu nervös, und Rivers respektierte, daß ihm nicht nach Reden zumute war. Schließlich standen sie auf und gingen zu den Hangars hinüber. Dundas verschwand in der ersten Halle und kam bald darauf mit Pilotenmützen, Jacken und Handschuhen wieder heraus. Rivers zog eine Jacke an und folgte Dundas zum Flugzeug.

»Die ist es«, sagte Dundas und tätschelte den Rumpf der Maschine. »Uralte Kiste. Weiß gar nicht, warum sie uns gerade die gegeben haben.«

Weil es die ist, deren Verlust sie am ehesten verschmerzen können, dachte Rivers. Was bloß ein kleiner privater Scherz sein sollte, konfrontierte ihn plötzlich mit seiner eigenen Angst.

»Also dann«, sagte Dundas. »Wenn Sie bitte einsteigen wollen.«

Rivers kletterte auf den Beobachtersitz und legte den Gurt an. Dundas beugte sich mit prüfendem Blick nach hinten. Sein mattes Lächeln bestätigte den Rollentausch: Jetzt oblag ihm die Fürsorge. »Alles in Ordnung?« fragte er.

»Ja.«

»Sie sind schon oft geflogen, stimmt's?«

»Was heißt oft. Ein paarmal.«

»Aber Sie sind Loopings und Rollen und so weiter geflogen?«

»Ja.«

Dundas lächelte. »Dann ist ja alles in Butter.«

Irgend etwas an Dundas' Lächeln erregte Rivers' Aufmerksamkeit. Plötzlich war er sicher, daß Dundas etwas zurückhielt, ja vielleicht sogar verbergen wollte. Er simulierte nicht. Im Gegenteil. Rivers hatte das Gefühl, daß Dundas seine Symptome soweit wie möglich unterdrücken wollte. Es war kein guter Moment für diese spezielle Beobachtung.

Dundas zog sich die Mütze über, kletterte auf seinen Sitz und verständigte sich durch laute Rufe und Handbewegungen mit den Mechanikern. Der Motor stotterte, kam dröhnend in Fahrt, und dann rollten sie los.

Rivers schaute sich um, sah blütenübersäte Hecken und Lerchen, die sich lärmend in den Himmel hochschraubten.

Dann rückte er die Pilotenbrille zurecht, und die ganze Pracht verschmolz zu einem grauen Einerlei.

Jetzt hatte er wirklich Angst. Die Situation konnte fast als ein kleiner Selbstversuch betrachtet werden. Ein gesunder Mensch reagiert normalerweise auf eine kritische Situation, indem er irgend etwas unternimmt, um der Gefahr zu entgehen oder sie zu neutralisieren. Wenn diese Handlungsmöglichkeit gegeben ist, wird der Betreffende keine Angst mehr verspüren. Er selbst konnte in dieser Situation aber gar nichts tun. Wie jeder, der auf dem Beobachtersitz mitfliegt, war er völlig vom Piloten abhängig. Und was für einem Piloten! Rivers vermutete schon lange, daß Kriegsneurosen bei den beiden gefährdetsten Gruppen, Beobachtern und Schützengrabenbesatzungen, vor allem auf Passivität, Abhängigkeit und Unbeweglichkeit zurückzuführen waren. Es kommt nicht oft vor, daß die Gedärme eines Wissenschaftlers eine Hypothese bestätigen, die er in seinem Gehirn entwickelt hat, aber Rivers' Gedärme taten jedenfalls ihr Bestes. Er biß sich vor Schmerzen auf die Lippen und konzentrierte sich auf Dundas' Hinterkopf, auf die rotgoldenen Haarsträhnen, die unter der Mütze hervorschauten, auf den rötlichen Nacken, den Saum des weißen Halstuchs, auf das braune Leder der abgewetzten, rissigen Pilotenjacke.

»ALLES KLAR?« brüllte Dundas.

Sie hatten jetzt ihre Startposition erreicht. Der Motor heulte auf. Rivers spürte, wie er kräftig in den vibrierenden Sitz gedrückt wurde. Das Flugzeug hob ab, sackte nach unten, hob wieder ab und stieg dann, die flachen Gebäude hinter sich lassend, steil in die Höhe.

Rivers schaute seitlich hinaus, wobei er die Hand schützend vor den Mund hielt. Unter ihnen erstreckte sich die Landschaft: Wege und Straßen wie graue Streifen, ein glitzernder Teich, Unmengen von Goldregen, eine endlose Hecke voller weißer Blüten, blauer Rauch, der über ein grünes Weizenfeld zog.

Eine Bewegung von Dundas erinnerte ihn wieder an die

Aufgabe, die vor ihm lag. Dundas machte eine kreisende Handbewegung. Das beruhigende Brummen des Motors verwandelte sich in ein wütendes Surren, während sich das Flugzeug um die eigene Achse zu drehen begann. Dundas' Augen waren starr auf die Instrumente gerichtet. Rivers beobachtete, wie sich die Sonne in einer großen Spirale um die fallende Maschine drehte. Plötzlich verschwand die Sonne, und die grünen Felder rasten ihnen entgegen. Dundas zog am Knüppel, doch irgend etwas stimmte nicht. Der Horizont hing schief. Rivers beugte sich vor und signalisierte es Dundas mit schräg gehaltener Hand. Langsam richtete sich der Horizont wieder auf.

Dundas hatte seinen Horizontalsinn verloren. Schon jetzt.

»WIE WAR'S ?« brüllte Rivers.

Dundas machte eine unverständliche Geste, legte sich dann die Hand auf den Kopf und bewegte sie auf und ab, um damit die Empfindung anzudeuten, daß ihm der Schädel in den Körper gepreßt worden sei. Wieder machte er die kreisende Handbewegung. Rivers schüttelte den Kopf und signalisierte ihm einen Looping. Nach kurzem Zögern zeigte Dundas mit dem Daumen nach oben.

Dundas legte die Maschine in eine steile Kurve und flog nun in Richtung Innenstadt. Das war nicht abgesprochen, und Rivers glaubte, daß Dundas so lange wie möglich fliegen wollte. Nach kurzer Zeit sah er unter sich den schwefelgelben Dunst der Stadt. Dieser Anblick bot sich den deutschen Piloten, wenn sie in sternklaren Nächten ihre Angriffe flogen, immer dem silbernen Band der Themse entlang, dabei Brücken zählten und nach der zapfenförmigen Isle of Dogs Ausschau hielten.

Rivers tippte Dundas auf die Schulter. Dundas drehte sich um und nickte. Die Brille verdeckte fast sein ganzes Gesicht, so daß man seinen Ausdruck unmöglich erkennen konnte. Rivers lehnte sich zurück und konzentrierte sich wieder auf seine eigenen Empfindungen. Nach dem fünften Looping hatte er das Gefühl, auf seinem Sitz zu schweben. Eine Reaktion, die er von anderen Flügen her kannte und von der er wußte, daß sie oft auch bei gesunden Piloten vorkam. Sie kamen wieder hoch, wobei ein Flügel zur Erde zeigte. Dundas hielt den Kopf über Bord und würgte, übergab sich aber nicht. Rivers stieß den Daumen wiederholt in Richtung Erde, doch Dundas ignorierte ihn.

Ohne die leiseste Vorstellung, welches Manöver ihn nunmehr erwartete, lehnte Rivers sich zurück und versuchte, sich zu entspannen. Die Maschine stieg höher. Der weite blaue Dunst von London fiel unter der linken Flügelspitze zurück. Höher und kälter. Wolkenfetzen verbargen die Sonne, Schatten huschten über die Stadt. Rivers war plötzlich ganz ruhig. Es gab schlimmere Arten, zu sterben, und er hatte die meisten gesehen.

Wieder stotterte der Motor, und in dem Moment, als das Flugzeug abwärts schoß, setzte erneut das Moskitosurren ein. Dundas kam kreidebleich, schwindelig und desorientiert aus dem Looping heraus und hatte sichtlich Mühe, sich auf die Instrumente zu konzentrieren. Rivers sah, wie er sie anstarrte. Er brüllte »RUNTER!« und machte eine heftige Bewegung mit dem Daumen. Dundas lehnte sich über Bord und kotzte.

Die Landung war hart, aber nicht schlimmer als viele andere, die Rivers erlebt hatte. Als das Flugzeug ausgerollt war, blieb Dundas noch eine Weile in seinem Sitz hocken, ehe er hinauskletterte. Er schwankte ein wenig und hielt sich am Flügel fest. Rivers stieg aus und ging sofort zu ihm hin.

»Schon gut«, sagte Dundas und ließ den Flügel los.

Zwei Mechaniker kamen herbei. Dundas wandte sich ihnen zu und machte eine Bemerkung über den Flug. Die drei steckten die Köpfe zusammen, und Rivers entfernte sich ein paar Schritte. Dundas lachte und gab sich munter, er war eben ein guter Schauspieler.

Mit einem Wort der Entschuldigung gesellte er sich wieder zu Rivers.

»Wollen wir uns einen Moment hinsetzen?«

Dundas blickte zur Kantine hinüber, schüttelte aber den Kopf. »Am liebsten würde ich gleich wieder zurückfahren, wenn Sie nichts dagegen haben.«

Sie gingen zum Auto. Rivers' Beine zitterten. Er war wütend auf sich und auf seinen Zustand – er ärgerte sich, schämte sich und tat gleichzeitig so, als hätte er überhaupt keine Angst verspürt. Während er seine eigene Reaktion beobachtete, sagte er sich, daß er in jenem Zustand von Erschöpfung war, der die Entwicklung einer Angstneurose begünstigte, und daß er sich in einer Weise verhielt, die am ehesten zu einem Ausbruch dieser Neurose beitrug. Er tat genau das, wovon er seine Patienten immer abbringen wollte: Er unterdrückte seine Angst.

Im Auto, das sie wieder ins Krankenhaus brachte, sprach Dundas ausführlich über seine Wahrnehmungen. Während der ersten Rolle hatte er nicht nur das Gefühl des eingedrückten Kopfes gehabt, sondern auch Übelkeit empfunden. »Mir war nicht direkt schlecht. Eher eine Art Kloß im Hals. Aber während des Loopings wurde mir dann richtig schlecht. Und schwarz vor Augen.«

»Und beim letzten Looping?«

»Das war schrecklich. Ich war völlig durcheinander.«

Nachdem Rivers sich in der Eingangshalle von Dundas verabschiedet hatte, ging er in sein Zimmer und warf Mütze und Offiziersstöckchen auf den Stuhl. Kurz darauf kam Henry Head herein. »Wie ist es ihm ergangen?«

»Schlecht.«

»Übelkeit?«

»Und ein Ohnmachtsanfall.«

»Und du? Alles in Ordnung?«

»Nein. Ich leide anscheinend an unheilbarer Kaltschnäuzigkeit. Du weißt ja, wie ich immer predige, daß man seine Angst nicht unterdrücken soll. Und was mache ich?« Er spreizte resigniert die Hände.

»Das ist die gute alte Schule, Will. Wir sind alle viel zu gut gedrillt.«

»Das ist die dumme Schule der alten Idioten. Hier laufen zu viele junge Burschen herum.«

Head lächelte. »Ach was. Na ja, ich weiß, was du meinst. Man will nicht als *völlig* verkalkt gelten.«

»Ich hatte plötzlich das Gefühl, daß Dundas irgend etwas vor mir verheimlicht. Und ...«

»Er verheimlicht tatsächlich was.«

Rivers machte ein überraschtes Gesicht.

»Er hat ein Medikament gegen Syphilis in seinem Schrank.«

»Wie bitte?«

»Schwester Mitchell hat es bemerkt. Aber Syphilis ist noch lange kein Grund für seine Ohnmachtsanfälle.«

»Vielleicht kann er vor lauter Sorgen nicht schlafen.« Rivers schwieg einen Moment. »Tja. Jedenfalls lenkt das unsere Überlegungen in eine etwas andere Richtung, stimmt's?«

»Vereinfacht die Sache erheblich.« Head verfiel in einen Kommißton: »›Antreten zur Schwanzparade!‹ Kommst du mit zum Essen?«

»Ja, aber dann muß ich mich beeilen. Ich bin um acht mit jemandem verabredet.«

Rivers bewohnte die oberste Etage eines großen Hauses in der Gegend von Hampstead Heath. In der Nähe stand das Flugabwehrgeschütz, und es gab Zeiten, in denen man diese Tatsache an jeder Falte seines Gesichts ablesen konnte.

Prior kam pünktlich und wollte gerade auf den Klingelknopf drücken, als er Rivers die Straße heraufeilen sah.

»Haben Sie geklingelt?« fragte Rivers und holte den Schlüssel hervor.

»Nein, ich sah Sie kommen.«

Rivers öffnete die Tür und ließ Prior eintreten. Mrs. Irving, die Hausbesitzerin, wartete in der Diele, um sich über die belgischen Flüchtlinge in der zweiten Etage zu beklagen, die ihr das Leben schwermachten, weil sie keinen Begriff von der ernsten Versorgungslage hatten. Als dieses Thema erschöpft war, jammerte sie über die Luftangriffe. War es nicht ein Skandal, daß man die ganze Nacht wach gehalten wurde, aber kein Wort davon in der *Times* stand? Dann war da noch ihre Tochter, die aus Frankreich zurückgerufen worden war, angeblich wegen einer Erkrankung der Mutter, tatsächlich aber, weil die Mutter mit den Hausangestellten nicht klarkam. Immer wieder kündigten die Dienstmädchen unter dem fadenscheinigen Vorwand, daß sie in den Munitionsfabriken das Fünffache verdienen könnten. Auf die jungen Dinger sei eben kein Verlaß, meinte sie. Und Frances sei ja so launisch.

Schließlich rief jemand nach Mrs. Irving, vermutlich war es Frances, jedenfalls eine junge Frau mit geflochtenen Haaren, die Rivers einen kühlen, amüsierten und verständnisvollen Blick zuwarf, bevor sie die Wohnzimmertür hinter sich schloß.

»Ich hoffe, Sie brauchen hier keine Miete zu zahlen«, sagte Prior.

Sie stiegen die Treppe hoch. Im zweiten Stock blieb Rivers stehen, um in den Garten hinunterzuschauen. Der Goldregen, sagte er, sei besonders schön. Prior nahm ihm dieses plötzliche botanische Interesse nicht ab. Er wollte ihm eine Verschnaufpause ermöglichen. Das Gefühl von Enge in seiner Brust war stärker als bei seinem letzten Besuch, und Rivers hatte es natürlich bemerkt. Scheiß-Rivers, dachte er und wußte sofort, wie unfair seine Reaktion war. Jedesmal, wenn er Rivers brauchte, ärgerte er sich über ihn, oft so sehr, daß er nicht darüber reden konnte, was ihn bedrückte. Soweit durfte er es heute abend nicht kommen lassen.

Normalerweise dauerte es eine ganze Weile, ehe Prior auftaute, doch an diesem Abend hatte er kaum Platz genommen, als er schon von seinem Besuch bei Mrs. Roper erzählte. Am deutlichsten erinnerte er sich an das Auge in der Tür. Immer wieder kam er darauf zu sprechen, wie genau es ausgemalt war, bis hin zu den Äderchen der Iris; daß der Kübel in Sichtweite stand, daß man nie erkennen konnte, ob jemand durch das gemalte Auge guckte oder nicht. Aus Priors Miene und seinem ganzen Verhalten ging deutlich hervor, daß er beim Sprechen das Auge vor sich sah. Rivers achtete sehr genau auf Anzeichen intensiven Visualisierens bei anderen Menschen, da diese Fähigkeit bei ihm selbst ausgesprochen unterentwickelt war. Früher hatte er sich das ganz einfach vorgestellt, während es ihm jetzt sehr kompliziert erschien. Er konzentrierte sich wieder voll auf Prior, stellte ein paar Fragen über seine Beziehung zu Mrs. Roper und hörte dann aufmerksam der Schilderung seines Alptraums zu. »Wem gehörte das Auge?« fragte er, als Prior fertig war.

Prior zuckte mit den Achseln. »Keine Ahnung. Woher soll *ich* das wissen?«

»Es ist Ihr Traum.«

Prior holte tief Luft, als wollte er nicht in eine Erinnerung eintauchen, bei der sich ihm immer noch der Magen umdrehte. »Der Bezug zu Towers dürfte auf der Hand liegen.«

»Hatten Sie schon vorher daran gedacht?«

»Ich erinnerte mich daran, als ich in Beatties Zelle war. Ich ... ich habe es tatsächlich einen Moment lang gesehen. Später fiel mir dann ein, daß ich in Beatties Laden Lutschbonbons gekauft habe.« Er machte eine Pause. »Ich weiß nicht, ob Sie sich daran erinnern, aber als ich Towers' Auge aufhob, sagte ich: ›Was soll ich mit diesem Lutschbonbon anfangen?‹«

»Ich erinnere mich.«

Ein langes Schweigen.

Rivers sagte vorsichtig: »Das eine Auge hat Sie an das andere erinnert – war das der offensichtliche Zusammenhang? Ich meine, weil es beidesmal um Augen ging?«

Prior zuckte theatralisch mit den Schultern. »Vermutlich.«

Schweigen.

»Ich weiß es nicht. Es war im Gefängnis, aber später ... Ich weiß nicht. Ich wußte, mir würde eine schlimme Nacht bevorstehen. Man ... man ... man kennt das Gefühl ja schon. Beattie tat mir leid. Und dann mußte ich an William denken – das ist ihr Sohn – und ... Sie wissen ja, nackt in der Zelle, Steinfußboden, draußen schneit es ...« Er schüttelte den Kopf. »Es war ... sehr intensiv und ... ich glaube, es hat mich geärgert. Ich wollte meine Gefühle nicht beeinflussen lassen. Ist doch unwichtig, oder?« Wütend brach es aus ihm heraus: »*Drei meiner Leute habe ich durch Erfrierungen verloren.* Also dachte ich daran, an die Männer und ... Für mich war das eine Möglichkeit, zu sagen: ›Na schön, William, hast dir deinen Arsch abgefroren. Pech.‹ Obwohl das natürlich unerheblich ist.« Er lächelte schief. »Es ist schließlich kein Leidenswettbewerb.«

»Und dann haben Sie an Towers gedacht?«

»Ja, aber nicht wie bei ... den anderen, ich meine, ich habe nicht in erster Linie an das Schreckliche gedacht. Es war ... ich weiß nicht.« Er hielt Rivers die Hand hin, mit der Innenfläche nach oben. »Eine Art Talisman. Wissen Sie, was ich meine? Wenn einem so etwas passiert« – die ausgestreckte Hand begann zu zittern –, »... bleibt kein Platz für Zweifel, wo man steht.« Prior sah auf seine zitternde Hand, schien sie jetzt erst zu bemerken. Er schluckte. »Entschuldigung, ich bin gleich wieder da.«

Er rannte aus dem Zimmer, suchte türenschlagend die Toilette. Rivers erhob sich, um ihm zu helfen. Da hörte er ein Würgen, dann die Wasserspülung, dann wieder Würgen. Prior würde in diesem Zustand nicht gern gesehen werden. Er setzte sich wieder.

An diesem Tag schien er nur mit Leuten zu tun zu haben, denen schlecht wurde.

Er stützte das Kinn auf die verschränkten Hände und wartete. Zwei Monate harte Arbeit hatte es in Craiglockhart gebraucht, bis Prior so weit war, daß er sich an die Situation erinnerte, in der er Towers' Auge auflas, und selbst da hatte Rivers auf Hypnose zurückgreifen müssen – was er immer sehr ungern tat. Als Prior nach Craiglockhart kam, war er stumm gewesen, rebellisch, vielleicht der störrischste Patient, der ihm je begegnet war. Ständig hatte er ausweichend reagiert und Gegenfragen gestellt. Er hatte Rivers vorgeworfen, bloß eine »verständnisvolle Tapete« zu sein, und gefragt, was er sich davon verspreche. Später war daraus eine scherzhafte Redewendung zwischen ihnen beiden geworden, aber Priors spöttische, kokette Widerspenstigkeit, mit der Rivers überraschend große Mühe hatte, war geblieben.

Priors Alpträume waren furchtbar gewesen. Er hatte immer behauptet, sich nicht mehr an sie erinnern zu können, was aber offensichtlich nicht gestimmt hatte. Schließlich hatte er Rivers in einem Tonfall eisiger Selbstverachtung erklärt, daß seine Träume von Verstümmelungen und Metzeleien mit Samenergüssen einhergingen.

Prior kehrte ins Zimmer zurück. »Entschuldigen Sie«, sagte er beiläufig und setzte sich wieder auf seinen Stuhl.

Er hatte die Toilette nicht rechtzeitig erreicht. Seine Uniformjacke war dort, wo er das Zeug hatte abwischen müssen, ganz feucht. Als er bemerkte, daß Rivers den Fleck bemerkte, machte er ein unwirsches Gesicht. Er wird es mir heimzahlen, dachte Rivers. Sinnlos, diese Logik in Zweifel zu ziehen. So war Prior eben. »Möchten Sie eine Pause machen?« fragte Rivers, um die Atmosphäre ein wenig zu entspannen.

Prior nickte.

»Kommen Sie, wir gehen rüber zum Kamin.«

Sie standen vom Tisch auf und nahmen in Sesseln Platz. Rivers setzte die Brille ab und fuhr sich mit der Hand über die Augen.

»Müde?«

»Ein bißchen. Wie Mrs. Irving schon sagte, wir hatten gestern nacht unseren eigenen kleinen Luftangriff. Ich vermute, jemand ist in Panik geraten und hat angefangen herumzuballern.«

Schweigend starrten sie in das Feuer. Prior sagte: »Mir ist neulich einer Ihrer Patienten über den Weg gelaufen. Charles Manning.«

Rivers hatte angefangen, seine Brille zu putzen: »Ich ... äh ...«

»Kann über andere Patienten nicht sprechen. Nein, natürlich nicht. *Er* hat allerdings gesprochen. Wissen Sie, als er Ihren Namen erwähnte, dachte ich ›Kriegsneurose‹ – er zuckt ja wirklich ein bißchen –, aber nein, anscheinend nicht. Hat einen hübschen Soldaten kennengelernt. Unangenehme Polizistenhand auf der Schulter. Und was soll ich Ihnen sagen? Plötzlich muß er in Behandlung. Wie war doch gleich …? Henry Head, richtig. ›Henry Head kann Sodomiten heilen.‹ Also geht er zu Head. Der sagt: ›Tut mir leid, würde gern helfen. Bin aber überlaufen.‹ Von Sodomiten vermutlich. Da staunt der Laie. ›Warum versuchen Sie's nicht mit Rivers?‹« Prior wartete. Als keine Reaktion kam, fuhr er fort. »Manning sprach erstaunlich offen über seine kleinen Vorlieben. Hochlandschotten mit Schweißfüßen. Rührend, nicht wahr, wie manche Leute eine richtige Zuneigung zu den schottischen Regimentern entwickeln. Ich frage mich, Rivers …« Prior schmatzte wie ein Professor, der über ein besonders verwickeltes Problem nachdenkt. »Was würden Sie tun, wenn Sie jemanden von einer Vorliebe für schweißfüßige Hochlandschotten ›kurieren‹ wollten?«

Rivers antwortete kühl: »Ich würde die Füße mit Karbolseife waschen.«

»So? Da scheinen wir Dr. Freud ja einen Schritt voraus zu sein.«

Rivers beugte sich vor. »Hören Sie auf! Dr. Head ist ›überlaufen‹ von jungen Männern, denen große Teile des Gehirns weggeschossen wurden. In einer vernünftigen Gesellschaft würde jemand, der sich tagsüber diesen Patienten widmet, nicht noch seine Abende, also seine Freizeit, mit Männern zubringen müssen, denen man es selbst überlassen sollte, wie sie leben wollen. Daß Head dazu bereit ist, gereicht ihm zur Ehre.«

»Ist er mit Ihnen befreundet?«

»Ja.«

»Könnte er sich nicht weigern, sie zu behandeln?« fragte Prior.

»Nein, das schafft er nicht. Zwei Jahre Zuchthaus, vergessen Sie das nicht!«

Ein kurzes Schweigen. »Entschuldigen Sie.«

Rivers machte eine abwehrende Geste.

Aber Prior ließ nicht locker. »Trotzdem muß es doch manchmal vorkommen, daß ein Patient über einen anderen sprechen will. Ich meine, das Gespräch über die Hochlandschotten kann doch offensichtlich nur im Bett stattgefunden haben.«

»Das habe ich mir auch schon überlegt.«

»Und? Angenommen, ich muß darüber sprechen? Angenommen, ich werde von Schuldgefühlen gequält?«

»Ist das so?«

»Die Sache ist die …« Prior gab plötzlich auf. »Nein. In sexuellen Dingen habe ich keine Schuldgefühle. Nicht die geringsten. Niemals.«

Stimmt nicht, dachte Rivers. Prior hatte starke Schuldgefühle wegen der nächtlichen Ergüsse gehabt, die mit seinen Alpträumen einhergingen. Schuldgefühle wegen eines unwillkürlichen Vorgangs.

»Früher schon«, sagte Prior.

»Wann war das?«

»Als ich zwölf war. In unserem Ort gab es einen jungen Mann, der in einem Wagen herumgekarrt wurde. Ich weiß nicht, was er hatte, Tuberkulose der Wirbelsäule, etwas in der Art. Es war ziemlich schlimm. Und der Wagen quietschte, so daß man ihn immer kommen hörte. Der Mann wurde uns als Beispiel vor Augen geführt, was mit einem passiert, wenn man masturbiert.«

»Wer hat das gesagt?«

»Der Leiter des Pfadfindervereins, Mr. Hailes. Er hat wirklich behauptet, daß Rückenmarkflüssigkeit rauskommt. Und natürlich hatte man davon nur eine begrenzte Menge, und meine ging rapide zur Neige. Nachts lag ich wach da und nahm mir vor, es nicht zu tun, und bekam immer mehr Angst. Leider gab es nur eine Möglichkeit, mich von der

Angst abzulenken. Also tat ich es wieder. Und die ganze Zeit kam dieser quietschende Wagen näher. Man hatte uns gesagt, die ersten Anzeichen des nahenden Endes seien Blässe und Schatten unter den Augen. Also stellte ich mich morgens vor den Spiegel, und was soll ich Ihnen sagen? Blässe. Schatten unter den Augen.« Er lachte. »Jetzt ist es komisch. Aber damals habe ich tatsächlich daran gedacht, mir das Leben zu nehmen.«

»Was hat Sie davon abgebracht?«

Prior lächelte. »Nicht was. Jemand. Paddy MacDowell.«

»Der Mann, der den Streik in Sheffield organisiert hat?«

Das Lächeln wurde breiter. »Ja, später. Damals hatte er andere Sachen im Sinn. ›Den Bischof bearbeiten.‹ So hieß das bei uns. Mac hat seinen Bischof öfter bearbeitet als alle anderen. Er hat ihn praktisch rausgeholt und es in aller Öffentlichkeit getan – und Mac war größer und kräftiger als wir. Damit wurden die ersten Zweifel gesät. Und dann sagte Hailes, wir sollten uns ein Glas kaltes Wasser auf den Nachttisch stellen. Das sei der Weg zur Reinheit. Wenn die Versuchung lockte, sollte man das ›entzündete Organ‹ – so hat er sich immer ausgedrückt – ins Wasser tauchen. Ich hab das natürlich sofort Mac erzählt. Mac kam aus einer einfachen Familie, er war nicht bei den Pfadfindern. Er sagte: ›Aber wenn er steif ist, wie kriegst du ihn in das Glas rein, ohne daß das Wasser überläuft?‹ Und plötzlich sah ich diesen Wicht von Hailes vor mir, dessen schlaffes ›Organ‹ in einem Glas Wasser hängt, und in dem Moment wurde mir klar, daß das alles Quatsch war. Der Arme, er wußte bestimmt nicht mehr, wie eine Erektion aussieht. Na jedenfalls, danach hatte ich keine Schuldgefühle mehr. Ich glaube, was anderen ihr Leben lang zu schaffen macht, habe ich in sechs Monaten überwunden.«

»Waren Sie eng mit MacDowell befreundet?«

»Sie meinen, ob wir ...«

»Nein, ich ...«

»Ja, wir waren enge Freunde. Wir waren eben in dem Alter.«

Prior wirkte sehr viel entspannter. »Wollen Sie weitererzählen?« fragte Rivers.

Ein leises Zögern. »Nein. Aber es wär vielleicht besser.« Er schwieg eine Weile. Dann sagte er, mit ausgestreckten Fingern, die seine Worte unterstrichen: »Träume sind doch der Versuch, Konflikte zu lösen. Richtig? Also, bei diesem kann ich keinen Konflikt erkennen.«

»Sie haben jemanden ins Auge gestochen.«

»Rivers, es war eine *Tür*.«

»Das *Auge* war lebendig.«

»Ja.«

»Warum glauben Sie also, daß kein Konflikt dahintersteckt?«

»Weil ich mich so sehr mit William identifiziert habe oder mit Beattie oder ... ich weiß nicht. William wahrscheinlich, denn ich war nackt. Und ich habe das angegriffen, was mir an ihrer Situation als das Schlimmste erschien, das Auge. Das ständige Überwachtwerden. Wo soll also der Konflikt sein? Ich meine, in der Realität wäre es sehr unangenehm, aber im Traum war es völlig eindeutig, auf wessen Seite ich stand. Auf ihrer.«

Rivers wartete. Als klar war, daß von Prior nichts mehr kommen würde, sagte er. »Sie sagen, das Schlimmste an ihrer Situation ist das Auge.«

»Ja.«

»Das ständige Beobachtetwerden?«

»Ja.«

Rivers fragte leise: »Bei Ihrem Treffen mit Mrs. Roper, wer war da der Beobachtende?«

»Ich –« Prior verzog den Mund. »Ich.«

Wieder eine Pause. Rivers hakte nach. »Und?«

»*Und*?« sagte Prior in einem angewiderten Singsang und stieß den Zeigefinger in die Luft. »Deshalb habe ich in *mein* Auge gestochen.«

Eine Pause. Rivers fragte: »Was halten Sie davon? Ist es ...«

»Es ist möglich. Ich glaube, ja. Ich hasse meine Arbeit.

Und vermutlich hatte ich das Gefühl, daß ich auf der falschen Seite stand. Na ja, offensichtlich war es so, sonst müßte ich ja verrückt sein.«

»Ich möchte, daß Sie etwas für mich tun«, sagte Rivers. »Ich möchte, daß Sie alle Ihre Träume aufschreiben, die ... die so schlimm sind wie dieser. Einfach festhalten. Nicht interpretieren. Und schicken Sie sie mir. Wir sehen uns wieder am ...«

»Das geht leider nicht. Wir müssen es auf übernächste Woche verschieben, wenn Sie nichts dagegen haben. Ich werde Hettie Roper besuchen.«

»Sie gehen nach Salford zurück? Wo werden Sie wohnen?«

»Zu Hause.« Er verzog das Gesicht. »Ja, ich weiß. Wo soll ich denn sonst wohnen.«

Rivers nickte. Er erinnerte sich an einen Besuch von Priors Eltern in Craiglockhart. An einem einzigen Nachmittag hatten sie die winzigen Fortschritte zunichte gemacht und einen Asthmaanfall ausgelöst. »Weiß Ihr Vater, was Sie tun? Ich meine, weiß er, worin Ihre Arbeit besteht?«

»Herrje, ich hoffe nicht.« Prior rutschte unruhig hin und her. »Das ist ein schmutziger kleiner Krieg, Rivers. Ich muß ehrlich sagen, daß ich lieber in Frankreich wäre.«

»Ja. Glaub ich Ihnen.«

Prior sah ihn scharf an. »Sie machen sich Sorgen, stimmt's? Warum? Weil ich nach Hause fahre?«

»Nein, nicht unbedingt deswegen.«

»Ach so! Ja. Es ging um Selbstmord in meinem Traum.« Seine Miene veränderte sich. »Sie brauchen sich keine Gedanken zu machen. Wenn irgend jemand hier unter die Räder kommt, dann bestimmt nicht ich.«

Er sah plötzlich ganz anders aus: lebhaft, hellwach, kalt, aufmerksam, distanziert, bestimmend, rücksichtslos. Rivers wurde klar, daß er, vielleicht zum erstenmal, Priors öffentliches Gesicht sah. In Craiglockhart war er aggressiv und bestimmend gewesen, aber immer aus einer Haltung relativer Hilflosigkeit heraus. Manchmal hatte er Rivers an einen

Dreikäsehoch erinnert, der sich am Ärmel seines Vaters festhält, damit er ihn um so kräftiger ans Schienbein treten kann. Jetzt sah er, für einen kurzen Moment, den Prior, wie ihn andere Leute sahen, die Lodes, die Ropers, die Spragges, und die Erkenntnis traf ihn wie ein Schock. Prior war eine eindrucksvolle Gestalt.

6

Vor einem gelben Bühnenhintergrund tanzte eine in leuchtend grüne Schleier gehüllte Frau, die wie ein exotisches Reptil oder eine giftige Schlange aussah. So etwa mußte Wilde sich die Szene vorgestellt haben. Robert Ross hatte ihnen vor der Aufführung von jenem Tag in Paris erzählt, als Wilde über die Boulevards gestürmt war, um sich Schaufenster anzusehen, und »Wär das nicht etwas?« gerufen hatte oder »Vielleicht sollte sie bis auf die Juwelen nackt sein?« Gelb und Grün war Wildes bevorzugte Farbkombination, wobei er nicht geahnt haben konnte, was Charles Manning am meisten daran irritierte: daß das Gelb exakt dem Hautton der Munitionsarbeiterinnen entsprach. Andere hätten das natürlich nicht bemerkt. Nur ihm fiel es auf, weil er, als Vertreter der Armee, einer Kommission angehörte, die für die Überwachung der Hygiene- und Sicherheitsmaßnahmen in Munitionsfabriken zuständig war. Massenhaft sah man diese Mädchen, gelbhäutig, mit blonden Haarsträhnen, die unter ihren grünen Kappen hervorschauten, und Gesichtern, die halb unter Gasmasken verborgen waren.

Ross' Erläuterungen, wie Wilde sich die *Salome* vorgestellt hatte, waren sehr interessant gewesen, jedenfalls interessanter als die bisherige Aufführung. Am verblüffendsten war der Hinweis, daß Wilde selbst einmal die Salome gespielt hatte – was man sich nur schwer vorstellen konnte, da er auf Fotos nichts Elfenhaftes hatte, selbst nach den üblichen Maßstäben gutsituierter älterer Herren. Manning wandte seine Aufmerksamkeit wieder der Bühne zu. Da er sich die Mühe gemacht hatte, zur Vorstellung zu kommen – es hatte ihn wirklich Überwindung gekostet, und er fühlte sich keineswegs wohl –, sollte er dem Stück wenigstens eine Chance geben, zumal es Wilde offenbar sehr viel bedeutet hatte. Jochanaans Kopf war in einer Schüssel hereingebracht worden, Salome kniete nun und streckte die Hände nach dem Kopf aus. Manning überkam plötzlich Ekel, nicht weil der Kopf so grauenhaft gewesen wäre, sondern weil er es eben nicht war. Auch das konnte Wilde nicht geahnt haben: Zuschauer, für die abgehauene Köpfe nicht unbedingt aus Pappmaché waren.

Salome begann, zärtlich den Kopf zu streicheln. »*Ah! Du wolltest mich deinen Mund nicht küssen lassen, Jochanaan. Wohl! Ich will ihn jetzt küssen. Ich will mit meinen Zähnen hineinbeißen, wie man in eine reife Frucht hineinbeißen mag. Ja, ich will ihn küssen, deinen Mund, Jochanaan. Ich hab es gesagt; hab ich's nicht gesagt? Ich hab es gesagt. Ah, ich will ihn jetzt küssen.*«

Manning langweilte sich. Wenn er ehrlich sein sollte, sagte ihm das alles nichts. Er verstand, worauf es Wilde ankam. Wilde wollte eine große Leidenschaft zeigen, die gefesselt war, vergiftet, und keine legitimen Ausdrucksmöglichkeiten besaß, die sich aber trotzdem äußern mußte, allerdings in Form von Zerstörung und Grausamkeit, weil sie sich nicht als Liebe ausdrücken konnte. Nicht, daß ihm das Thema banal oder unwichtig oder altmodisch erschien – wirklich nicht –, aber die Sprache fand er unmöglich. Daran war Frankreich schuld.

Er mußte nur eine Sekunde an den stinkenden, gelben Schlamm an der Front denken, diesen Haferbrei, in dem die Klumpen Leichen oder Leichenteile waren, und schon schob sich eine unüberwindliche Wand zwischen ihn und diese Worte.

Männer mit aufgesetzten Gasmasken stolpern hintereinander den Laufgraben entlang. Vor ihnen, am Rand des Lattenrosts, scheint ein Erdklumpen zu kleben. Aus der Nähe zeigt sich, daß es eine Hand ist. Schwerfällige Tritte. Sein Atem rasselt in der Gasmaske, und dann eine Stimme, die sich wie ein Wurm über den Boden windet, verstohlen, schmeichlerisch, zutraulich. »Wo ist Scudder? Wo ist Scudder? Wo ...«

Auf der Bühne ging es um eine andere Frage: »*Aber warum siehst du mich nicht an, Jochanaan? Deine Augen, die so schrecklich waren, so voller Wut und Verachtung, sind jetzt geschlossen. Warum sind sie geschlossen?*«

Himmelherrgott, er ist tot, dachte Manning. Sein Knie verkrampfte sich, und er verspürte einen heftigen Schmerz. Er warf Ross, der wie gebannt zur Bühne schaute, um jede Nuance der Aufführung mitzubekommen, einen verstohlenen Blick zu. Ross sah schlecht aus. Selbst in diesem goldenen, indirekten Licht sah er krank aus. Mein Gott, dachte Manning, wenn es doch nur schon vorbei wäre!

Als Herodes schließlich »*Man töte dieses Weib!*« rief, stürmten die Soldaten los und zermalmten Salome, die Tochter der Herodias, unter ihren Schilden.

Kurze Stille, dann brach Beifall aus, und Maud Allan, deren stark geschminktes Gesicht etwas Unpersönliches hatte, knickste und warf lächelnd Kußhände ins Publikum, während an ihrer kleinen weißen Hand der abgeschlagene Kopf baumelte.

Sobald die Lichter angingen, drängte sich alles um Ross. Manning kämpfte sich zu ihm durch und schüttelte ihm die Hand. Er steuerte sein Gemurmel zum allgemeinen Gratulationstrubel bei, zeigte dann auf sein Knie und zum Ausgang. Ross nickte. »Aber du kommst später hinter die Bühne?«

Als Manning sich durch die Menge zum hinteren Ausgang schob, wurde ihm klar, wie stark die Schmerzen im Bein waren. Er öffnete die Tür, auf der NOTAUSGANG stand, und trat nach draußen. Ein kahler Korridor erstreckte sich vor ihm, schwach beleuchtet und ohne das Gold und den Plüsch des übrigen Theaters. Die Herrentoilette befand sich am

Ende des Korridors, ein paar Stufen weiter unten. Er pinkelte und ließ sich zum Händewaschen viel Zeit, weil er den Moment aufschieben wollte, in dem er hinter die Bühne gehen und sich an dem üblichen Geplauder beteiligen mußte. Viel lieber wäre er nach Hause gegangen. Inzwischen schlief er wieder zu Hause, wobei ihm die Notwendigkeit, die Handwerker zu beaufsichtigen, als Ausrede diente. Aber eigentlich war er froh, vom Club wegzukommen. Diese dumme Geschichte, daß ihm der Zeitungsartikel an seine Privatadresse geschickt worden war, hatte ihn beunruhigt. Schließlich konnte jeder der Absender sein. Er fand, daß er anderen nicht mehr trauen konnte, weder den Mitgliedern seines Clubs noch den Arbeitskollegen. Und seine Unlust, heute abend zur Vorstellung zu kommen, erklärte sich nicht in erster Linie aus seiner Sorge, daß man ihn mit Ross sehen konnte – auch wenn diese Überlegung eine Rolle spielte –, sondern aus der simplen Abneigung gegen gesellschaftliche Veranstaltungen. Vielleicht wurde er langsam zum Eigenbrötler. Rivers schien das jedenfalls anzunehmen.

Er sah in den Spiegel. Die Deckenbeleuchtung zeichnete tiefe Schatten in sein Gesicht.

Schwerfällige Tritte. Sein Atem rasselt in der Gasmaske, und dann eine Stimme, die sich wie ein Wurm über den Boden windet, verstohlen, schmeichlerisch, zutraulich:

»Wie fanden Sie's?«

Ein Mann war aus einem der Abteile getreten und musterte ihn im Spiegel. Manning erschrak über sein plötzliches, lautloses Erscheinen. »Nichts für mich«, sagte er und fing an, sich die Hände abzutrocknen. »Und wie fanden Sie's?«

Der Mann, der reglos stehengeblieben war, sagte abrupt: »Für mich war es das Gestammel eines Kindes mit einer grotesk vergrößerten, krankhaften Klitoris.«

»So? Ich dachte, das Stück paßt einfach nicht mehr in unsere Zeit.«

»Nein«, sagte der Mann, als käme es einzig auf seine Meinung an. »Das finde ich nicht. Wenn man bedenkt, was diese Leute beabsichtigen, dann ist es genau das richtige Stück.«

Manning schaute in den Spiegel, entschlossen, sich von dieser lächerlichen und doch merkwürdig bedrohlichen Gestalt nicht beeindrucken zu lassen. »Sie halten also Frauen mit vergrößerter Klitoris für ein Problem unserer Zeit?«

»Die Unzufriedenheit der modernen Frau kann durch Beschneidung kuriert werden.«

»Es ist doch wohl etwas komplizierter.«

Es war, als hätte er nicht geantwortet. Der Mann kam näher, bis ihre beiden Gesichter im Spiegel nebeneinander waren. »In dieser Stadt gibt es Frauen, deren Klitoris so absurd vergrößert, so furchtbar erregt ist, daß sie NUR VON ELEFANTENBULLEN befriedigt werden können.«

Schweigen. Manning wußte nicht, was er sagen sollte.

»Habe ich Sie nicht in der Loge von Robert Ross gesehen?«

Manning wandte sich ihm zu, sah ihm direkt in die Augen und sagte, indem er jedes einzelne Wort betonte: »Ich arbeite im Rüstungsministerium.« Er tippte sich an den Nasenflügel, hob einen Finger zur Warnung und ging.

Draußen auf dem Korridor stellte er überrascht fest, daß er zitterte. Der Mann war völlig übergeschnappt. Man mußte nicht Rivers heißen, um das zu sehen, und trotzdem hatte er, auf recht abstoßende Weise, beeindruckend gewirkt.

In dem Gedränge vor Maud Allans Garderobe ließ er sich ein Glas Wein geben und schob sich zu Ross vor. »Mir ist auf der Toilette gerade ein sehr merkwürdiger Mann begegnet.«

»Hmm.«

»Nein, nicht hmm. Ein Verrückter. Hat dauernd von Frauen mit vergrößerter Klitoris gesprochen.«

»Das wird Captain Spencer sein. Grein sagt, daß er ihn gesehen hat.«

»Und wer ist das?« fragte Manning.

»Die Quelle des ganzen Ärgernisses, mein Lieber. Er ist

derjenige, der das Schwarzbuch gesehen hat. Der die Namen kennt.«

»Aber er ist verrückt.«

»Man wird ihm trotzdem glauben. Tatsache ist ...« Ross sah sich vorsichtig um. »Sie hätte ihn nicht verklagen sollen. Ich weiß, ich bin der letzte, der so etwas sagen sollte, aber ...«

»Was hätte sie denn sonst tun sollen?«

Ross schüttelte den Kopf. »Wenn sie erst einmal im Gerichtssaal sind, können sie *alles* behaupten.«

»Lassen sie dich in Ruhe?«

»Nein. In meinem Wohnzimmer steht ein Polizist praktisch Tag und Nacht Wache. Ich würde dem Ärmsten ja ein Bett anbieten, wenn das nicht mißverstanden würde.«

Als sie zwanzig Minuten später gingen, bemerkte Manning, daß Captain Spencer auf der anderen Straßenseite unter einer Laterne stand und Ausschau hielt. Manning wollte Ross' Ärmel berühren, überlegte es sich aber anders und ließ die Hand wieder sinken.

7

Im Zug nach Manchester las Prior die Briefe der Ropers.

Liebe Winnie,
Mach Dir keine Sorgen um mich meine Kleine mir geht es gut Hettie war Weinachten zu hause und wir hatten eine schöne Zeit selbst der kleine Tommy taute ein bischen auf Du kennst ihn ja an Sillwester haben sie nicht so viel Unsinn verzapft wie beim letzten Mal das letzte Jahr hat die Leute doch ziemlich mitgenommen nur dieser alte walisische Schwätzer quatscht blöd rum die armen Jungs

Hettie hat mich zum Ausverkauf geschleppt weil sie wußte das ich eine Bluse wollte es gab eine schöne in schwarz ohne Besatz aber Hettie sagt Mama du machst dich älter als du bist Du kennst Hettie ja am Ende hab ich eine dunkelblaue genommen mit einer kleinen gelben Rose drauf sieht ganz gut aus finde ich kann sie aber nicht umtauschen wenn sie nicht past weil es war ja ein Sonderangebot. Mrs. Warner lief uns über den Weg Du kennst sie von den Suffragetten und natürlich hat sie nach Dir gefragt aber sie war sehr zugeknöpft man merkte das sie weiter wollte sie sagt die Leute machen zuviel Trara wegen Weinachten und Truhthahnfleisch ist sehr trocken da sage ich ich habe noch nie welches gegessen ich kenn mich da nicht aus Du weist ja was Ronnie Carker gesagt hat sie nutzen dich immer aus Beattie wenn sie abends nach Hause gehen lassen sie ihre Höschen einfach liegen aber wenn Ronnie da wär bräuchten sie sie gar nicht erst ausziehen

Was Deinen späten Besucher betrifft erinner Dich das Du viel Ärger hattest weil Alfs Mama schlecht war und ihre Ivy war so komisch aber was Du auch tust mach schnell KOMM NACH HAUSE sonst landest du bei einer blöden ungewaschenen Kuh solche Frauen richten nichts als Schaden an ich hab junge Mädels gesehen die haben sich noch jahrelang geplakt

Hat Alf den Brief gekriegt ich hab ihn Donnerstag eingeworfen aber die Post braucht sehr lange es ist wohl noch wegen Weinachten wenn er ihn gekriegt hat sag ihm er soll mir das Zeug so schnell wie möglich schicken wenn nicht soll er sich keine Gedanken machen ich schreibe ein zweites mal ich brauch es für einen Mann der kurz vor Weinachten hier war er braucht es für eine etwas riskante Sache aber nur für sich selbst er weis nichts von Dir und Alf also besteht keine Gefahr das ihr mit reingezogen werdet Ich mus jetzt Schlus machen hofentlich bekommst Du diesen Brief so wie ich ihn abgeschikt habe

Viele liebe Grüse
Mama

Liebe Mama,
die Schule hat wieder angefangen, ich weiß nicht, wer weniger Lust hat, ich oder die Kinder. Das Dach der Versammlungshalle ist während der Ferien kaputtgegangen. Natürlich wird es nie repariert, und heute hat es ziemlich gestürmt. Der Regen lief in Strömen an den Fensterscheiben herunter, es gab kein Licht, und Weddell faselte die ganze Zeit vom Empire und daß wir alle den Gürtel enger schnellen und alle Kräfte mobilisieren müssen, aber man sieht nicht so recht, daß er alle Kräfte mobilisiert, und bei dem Bauch kann er den Gürtel auch nicht enger schnallen. Ich habe einfach nur gebetet, einer dieser Tropfen an der Decke soll ihm auf die Glatze platschen, aber ich hatte kein Glück. Und die Kinder husten wie verrückt. Einer fängt an, und

schon fallen die anderen ein. Es ging etwa so: »Unser glorreiches Empire« – *hust hust* – »Wir müssen bis zum letzten Mann kämpfen« – *hust hust* – »Unsere tapferen Jungs ...« – *hust hust*. Ach, und er hat errechnet, wieviel Ehemalige an der Front sind. Ziemlich viele, was mich überrascht hat, ich dachte, sie hätten alle Rachitis. In meiner Klasse haben sie Rachitis. Du kennst diese gewölbte Stirn, die man davon kriegt? Wenn man das erst weiß, wird einem klar, wie verbreitet es ist. Und dann müssen wir uns dieses ganze Geschwafel anhören, wofür wir kämpfen. Na ja, vor Weihnachten war es jedenfalls noch schlimmer. Ich dachte wirklich, das Essen kommt mir hoch. Friede auf Erden allen Menschen guten Willens und daß wir unseren guten Willen zeigen, indem wir die Deutschen massakrieren und das tapfere kleine Belgien retten. Ich wollte den Sechstkläßlern erzählen, was das tapfere kleine Belgien im Kongo alles anstellt, aber er hat es mir verboten. Ich habe erwidert, daß ich nur ein schlechtes Kolonialregime mit der grandiosen Geschichte unseres großen Empire vergleichen wollte. Aber er hat mir nicht geglaubt. Er traut mir nicht über den Weg, und dieses Jahr muß ich die Kleinen unterrichten. Ist bestimmt kein Zufall.

8 hat sich gemeldet. Ich mache mir große Sorgen um ihn, seit sie ihn geschnappt haben, aber er sagt, es ist nicht so schlimm. Einer der Jungs hatte einen Bart, und sie haben ihn mit einem Rasiermesser bearbeitet. Am Ende war er ziemlich zerschunden, aber es ist erstaunlich, worüber sie noch lachen können. Er sagt, er hat unseren William nicht gesehen, wie auch, er ist ja in Einzelhaft. Mama, vielleicht ist es das letzte, was wir von ihm hören, denn er sagt, der Aufseher, der die Briefe rausschmuggelt, soll versetzt werden.

Außerdem habe ich herausgefunden – von 10, Du wirst ihn nicht kennen –, wie die Lage in Etaples ist. Das ist das große Camp, wo alle zur Grundausbildung hinkommen, und er sagt, so etwas hat er noch nie gesehen. Er sagt, sie behandeln die Rekruten wie den letzten Dreck. Für die simpelsten Sachen werden sie, die Arme über dem Kopf, an einen Pfosten gebunden. Es klingt nicht besonders schlimm, aber er sagt, es ist die Hölle. Er sagt, es wird dort ganz sicher zu einem Aufstand kommen. Ich hoffe es, ich hoffe es sehr. Ein paar Offiziere, von ihren eigenen Leuten erschossen, das würde reichen, nur dieser kleine Funken, und es wird sich wie ein Flächenbrand ausbreiten. Ich *weiß* es.

Habe nichts von Mac gehört. Ich sehe immer zu, daß ich mich beschäftige. Die meiste Zeit laufe ich wie eine versengte Katze herum, bloß um nicht nachdenken zu müssen. Die Kleinen sind aber ganz nett. Die hat noch niemand verdorben. Neulich dachte ich mir einen neuen Kinderreim aus:

Georgie, Georgie, pudding and pie
Perhaps the girls'll make him cry

Na, hoffen wir das Beste.

Du solltest ein paar Lebensmittel horten, Mama. Ich weiß, es ist schwierig, wo Du für Tommy sorgen mußt, aber wenn Du die Möglichkeit hast, leg ein paar Dosen zurück. Sollte es je zur Rationierung kommen, dann werden die Angehörigen von Kriegsdienstverweigerern die letzten in der Schlange sein, wenn sie überhaupt Marken bekommen.

Um mich brauchst Du Dich nicht zu sorgen, mir geht es gut. Denk zur Abwechslung mal an Dich.

Alles Liebe
Hettie

PS: Wenn Mac nicht bald schreibt, kann er was erleben.

Liebe Mama,
die Sachen, um die Du mich gebeten hast, sind beigelegt. Sag Deinem Freund, er soll sich *genauestens* an die Anweisungen

halten. Du wirst mich für einen Schwächling halten, aber irgendwie tun mir die Hunde leid. Wenn man nahe genug an die armen Kreaturen herankommt, tun sie mir leid. Tot in zwanzig Sekunden. Na jedenfalls viel Glück. Ob wir nächstes Weihnachten schon Frieden haben werden? Ich hoffe es jedenfalls.

Alf

PS: Winnie läßt ausrichten, daß sie gut angekommen ist.

Liebste Hettie,
Du fragst dich bestimmt, warum ich nicht schon eher geschrieben habe. Also, hier war die Hölle los. Erinnerst Du Dich noch an diesen Burschen mit dem Buckel? Er wollte unbedingt vor Gericht gehen, statt sich aus medizinischen Gründen befreien zu lassen, und er hätte es bestimmt auch getan. Ich hab versucht, ihm eine Überfahrt nach Irland zu verschaffen, was mir schließlich auch gelang, aber er wurde in dem Moment erwischt, als er an Bord gehen wollte. Der Buckel hat ihn verraten. Wir hatten alles versucht, um ihn zu verbergen. Charlie hatte vorgeschlagen, er solle sich ein Kleid anziehen, so daß er wie eine schwangere Frau aussehen würde, die rückwärts geht, aber ich weiß nicht, wie man das hinkriegen soll. Jedenfalls ist er wieder in Wandsworth, wo sie ihm den Buckel bestimmt flach prügeln. Aber es ist ärgerlich, weil es bedeutet, daß *wir* uns jetzt ruhig verhalten müssen und daß bis auf weiteres niemand zur Grünen Insel reisen kann. Die ganze Organisation ist zur Untätigkeit verdammt, und ich verliere die Geduld. Ich weiß, daß es auf den einzelnen ankommt, aber sechs oder sieben Mann nach Irland zu schaffen, damit erreicht man doch nicht, daß der Krieg aufhört. Es gibt nur eine Möglichkeit, und wir beide wissen, wie die aussieht.

Im Moment wohne ich bei Charlie Greaves' Mutter, bitte

schreib mir nicht dorthin. Ich weiß, du kennst die Adresse, aber es gibt dummerweise noch andere Leute, die sie kennen. *Alle eingehenden Briefe werden geöffnet.* Ich will Dich nicht noch tiefer in die Sache hineinziehen. Und ich behandle Dich *nicht* wie ein »kleines Dummchen«. Es muß Leute geben, von denen sie nichts wissen, sonst haben wir keine sicheren Häuser mehr und keine Anlaufstellen. Dabei fällt mir ein, kurz vor Weihnachten habe ich jemanden zu Deiner Mutter geschickt. Hast Du ihn zufällig gesehen? Ich habe mich hinterher gefragt, ob das richtig war. Nicht daß er mir verdächtig erschien, er ist ein anständiger Kerl, wild entschlossen, schlägt aber leicht über die Stränge. Es ist vielleicht nicht so wichtig, aber wenn Du Deiner Mutter schreibst, könntest Du es vielleicht erwähnen, obwohl ich glaube, daß er inzwischen weitergereist ist. Übrigens, wie geht es ihr? Ich wünschte, wir könnten Tommy rauskriegen. Er ist eine ziemliche Last für sie.

Ich schreibe diesen Brief im Bett, einem großen und weichen Messingbett, in dem viel Platz ist. Draußen regnet es, und der Wind heult, und ich würde alles geben, Dich hier bei mir zu haben. *Jetzt sofort.*

In Liebe
Mac

Prior fand es merkwürdig, daß er die privaten Briefe seiner Freunde las, obwohl sie – mit Ausnahme von Alfs Brief, in dem dummerweise von Hunden die Rede war – alle schon im Old Bailey öffentlich verlesen worden waren. Selbst Hetties kleiner Reim war im Gerichtssaal Nr. 1 erklungen, weil die Staatsanwaltschaft behauptet hatte, er beweise ihre Beteiligung an der Verschwörung. Nein, in diesen Briefen gab es nichts Intimes mehr, er verletzte niemandes Privatsphäre. Und dennoch, während der Zug in den Tunnel donnerte und sich das Abteil mit beißendem Rauch füllte, betrachtete Prior sein Spiegelbild im Fenster und fand sich nicht besonders sympathisch. Er dachte vor allem an den letzten Brief: Macs zärtliche Gefühle für Hettie, die erst im Gerichtssaal bloßgestellt worden waren und nun, ein zweites Mal, ihm gegenüber preisgegeben wurden.

Sie hatten den Brief in Hetties Rock gefunden, als sie in der Schule verhaftet wurde.

8

Harry Prior machte sich zum Ausgehen fertig. Ein frisches Hemd hing zum Lüften über dem Kleiderständer vor dem Kamin, so daß es dunkler und kühler in der Stube wurde. Billy Prior und seine Mutter saßen am Tisch – sie mit umgebundener Schürze, er in Hemd und Hosenträgern – und konnten weder ihre Unterhaltung fortsetzen noch mit Harry reden. Der stand vor dem Ausgußbecken, seifte sich das Gesicht ein, spritzte mit Wasser herum, steckte sich die Zeigefinger in die Ohren und schüttelte sie kräftig. Nachdem er den Seifenschaum abgespült hatte, legte er einen Finger an jedes Nasenloch und rotzte große grüne Schleimklumpen in das Becken.

Prior, der seine Mutter mit dem Ellbogen berührte, merkte, wie sie vor Empörung bebte. Er schloß die Hände um die heiße Teetasse, hob sie an die Lippen und tauchte beim Trinken leicht seine kurze Nase ein. Wie oft hatte er als Kind diese gespannte, unnötige Szene beobachtet und die Ekelgefühle seiner Mutter geteilt, so wie er ihre Angst vor Gewittern geteilt hatte. Jetzt, als erwachsener Mann, in diesem allzu vertrauten Zimmer – der Steinfußboden von seinen Schritten schiefgetreten, der Tisch von seinen Ellbogen blank gerieben –, glaubte er, den Konflikt unvoreingenommener betrachten zu können als damals. Es gehört schon eine gehörige Portion Aggression dazu, um achtundzwanzig Jahre lang vor Empörung zu beben.

Jetzt glaubte er erkennen zu können, welchen Anteil seine Mutter an der häuslichen Tragödie hatte. Er begriff, daß ihre schreckhaft sensible Reaktion diese Brutalität eigentlich förderte. Er erinnerte sich an ihre sanfte, vornehme, weinerlich vorwurfsvolle Stimme, die unablässig klagte, wenn die polternden Schritte seines Vaters ihn längst aus dem Schlaf gerissen hatten; er erinnerte sich, wie er auf der Treppe gesessen und angestrengt gelauscht hatte, so daß seine Muskeln vor Anspannung schmerzten, und auf das eine Wort von ihr gewartet hatte, das *er* nicht würde ertragen können. Und dann die schnellen Schritte, ein unterdrückter Schrei, und schon stürmte er los, um auf halber Treppe zu hören, ob es nur ein einziger Schlag mit dem Handrücken war, der die Mutter gegen die Wand taumeln ließ, oder ob es einer von diesen wirklich schlimmen Tagen war. Sie schaffte es einfach nicht, den Mund zu halten.

Allerdings, dachte er, während er sein Gesicht hinter der Teetasse verbarg, war sie auch nie feige gewesen, sondern hatte immer ihre Meinung gesagt, ohne sich vor den Konsequenzen zu fürchten. Unter dem Vorwand der »Ausgewogenheit« konnte man sehr leicht in das andere Extrem fallen und die Gewalt im Haus nicht der väterlichen Brutalität zuschreiben, sondern der Unfähigkeit seiner Mutter, damit umzugehen.

Prior erinnerte sich daran, wie er als Kind die geballte Faust in die andere Hand geboxt und jedesmal, wenn Fleisch auf Fleisch klatschte, SCHWEIN SCHWEIN SCHWEIN SCHWEIN gesagt hatte. Sein jetziger Versuch, die Ehe seiner Eltern zu verstehen, war natürlich etwas reifer, erwachsener, kritischer, sensibler und einsichtiger, fast alles andere als nur SCHWEIN SCHWEIN SCHWEIN SCHWEIN. Aber es befriedigte ihn nicht, denn das war auch eine Lüge. Es gab ihm die Möglichkeit, so zu tun, als stünde er »über dem Konflikt«. Doch er stand nicht darüber, er war das Produkt. Vater und Mutter – Naturgewalten, die fast nichts Individuelles charakterisierte – zerfleischten sich in jeder Zelle seines Körpers, bis an sein Lebensende. »›Sie kämpfen und kämpfen ohne Ruh' im Marschland meiner

Brust‹«, dachte er, »und langsam habe ich die Schnauze voll.«

Sein Vater hatte sich inzwischen die Jacke angezogen und die Mütze aufgesetzt und wandte sich zum Gehen. Er sah sie mit einem harten, trockenen, gespannten Lächeln an, die beiden, die dort saßen, wie sie immer gesessen hatten, und darauf warteten, daß er gehen würde. »Also dann, bis später«, sagte er.

Daß Vater und Sohn vielleicht zusammen in die Kneipe gehen, war in diesem Haus, im Gegensatz zu den meisten anderen Familien, völlig undenkbar.

»Wann bist du wieder zurück?« fragte seine Mutter, wie immer.

»So gegen elf. Warte nicht auf mich.«

Sie wartete immer. Ach, hätte sie gesagt, sie müsse das Feuer im Kamin ausmachen, das Essen für morgen vorbereiten, den Tisch decken, den Wasserkessel füllen, doch all diese Verrichtungen hätten schon erledigt sein können. Prior, den Blick wieder in die Tasse gesenkt, versuchte nicht daran zu denken, wie viele gewalttätige Szenen hätten vermieden werden können, wenn seine Mutter den Vater einfach beim Wort genommen und sich ins Bett gelegt hätte. Hundert? Oder keine? Der Mann, der jetzt so sanft und rücksichtsvoll sprach, hätte sie, wenn er, mit zehn, elf Bieren intus, nach Hause gewankt kam, vermutlich aus dem Bett gezerrt, um sich bedienen zu lassen.

Laß gut sein, sagte er zu sich. *Laß gut sein.*

Nachdem sein Vater gegangen war, blieben sie noch am Tisch sitzen und tranken ihren Tee aus. Seine Mutter sprach ihn nie auf Frankreich oder Craiglockhart an. Sie schien nicht wissen zu wollen, was er erlebt hatte, seit er von zu Hause weggegangen war. Das ärgerte und erleichterte ihn zugleich. Er erkundigte sich nach den Jungen, mit denen er zur Schule gegangen war. Dieser war tot, jener verwundet. Eddie Wilson war desertiert. Er erinnere sich doch noch an Eddie? Jede

Woche sei in der Zeitung von Deserteuren zu lesen, sagte sie. Dem Polizisten, der Eddie Wilson im Kohlenkeller seiner Mutter entdeckt hatte, waren fünf Shilling Belohnung zugesprochen worden.

»Neulich stand ein Brief in der Zeitung«, sagte sie. »Von Pater Mackenzie. Erinnerst du dich an ihn?«

Sie fand die alte Zeitung und gab sie ihm. Er las den Brief, zuerst stumm, dann laut, in einer bösartig exakten Imitation von Pater Mackenzies liturgischem Singsang. »›Es mag einige unter euch geben, die, weil sie die Gesetze der körperlichen Entwicklung gezielt und in schuldhafter Weise mißachtet haben, ihrem Vaterland nicht dienen können, aber ...‹ Himmelherrgott noch mal!« Er warf die Zeitung hin. »Einige von denen gehen in ihrer gezielten und schuldhaften Mißachtung so weit, daß sie Rachitis bekommen. Wenn er körperlich gut entwickelt ist, dann deswegen, weil seine Mutter es sich leisten konnte, ihm viermal am Tag gutes Essen reinzuschaufeln.« Und mein Gott, wie gut entwickelt er war, dachte Prior, während er sich an Pater Mackenzie in Socken erinnerte.

»Er glaubt halt, daß viele Leute Drückeberger sind, Billy. Du mußt zugeben, er hat nicht ganz unrecht.«

»Weißt du, welche Mindestgröße bei den Bantamregimentern vorgeschrieben ist? Eins fünfzig. Und weißt du, daß viele Männer aus unserer Gegend nicht mal das schaffen?«

»Billy, manchmal klingst du genau wie dein Vater.«

Er griff sich die Zeitung und tat, als ob er lese.

»Es wird viel über einen Streik in den Munitionsfabriken gesprochen. Dein Vater ist dafür. Er muß ja dafür sein.«

»Und worum geht's?«

»Ich weiß es nicht.« Sie suchte nach einem fremden Wort. »Umstrukturierung?«

»Klingt richtig.«

»Na, du kennst ja deinen Paps. ›Junge Mädels, die mehr verdienen als ich.‹ ›Paß auf‹, sagt er, ›nach dem Krieg stellen sie ungelernte Arbeiter ein. Die Frau geht zur Arbeit, und der

Mann hockt zu Hause herum und paßt auf die Kinder auf. Das ist das Ende des Facharbeitertums. Dieser Krieg ist ein Trojanisches Pferd, sie sind bloß viel zu blöd, um das zu kapieren.‹«

Typisch, dachte Prior. So entschlossen sein Vater für die Sache der Arbeiterklasse insgesamt eintreten mochte, noch wichtiger war es ihm, an der Hierarchie innerhalb dieser Klasse festzuhalten.

»Ach, und falsche Zähne kann er auch nicht leiden. Noch so etwas«, fuhr seine Mutter fort. »Mrs. Thorpe hat ein Gebiß, weißt du. ›Ein Hammel, als Lamm verkleidet‹, sagt er. So wie er über ihr Gebiß lästert, könnte man glauben, sie hat ihn gebissen. Und außerdem Mrs. Rileys Mülltonne. Hummerkonserven, kannst du dir das vorstellen? ›Vor dem Krieg waren sie froh über ein Stück Brot und Margarine.‹«

»Er hat aber eine komische Vorstellung von Sozialismus.«

Sie zuckte mit den Schultern. »Weiß nicht. Für Frauenemanzipation und solche Dinge hatte er noch nie Verständnis.«

»Nein.«

»Ich weiß noch, wie er sich mit Beattie Roper deswegen gestritten hat.«

Eine Pause. »Ich habe Beattie besucht.«

Erstaunt sah sie ihn an. »Im Gefängnis?«

»Ja.«

»Du hast keine Veranlassung, dich da einzumischen.«

Auf diese unerwartet heftige Reaktion erwiderte er: »Doch. Das gehört zu meinem Beruf.«

»Ach.« Sie nickte, wenig überzeugt.

»Wie geht's Hettie?«

Seine Mutter erstarrte. »Weiß nicht. Wir sehen uns nie.«

Als er siebzehn war, waren er und Hettie Roper »miteinander gegangen«, und in diesem Fall hatte der »seltsame Ausdruck« den Sachverhalt genau getroffen. Sie waren »gegangen«. Hatten natürlich auch miteinander geredet: leidenschaftliche, erhitzte Debatten geführt, über Sozialismus und

Frauenemanzipation, über Spiritualismus, über Edward Carpenters Vorstellungen von Männerkameradschaft, darüber, ob es so etwas wie freie Liebe geben konnte. Er erinnerte sich an den Tag, als sie bei Formby in den Dünen gesessen hatten, während es langsam dämmerte und die Sonne tief über dem Meer hing. Den ganzen Tag über hatte er Hettie berühren wollen, sich aber nicht getraut. Die Sonne, prall und voll, wartete noch einen kurzen Moment, um sich dann über das Wasser zu ergießen. »Komm«, sagte er und nahm seine Jacke, »laß uns nach Hause fahren.«

An diesem Abend hatte seine Mutter, wie an so vielen anderen Abenden, auf ihn gewartet. Ein Buch lag aufgeschlagen auf ihrem Knie, aber sie hatte das Gaslicht nicht angemacht. Und dann ging die Fragerei los. In dem Moment wurde ihm klar, daß sie Hettie Roper nicht ausstehen konnte. Er wußte nicht, warum.

»Hat sie noch immer den Laden?« fragte er.

»Sinnlos. Niemand würde bei ihr einkaufen.«

»Arbeitet sie?«

»Nicht, daß ich wüßte.«

»Und wovon lebt sie dann?«

Ein Schulterzucken. »Sie hat noch immer den Schrebergarten.«

»Ich glaube, ich werd sie mal besuchen.«

Schweigen.

Prior erinnerte sich daran, daß er nicht mehr siebzehn war, stand auf und stellte seine Tasse in den Ausguß. »Ich bleib nicht lange.«

Vor dem Krieg saßen die Frauen an warmen Abenden bis zum Einbruch der Dunkelheit vor ihren Häusern, um die Begegnung mit der tobenden Bettwanze bis zuletzt hinauszuschieben und den einzig möglichen sozialen Kontakt zu genießen, den sie gefahrlos pflegen durften. Eine Frau, die tagsüber mit den Nachbarn plauderte, bekam rasch das Gewicht öffentlicher Mißbilligung zu spüren. »Sieh mal einer an, unsere Mrs. Thorpe. Elf Kinder. Da denkt man doch, die hätte genügend zu tun.« Als Prior jetzt die Straße entlangblickte, sah er nur leere Türschwellen. Es waren zwar Frauen unterwegs, doch sie bewegten sich rasch und zielstrebig.

Er vermutete, daß ihm Mrs. Thorpes Name vor allem deswegen eingefallen war, weil sie eine der schlimmsten Missetäterinnen gewesen war, mit ihren schmalzweißen, fußballgroßen Brüsten, an denen sich Georgie oder Alfie oder Bobby abgemüht hatten, nur um hin und wieder an einem Blusenzipfel herumzukauen. Oder vielleicht hatte er sie unbewußt erkannt, wie sie in diesem Moment auf ihn zukam, ohne den Schal und die Holzpantinen, in denen er sie immer gesehen hatte. Und sie trug nicht nur Mantel und Hut, sondern sogar fleischfarbene Strümpfe *und Schuhe*. Die attraktive Frau neben ihr konnte unmöglich Mrs. Riley sein, aber er wußte nicht, wer es sonst hätte sein sollen.

Sie begrüßten ihn freudig überrascht, umarmten und küßten ihn, traten zurück und schenkten ihm ein unglaubliches Lächeln. Es gab ein Sprichwort in der Gegend: Jedes Kind kostet einen Zahn, und vor dem Krieg hatten Mrs. Thorpe und Mrs. Riley jedesmal, wenn sie den Mund aufmachten, ihre Fruchtbarkeit kundgetan. Statt Lücken und schwarzen Zahnstummeln blitzte ihm jetzt ein ebenmäßiges, blendendes Weiß entgegen. »Was für weiße Zähne du hast, Großmutter«, sagte er.

»Damit ich dich besser fressen kann«, sagte Mrs. Riley. »Und wer bitte ist hier die Großmutter?«

Mrs. Thorpe fragte: »Wie lange bist du hier?« Und dann, bevor er antworten konnte: »Also, das ist wirklich nicht nett, so was zu fragen.«

»Zwei Tage.«

»Mach das Beste daraus! Aber tu nichts, was wir nicht tun würden.«

Er lächelte. »Wie viele Möglichkeiten bleiben mir da?«

»Einige, heutzutage«, sagte Mrs. Riley.

Plötzlich fiel ihm ein, daß beide Frauen ihn gestillt hatten.

Seine Mutter war nach seiner Geburt zwei Monate lang sehr krank gewesen, und er hatte Kondensmilch vom Eckladen zu trinken bekommen, die gleiche Milch, die Erwachsene in den Tee gossen. Babys bekamen sie regelmäßig und starben regelmäßig daran. Dann waren Mrs. Thorpe und Mrs. Riley erschienen, seinerzeit lebhafte junge Frauen, wie er vermutete, jede mit ihrem ersten Baby an der Brust. Sie hatten ihn abwechselnd gestillt und ihm so wahrscheinlich das Leben gerettet. Er wußte das schon eine ganze Weile, doch solange Mrs. Thorpe und Mrs. Riley unförmige, in Tücher gewickelte Gestalten gewesen waren, hatte er es irgendwie nicht registriert. Jetzt errötete er, obwohl er nicht leicht zu verwirren war.

»Na so was«, sagte Mrs. Riley. »Er ist verliebt. Ich sehe das sofort.«

»Stimmt das?« fragte Mrs. Thorpe.

»Ja. Sie heißt Sarah. Sarah Lumb.«

»Guter, starker Name«, sagte Mrs. Riley.

»Sie ist ein gutes, starkes Mädchen.«

»Vielleicht muß sie das sein«, sagte Mrs. Riley und musterte ihn nachdenklich von oben bis unten. »Wie wär's mit 'nem Glas?«

»Ich würd ja gern, aber ich muß jemand besuchen.«

»Also, wenn du's dir anders überlegst, wir sind im Rose and Crown.«

Und damit zogen sie angeregt gackernd weiter, zwei verheiratete Frauen, die zusammen in die Kneipe gingen. Unerhört. Und auch noch in die Kneipe seines Vaters. Kein Wunder, daß der alte Knacker glaubte, Armageddon sei gekommen.

Prior ging weiter. Überall fielen ihm Anzeichen eines neuen Wohlstands auf. Fleisch mochte knapp sein, das Brot grau, aber der Ort boomte trotz allem. Ein Teil von Prior war erfreut, ja begeistert. »Junge Mädels, die mehr verdienen als ich«? Ausgezeichnet. Hummerkonserven in Mrs. Rileys Mülltonne? Ausgezeichnet. Er hätte alles darum gegeben, sich uneingeschränkt und vorbehaltlos freuen zu können. Doch er war an zu vielen Fenstern vorbeigekommen, in denen schwarzumrandete Kärtchen steckten, und jeden Namen auf den Kärtchen konnte er mit einem Gesicht verbinden. Die Straßen schienen voller Geister zu sein, graue, magere, unversöhnliche Gestalten, die sich auf den Bürgersteigen drängten und vor Häusern warteten, die während ihrer Abwesenheit richtig schmuck geworden waren. In seiner Phantasie sah er ein loderndes Feuer, ein klirrendes Fenster, eine auffliegende Tür. Jemand rief: »Der Wind wird stärker. Spürst du den Zug?« und schloß rasch die Tür.

Die Erregung, die er beim Gespräch mit Mrs. Thorpe und Mrs. Riley gespürt hatte, legte sich. Er verschwand in der Gasse zwischen Marsh Street und Gladstone Terrace und ging in Richtung Tite Street, wo Beattie Ropers Laden war. Tausendmal mußte er als Kind, als Junge, als Bursche diesen Weg zurückgelegt haben, doch jetzt ging er stumm über das Kopfsteinpflaster und kam sich dabei fast unsichtbar vor. Zu dem Leben, das ihn umgab, gehörte er ebensowenig wie die zurückkehrenden Geister.

Er kam am oberen Ende der Hope Street heraus und ging sie hinunter. Hope Street, die parallel zum Kanal verlief, hieß natürlich No-Hope-Street, weil sich die Bewohner so eilfertig von dieser in jenen stürzten. Zumindest vor dem Krieg. Inzwischen waren Selbstmorde selten geworden. Der Krieg hatte überall neue Lebensgeister geweckt.

Etwas weiter unten, Ecke Tite Street, befand sich Beatties Laden, dessen Fenster mit Brettern verrammelt waren. Prior klopfte laut an die Tür.

»Da wird sich niemand melden«, sagte eine Passantin. Er wartete, bis sie um die Ecke gebogen war, dann kniete er sich vor die Tür und spähte durch den Briefschlitz. Die Regale waren leer, der Fußboden saubergefegt. Er rief: »Hettie, ich bin's, Billy.« Die Tür zum Wohnzimmer stand offen. Er spürte, daß sie lauschte. »Hettie, ich bin's.«

Schließlich kam sie und kniete auf ihrer Seite vor die Tür,

um sich zu vergewissern, daß er allein war. Dann vernahm er ein lautes Hantieren mit Riegeln und Ketten, und schließlich stand sie da, eine dünne, dunkelhaarige, angespannte Frau, älter, als er sie in Erinnerung hatte. Nicht mehr hübsch.

»Billy.«

»Ich hab deine Mutter besucht.«

»Ja. Sie hat mir geschrieben.«

Ein langes Zögern. Schlagartig wurde ihm klar, was er wissen wollte. Er nahm seine Mütze ab und machte einen Schritt nach vorn. Fast im selben Moment trat Hettie zur Seite und sagte: »Komm rein.«

Das Wohnzimmer war leer. Beide Türen, die zur Küche und die zur Treppe, waren geschlossen. Er sah sich bedächtig im Zimmer um. Im Kamin brannte ein Feuer. Auf dem Dreifuß stand der Kessel. Den meisten Platz nahm noch immer der Tisch mit der grünen Decke ein. Ringsherum standen, ordentlich arrangiert, sechs leere Stühle. Hettie folgte seinem Blick, und er spürte, daß ihr die Veränderungen, an die sie sich längst gewöhnt hatte – die leeren Stühle –, wieder fremd und unerträglich vorkamen, sobald sie sie mit seinen Augen sah. »Ach Billy«, sagte sie, und dann lag sie weinend in seinen Armen.

Er drückte sie an sich, hob sie hoch und wiegte sie sanft hin und her. Erst als ihr Schluchzen nachließ, lockerte sich sein Griff, und er ließ sie zu Boden sinken. Mit spitzen Fingern tippte sie auf seinen Gürtel, die Schnallen, Knöpfe, Kragenspiegel, Sterne – die ganze verhaßte Staffage. Rasch sagte er: »Tibbs ist ja immer noch da.«

Eine fette Katze lag zusammengerollt auf dem Kaminvorleger und streckte die blasse Unterseite des Kinns nach oben. Vom Laden her roch es leicht nach Katzenpisse und Kreosot.

»Ja«, sagte sie lachend und schniefte. »Pißt inzwischen überallhin.«

Ihr Lachen bestätigte den Fundus gemeinsamer Erinnerungen. Gott sei Dank, dachte Prior, zog einen Stuhl heran und setzte sich.

Sie nahm die Teekanne und machte Tee. »Wie geht's meiner Mama? Sie behauptet jedenfalls, daß es ihr gutgeht.«

»Sie ist dünn. Aber sie nimmt wieder Nahrung zu sich. Sie hat den Streik abgebrochen.«

»Hmm. Für wie lange nur. Ich hab ihr gesagt, sie soll das nicht machen, aber sie sagt: ›Wie soll ich sie denn sonst überzeugen?‹«

»Warst du schon mal bei ihr?«

»Nächste Woche besuche ich sie. Das haben wir ja wohl dir zu verdanken, oder?«

»Ich habe ein gutes Wort eingelegt.«

Sie goß den Tee ein. »Wie kommt es, daß du ein gutes Wort einlegen kannst?«

»Ich arbeite im Ministerium. Das ist alles. Ich muß nicht zurück wegen meinem Asthma.«

»Und was machst du so?«

Er lachte. »Genau das, was ich vor dem Krieg auch gemacht habe. Sitze an einem Schreibtisch und schiebe Papiere hin und her. Aber über eine junge Frau im Archiv bin ich an die Akte deiner Mama gekommen – und dann dachte ich, ich besuche sie mal.«

»Du hast dich mit einem Bluff reingemogelt?«

»Nicht ganz. Ich hatte offizielles Briefpapier des Rüstungsministeriums. Damit kommt man überall rein.«

»Ha, ich wünschte, *wir* hätten einen Stapel davon.«

Sie glaubte ihm. So, wie ihre Mutter Spragge geglaubt hatte. Sie saß an der Stirnseite des Tisches, auf dem Platz ihrer Mutter, wohl deswegen, damit ihre Abwesenheit weniger auffiel, und er saß höchstwahrscheinlich dort, wo Spragge gesessen hatte. Er sah zur Kommode, und richtig, dort stand das Foto von William.

Hettie folgte seinem Blick und griff hinter sich. »Dieses kennst du noch nicht, oder?« sagte sie und gab es ihm.

William lehnte an einer Mauer, die Arme locker verschränkt, und lächelte, allerdings etwas gequält, wohl weil der Fotograf so lange mit der Kamera herumhantiert hatte.

Er trug Hosenklammern. Auf der Rückseite stand mit Bleistift geschrieben »Mai 1913«. Der Ort kam Prior bekannt vor. Sie waren alle drei zusammen dort gewesen. Hinter der Mauer, auf dem Foto nicht zu sehen, fiel eine steile, von Dornenbüschen und Farnkraut überwucherte Böschung ab, wo es nur so wimmelte vor Kaninchen, deren glänzende Kotkugeln überall herumlagen.

»Sieht so aus, als wäre es schon Ewigkeiten her«, sagte er und hielt das Foto vor sich hin. Ohne Hintergedanken, aber doch nicht unbewußt versuchte er an den Tonfall ihrer Vorkriegsfreundschaft anzuknüpfen.

Hettie lachte rauh, es klang nicht echt.

»Aber es wirkt doch so, oder?« sagte er. »Ich meine, es sieht so aus, als wäre es schon viel länger her, als es eigentlich ist. Weißt du, auf dem Weg hierher habe ich darüber nachgedacht ...« Er holte tief Luft. »Angenommen, man schreibt über ... ich weiß nicht, über Einhegungen oder über die ersten Eisenbahnen, dann würde man die Leute ja auch nicht dastehen und sagen lassen ...« Er hielt sich theatralisch eine Hand an die Stirn. »›Du meine Güte, wir leben aber in einer Zeit unglaublich rasanter sozialer Veränderungen.‹ Denn niemand würde es einem abnehmen, daß die Leute sich darüber im klaren sind. Aber wir leben tatsächlich in so einer Zeit, und alle wissen es. Seit meiner Rückkehr höre ich nichts anderes. Ich meine natürlich nicht wörtlich, aber dem Sinn nach. Und ich frage mich einfach, ob es nicht doch Zeiten gibt, wo den Menschen tatsächlich klar ist, was sich abspielt. Und wenn sie auf die Zeit zurückschauen, die sie nicht so bewußt erlebt haben, kommt es ihnen vor, als seien Jahrzehnte vergangen. Wie aus einem anderen Leben.«

»Ja, vielleicht hast du recht.« Sie dachte einen Moment lang nach. »Vor ein paar Monaten war ich in London, um eine von den wenigen Suffragetten zu besuchen, die den Kontakt zu mir noch nicht abgebrochen haben. Wir saßen bei ihr zu Hause, als es Fliegeralarm gab. Wir hörten die Granaten auf die Bäume fallen, und es klang genauso wie Regen, weißt du. Und sie war ... ganz sie selbst. Trägt kurzes Haar und Reithosen, fährt Krankenwagen, alles, was ihr eine Million Jahre lang verwehrt wurde. Und plötzlich packte sie mich und sagte: ›Hettie, für uns Frauen ist das der erste Tag in der Geschichte der Menschheit.‹«

»Und für viele Männer der letzte.«

Hetties Gesicht verdüsterte sich. »Mir mußt du das nicht um die Ohren hauen, Billy. Vergiß nicht, *ich* bin hier die Pazifistin.«

»Wenigstens habt ihr das Stimmrecht bekommen.«

»Ich nicht. Ich bin noch keine Dreißig. Mama nicht, sie ist im Gefängnis. Winnie nicht, aus dem gleichen Grund. William nicht, ihm haben sie es aberkannt, weil er Verweigerer ist. Was das Stimmrecht angeht, so hat diese Familie eine Stimme weniger als vor dem Krieg.«

»Wo ist William?« fragte Prior und betrachtete erneut das Foto.

»In Dartmoor. Er hat sich auf das Angebot des Innenministers eingelassen. Verrichtet ›nützliche Arbeit im zivilen Bereich‹.« Sie schnaubte. »Im Steinbruch.«

»Überrascht mich aber.«

»Würde dich nicht überraschen, wenn du ihn sehen könntest. Er ist derart mager, du würdest ihn nicht wiedererkennen.«

»Mike Riordan war in meiner Abteilung. Erinnerst du dich an ihn? Ich hab ihn auch nicht wiedererkannt. Bei ihm war es allerdings so, daß er kein Gesicht mehr hatte.«

»Es ist doch kein Wettkampf, Billy.«

»Nein. Du hast recht.«

Sie berührte seinen Arm. »Ich wünschte, wir wären auf derselben Seite.«

»Also, was deine Mama angeht, sind wir auf derselben Seite. Du glaubst doch nicht etwa, daß ich auf Spragges Seite bin?«

Ihre Miene veränderte sich. »Ach, der. Weißt du, ich hab

ihn nur einmal gesehen, ganz kurz, und ich wußte, daß mit ihm was nicht stimmte.«

»Du wußtest nichts von dem Gift?«

»Nein, sie hat mir nie davon erzählt. Ich wünschte, sie hätte mich eingeweiht, dann hätte ich ihr gesagt, daß es dumm ist, ihm zu trauen. Und dieses elende Dreckschwein im Old Bailey. Es war furchtbar, Billy. Man steht im Zeugenstand und fühlt sich schuldig, obwohl man weiß, daß man es nicht getan hat. Noch Monate später hatte ich das Gefühl, daß die Leute durch mich hindurchsahen.« Sie hielt inne. »Hier, trink deinen Tee, sonst wird er kalt.«

»Kommst du zurecht?«

»Es geht so. Dein Vater bringt mir ab und zu ein Stück Fleisch vorbei. Schau mich nicht so erstaunt an, Billy.« Eine Pause. »Ich werd dir sagen, wer anständig zu mir ist. Mrs. Riley. Jedesmal, wenn sie bäckt, bringt sie was vorbei. Vielleicht nur ein halbes Dutzend Rosinenbrötchen, aber jedes bißchen hilft. Den anderen verdanke ich nichts außer ein paar Steine, die sie mir durchs Fenster geschmissen haben. Weißt du, was mich so fuchst, ist die Art und Weise, wie sie meine Mama auf der Straße geschnitten haben. Sie haben einfach durch sie hindurchgeschaut, als wäre sie Luft. Aber laß sie beziehungsweise ihre Töchter in Schwierigkeiten geraten, dann kommen sie an und klopfen an der Hintertür. Ich sage: ›Du bist blöd, Mama. Warum riskierst du das Gefängnis für sie?‹ Aber sie sagt nur: ›Na ja, beim letztenmal ging es nur noch mit Instrumenten‹ oder ›Das arme Kindchen, ist erst siebzehn.‹ Sie hat es für sie getan. Beim Prozeß ist alles rausgekommen. Du weißt ja, ein Baby umzubringen, wenn die Mutter im zweiten Monat ist, das ist ein furchtbares Verbrechen. Aber warte zwanzig Jahre und jag demselben Kind eine Kugel in den Kopf, dann ist das völlig in Ordnung.«

Prior zuckte zusammen und dachte, seltsam, daß ihr diese Worte so leicht über die Lippen gingen, daß sie sich nicht vorstellen konnte, welche Erinnerungen sie in ihm hervorriefen.

»Und Mac? Siehst du ihn manchmal?«

Ihre Miene wurde wachsam. »Nein.«

»Nie?«

»Billy, du weißt genau, daß er sich niemals hierhertrauen würde.«

Prior lehnte sich zurück. »Ich weiß, daß er nicht wegbleiben würde.« Er wartete. »Mir ist, als hätte ich eben jemand gehört.«

Sie blickte zur Küchentür.

»Jemand, der auf und ab geht.«

»Es ist ein unruhiges Haus. Du darfst nicht vergessen, daß Mama hier Seancen abgehalten hat. In diesem Zimmer.«

»An diesen Quatsch glaubst du doch selbst nicht.«

»Ich weiß, daß Mama keine Schauspielerin war. Irgend etwas ist passiert. Ob es bloß menschliche Willenskraft war oder nicht, weiß ich nicht, aber es gab Nächte, da hat sich dieser Tisch hier bewegt. Das verändert ein Haus. Manchmal sitze ich nachts ganz allein da und höre Schritte um diesen Tisch.«

Er hatte eine erschreckend deutliche Vorstellung davon, wie ihr Leben aussah, allein in diesem Haus, mit den leeren Stühlen und den verrammelten Fenstern. Es überraschte ihn nicht, daß sie Schritte um den Tisch hörte.

»Wo wir gerade von Mac sprechen«, sagte er und spürte dabei, wie sie erstarrte. »Ich dachte, ich geh mal seine Mutter besuchen. Er besucht sie bestimmt nicht mehr, oder?«

»Gute Idee, Billy. Ich würde ja gern mitkommen, aber die würde sich bei mir wahrscheinlich bedanken. Ich bezweifle, daß sie mich überhaupt ins Haus lassen würde.«

»Bestimmt nicht, Lizzie ist eine große Patriotin.« Er lächelte in sich hinein. »Als ich das letztemal zu Hause war, bin ich ihr über den Weg gelaufen.« Er lachte. »Na ja, praktisch über sie gestolpert. Du kennst doch die Gasse hinter dem Rose and Crown? ›Will mich bloß ein bißchen ausruhen‹, sagt sie. Ich ziehe sie hoch, da wirft sie einen Blick auf meine Uniform und sagt: ›Gott sei Dank, ein ehrlicher

Mann.‹ Und dann kam alles heraus. Offenbar hat sie es am Tag, als der Krieg ausbrach, sieben Männern umsonst gemacht, weil die gerade vom Rekrutierungsbüro kamen. Angeblich. ›Und weißt du was‹, sagt sie. ›Fünf von den Kerlen laufen ein Jahr später noch immer in Zivil herum.‹ Sie sagt, daraufhin hat sie sich Wally Smith vorgeknöpft. Der sagt: ›Sie haben mich halt wegen meinen Zähnen nicht genommen.‹ Und Lizzie sagt: ›Wie stellen die sich das vor? Sollst du die Miststücke etwa beißen?‹«

Hettie schaute ziemlich gequält drein. Da sie alles andere als prüde war, konnte er nur vermuten, daß die Geschichte von Lizzie und ihrem Anfall von Großzügigkeit am 4. August demjenigen, der hinter der Küchentür stand, peinlich sein mußte. Er überlegte, ob er sagen sollte: »Komm schon, Mac, laß diese Kindereien«, aber es erschien ihm zu riskant. Lieber erst seine Bitte vorbringen, dann konnten sie in Ruhe darüber sprechen.

»Ich würde gern mit Mac sprechen, Hettie.«

»Würde ich auch gern«, rief sie wütend. »Die Chancen sind gleich Null.«

»Nein, ich meine, ich muß ihn wirklich sehen. Wenn ich irgend etwas für deine Mutter tun soll, dann muß ich vorher mit ihm reden. Er –«

»Er wußte nichts davon.«

»Nein, aber er kannte Spragge. Spragge war an dem Abend bei ihm, bevor er hierherkam. Er hat Spragge die Adresse gegeben.«

»Glaubst du, er weiß das nicht? Spragge hat viele Leute reingelegt, Billy. Er hatte Briefe.«

»Ich weiß. Ich ... ich mache Mac ja gar keinen Vorwurf. Ich will bloß mit ihm reden. Vielleicht erinnert er sich an etwas, was uns hilft. Verstehst du, wenn wir beweisen können, daß Spragge als Provokateur aufgetreten ist – oder es auch nur versucht hat –, dann wäre seine Aussage gegen deine Mutter weniger glaubwürdig.«

Sie blickte zur Küchentür. »Ich kenne jemand, der Mac gelegentlich trifft. Ich werd sehen, ob ich ihm was ausrichten lassen kann.«

»Mehr will ich gar nicht.« Prior stand auf. »Und jetzt mache ich mich besser auf den Weg.«

Sie hielt ihn nicht auf. An der Tür blieb er stehen und sagte laut: »Ich dachte mir, ich gehe an der Koppel vorbei. Und zwar jetzt gleich.«

Sie sah ihn an. »Gute Nacht, Billy.«

9

Es dämmerte gerade, als Prior die Rinderkoppel erreichte, die an diesem Wochentag leer und daher unbeaufsichtigt war. Da Mac, wenn er überhaupt kam, bis zum Einbruch der Dunkelheit warten würde, blieb noch etwas Zeit totzuschlagen. Prior zündete sich eine Zigarette an und schlenderte auf und ab, dachte an den Geschmack seiner ersten Zigarette, die ihm übrigens Mac geschenkt hatte, und an seine heldenhaften Anstrengungen, sich nicht zu übergeben.

Er stand eine Weile da, während seine Hände das kalte Metallgitter umklammerten. Er erinnerte sich daran, wie er als Kind einmal krank gewesen war, eines dieser vielen Male, als er noch nicht so gesund gewesen war, um wieder zur Schule zu gehen, sich aber zu Hause gelangweilt hatte und deshalb hinuntergegangen und die Straße entlanggelaufen war. Es war ein heißer Tag gewesen, er selbst dick eingepackt mit einem kratzigen Schal um den Hals und einem Brustwickel um den Leib. Spindeldürr und bleich wankte er mit schweren Beinen die Straße entlang, während ihm die Hitze ins Gesicht schlug und der Geruch von Wintergrün in die Nase stieg. Dabei mußte er an Kiefern denken, an schneebedeckte Berge und daran, wie es sich anfühlte, wenn man seine heißen Beine aus der stickigen Wärme in einen kühleren Teil des Betts streckte.

Er hörte das Hufgeklapper, bevor er sie sah, und blieb stehen wie alle anderen auch, um zuzusehen, wie sich die Hauptstraße mit Vieh füllte, das zum Schlachthaus getrieben wurde. Es roch nach warmer Scheiße. Der aufgewirbelte

Staub drang ihm in die Lungen, so daß er husten mußte und klebrig grünen Schleim auswarf. Er flüchtete in eine Seitengasse, weg von dem Lärm und dem ganzen Durcheinander, an hohen dunklen Hauswänden entlang, bis er sah, daß ihm, wie in einem Alptraum, eine Kuh hinterherkam, mit glotzenden Augen und leicht schwankend auf den Beinen, während vom anderen Ende der Gasse Männer heranstürmten. Sie umzingelten die Kuh von mehreren Seiten. Das erschrockene Tier rutschte in seiner eigenen grünen Scheiße aus und fiel hin, die Männer warfen schwere schwarze Netze über sie und zerrten sie zurück zu den anderen, während überall in der Gasse die Hausfrauen, deren saubere Wäsche heruntergerissen worden war, lärmend und gestikulierend aus ihren Häusern stürzten.

In dem Moment, als die Netze über dem Tier niedergingen, hatte Prior über die schnaufenden Rücken der Männer hinweggeblickt und einen etwa gleichaltrigen Jungen gesehen, der sich, das weiße, reglose Gesicht halb verborgen von einem mächtigen schwarzen Haarschopf, an die Mauer drückte. Mac.

Der Anblick der eingefangenen Kuh blieb ihm unvergeßlich. Oft träumte er von ihr und wachte auf und starrte in das schwirrende Dunkel. Manchmal war es schon hell, und weil er Angst davor hatte, wieder einzuschlafen, schlich er sich nach unten, öffnete leise die Tür und trat hinaus auf die leere, morgenfrische Straße. Um diese Uhrzeit war nur ein Mensch unterwegs, die Klopferin, eine alte, bucklige Frau, deren weiße Haarsträhnen unter einem schwarzen Wollschal hervorschauten. Sie ging von Haus zu Haus und klopfte mit ihrem langen Stock an die Fenster der oberen Geschosse, wartete auf die verschlafene oder ärgerliche Antwort und zog dann weiter. Prior war ihr gefolgt und hatte so den Weg zur Koppel gefunden und zum besten Freund seiner Kindheit.

Er verließ jetzt die Koppel und betrat den hohen Stall, der so riesig wie eine Kathedrale war und ebenso hallte. Er ging auf und ab, fühlte sich ganz klein und stellte sich vor, wie der Stall früher ausgesehen hatte und an den entsprechenden Wochentagen vermutlich immer noch aussah. Er erinnerte sich daran, wie der Regen auf das Wellblechdach geprasselt war, malte sich aus, wie es schütten würde wie damals, als er mit Mac zum erstenmal hier gewesen war. Er sah sich um, und die leeren Verschläge füllten sich mit verängstigtem Vieh. Mächtige Schatten von Hörnern zuckten über die Decke, während die Männer mit Laternen auf und ab gingen, um nachzusehen, ob auch kein Tier in dem Gedränge erstickte. Wenn es nämlich erstickte, bevor man es schlachten konnte, eignete sich das Fleisch nicht mehr zum Verzehr, obschon es als minderwertige Ware in Läden gelangte, in denen nur die Allerärmsten einkauften. Diese Sorte Fleisch brachte kein Geld ein. Wenn also ein Tier erschöpft war und jeden Augenblick sterben konnte, wurde der Schlachter gerufen. Die Männer mußten nun die ganze Nacht Wache halten. Da sie aber lange Zeit als Hirten unterwegs gewesen waren, wollten sie natürlich bei ihren Frauen oder Bräuten schlafen, und das war die Situation, in der Mac auf den Plan trat. Für einen Penny die Nacht übernahm er ihre Arbeit, und er verstand seine Sache. Er konnte die Kühe beruhigen, sogar solche, die schon Blut gerochen hatten, und er konnte ihnen sogar Milch abzapfen, die er in einer Limonadenflasche auffing. Prior sah ihn fast vor sich, wie er sich zwischen schwitzendes Fleisch zwängte, auf der grünen Scheiße ausrutschte, die immer nach Angst roch, wie er dem Tier mit flüsternder Stimme gut zuredete, es streichelte, den Kopf an seine Seite schmiegte und schließlich triumphierend mit der warmen Milch zurückkehrte. Auf den Strohballen, die in einer Ecke das Stalles lagen, hatten sie nebeneinander gesessen und aus der Flasche getrunken und dann, langsam und genüßlich, wie Geschäftsleute, die sich eine besonders teure Zigarre genehmigen, die Kippen geraucht, die Mac auf der Straße aufgelesen hatte.

Prior schlenderte zu den Strohballen und setzte sich. Seine

Zigarette glühte wie ein kleiner Planet in der Dunkelheit, denn es wurde jetzt rasch Nacht. Er konnte gerade noch den Nagel in der Mauer erkennen, der ihnen beim Wettpinkeln als Ziel gedient hatte, und dieser Nagel ließ seine Phantasie zum Schulhof wandern. Er hatte viele Erinnerungen an Mac aus jener Zeit, vom Schulhof und, freilich überwiegend traurige Erinnerungen, vom Klassenzimmer. Mac war ungewaschen, und seine Haare waren verlaust. Er trug Männerschuhe und eine Jacke, deren Ärmel ihm bis zu den Fingerspitzen reichten, und er wurde ständig geschlagen. Prior hatte angenommen – wie das bei Kindern eben so üblich ist, dachte er –, daß Mac deswegen öfter Prügel bezog als die anderen, weil er aufsässiger war als die anderen. Inzwischen neigte er eher zu der Ansicht, daß er in all den Jahren in dieser elenden Schule nur eines gelernt hatte: daß das nicht stimmte. Lizzies Gewerbe war bekannt. Ein einziges Mal war sie in die Schule gekommen. Auf dem Flur war ihre laute, nuschelige Stimme zu hören gewesen, und alle hatten sie durch die Klassenzimmerfenster beobachtet und das Zittern ihrer Hutfedern gesehen, das jeden erneuten Schwall ihrer Empörung unterstrich. Gewiß war sie gekommen, um sich darüber zu beschweren, daß man ihren Mac allzu heftig geprügelt hatte. Wenn ja, dann nützte ihr Erscheinen nicht viel. Sobald sie gegangen war, wurde Mac erneut geschlagen. Prior erinnerte sich an die Prügel. Er erinnerte sich an die beklemmenden Gefühle, die er empfunden hatte: Angst, Mitleid, Wut, Erregung, Lust. Er fragte sich, ob die Erregung tatsächlich jene sexuelle Komponente gehabt hatte, an die er sich zu erinnern glaubte. Wahrscheinlich nicht.

Nach einer solchen Szene hatte er einmal, mit einem Sandwich in der Hand, an dem Zaun gesessen, der den Knabenbereich von dem der Mädchen trennte, und Mac beobachtet. Mac trabte, mit Joe Smailes auf dem Rücken, den Schulhof auf und ab, wobei seine dreckigen Hände mit den zerkratzten Knöcheln Joe Smailes' blaßrote Schenkel umklammert hielten. Mac war ein Arbeitsgaul: Für einen Bissen von ihrem

Brot oder für einen Apfelbutzen ließ er andere Schüler auf seinem Rücken reiten. Lizzie war nicht im landläufigen Sinne arm, sondern als Trinkerin einfach nicht in der Lage, sich um ihn zu kümmern. Was Prior diesmal so nachdenklich stimmte, daß er den herumstolpernden Mac unverwandt anstarren mußte, war die Gewißheit, daß er selbst genauso eine Tracht Prügel verdient hatte, aber verschont geblieben war, weil er sauber und anständig gekleidet war und vermutlich jenes Stipendium bekommen würde, das der Schule das dringend benötigte Renommee verschaffen würde. Er biß in sein zweites Pausenbrot, kaute, würgte, rannte plötzlich quer über den Hof, drückte Mac den Rest seiner Schnitte in die Hand, brach in Tränen aus und lief davon.

Wer auf die Tite Street Board School ging, brauchte keinen Marx, dachte Prior und drückte seine Zigarette vorsichtig zwischen goldenen Strohhalmen aus. Noch immer gefangen in den Erinnerungen an die Vergangenheit, erhob er sich und lief hin und her. Der Mond war aufgegangen. Er schien so hell, daß Prior einen Schatten warf. Erst als ein zweiter Schatten neben dem seinen auftauchte, wußte er, daß Mac gekommen war. Da legte sich auch schon eine Hand auf seine Schulter, und eine Stimme fragte amüsiert: »Soll das heißen, daß du's mit meiner Mutter getrieben hast?«

Prior wandte sich um. »Wie kommst du denn darauf?«

»Dieses ganze Gerede von wegen ›Gott sei Dank, ein ehrlicher Mann‹, ich wüßte nicht, was das sonst bedeuten soll.«

»Würdest du mir so etwas zutrauen?«

»Ich weiß nicht. Vor dem Krieg hättest du eine Kuh auf der Wiese gefickt, wenn du eine gefunden hättest, die so lange still gestanden wäre.«

Und den Bullen dazu. »Mac, ich schwör dir –«

»Ach, laß. Wenn es mir so viel ausmachen würde, hätte ich schon längst einen Strick genommen.« Mac lächelte. Das war fast ein Witz, aber nicht ganz.

Prior sagte: »Wollen wir uns hinsetzen?«

Sie setzten sich, ein paar Schritte voneinander entfernt, auf Strohballen, vereint und zugleich getrennt durch die Flut ihrer Erinnerungen. Im Mondlicht und im Aufglühen der Zigaretten konnten sie ihre Mienen klar erkennen.

»Das warst also du in der Küche«, sagte Prior. »Ich hatte es mir schon gedacht.«

»Wieso, wer hätte es denn sonst sein sollen?«

Prior zögerte. »Ich hatte Sorge, es könnte irgendein verängstigter kleiner Deserteur sein. Ich hatte Angst, er würde ...«

»Was hättest du denn getan?«

»Ihn gemeldet.«

Mac musterte ihn neugierig. »Auch wenn es ein ›verängstigter kleiner Deserteur‹ gewesen wäre?«

»Ja. Was ist mit den kleinen, verängstigten Kerlen, die nicht desertieren?«

»Na wenigstens wissen wir, wo wir stehen.«

»Ich will dir nicht gleich zu Anfang etwas vormachen.«

Mac lachte. »Du hast Hettie ja einiges erzählt. Das Mädchen im Archiv, das dir die Akte besorgt hat, Menschenskind, Billy, du mußt ihr den Kopf verdreht haben.«

»Sag schon, Mac.«

»Also gut, ich sag's. Ich glaube, mit dir haben sie wirklich einen guten Fang gemacht. Du mit deinem Offiziersrang und deinem feinen Akzent und deinen ...« – Mac legte sich spöttisch die Hand an die Brust – »... ordinären Freunden. Am einen Abend in der Offiziersmesse, am nächsten in den Hinterhöfen von Salford. Überall zu Hause oder ...« – er lächelte, genoß seine Fähigkeit, zu verletzen – »nirgends zu Hause.«

»Während du in den Herzen eines liebenden Proletariats natürlich tief verwurzelt bist? Also, ich sag dir was, Mac, die Proletarier, mit denen ich an der Front gekämpft habe – die allermeisten von ihnen würden dich am nächsten Laternenpfahl aufknüpfen und nicht groß darüber nachdenken. Und was deine streikenden Munitionsarbeiter angeht ...«

Prior belegte den Stall mit einer imaginären Maschinengewehrsalve.

Für einen kurzen Moment schwiegen sie, als hätte die kindliche Geste tatsächlich zu einem Blutbad geführt.

»Und glaub ja nicht, sie würden es nicht tun. Ich kenne sie.«

Mac sagte: »Es überrascht mich, daß die Vorstellung von Arbeitern, die sich gegenseitig über den Haufen schießen, dir soviel Spaß bereitet.«

»Es geht nicht um Spaß, Mac. Das ist schlicht und einfach die Realität.« Prior holte einen Flachmann aus seiner Brusttasche und reichte ihn weiter. »Hier, spül's runter.«

Mac schraubte den Verschluß auf, trank, blinzelte mit feuchten Augen und gab den Flachmann dann wieder zurück, ohne die Öffnung abgewischt zu haben. Prior zögerte kurz und trank dann ebenfalls, doch die sakramentale Geste erschien ihm hohl. Milch in unabgewischten Limonadeflaschen, das war unendlich lange her.

»Du hast es noch immer nicht erklärt«, sagte Mac.

»Das mit der Akte? Ich arbeite in der Nachrichtenabteilung.«

Mac machte eine unwillkürliche Bewegung.

»Inzwischen wären sie schon hiergewesen.«

Mac lächelte. »Muß eigentlich ganz nett sein. Auf beiden Seiten des Zauns zu stehen. Solange es deinen Eiern nicht schadet.«

»Denen geht es bestens, Mac. Sorg dich um deine eigenen.«

»Ach so, verstehe. Ich hatte mich schon gefragt, wann das kommt. *Richtige* Männer ziehen in den Krieg, ja?«

»Nein. Ich weiß, daß es Mut braucht, um Pazifist zu sein. Nehme ich jedenfalls an. Verstehst du, mein Problem ist, ich weiß nicht, was Mut ist. An das einzige Mal, als ich etwas getan habe, was auch nur annähernd tapfer war, konnte ich mich nicht mehr erinnern. Ein bißchen wie ein Mann, der seiner Frau den Schürhaken über den Kopf haut und dann sagt: ›Mir wurde schwarz vor Augen, Euer Ehren.‹«

Mac nickte. »Also, da du ehrlich bist, dieses ganze Gerede, wieviel Mut es braucht, um Pazifist zu sein, das ist alles großer Quatsch. Mich haben sie mitten in der Nacht abgeholt, damals. Eben träume ich noch von einer Blondine mit Wahnsinnstitten, in der nächsten Minute sehe ich sechs Polizisten mit Wahnsinnsgummiknüppeln über mir. Na jedenfalls, sie bringen mich zur Wache und fangen an, mich rumzuschubsen, vom einen zum anderen, du weißt schon, und alle grinsen irgendwie nervös, und ich wußte, was mir bevorstand. Ich wußte, daß sie sich in Stimmung brachten. Schon erstaunlich, daß sich normale Menschen erst richtig in Stimmung bringen müssen, bevor sie Gewalt anwenden. Na, das weißt du ja alles.«

»Ja«, sagte Prior ausdruckslos.

»Ich hatte Mordsschiß. Und dann dachte ich, sie werden dir schon nicht die Augen ausstechen. Sie werden dir keine großen glühenden Metallteile in den Rücken jagen, sie werden dir nicht das Gehirn wegpusten, sie werden dir nicht die Arme und Beine ohne Narkose wegamputieren, also, wovor zum Teufel hast du Angst? Wenn du in Frankreich wärst, müßtest du Angst haben. Und natürlich gibt es immer die unbeantwortete Frage: Würdest du es aushalten? Würdest du die Prüfung bestehen? Aber wir unterscheiden uns wohl darin, Billy, daß du das für eine ganz wichtige Frage hältst, während ich glaube, daß es scheißegal ist.«

Prior sah ihn von der Seite an. »Nein, das glaubst du nicht.«

»Na gut, ich glaube es nicht.«

»Du könntest immer sagen, du beweist *moralischen* Mut.«

»Ach was. Es ist ein bißchen wie eine mittelalterliche Mutprobe, weißt du. Moralische und politische Wahrheiten müssen letztlich am eigenen Leib bewiesen werden, weil wir eben aus Nerven und Muskeln und Blut bestehen.«

»Das ist eine sehr gefährliche Vorstellung. Damit sagst du ja quasi, daß die Leidensfähigkeit die Richtigkeit des Glaubens beweist. Das stimmt aber nicht. Bestenfalls kann sie die Aufrichtigkeit des Glaubenden beweisen. Und auch das nicht immer. Manche Leute leiden einfach gern.«

Mac sah sich im Stall um. Er sagte: »Ich glaube nicht, daß das für mich gilt«, doch das Thema schien ihn nicht mehr zu interessieren, oder vielleicht hatte der Whisky ihn sanftmütiger gestimmt. »Ich denke oft an damals zurück.«

Prior wartete. »Mir kannst du wirklich vertrauen, weißt du.«

»Spragge habe ich auch vertraut.«

»Mit Spragge hast du aber nicht um die Wette gepißt.«

»Ach, darauf willst du hinaus. Pinkelbrüder, ja?«

Prior lachte. »So etwas Ähnliches.«

Ein langes Schweigen. »Was willst du?«

»Ich möchte, daß du mir von Spragge erzählst.«

Mac stieß ein heiseres Lachen aus. »Er ist dein Untergebener, verdammt noch mal.«

»Nicht mehr. Beim Prozeß flog seine Tarnung auf.«

»Gut.«

»Er war bei dir, am Abend zuvor, stimmt's?«

»Ich hab ihn geschickt.«

Für Mac muß das unerträglich sein, dachte Prior. Mac stand bei den Ropers in grenzenloser Schuld. Ohne Beattie wäre er ein verlaustes, verwahrlostes Kind geblieben, das kaum lesen oder schreiben konnte, allenfalls als Viehhüter und für den Schlachthof getaugt hätte. Beattie hatte ihn aufgenommen. Mit dreizehn hatte er mehr bei ihr als bei seiner Mutter gelebt. Sobald die älteren Jungs aus dem Viertel nicht mehr über Sex spekulierten, sondern zu Lizzie gingen, um praktische Erfahrungen zu sammeln, hatte er es zu Hause nicht mehr ausgehalten. Er war für eine Weile verschwunden, hatte sich einen Sommer als Viehtreiber verdingt und war reifer, härter zurückgekehrt, mit den ersten Spuren von Zynismus und Leblosigkeit um Mund und Augen. Dann schaltete Beattie sich ein. »Was ist bloß los mit dir?« fragte sie. »Du kannst doch lesen! Bloß weil die Lehrer behaupten, du bist dumm, muß das noch lange nichts heißen. Einige von ihnen sind selber etwas bescheuert. Hier, lies das. Na los, mach schon, lies! Ich möchte wissen, was du denkst.«

»Er war hinter *dir* her, stimmt's?« fragte Prior.

»Ja.«

»Glaubst du, daß sie Lloyd George umbringen wollte?«

»Ach was. Du kennst doch Beattie. Wenn sie im Spülbecken eine Spinne findet, nimmt sie ein Stück Zeitung und schafft sie hinaus ins Freie.«

»Hmm. Ich frage mich gerade, was sie machen würde, wenn sie Lloyd George im Spülbecken finden würde.«

»Beide Hähne voll aufdrehen.«

Sie sahen sich an und brachen in schallendes Gelächter aus.

»Hör zu, wenn da irgend etwas war, dann hat Spragge ihr den Floh ins Ohr gesetzt. Und Leute aus dem Gefängnis zu holen klingt doch ganz gut. Spragge hat es übrigens vorher schon mal probiert.«

»Mit wem?«

»Charlie Greaves, Joe Haswell. Er hat ihnen Sprengstoff angeboten, mit dem sie eine Munitionsfabrik in die Luft jagen könnten. Er hat gesagt, er weiß, wo er das Zeug herbekommen kann. Mein Gott, es liegt ja nicht überall rum. Sobald klar war, daß sie kein Interesse hatten, machte er einen Rückzieher, tat so, als hätte er es nicht so gemeint.«

»Und du hast ihn trotzdem zu Beattie geschickt?«

»Mann, das ist mir erst viel später klargeworden. Ich erinnere mich jetzt daran, weil diese ganze Scheiße passiert ist. Damals dachte ich nur, mein Gott, noch so ein Spinner.«

»Könntest du die beiden bitten, das aufzuschreiben? Mit Datum, wenn's geht?«

»Ich weiß nicht, wo sie sind.«

»Es geht um Beattie, Mac.«

Mac schnaufte. »Wozu brauchst du das?«

»Um Spragges Glaubwürdigkeit zu unterminieren, natürlich.«

»Sie werden den Fall nicht neu verhandeln.«

»Nicht öffentlich. Aber sie könnten Beattie freilassen. In aller Stille. Sie wird im Knast sterben, Mac. Die zehn Jahre übersteht sie nicht, auch nicht im entferntesten.«

Langes Schweigen.

»Ich will ja gar nicht, daß sie sich selbst beschuldigen. Sie sollen nur sagen: ›Er hat uns Sprengstoff angeboten, wir haben abgelehnt.‹«

»Und du meinst, man wird ihnen glauben?«

»Ich denke, die Chancen sind besser, als du vielleicht glaubst. Es werden viele Fragen gestellt über die Art und Weise, wie Spione in Munitionsfabriken eingesetzt werden. Manche sind besser geeignet, einen Streik anzuzetteln, als du, Mac.«

»Na schön.« Mac stand auf. »Es wird ein paar Wochen dauern.«

»So lange?«

»Ich hab dir doch gesagt, ich weiß nicht, wo sie sind.«

»Wie kann ich Kontakt mit dir aufnehmen?«

Mac lachte. »Überhaupt nicht. Gib mir deine Adresse.«

Prior nahm Notizblock und Stift und schrieb. »Hier, bitte.«

»Und keine Briefe an Hettie. Die Post wird geöffnet. Und noch etwas.« Mac trat ganz nahe an Prior heran und legte ihm eine Hand auf die Schulter. »Wenn das eine Falle ist, Billy, dann bring ich dich um. Ich bin kein blöder Quäker, kapiert?«

Der Druck auf seiner Schulter verstärkte sich kurz, dann drehte Mac sich um und ging davon.

Prior beschloß, auf dem Heimweg die Abkürzung über die Ziegelei zu nehmen. Dieses verwahrloste Grundstück erinnerte ihn immer an Frankreich. Tümpel, in denen sich ein schwacher Lichtschein am Himmel spiegelte, hohe Gräser neigten sich im Wind, Altmetall rostete vor sich hin, es stank nach Müll. Ein verrostetes, hochkant stehendes Bettgestell, das sich als schwarze, gezackte Silhouette vor dem Horizont abzeichnete, hätte einer Patrouille als Orientierungspunkt gedient.

Einer der vielen Gründe, weshalb er sich anders fühlte als seine Offizierskollegen, war, daß *ihr* England ein bukolischer Ort war: Wiesen, Flüsse, waldige Täler, mittelalterliche Kirchen, umgeben von ehrwürdigen Ulmen. Sie konnten nicht verstehen, daß die Front, dieser Apparat, der den einzelnen auf ein Rädchen im Getriebe reduzierte, diese verwahrloste Landschaft, sich für ihn und die allermeisten Soldaten nicht groß unterschied von dem Leben, das sie von zu Hause her kannten – in Birmingham, Manchester, Glasgow oder in den Bergarbeiterdörfern in Wales –, sondern nur eine alptraumhafte Steigerung darstellte. »Nirgends zu Hause«, hatte Mac gesagt. Er hatte recht.

Prior blieb eine Weile stehen, hörte auf die nächtlichen Geräusche, erinnerte sich an die Abende seiner Kindheit, wie er schlaflos auf der Treppe gesessen hatte, bis sein Vater heimgekommen und zu Bett gegangen war und er sicher sein konnte, daß seine Mutter nichts mehr zu befürchten hatte. Lokomotiven ratterten, keuchten, pfiffen, zischten, Güterwaggons rumpelten, Puffer prallten aufeinander. Ein paar Straßen weiter sang ein Betrunkener *There's an old mill by the stream, Nelly Dean.*

Es wurde Zeit, nach Hause zu gehen. Er war schon länger weg, als er es eigentlich vorgehabt hatte. Rasch ging er über das Gelände der Ziegelei. Plötzlich fiel, genauer gesagt, rutschte er einen steilen Hang hinunter in ein stockdunkles Loch. Er landete rücklings auf dem schlammigen Boden und sah die hohen Gräser sich gegen den Himmel abzeichnen. Er hatte sich nicht verletzt, aber es hatte ihm völlig den Atem verschlagen. Allmählich klopfte sein Herz nicht mehr so heftig. Von hier unten sahen die Sterne viel heller aus, genau wie im Schützengraben. Er streckte die Hand aus, um sich an etwas festzuhalten, und seine tastenden Finger stießen auf etwas Stufenartiges. Er tastete weiter und erstarrte dann. Ein Schützenauftritt. Unmöglich, aber es war tatsächlich ein

Schützenauftritt. Irritiert und erschrocken tastete er sich weiter und stieß auf ein Loch, daneben ein zweites Loch und ein drittes. Unterstände, aus dem Lehm gebuddelt. *Er befand sich in einem Schützengraben.* Während sich in seinem Kopf noch alles überschlug, suchte er schon nach einer Erklärung. Jungen spielten hier. Straßenbanden. Sie mußten monatelang gegraben haben, so tief waren die Löcher. Aber der Graben war sicher jahrealt, so alt vielleicht wie die wirklichen Schützengräben. Er kletterte hinaus, in das Niemandsland, und dort, richtig, waren die feindlichen Linien.

Er schmunzelte, wollte sich nicht eingestehen, wie sehr ihn der bizarre Zwischenfall durcheinandergebracht hatte, ging weiter, vorsichtiger jetzt, und erreichte den Zaun am anderen Ende des Geländes. Er zitterte. Er mußte sich festhalten.

Der Schock machte ihn rebellisch. Er beschloß, doch nicht sofort nach Hause zurückzukehren. Seine Eltern hatten nichts davon, wenn er ihre kleinen unangenehmen Streitereien mitbekam, und er selbst litt darunter. Die Zeit war gekommen, dem Einhalt zu gebieten. Er würde in die Kneipe gehen. Und in welche? Sein Heimweg führte ihn am Rose and Crown vorbei, dessen messingbeschlagene Schwingtür auf und zu klappte und jedesmal einen mächtigen Schwall warmer, biergeschwängerter Luft ausstieß. Dort würde er hingehen. Er würde tun, was andere Männer taten, die Heimaturlaub hatten. Sich betrinken und alles vergessen.

Er wurde von einem derart warmen Mief empfangen, daß seine Nase zu kribbeln begann. Er blieb stehen, schaute sich um, sah die geröteten und lärmenden Gesichter, und hinten, in der Ecke, erkannte er Mrs. Thorpe und Mrs. Riley inmitten einer größeren Gruppe von Frauen. Er fand, daß er ihnen einen Drink schuldig war. Schließlich hatten sie ihm seinerzeit etliche Drinks spendiert. Ein großes Hallo empfing ihn, als er näher trat, und die trinkselige Schar wandte sich ihm zu und nahm ihn in ihre Mitte.

Zwei Stunden später wankte Harry Prior nach Hause. Glasigen Auges starrte er zum Vollmond empor, der in seiner ganzen Pracht am Himmel stand. Auf der Brücke, die den Kanal überspannte, blieb er stehen, um während einer kurzen Pinkelpause den Ausblick zu genießen. Der Mond spiegelte sich im Wasser. Harry Prior schaute hinunter, während ein Strahl warmer Pisse auf die Mauer traf und mit einem befriedigenden Ton zwischen den Steinen entlangsickerte, und er fragte sich, warum der Mond auf und ab tanzte. Er sah nämlich, daß sich der richtige Mond vernünftig benahm, und starrte dann noch einmal genauer auf das Spiegelbild.

Es war überhaupt nicht der Mond, verdammt noch mal, sondern ein Arsch. Meine Güte, der Kerl geht aber ran. Harry hätte ihn am liebsten angefeuert, aber dann dachte er, besser nicht, sonst steht man leicht als Spanner da. Er beugte sich noch weiter vor, drückte sich an den rauhen Granit, hätte gern noch mehr gesehen. Von der Frau waren bloß die Knie zu sehen. Wer will schon einem wippenden Männerarsch zuschauen? Richtige Golfbälle. Na ja, es bringt einen schon auf Gedanken. Zu Hause nix los, sie kriegt die Knie nicht auseinander. Er rieb sich zum Trost an der Mauer und zog dann mißmutig weiter.

»Auf der Brücke ist jemand.«

Prior sah sich um, konnte aber nichts erkennen. Er hörte leiser werdende Schritte. »Er geht.«

Sie wurde nervös, verkrampfte sich. Er würde wieder von vorn anfangen müssen. Er küßte ihren Mund, ihre Nase, ihr Haar, wanderte dann weiter abwärts, spürte schon, wie sämtliche Tabus um ihn herum zusammenkrachten, und begann, lustvoll an Mrs. Rileys Brüsten zu saugen.

Zweiter Teil

10

Als Prior nach London zurückkehrte, lag eine stickige, gewittrig schwüle Hitze über der Stadt. Major Lode war schwieriger denn je, und das nicht nur wegen des Wetters. Die verschiedenen Nachrichtendienste sollten zentral dem Kriegsministerium unterstellt werden, und Lode kämpfte für den Fortbestand seiner Abteilung. Dieser Plan wurde auf höchster Ebene betrieben, und nur sehr wenig drang bis zu Prior durch, doch er beobachtete, daß Lode von Tag zu Tag grimmiger wurde, seine blauen Augen verletzlicher, und er sich immer öfter fürsorglich über den Schnurrbart strich und an ihm herumzupfte, während sein Reich um ihn herum zusammenkrachte. Die Akten, laut Lode die »Gehirnzellen der Abteilung« (Gott bewahre, dachte Prior), sollten ins Kriegsministerium geschafft werden. Mit der Aufgabe, sie vorher zu »säubern«, wurde Prior betraut. Zuerst sah er darin eine routinemäßige Schreibtischarbeit, die ihm eventuell Ärger ersparen sollte, doch bald zeigte sich, daß das ganze »sensible Material« von Lode höchstpersönlich bearbeitet wurde. Mit anderen Worten, alle Hinweise auf die größten Schnitzer der Abteilung sollten beseitigt werden. Obgleich die Arbeit gigantisch war – es handelte sich um mehr als achthundert Akten –, kam sie Prior durchaus gelegen, weil sie sein größtes Problem löste: wie er sich Zugang zu genügend Akten verschaffte, um ein Dossier über Spragge zusammenstellen zu können.

Er war beschäftigt und einigermaßen zufrieden, obwohl es

ihm nicht besonders gut ging. Dann, vier Tage nach seiner Rückkehr, hatte er ein irritierendes Erlebnis.

In der Mittagspause ging er in einen nahegelegenen Pub, um etwas zu essen, bestellte ein Bier und schlug wie gewöhnlich die *Times* auf, um die Gefallenenliste zu studieren. Der Name sprang ihm förmlich in die Augen.

Hore, Captain James Frederick. Gefallen am 5. April, innig geliebter jüngster Sohn von ...

Jimmy Hore. Sie hatten sich auf einem Reitparcours kennengelernt, wo sie, die Hände hinter dem Kopf verschränkt und vor sich die über Kreuz liegenden Steigbügel, im Kreis dahintrotteten. Um zu lernen, wie man richtig im Sattel sitzt. Wie ein Gentleman im Sattel sitzt. Prior, der die Realität des Schützengrabenkriegs schon kannte, war wütend und amüsiert gewesen, hatte seine Empfindungen aber für sich behalten, da er überzeugt war, daß niemand außer ihm die Absurdität der Situation erfaßte. Schon gar nicht dieser Heini, der ihm mit unbewegter Miene entgegenkam. Doch als sie aneinander vorbeitrotteten, sah er Jimmys Blick und begriff, daß seine Miene überhaupt nicht unbewegt war, sondern starr vor Anstrengung, sich das Lachen zu verkneifen. Dieses Aufblitzen gemeinsamer Belustigung war zuviel für Jimmy gewesen, er hatte laut losgeprustet und war vom Pferd gefallen.

Prior sah sich in der Kneipe um. Wohlgenährte Männer in gestreiften Anzügen drängten sich am Tresen, klimperten mit Münzen, warfen der hübschen, brünetten Barfrau ein gutgeöltes Lächeln zu. Und Jimmy war tot. Der arme kleine Kerl hatte nie etwas anderes gewollt, als diese, wie hieß sie gleich, zu heiraten und in einer Bank zu arbeiten. In diesem Moment wünschte Prior sich nichts sehnlicher herbei als einen Panzer, der durch die Tür krachte und jeden unter sich begrub, so wie sie manchmal die Verwundeten unter sich begruben, die ihnen nicht rechtzeitig ausweichen konnten. Die Brutalität seiner Phantasie – er sah abgetrennte Gliedmaßen, hörte Schreie – erschreckte ihn.

Er konnte nichts essen. Er würde nur etwas trinken und

dann wieder gehen. Aber als er sein Glas hob, bemerkte er die bernsteinfarbenen Lichter, die in seinem Bier aufblitzten. Der Sonnenstrahl, der durch das Glas fiel, warf einen goldschimmernden Ring auf die Tischfläche, der bei jeder Handbewegung tanzte. Er fing an, damit zu spielen, indem er die Hand hin und her bewegte.

Er war wieder in seinem Büro. Keine Pause. Eben war er noch in der Kneipe gewesen, eine Sekunde später saß er hinter seinem Schreibtisch. Er blickte zur geschlossenen Tür. Blinzelte. Dachte, ich muß eingeschlafen sein. Er fühlte sich entspannt, aber ohne das Gefühl der Ermattung, das man nach einem Mittagsschlaf oft hat. Er hatte in der *Times* gelesen ... *Jimmy Hore war tot.* Er konnte sich nicht daran erinnern, daß er den Pub verlassen hatte. Er mußte wie in Trance zurückgekehrt sein. Er schaute auf seine Uhr, und sein Gehirn versuchte, aus dem Stand der Zeiger schlau zu werden. Zehn nach vier.

Drei Stunden waren seit Beginn seiner Mittagspause vergangen, aber erinnern konnte er sich nur an etwa zwanzig, fünfundzwanzig Minuten. Der Rest war leer.

Er beschloß, bis sechs zu arbeiten. In Frankreich hatte er ja auch an einem Tisch gearbeitet, der wiederholt in die Luft geflogen war. Da würde er so einen kleinen Zwischenfall bestimmt wegstecken können. Obwohl er, während er Akte um Akte über seinen Schreibtisch schob, irgendwo im Hinterkopf ahnte, daß es sich nicht um einen »kleinen Zwischenfall« handelte. Etwas Katastrophales war passiert.

Als er kurz nach sechs bekannte Stimmen zu hören glaubte, trat er aus dem Zimmer und ging ein Stück den Korridor entlang. Major Lode und Lionel Spragge standen, in ein Gespräch vertieft, vor dem Lift. Was sie sagten, war nicht zu hören, doch er sah, daß Lode, als der Lift kam, Spragge herzlich die Hand schüttelte. Prior verschwand wieder in sein Zimmer, ließ die Tür aber offenstehen.

Er wollte sich eine kleine Frage ausdenken, um Lode in

sein Zimmer zu locken, doch das war nicht mehr nötig. Lode stand grinsend in der Tür. »Gerade mit Spragge gesprochen«, sagte er in seinem abgehackten Kommißton. »Was haben Sie mit ihm angestellt?«

»Ich? Nichts.«

»Behauptet, Sie hätten ihm einen Job angeboten.«

»Ich hab ihm nichts angeboten. Wunschdenken, fürchte ich.«

»Er scheint aber wirklich zu glauben, daß Sie ihm ein Angebot gemacht haben. Ich mußte ihm erklären, daß nichts anliegt. Absolut nichts.« Lode sah ihn einen Moment an und sagte dann in einem ominösen Singsang und so, als spreche er zu einem Kind: »Er hat Sie auf dem Kieker.«

Arschloch, dachte Prior, als Lode die Tür hinter sich schloß. Was kann ich dafür, wenn deine Abteilung aufgelöst wird?

Kurze Zeit später begann es zu donnern, ein verächtliches Grummeln am Horizont, obwohl die Sonne schien. Prior arbeitete noch eine halbe Stunde, dann gab er auf. Seit seiner Rückkehr nach London plagten ihn heftige Kopfschmerzen, die er auf das Wetter schob, obwohl er wußte, daß sie nach seinem Sturz in den Kindergraben eingesetzt hatten. Er würde irgendwohin gehen, wo man etwas Vernünftiges zu essen bekam. Sich etwas gönnen.

Als er das Hauptportal erreichte, setzte plötzlich ein Wolkenbruch ein. Er sah zum Himmel und versuchte abzuschätzen, wie lange es dauern würde. Eine weiße Sonne schien durch eine dünne Wolkendecke, doch über der Nelson-Säule türmten sich düstere Wolken auf. Er ging wieder nach oben, um seinen Mantel zu holen. Als er an Lodes Büro vorbeikam, hörte er eine unbekannte Stimme sagen: »Was meinen Sie, hat er's geglaubt?«

Lode antwortete: »O ja, ich denke schon. Warum denn nicht?«

Prior ging zu seinem Zimmer, warf sich den schweren Mantel über und ging zum Lift zurück, der, unter lautem Geratter von Kabeln und Türen, diesmal sofort kam. Prior sagte sich, daß es keinen Grund gab, das belauschte Gespräch auf sich zu beziehen, hatte aber Mühe, es nicht doch zu versuchen. Die Atmosphäre in der Abteilung trug dazu bei. Intrigen und Gegenintrigen, viele davon scheinbar sinnlos. Bislang hatte er es geschafft, sich herauszuhalten.

In der U-Bahn-Station herrschte großes Gedränge. Warme, verbrauchte Luft wehte ihm ins Gesicht, während er an der Bahnsteigkante wartete. Da er seinen Mantel nicht über dem Arm tragen konnte – das war verboten –, lief ihm der Schweiß in Strömen am Körper herunter. Er ertappte sich bei dem Gedanken, ob diese Reaktion nicht übertrieben war, ob er in Wahrheit nicht krank war. Ein unterirdisches Rumpeln, dann donnerte der Zug aus dem Tunnel hervor. Prior fand einen Platz in der Nähe der Tür und musterte das Mädchen, das neben ihm saß. Ihr Haar hing schlaff herunter, ihr Hals war weiß, faltig und geschwollen, und doch wirkte sie attraktiv in ihrem zerknitterten Rock und der weißen Bluse. Er studierte ihren Ausschnitt, den Schatten zwischen ihren Brüsten, und zwang sich dann, wegzuschauen. Frauen, die etwas so Zerknittertes hatten, fand er erstaunlich attraktiv.

Er setzte sich in ein kleines Café unweit von Marble Arch. Es war nicht so schön, wie es von außen ausgesehen hatte: Die Wände waren von einem ausgeblichenen Beige, die Fensterscheiben streifig vom Kondenswasser, und jedesmal, wenn die Kellnerinnen durch die klappernden Schwingtüren kamen, zogen Schwaden von Küchendunst hinter ihnen her. Nach dem Essen zündete er sich eine Zigarette an, trank zwei Tassen heißen, süßen, orangefarbenen Tee und befand, daß es ihm besserging.

Eine Wendeltreppe führte zu seiner Souterrainwohnung hinunter. In dem kleinen Hof, vor seinem Wohnzimmerfenster, standen die Mülltonnen des ganzen Hauses. Überall roch es nach fauligem Kohl. Nachts hörte man Rascheln, das, wie er sich einzureden versuchte, von Katzen stammte. Er steckte den Schlüssel ins Schloß und trat ein. Die Diele war dunkel, aber nicht kühl. Er warf Aktentasche und Mantel auf einen Stuhl, entledigte sich auf dem Weg ins Badezimmer seiner Krawatte, ließ kaltes Wasser in die Wanne ein und stieg, unter großer Überwindung, hinein. Im Wasser wirkte seine Haut aufgedunsen, und in seinen Schamhaaren hingen kleine silberne Bläschen. Er fuhr mit den Fingern hindurch, so daß sie aufstiegen, griff dann nach dem Rand der Wanne und tauchte den Kopf unter Wasser.

Er stieg aus der Wanne, wickelte sich in ein Tuch, öffnete die Terrassentür, die zum Hof ging, und legte sich aufs Bett. Trotz der geöffneten Tür blieb es stickig. Wenn man diese Wohnung lüften wollte, mußte man Terrassentür und Wohnungstür öffnen. Aber dann drang auch der Kohlgestank herein.

Sein Kopf schmerzte. Er drehte sich um und betrachtete das Foto von Sarah auf dem Nachttisch. Sie saß auf der untersten Stufe irgendeines Denkmals, jünger, mollig, aber nicht dick, das Haar so frisiert, daß es fast die ganze Stirn bedeckte. Sie war hübsch, aber er fand, daß sie auf diesem Bild gewöhnlicher aussah als jetzt, mit ihren markanteren Wangenknochen und dem Haar, das sie nun aus der hohen, runden Stirn gekämmt trug. Auch ihr Lächeln war anders. Auf dem Foto wirkte es freundlich, zutraulich, fast püppchenhaft. Jetzt wirkte es, trotz seiner Wärme, immer etwas zurückhaltend. Irgendwann in den nächsten Wochen würde sie ihn besuchen kommen, er war jedenfalls ziemlich sicher. Er hatte Angst, sich darauf zu verlassen. Er hatte Angst, sich Sarah in der Wohnung vorzustellen, denn er wußte, daß die Leere unerträglich sein würde, falls sie doch nicht kam.

Er mußte unbedingt nach draußen. In der letzten Zeit versuchte er, den Alpträumen dadurch zu entgehen, daß er abends lange Spaziergänge machte und dann vor dem Schlafengehen drei große Whiskys trank. Widerstrebend war er zu der Schlußfolgerung gelangt, daß Rivers recht hatte: Die Wirkung von Schlaftabletten ließ nach einigen Wochen nach, und dann kehrten die Alpträume doppelt so schlimm wieder. Mit dem Spaziergang und dem Whisky würden ihm zumindest ein paar Stunden Schlaf sicher sein, bevor es wieder anfing.

Als er an diesem warmen Abend durch die Straßen lief, hatte er das Gefühl, als würde ihm vom Asphalt und den leeren weißen Häuserfassaden die gespeicherte Hitze des Tages entgegenschlagen. Am liebsten ging er im Hyde Park spazieren. Er mochte die graue Dunkelheit unter den Bäumen, das Schimmern des Sees in der Ferne. Am Wasser flüsterte sogar ein Windhauch. Er blieb stehen und sah paddelnden Kindern zu, drei kleinen Mädchen, die sich ihre Kleidchen in die Schlüpfer gesteckt hatten. Dann wandte sich sein Interesse zwei sehr viel größeren Mädchen zu, die Arm in Arm angeschlendert kamen, doch sie sahen allzu deutlich den Hunger in seinen Augen und liefen kichernd an ihm vorbei.

Er empfand eine innere Unruhe, eine Unruhe, die diesmal aber nicht sexueller Natur war. Er hatte das klare und sehr merkwürdige Gefühl, daß er irgendwo, an einem bestimmten Ort sein sollte, wußte aber nicht genau, wo. Er lenkte seine Schritte in Richtung Achilles-Statue. Seine abendlichen Spaziergänge führten ihn oft dorthin, eigentlich nur deswegen, weil ihn die heroische Erhabenheit dieser Figur anzog und zugleich abstieß. Sie schien die gleiche unreflektierte Bewunderung von Mut zu verkörpern, die er in »The Charge of the Light Brigade« fand, einem Gedicht, das ihm seit seiner Schulzeit viel bedeutete, wenn dessen Aussage auch inzwischen sehr viel komplexer geworden war. Er blickte hoch zu der eindrucksvoll vorwärts stürmenden Figur mit ihrem erhobenen Schwert und Schild und dachte, nicht zum erstenmal, daß er die Darstellung eines Ideals vor sich hatte, das keine Gültigkeit mehr besaß.

Ein wenig frustriert, als hätte er erwartet, daß sein Spaziergang in etwas Bedeutenderem enden würde als in dieser normalen Begegnung mit Achilles, wandte er sich um und bemerkte dabei einen Mann, der im Schatten der Bäume stand und zu ihm herübersah. Na ja. Daß junge Männer, die sich bei Dunkelheit im Park herumtrieben, beobachtet wurden, war nicht weiter verwunderlich. Er ging schneller, aber in seinem Nacken kribbelte es, und kurz darauf hörte er, wie sein Name gerufen wurde.

Lionel Spragge kam atemlos und schwerfällig angetrabt. »Wo wollen Sie denn hin?« fragte er vorwurfsvoll.

»Nach Hause.«

In diesem Moment stürmte ihnen eine Schar junger Burschen entgegen, fünf oder sechs, untergehakt in einer Reihe, die sich vor Spragge teilten, so wie ein Fluß einen Stein umspült, und weiterrannten. Zwei Nachzügler, die den anderen hinterherliefen, stießen ihn zur Seite. Prior nutzte dieses Durcheinander, um weiterzugehen.

»He, warten Sie!« Spragge kam keuchend hinter ihm her. »Sie können nicht einfach so verschwinden.«

»Wieso nicht?«

Spragge tippte auf seine Uhr. »Achilles. Neun Uhr.«

»Ja und?«

Spragge schien ehrlich irritiert. »Warum verabreden Sie sich mit mir, wenn Sie nicht mit mir sprechen wollen?«

Prior fühlte sich allmählich unwohl. »Ich wollte bloß spazierengehen.«

»Sie wollten sich mit mir treffen.«

»So? Das ist mir neu.«

»Sie wissen sehr wohl, daß wir verabredet sind.« Er starrte Prior an. »Also, das ist ja nicht zu fassen! Sie haben gesagt: ›Ich kann jetzt nicht reden. Achilles-Statue, neun Uhr.‹ Warum leugnen Sie das? Ich meine, *wozu*?«

Spragge stank. Sein Hemd war verschwitzt, sein Kinn zeigte einen Dreitagebart, er hatte getrunken, seine Augen waren gerötet, aber seine Bestürzung war echt.

Prior sagte: »Jetzt bin ich hier. Was wollen Sie?«

»Wenn Sie nicht gekommen wären, hätte ich Sie zu Hause aufgesucht.«

»Sie wissen überhaupt nicht, wo ich wohne.«

»Doch. Ich bin Ihnen gefolgt.«

Prior lachte. Ein erstauntes Bellen.

»Ich stand hinter Ihnen auf dem Bahnsteig. Ich saß drei Reihen weiter im selben Wagen.« Spragge tippte sich mit dem Finger an die Schläfe. »Sie sollten aufpassen! Erster Schritt zur Klapsmühle.«

»Verschwinden Sie!«

Spragge packte ihn am Arm. »Wollen Sie nicht wissen, was ich Ihnen zu sagen habe?«

»Nicht unbedingt.«

»Und ob Sie das wollen«, flüsterte Spragge, beugte sich vor und atmete Prior ins Gesicht. »Kommen Sie, setzen Sie sich!«

Sie fanden eine Bank. Am anderen Ende saß eine ältere Frau, die ein Eichhörnchen mit Nüssen fütterte. Prior beobachtete die winzigen schwarzen Pfoten, mit denen es die Nuß vorsichtig umdrehte. »Beeilen Sie sich!«

»Mir ist wieder eingefallen, wo ich Sie gesehen habe.«

»So?«

»Auf einer Versammlung in Liverpool. Sie sprachen für den Krieg, Ihr Vater dagegen.«

»Kommen Sie zur Sache!«

»Oh, ich weiß viel über Sie. Es ist erstaunlich, was man alles herausfinden kann, wenn man es versucht, und das war schließlich mein Job. Als ich noch einen hatte.«

»Sie haben nichts herausgefunden«, erwiderte Prior scharf. »Sondern erfunden.«

»Sie und die Ropers. Sie waren so.« Spragge hielt Prior die gekreuzten Finger unter die Nase. »Ein Herz und eine Seele! Und MacDowell.«

»Deshalb habe ich die Stelle ja gekriegt.«

»O ja, ich fliege raus, und Sie kommen rein.«

»Ich kam, ein Jahr nachdem Sie aufgehört hatten.«

»Sie haben gesagt, ich würde einen Job kriegen.«

»Nein.«

»Doch. Ich bin sofort nach Hause gegangen und hab's meiner Frau erzählt. Und als ich nichts mehr hörte, bin ich zu Lode gegangen, und der hat mich rausgeworfen. Ausgelacht hat er mich!« Spragge heftete seine türkisblauen, schrägen Augen auf Prior. »Sie haben mich bloß ausgehorcht. Wollten wissen, ob ich das Scheißweib dazu angestiftet habe.«

Prior stand auf. »Hüten Sie Ihre Zunge!«

»Ich dachte mir schon, daß Sie sich darüber aufregen würden. Sie und die Alte, Sie waren ...«

Prior kreuzte die Finger. »So?«

Spragge sah ihn an. Eine Ader zeichnete sich an seiner Schläfe ab, wie ein Wurm unter der verschwitzten Haut. »Menschen ändern sich nicht.«

»Richtig, sie ändern sich nicht. Ich war damals Sozialist, ich bin jetzt Sozialist. Was den Krieg betrifft – *Ihnen* brauche ich meinen Patriotismus nicht zu beweisen. Ich habe Ihnen keinen Job angeboten. Tut mir leid, wenn Sie Ihrer Frau davon erzählt haben, aber das ist Ihre Sache, nicht meine. Und jetzt hauen Sie ab und lassen Sie mich in Ruhe!«

Prior ging davon. Spragge brüllte ihm etwas hinterher, aber er war zu wütend, als daß er noch hingehört hätte. Er dachte daran, daß Spragge ihm folgen könnte und daß es dann zu einem Kampf kommen würde. Spragge war größer, aber älter und schwächer. Und es war ihm sowieso egal. Er wollte kämpfen. Spragges Gesicht tanzte vor ihm auf und ab: die Knubbelnase, die schweißglänzende Haut, die vergrößerten Poren an den Nasenlöchern, die grauen Haarbüschel, die daraus hervorguckten. Er hatte noch nie einen anderen Menschen so intensiv wahrgenommen, außer beim Sex. Er empfand nicht einfach nur Abscheu, sondern einen abgrundtiefen, eindeutig körperlichen Haß.

Zu Hause spülte er sich das Gesicht mit kaltem Wasser ab und legte sich auf sein Bett. Er zitterte etwas. Er stopfte sich die Kissen in den Rücken und suchte in der Uniformtasche nach einer Zigarette. Keine da. Dann fiel ihm ein, daß er seinen Mantel getragen hatte. Er stand auf, sah in den Taschen nach und fand ein Päckchen Zigarren. Eigentlich rauchte er keine Zigarren. Aber er mußte sie gekauft und geraucht oder jemand anderem eine angeboten haben, denn es fehlten zwei Stück in der Packung. So wie er sich mit Spragge verabredet haben mußte. Spragge hatte bestimmt nicht gelogen. Das wäre zu offensichtlich, zu leicht zu widerlegen. Nein, er hatte sich mit ihm verabredet. Weiß der Himmel, wann oder weshalb.

Er stand auf und spürte, wie verschwitzt seine Hände waren. Er ging zur Haustür und schloß ab, lehnte sich dann mit dem Rücken dagegen und sah den dunklen Flur hinunter zur halb geöffneten Tür seines Schlafzimmers. Einen Moment lang fühlte er sich erleichtert, daß er sich eingeschlossen hatte, obwohl ihm bald klar wurde, daß das Unsinn war. Was immer ihm angst machte, es lag diesseits der Tür.

11

Nach einer Pause fragte Rivers: »Ist es seitdem noch öfter zu solchen Vorfällen gekommen?«

»Ja, aber es waren nie andere Menschen daran beteiligt. Glaube ich jedenfalls.« Prior verzog den Mund. »Woher soll ich das wissen?«

»Niemand hat etwas gesagt?«

»Nein.«

»Wie oft?«

»Siebenmal?«

»So oft?«

Prior sah zur Seite.

»Wie lange dauern diese Phasen?«

»Die längste drei Stunden, die kürzeste ... ich weiß nicht. Zwanzig Minuten? Die langen sind schrecklich, weil man nicht weiß, was man getan hat ...« Er versuchte, zu lachen. »Man weiß nur, daß man reichlich Zeit hatte, es zu tun.«

»Sie sollten nicht denken, daß Sie etwas Unrechtes getan haben.«

»Finden Sie? Also, wenn es nichts Schlimmes ist, warum vergesse ich es dann?«

Rivers wartete eine Weile. »Was könnten Sie denn getan haben, was meinen Sie?«

»Keine Ahnung. Vielleicht bin ich nach Whitechapel gefahren und hab ein paar Prostituierte aufgeschlitzt?«

Schweigen.

»Schauen Sie«, sagte Prior mit der Miene desjenigen, der mit dem Dorftrottel ein vernünftiges Gespräch führen will.

»Sie wissen genausogut wie ich, daß ..., daß ...« Er ließ sich in den Sessel zurückfallen. »Ich mich nicht darauf einlassen werde. Ich weigere mich einfach.«

Rivers wartete.

Den Blick noch immer abgewandt, erklärte Prior: »Ich habe gewisse Neigungen, denen ich nur mit äußerster Mäßigung nachgebe und auch nur dann, wenn man mich dazu auffordert. Jedenfalls nicht in *diesem* Zustand. Ich will damit nur sagen, daß daß daß ich in dem *anderen* Zustand nicht so scheißgewissenhaft bin. Und sehen Sie mich nicht so an!«

»Entschuldigen Sie.«

»Sie finden, daß das alles theatralischer Schwachsinn ist, stimmt's?«

Rivers antwortete vorsichtig: »Ich glaube, Sie sind zu lange mit dem Problem allein gewesen.«

»Was ich gesagt habe, ist nicht lächerlich.«

Rivers musterte sein blasses, stolzes, frostiges Gesicht und verkniff sich einen Seufzer: »Den Ausdruck lächerlich habe ich nicht verwendet.«

»Tatsache ist: ich weiß es nicht, und Sie wissen es nicht, also steht Ihnen kein Urteil zu.«

Schweigen. Rivers sagte: »Wie steht's mit den Alpträumen?«

»Schlimm. Ach ja, ich hatte einen, der Ihnen bestimmt gefällt. Ich war irgendwo in einer Wüste und ging einen Weg entlang, und genau vor mir lag ein Auge. Kein kleines.« Priors Wangen zuckten wie köchelnder Haferbrei. »Riesig. Und lebendig. Es lag direkt vor mir, und ich wußte, diesmal würde es mich erwischen.« Er lächelte. »Das tun, was Augen eben tun. Zum Glück war gleich neben dem Weg ein Fluß, also sprang ich ins Wasser und war gerettet.« Er sah Rivers direkt ins Gesicht. »Aber ich vermute, alle Ihre Patienten springen früher oder später in irgendwelche Flüsse, hab ich recht?«

Seine Feindseligkeit war erschreckend. Als wären sie wieder in Craiglockhart, ganz am Anfang von Priors Behandlung. »Wie haben Sie sich im Fluß gefühlt?«

»Gut. Der Fluß hat ein Lied für mich gesungen, eine Art Wiegenlied, und mir gesagt, es sei alles in Ordnung, und es war auch alles in Ordnung – solange ich im Fluß blieb.«

»Sie wollten nicht raus?«

»Im Traum? Nein. Jetzt: JA.«

Rivers spreizte die Hände. »Sie sind freiwillig hier.«

»Bei diesem Grad von Abhängigkeit? Freiwillig? Daß ich nicht lache.« Er wollte etwas sagen, verkniff es sich aber. »Tut mir leid.«

»Sie brauchen sich nicht zu entschuldigen.« Plötzlich beugte sich Rivers vor. »Ich bin nicht hier, um geliebt zu werden.«

»Es tut mir wirklich leid«, sagte Prior hart. »Ich dachte, ich soll meine Gefühle akzeptieren. Also, mein Gefühl ist, daß es mir leid tut.«

»In dem Fall akzeptiere ich Ihre Entschuldigung.«

Eine Pause. »Wissen Sie, was ich mache, wenn ich nach einem dieser Anfälle wieder zu mir komme? Ich schaue meine Hände an, weil ich irgendwie erwarte, daß sie behaart sind.«

Rivers schwieg.

»Haben Sie *Jekyll und Hyde* gelesen?«

»Ja.« Rivers hatte schon damit gerechnet. Patienten, die an Dämmerzuständen litten, bezeichneten den abgespaltenen Zustand – spaßeshalber, aber nicht ohne Angst – als »Hyde«. »Im richtigen Leben, wissen Sie, ist der Dämmerzustand – ich wollte gerade ›nie‹ sagen, aber es gibt tatsächlich einen solchen Fall – fast nie die dunkle Seite der betreffenden Person. Meistens handelt es sich nur um eine Stimmungsschwankung.«

»Wir wissen es aber nicht. Sehen Sie, was ich vermeiden möchte, ist ein Gespräch, bei dem ich sage, daß Sie es in fünf Minuten herausfinden könnten, und Sie antworten: ›Ja, ich weiß, aber ich werde es nicht tun.‹«

Schweigen.

»Na?«

»Entschuldigen Sie, ich dachte, daß Sie so ein Gespräch nicht führen wollten.«

»Wissen Sie, für jemand, der nicht dazu da ist, um geliebt zu werden, haben Sie eine ganz wunderbare Art. In Craiglockhart haben Sie es mit Hypnose versucht.«

»Ja, aber in diesem Fall könnten wir die Erinnerung überprüfen. Sehen Sie, die Leute, die ... die an einen generellen Einsatz von Hypnose glauben, behaupten ... also, sie behaupten es nicht, sie gehen sogar davon aus, daß die auf diese Weise zurückgewonnenen Erinnerungen echt sind. Aber das ist oft nicht der Fall. Es können Phantasien sein oder Reaktionen auf irgendwelche Dinge, die der Therapeut angedeutet hat. Man macht ja ständig irgendwelche Andeutungen, und die Andeutungen, die man ungewollt, unbewußt macht, sind mit Abstand die einflußreichsten. Und das ist gefährlich, weil die meisten Therapeuten an Dissoziationen interessiert sind und den Patienten, natürlich unbewußt, ermutigen, auf diesem Weg weiterzugehen. Man kann es nicht einmal vermeiden. Selbst wenn man alles andere ausschließt, bleibt immer noch die Erweiterung der Pupillen.«

Prior beugte sich vor und starrte ihn an: »Ihre sind erweitert.«

Rivers holte tief Luft. »Sie können Ihre Erinnerungen in derselben Weise zurückgewinnen, wie wir es in Craiglockhart versucht haben. Sie waren sehr gut darin.«

»Machen Sie das deshalb?« Prior fuhr sich mit der Hand über die Augen.

Rivers lächelte. »Nein, natürlich nicht, es ist bloß eine Angewohnheit. Ermüdung. Können wir jetzt ...«

»Nein, das stimmt nicht. Wenn es Ermüdung wäre, würden Sie es zufällig machen. So ist es aber nicht. Sie machen es, wenn ... wenn irgend etwas Sie trifft. Oder ... vielleicht ist es eine Methode, Ihre Gefühle zu verbergen. Sie haben gerade gesagt, die Augen sind der Teil, den Sie nicht in eine Tapete verwandeln können – also bedecken Sie sie.«

Rivers war durcheinander. Er wollte fortfahren, merkte aber, daß er den Faden verloren hatte. Nach stundenlangem Widersprechen, Manipulieren, Spekulieren und Provozieren war Prior – fast beiläufig – am Ziel angelangt. Er konnte das nicht ignorieren. Er mußte darauf eingehen. »Wenn es, wie Sie sagen, nicht zufällig ist – und ich weiß es nicht, weil es keine bewußte Handlung ist –, dann hat es vielleicht damit zu tun, daß ich den Patienten nicht sehen will. Für mich sind Mimik und Gestik des Patienten nicht besonders wichtig, weil ich kein visuelles Gedächtnis habe. Also versuche ich, mich auf das zu konzentrieren, was er sagt, indem ich ihn nicht ansehe. So. Vielleicht können wir jetzt ...«

»Überhaupt kein visuelles Gedächtnis?«

»Nein.«

»Ich verstehe überhaupt nicht, wie Sie denken.«

»Na ja, ich vermute, Sie sind ein ausgesprochen visueller Typ. Können wir ...«

»War das bei Ihnen schon immer so?«

Also gut, dachte Rivers. Er stand auf und bedeutete Prior mit einer Handbewegung, daß sie die Plätze tauschen sollten. Prior schien überrascht, ja sogar verunsichert, fing sich aber rasch und setzte sich erstaunlich selbstbewußt auf Rivers' Stuhl. Rivers beobachtete, wie er sich im Zimmer umsah und die neue Perspektive in sich aufnahm. »Ist das nicht gegen die Vorschriften?« fragte Prior.

»Ich wüßte keine einzige Vorschrift, gegen die wir nicht verstoßen.«

»Nein?« sagte Prior und lächelte sein feines Lächeln. »Ich schon.«

»Ich werde Ihnen zeigen, wie langweilig dieser Job ist. Als ich fünf war ...«

Prior beugte sich vor, stützte das Kinn auf die verschränkten Hände und sagte mit verständnisvoll schmelzender Stimme: »Ja? Sprechen Sie weiter.«

Rivers verstieß natürlich nicht gegen die Vorschriften. Er wollte Prior bloß ein Beispiel aus seiner eigenen Erfahrung präsentieren, das er schon mehrere Male bei öffentlichen Vorträgen verwendet hatte, aber er hatte nicht damit gerechnet, daß ihm dabei eine Karikatur seiner selbst gegenübersitzen würde. »Daß ich kein visuelles Gedächtnis habe, zeigt sich unter anderem darin, daß ich mich an kein Haus erinnern kann, in dem ich einmal gewohnt habe. Wenn ich woanders bin, kann ich mich an dieses Haus nicht mehr erinnern. Ich kann mich nicht an Craiglockhart erinnern, obwohl ich dort über ein Jahr gewohnt habe. Ich kann mich nicht an St. John's erinnern, obwohl ich zwanzig Jahre dort gewohnt habe, aber es gibt ein Haus, an das ich mich erinnere, und das ist ein Haus in Brighton, in dem ich gelebt habe, bis ich fünf war. Zumindest teilweise erinnere ich mich. Die Küche im Souterrain, das Wohnzimmer, das Eßzimmer, das Arbeitszimmer meines Vaters, aber an die Zimmer im Obergeschoß erinnere ich mich überhaupt nicht. Inzwischen glaube ich – die Gründe lassen wir mal beiseite –, daß ich in dem Obergeschoß etwas so Schreckliches erlebt habe, daß ich es einfach vergessen mußte. Und um sicherzugehen, daß ich auch tatsächlich vergaß, habe ich nicht nur diese eine Erinnerung unterdrückt, sondern die Fähigkeit, mich überhaupt an Dinge visuell zu erinnern.« Rivers wartete schweigend auf eine Antwort.

»Sie wurden vergewaltigt«, sagte Prior. »Oder verprügelt.«

Rivers' Gesicht erstarrte vor Schreck. »Das glaube ich nicht.«

»Nein, natürlich nicht. Die Sache ist ja auch viel zu schrecklich, als daß man sich ihr stellen könnte.«

Rivers sagte etwas, wovon er wußte, daß er es bedauern würde, aber er mußte es sagen: »Es war das Pfarrhaus meines Vaters.«

»Ich wurde mal in einem Pfarrhaus vergewaltigt.«

Rivers lag die Bemerkung auf der Zunge, daß Prior zweifellos an sehr vielen Orten »vergewaltigt« worden sei, aber es gelang ihm, sich zu beherrschen. »Wenn ich ›schrecklich‹ gesagt habe, dann meinte ich damit, für ein Kind dieses Alters. Vergessen Sie nicht, ich war fünf. Kinder erleben Dinge, die sie sehr schockieren, die für für für einen Erwachsenen aber nicht schrecklich oder nicht einmal wichtig sind.«

»Und genauso passieren Kindern Dinge, die wirklich schrecklich sind. Und von jedem Menschen jeden Alters als schrecklich empfunden würden.«

»Ja, natürlich. Wie alt waren Sie?«

»Elf. Ich habe nicht mich gemeint.«

»Für Sie war es nichts ›Schreckliches‹?«

»Nein. Ich bekam Nachhilfeunterricht.« Er stieß ein gequältes Lachen aus. »Mein Gott, ich bekam Nachhilfeunterricht. Von unserem Pfarrer, Pater Mackenzie. Meine Mutter bot ihm einen Shilling die Woche an – mehr als sie sich leisten konnte –, aber er sagte nur: ›Machen Sie sich keine Sorgen, gute Frau, ich habe selten einen vielversprechenderen Jungen gesehen.‹« Gereizt fügte er hinzu: »Schauen Sie mich nicht so schockiert an, Rivers.«

»Ich bin schockiert.«

»Das sollten Sie aber nicht sein. Er hat sich in Naturalien bezahlen lassen, das ist alles.« Prior beugte sich plötzlich vor, ergriff Rivers' Knie und stieß mit seinen Fingern gegen die Kniescheibe. »Für alles muß man bezahlen, hab ich recht?« Er packte härter zu. »Hab ich recht?«

»Nein.«

Prior ließ los. »Diese schreckliche Pünktchen-Pünktchen-Pünktchen-Geschichte, die Ihnen passiert ist, was glauben Sie, was es war?«

»Ich weiß es nicht. Morgenrock hinter der Tür?«

»So schlimm? Du liebes bißchen.«

Rivers fuhr fort, Priors Lächeln zum Trotz. »Ich hatte mal einen Patienten, der an Klaustrophobie litt, weil man ihn als Kind aus Versehen mit einem bissigen Hund zusammen eingesperrt hatte. Jedenfalls kam ihm der Hund bissig vor. In diesem –«

»Ah, verstehe. Der Köter war eigentlich gar nicht bissig.«

»In dem Fall wußten seine Eltern nicht einmal, daß es passiert war.«

»Sie sagen, Sie waren fünf, als dieses ... Nichtereignis nicht passierte?«

»Ja.«

»Wie alt waren Sie, als Sie anfingen zu stottern?«

»F-fünf.«

Prior lehnte sich in Rivers' Stuhl zurück und lächelte. »*Großer Hund!*«

»Ich wollte damit nicht sagen, daß ...«

»Himmelherrgott! Was immer es war, Sie haben sich geblendet, um es nicht weiterhin sehen zu müssen.«

»Ganz so drastisch würde ich es nicht formulieren.«

»Sie haben Ihr visuelles Gedächtnis zerstört. Sie haben Ihr geistiges Auge ausgelöscht. So war es doch, oder?«

Rivers kämpfte mit sich. Dann sagte er einfach: »Ja.«

»Haben Sie je das Gefühl, daß Sie kurz vor dem Erinnern stehen?«

»Manchmal.«

»Und was empfinden Sie dann?«

»Angst.« Er lächelte. »Weil mit der Erinnerung noch immer die kindlichen Gefühle verknüpft sind.«

»Wir sind wieder beim Morgenrock.«

»Ja. Ja. Scheint so. Ich glaube wirklich, daß es so einfach ist.«

»Da kann man nur applaudieren«, sagte Prior und klatschte dreimal laut in die Hände.

»Wissen Sie ...« Rivers stockte und fing wieder an. »Sie müssen sich davor hüten, Ihre Erinnerungslücken mit ... Ungeheuern zu füllen. Ich glaube, wir alle neigen dazu. Sobald nur noch Leere um uns herum ist, fangen wir an, unsere schlimmsten Ängste darauf zu projizieren. Fast wie eine Anweisung für mittelalterliche Kartographen, nicht? *Markiere unerforschte Gebiete durch Ungeheuer*. Ich finde aber, Sie sollten versuchen, das nicht zu tun, denn in Wahrheit setzen Sie sich unablässig einer einer einer äußerst negativen Beeinflussung aus.«

»Na gut, ich werde es versuchen. Ich werde die Riverssche Anweisung für Kartographen korrigieren: *Markiere uner-*

forschte Gebiete durch Morgenröcke. Oder vielleicht einfach durch Hunde. Hier, setzen Sie sich wieder auf Ihren Stuhl.« Prior setzte sich auf den Patientenstuhl und murmelte: »Wissen Sie, Rivers, Sie sind genauso neurotisch wie ich. Und das will was heißen.«

Rivers stützte das Kinn auf die Hände. »Wie fühlen Sie sich jetzt?«

»Mein Gott, die Normalität ist wiederhergestellt. Sie meinen: ›Empfinde ich ein gemeines, bösartiges Gefühl von Triumph?‹ Nein. Ich bin zwar bösartig, aber nicht dumm.« Prior dachte eine Weile nach. »Die Riverssche Anweisung für Kartographen hat nur einen Haken. Angenommen, es gibt wirklich Ungeheuer?«

»Wenn es welche gibt, werden wir ihnen noch früh genug begegnen.«

Prior sah Rivers direkt in die Augen. »Ich habe Angst.«

»Ich weiß.«

Als Prior nach der langen, anstrengenden Sitzung schließlich gegangen war, machte Rivers die Schreibtischlampe aus, setzte sich in seinen Sessel am Kamin und genoß es, sich ausführlich und unbeobachtet die Augen reiben zu können. Tat er das wirklich, wenn ihn »etwas traf«? Er hielt es für möglich. Wenn es ein Verhaltensmuster gab, war es Prior bestimmt aufgefallen. Andererseits war Prior durchaus imstande, die ganze Sache zu erfinden.

Er bedauerte es nicht, ihm den Rollentausch angeboten zu haben, den er sich angeblich immer gewünscht hatte, denn er hatte dabei eine Seite an Prior entdeckt, die womöglich nur auf diese Weise zu entdecken war. Weniger der »Nachhilfeunterricht« – obwohl das durchaus interessant war, besonders im Hinblick auf Priors aggressiv herausfordernde Art – als vielmehr die Vermutung, daß seinem Verlust des visuellen Gedächtnisses ein total traumatisches Erlebnis zugrunde liegen mußte. Damit hatte Prior mehr von sich selbst preisgegeben, als er ahnte.

Prior war jedoch ein eindrucksvoller Vernehmer gewesen. *Was immer es war, Sie haben sich geblendet, um es nicht weiterhin sehen zu müssen … Sie haben Ihr geistiges Auge ausgelöscht.* Einfach dadurch, daß er gröber gewesen war, als je ein Kollege sein würde, hatte er ihm das ganze Ausmaß seines Verlusts klargemacht. Die Leute neigten zu der Annahme, daß er nicht wußte, was er verloren hatte, doch das stimmte nicht. Er wußte es oder ahnte es zumindest. Einmal, auf den Inseln der Torresstraße, hatte er einer Gerichtsverhandlung beigewohnt, die ein britischer Beamter gemeinsam mit den einheimischen Honoratioren abgehalten hatte. Dabei war eine alte Frau aufgetreten und hatte eine Aussage zu einem Streit gemacht, an dem sie beteiligt gewesen war. Während sie redete, hatte sie hierhin und dorthin geblickt, das geschilderte Ereignis in allen Einzelheiten nachempfunden und unzweifelhaft Menschen gesehen, die nicht anwesend waren. Er hatte sie beobachtet, dieses magere, halbnackte, alte Weiblein, das weder lesen noch schreiben konnte, und er hatte sie beneidet. Sicher war er Europäern begegnet, die ein ähnlich starkes visuelles Gedächtnis hatten, aber sein eigenes Defizit war ihm noch nie so deutlich vor Augen geführt geworden.

Es war ein Verlust, und er war sich dessen schon lange bewußt, hatte es aber noch nie damit in Verbindung gebracht, was er in dem Brightoner Haus erlebt hatte. Noch ungewöhnlicher erschien ihm die Erkenntnis, daß dieses Erlebnis nicht nur den Verlust des visuellen Gedächtnisses bewirkt, sondern darüber hinaus zu einer tiefen Kluft zwischen seiner rationalen, analytischen Denkweise und seinen Gefühlen geführt hatte. Er wollte das nicht aufbauschen: Immerhin hatte er eine Schulbildung erhalten, die den Zweck hatte, ebendiese Kluft zu erzeugen, doch er glaubte, daß diese Kluft bei ihm tiefer ging als bei den meisten anderen Männern. Ihm schien, als hätte dieses Erlebnis – was immer es gewesen war – beinahe zu einer Persönlichkeitsspaltung geführt, aber gottlob nur beinahe. Trotzdem war er die meiste Zeit seines Lebens ein zutiefst gespaltener Mensch gewesen. Und wenn er früher erklärt hätte, daß diese Spaltung sein Denken kaum, wenn überhaupt, beeinflußt habe, so glaubte er inzwischen, daß sein Forschungsinteresse dadurch beeinflußt worden war.

Viele Jahre nach diesem frühen, verdrängten Erlebnis hatte er, gemeinsam mit Henry Head, ein Experiment durchgeführt. Sie hatten den Nervenstrang, der Heads linken Unterarm versorgte, durchtrennt und wieder zusammengenäht und dann, über einen Zeitraum von fünf Jahren hinweg, den Prozeß der Regeneration beobachtet. Dieser Prozeß lief in zwei Phasen ab. Die erste war von einer hohen Schmerzschwelle gekennzeichnet, doch wenn dann ein Reiz ausgelöst wurde, empfand Head, wie er selbst sagte, einen »extremen« Schmerz. Abgesehen von dieser Eigenschaft des »Alles oder nichts«, war die Empfindung auch schwer zu lokalisieren. Head, der mit verbundenen Augen am Tisch saß, hatte den Reiz, der ihm soviel Schmerz bereitete, nicht lokalisieren können. Diese Urform der Innervation bezeichneten sie als »protopathisch«. Ein paar Monate später folgte die zweite, die sogenannte »epikritische« Regenerationsphase, die dadurch gekennzeichnet war, daß Head differenziert reagieren und den Reiz genau lokalisieren konnte. In dem Maße, wie die epikritische Ebene der Innervation wiederhergestellt wurde, wurde die ursprüngliche, protopathische Ebene teils integriert und teils verdrängt, so daß das epikritische System zwei Aufgaben erfüllte: Erstens half es dem Organismus durch Übermittlung präziser Informationen, sich auf seine Umgebung einzustellen; zweitens unterdrückte es das protopathische Element, so daß das Animalische gebändigt blieb. Im weiteren Verlauf hatten die beiden Begriffe natürlich eine breitere Bedeutung angenommen, so daß »epikritisch« für Rationalität stand, für alles Geordnete, Vernünftige, Objektive, während sich der Ausdruck »protopathisch« auf alles Emotionale, Sinnliche, Spontane, Ungeordnete bezog. Auf diese Weise reflektierte das Experiment

Rivers' innere Spaltungen und verhalf ihm zu einem Vokabular, mit dem er sich ausdrücken konnte. Fast hätte er mit Henry Jekyll sagen können: *Auf dem Gebiet der Moral, und zwar an meiner eigenen Person, lernte ich die absolute, grundsätzliche Zwiespältigkeit des Menschen kennen. Mir wurde klar, daß ich nur deswegen zu Recht annehmen konnte, eine der beiden Naturen zu sein, die in meinem Bewußtsein miteinander kämpften, weil ich im Grunde beide Seiten in mir hatte …*

Es war merkwürdig, wie sehr der Begriff »Jekyll und Hyde« in die Alltagssprache eingedrungen war, so daß selbst Menschen, die Stevensons Erzählung nicht kannten, dieses Namenspaar als Kürzel für eine Persönlichkeitsspaltung verwendeten. Prior hatte davon gesprochen, daß er seine Hände betrachtete, um zu sehen, ob sie sich nicht in die behaarten Hände Hydes verwandelt hätten, und da war er nicht der einzige. Diejenigen von Rivers' Patienten, die an Dämmerzuständen litten, bezeichneten diesen Zustand früher oder später als »Hyde«, und das war meist ein Hilferuf. In einem Krankenhaus, wo sie unter Beobachtung standen, konnte man sie leicht beruhigen, doch Prior war weniger leicht zu beruhigen. Zum einen, weil sein Dämmerzustand nicht beobachtet werden konnte, zum anderen aber, weil Prior ein besonders ausgeprägtes Bewußtsein von der dunklen Seite seiner Persönlichkeit hatte. Er mochte davon sprechen, daß er in sexuellen Dingen keine Schuldgefühle habe, überlegte Rivers, aber er schämte sich zutiefst seiner sadistischen Neigungen, fürchtete sich sogar vor ihnen. Er glaubte, daß es auf seiner Landkarte von Ungeheuern wimmelte, und wer wollte sagen, daß das nicht stimmte?

Etwas wirklich Irritierendes hatte der Fall aber doch: die merkwürdige Tatsache, daß Prior sich im Dämmerzustand verabredet und den Termin im normalen Zustand eingehalten hatte. Das ließ die Vermutung zu, daß der Dämmerzustand Priors Verhalten selbst dann noch beeinflußte, wenn er aus diesem Zustand schon wieder zurückgekehrt war, anders gesagt, daß der Dämmerzustand wie ein zweites Bewußtsein funktionierte. Das mußte nicht zwangsläufig zu einer gespaltenen Persönlichkeit führen. Er, Rivers, würde jedenfalls dafür sorgen, daß es nicht soweit kam. Es würde keine Hypnose geben, keine künstlich herbeigeführten Dissoziationen zu Versuchszwecken. Er würde Prior nicht dazu auffordern, sich den Dämmerzustand als ein zweites Ich vorzustellen. Trotzdem. Man mußte bedenken, daß Prior nicht bloß ein Bündel von Symptomen war, sondern ein außergewöhnlich komplexer Charakter mit einer eigenen Auffassung von seinem Zustand. Und seine Phantasie war schon am Werk, würde alles daransetzen, um den Dämmerzustand in einen bösartigen Doppelgänger zu verwandeln. Prior glaubte an die Ungeheuer, und ganz gleich, was Rivers tun oder nicht tun würde – sein Glaube würde ihnen zwangsläufig Macht verleihen.

12

»Und jetzt zeichnen Sie mir bitte einen Elefanten«, sagte Head.

Mit verzerrter, blubbernder Stimme antwortete Lucas: »Ja, hab schie geschehn. Foandersch.«

Er nahm Notizblock und Stift und begann zu zeichnen. Rivers saß neben Head, aber beide sprachen kein Wort, da Lucas' Konzentration nicht gestört werden durfte. Eine halbe Stunde dauerte der Versuch erst, und Lucas war bereits müde. Er streckte die Zunge vor, so daß er aussah wie ein kleiner Junge, der Lesen lernt, nur daß Lucas' Zunge permanent hervorschaute.

Rivers sah, daß Head die Schrapnellwunde auf Lucas' rasiertem Schädel betrachtete, und er wußte, daß Head an das technische Problem dachte, die Wunde auf dem Schädel der Leiche zu markieren, an der er am Morgen gearbeitet hatte. Eine interessante Methode, dachte Rivers. Head ermittelte am lebenden Patienten die genauen Maße der Wunde, zeichnete dann die entsprechenden Linien auf den Schädel einer Leiche, bohrte entlang der Markierung in regelmäßigen Abständen Löcher, in die er blaue Farbe einbrachte. Dann wurde die komplette Schädeldecke abgehoben, so daß man die unter dem gefärbten Bereich liegenden Gehirnstrukturen sezieren und genau bestimmen konnte. Auf diese Weise ließ sich eine exakte Beziehung zwischen der Sprachstörung des Patienten und dem verletzten Gehirnbereich herstellen.

Ein mühseliges Unterfangen, um so mehr, als eine Leiche

für die Markierung der Wunden zweier Patienten reichen mußte. Eine der erstaunlicheren Auswirkungen des Krieges war ein Mangel an geeigneten männlichen Leichen.

Rivers legte die Hände ans Kinn, registrierte den Anatomiesaalgeruch von Körperfett und Formaldehyd, der von der Karbolseife nur teilweise verdeckt wurde. Er beobachtete, mit welcher Miene Head Lucas' rasierten Schädel betrachtete, und stellte fest, daß sie sich kaum von dem Ausdruck unterschied, mit dem er sich am frühen Morgen über die Leiche gebeugt hatte. Im Moment war Lucas bloß ein technisches Problem. Dann blickte Lucas hoch, und sofort breitete sich ein Lächeln über Heads Gesicht aus. Ein leises Wort der Ermunterung, und Lucas kehrte zu seiner Zeichnung zurück. Heads Blick wandte sich, wieder distanziert und nüchtern, der wulstigen purpurroten Narbe auf dem rasierten Schädel zu. Seine einfühlsame Art, seine große Menschlichkeit gegenüber den Patienten war wiederaufgehoben. Eine notwendige Distanzierung, ohne die medizinische Forschung, ja überhaupt jede Medizin unmöglich war. Aber dennoch: Es handelte sich eindeutig um dieselbe Distanz, die der Soldat herstellen mußte, um töten zu können. Das Ziel war ein anderes, aber der psychische Mechanismus war im Prinzip derselbe. Was Head an den Tag legte, dachte Rivers, war gewissermaßen eine gutartige, epikritische Form der krankhaften Dissoziation, an der Prior litt. Heads Dissoziation war gesund, weil der Wissenschaftler und der Arzt direkten Zugang zu den Erfahrungen des jeweils anderen und beide wiederum Zugang zu Heads Erfahrungen in allen anderen Lebensbereichen hatten. Priors Dissoziation war pathologisch, weil er sich an Teile seiner bewußten Erfahrung nicht mehr erinnern konnte. Interessant war, weshalb es bei Head nicht zu jener Spaltung kam, die sich bei Prior herausgebildet hatte. Rivers seufzte. Anfangs findet man Geisteskrankheiten rätselhaft, und am Ende erscheint einem die Normalität als etwas noch Rätselhafteres.

Lucas war fertig. Head beugte sich über den Tisch und nahm ihm die Zeichnung weg. »Hmm«, sagte er und betrachtete das bemerkenswert kuhähnliche Wesen. Eine lange Pause. »Was hat ein Elefant vorn?«

Wieder diese blubbernde Stimme, die so klang, als würde sie gleich in Jammern umschlagen. »Einen grohschen« – Lucas' gesunde Hand ging auf und ab –, »ein Meter lang.«

»Und wie sagt man dazu?«

»Schlauch?«

»Hat er einen Rüssel?«

Lucas wand sich in seinem Rollstuhl und lachte: »Er hat ihn verloren.«

Er griff nach der Zeichnung, wollte sie korrigieren, aber Head steckte sie schnell in den Aktenordner: »Jetzt Kopfrechnen.«

Sie machten rasch ein paar einfache Additionen. Lucas, dessen Zahlensinn unversehrt war, nannte, wie vorauszusehen, die richtigen Ergebnisse. Head pflegte den Patienten abwechselnd schwierige und leichte Aufgaben zu stellen. Die nächste Aufgabe – die zeigen sollte, ob Lucas' Sinn für rechts und links beeinträchtigt war – bestand darin, daß er Heads Armbewegungen nachmachen mußte, erst vor einem Spiegel und dann, Head gegenüber, am Tisch.

Rivers sah, wie Head die linke Hand hob – »in Form und Größe eine typische Arzthand ... groß kräftig, weiß und gepflegt« –, und dachte, daß er diese Hand vermutlich besser kannte als irgendeinen Teil seines eigenen Körpers. Immerhin hatte er fünf Jahre an ihr experimentiert, und noch immer hätte er auf der Haut den Restbereich der protopathischen Innervation markieren können – denn der Regenerationsprozeß ist nie abgeschlossen. Ein Stückchen Haut zwischen Daumen und Zeigefinger behielt die ursprüngliche Eigenschaft der Alles-oder-nichts-Empfindung und reagierte weiterhin ungewöhnlich feinfühlig auf Temperaturschwankungen. Manchmal, an kalten Tagen, bemerkte er, daß Head diese Hautpartie mit der anderen Hand schützte.

Nachdem die Versuche beendet waren, plauderte Head noch eine Weile mit Lucas über die Ergebnisse. Head besaß die besondere Fähigkeit, mit seinen Patienten über ihr Krankheitsbild zu diskutieren. Während er Lucas den Grad seiner Behinderungen erläuterte, war dessen leuchtendes Gesicht von etwas erfüllt, was man nur als klinisches Interesse bezeichnen konnte. Als schließlich ein Krankenpfleger erschien und ihn aus dem Zimmer schob, lächelte er.

»Sein Zustand hat sich ... verbessert«, sagte Head. »Ein bißchen.« Er strich sich das schüttere Haar aus der Stirn, und für einen Moment hatte sein Blick etwas unendlich Kaltes. »Tee?«

»Ein Glas Milch wär nicht schlecht.«

»Milch?«

Rivers tätschelte sich den Bauch. »Besänftigt die Geschwüre.«

»Wieso, protestieren sie?«

»Mein Gott, wie ich Psychologen hasse.«

Head lachte. »Ich hol dir etwas Milch.«

Rivers warf unterdessen einen Blick in die *Times*. Im Prozeß gegen Pemberton Billing waren sie bei den medizinischen Gutachten angelangt. Als Head das Zimmer wieder betrat, las er laut vor: »›Auf die Frage, was mit solchen Personen geschehen solle, erwiderte Dr. Serrel Cooke: ‚Es sind Monster. Man sollte sie einsperren.'‹ Die Stimme der psychologischen Medizin.«

Head reichte ihm einen Becher. »Laß gut sein, Rivers.«

Rivers legte die Zeitung zusammen. »Ich versuche mir immer zu sagen, daß es komisch ist.«

»Ist es auch, jedenfalls oft. War ja wirklich zum Schreien, als die Frau dem Richter erklärte, daß sein Name im Schwarzbuch steht.« Er wartete auf eine Antwort. »Also, wann willst du Lucas sehen? Morgen?«

»Ach, ich finde, wir sollten dem armen Kerl etwas Ruhe gönnen. Wie wär's mit Montag?«

Sie unterhielten sich noch eine Weile über Lucas und kamen schließlich auf die pazifistischen Krankenpfleger zu sprechen. Sehr viele gelähmte Patienten lagen im Hospital, einem Gebäude, das für solche Personen nicht eingerichtet war. Es gab nur zwei Aufzüge. Die Krankenschwestern und die vorhandenen Pfleger – Männer, die entweder kriegsversehrt oder für den aktiven Frontdienst zu alt waren – taten ihr Bestes, aber die Patienten mußten zwangsläufig mit sehr viel mehr Einschränkungen leben, als eigentlich nötig gewesen wäre. Was dringend fehlte, war Muskelkraft, und die lieferten jene jungen Männer, die als Kriegsdienstverweigerer das Angebot des Innenministers akzeptiert hatten. Das Pflegepersonal, das mit ihnen zusammenarbeiten mußte, begegnete ihnen jedoch mit Feindseligkeit. Inzwischen erschien es sogar zweifelhaft, ob das Krankenhaus sie weiterbeschäftigen würde. Daß dringend benötigte Arbeitskräfte entlassen werden sollten, war eine Absurdität, über die Rivers sich furchtbar aufregte, und bei der letzten Sitzung des Verwaltungsrates hatte er auch Protest eingelegt, vielleicht etwas zu heftig, zumindest nach Heads Ansicht. »Ich werde es n-nicht z-z-zurücknehmen«, sagte er. »Die m-meiste Zeit meines L-l-lebens habe ich das, was ich sagen wollte, immer abgeschwächt. J-jetzt ist Sch-sch-schluß damit.«

Head musterte ihn. »Was ist aus dem sanftzüngigen Rivers geworden, den wir alle kannten und mochten?«

»Hat sich in Schottland verdünnisiert. Auf Nimmerwiedersehen.«

»Ja.«

»Was, ja?«

»Ja, diesen Eindruck hatte ich auch.«

Die Fahrstuhltür wollte sich gerade schließen, als Rivers loslief und Wantage, einer der nichtpazifistischen Pfleger, sie wieder öffnete. »Bitte, Sir«, sagte er und trat zurück. »Für einen Schlanken ist noch Platz.«

Er brachte gerade einen Mann im Rollstuhl auf die Station zurück. Rivers zwängte sich neben den Rollstuhl und drückte den Knopf für das Obergeschoß.

Wantage war der beliebteste unter den Krankenpflegern,

wohl auch deswegen, weil sein orthopädischer Stiefel sofort die Erklärung dafür lieferte, warum er nicht in Frankreich war. Er war ein dicker, fröhlicher Mensch mit einer grenzenlosen Fähigkeit zum Haß. Er haßte Drückeberger, er haßte Waschlappen, er haßte Kriegsdienstverweigerer, er haßte die Deutschen, er haßte den Kaiser. Den Krieg fand er gut. Er hatte die sanftesten Hände im ganzen Krankenhaus. Er hätte alles gegeben, um an der Front kämpfen zu können. Wenn Rivers ihn hinter einem Rollstuhl daherhumpeln sah, mußte er jedesmal an den verkrüppelten Knaben in der Geschichte vom Rattenfänger denken, der zurückblieb, während die anderen Kinder aus der Stadt zogen.

Im zweiten Stock hielt der Aufzug, und eine blutjunge Krankenschwester stieg ein. Viggors, der Patient im Rollstuhl, sprach sie leicht errötend an – sie war offensichtlich sehr beliebt –, saß dann da, seitlich zusammengesackt, die Augen in Höhe ihrer Hüfte, und blickte verstohlen auf ihre Brüste. Wantage plapperte weiter. Im dritten Stock hielt der Lift wieder, und Wantage schob den Rollstuhl hinaus.

Rivers hätte diesen Blick am liebsten nicht gesehen. In diesem Krankenhaus wurde man tagtäglich auf brutale Weise daran erinnert, daß die schlimmsten Kriegstragödien nicht mit kleinen weißen Kreuzen versehen wurden.

Aus Gründen der Sicherheit – *seine* Patienten waren mobil und konnten die Notausgänge benutzen – lagen seine beiden Stationen im obersten Geschoß. Das Krankenhaus war ursprünglich als Kinderklinik eingerichtet worden. Im obersten Geschoß war der Kindergarten gewesen, mit vielen schwarzen Schäfchen, Rotkäppchen und Zwergen an den Wänden. Die Fenster waren vergittert. Bei seiner Ankunft hatte Rivers darum gebeten, diese Gitterstäbe zu entfernen, doch das Kriegsministerium hatte es abgelehnt, für bauliche Änderungen aufzukommen, die über das absolute Minimum hinausgingen, das heißt den Einbau von Badewannen und Toiletten für Erwachsene. Also keine Waschbecken. Lawrence rasierte sich gerade an einem der Kinderbecken, die ihm knapp bis ans Knie reichten. Diese verrückte Haltung machte ihn zum Riesen, und keine Erfahrung schien diesen ersten Eindruck korrigieren zu können.

Rivers ließ sich von der Schwester seinen Nachtschlüssel geben und ging den Korridor hinunter zu seinem eigenen Zimmer. Der Raum war sehr groß, ein riesiges Fenster lag zum Vincent Square. Er betrat das Nebenzimmer und bat seine Sekretärin, Captain Manning hereinzuschicken.

Manning war aufgenommen worden, weil die Angstattakken, die er seit seiner Rückkehr aus Frankreich erlebte, immer heftiger geworden waren, nicht zuletzt aufgrund seiner intensiven Beschäftigung mit dem Fall Pemberton Billing. Rivers hätte ihn gern aufgefordert, den Prozeß zu vergessen, doch das war unmöglich. Manning hatte einen Zeitungsartikel über Maud Allan und den »Klitoris-Kult« zugeschickt bekommen. Unlängst hatte er den Artikel über die 47 000 erhalten. Irgend jemand hatte Manning im Visier, vermutlich jemand, der von seiner Homosexualität wußte. Man konnte also kaum erwarten, daß ihn das kaltließ.

»Warten Sie schon lange?« fragte Rivers.

»Paar Minuten.«

Manning sah müde aus. Die vergangene Nacht hatte er sicher mit sorgenvollen Gedanken an seine Einlieferung zugebracht. »Haben Sie sich eingerichtet?«

»Es geht. Ich habe ein Einzelzimmer bekommen. Damit hatte ich nicht gerechnet.«

»Haben Sie den Artikel dabei?« fragte Rivers.

Manning reichte ihn ihm. Es war gar kein Zeitungsausschnitt, wie Rivers gedacht hatte, sondern ein Sonderdruck auf dickem Papier. Ganz oben stand in Schreibmaschinenschrift die Botschaft: *In der Hoffnung, daß dies Ihr Gewissen aufrüttelt.*

»Haben Sie ihn seinerzeit gelesen?« fragte Manning. »Als er erschien?«

»Nein.« Rivers lächelte schwach. »Ich habe mir das Vergnügen aufgespart.«

Dirnen auf der Mauer
Es sind viele Gründe genannt worden, warum England daran gehindert wird, seine gesamten Kräfte auf den Krieg zu konzentrieren. Ich habe auf den Seiten des *Imperialist* wiederholt darauf hingewiesen, daß Deutschland versucht, unsere Anstrengungen mit subtilen, aber erfolgreichen Mitteln zunichte zu machen. Habgier kann nicht der einzige Grund für den Verrat auf unserer Seite sein. Jede Nation hat ihre Dirnen auf der Mauer, doch sie werden beim ersten Angriff entdeckt, so daß man die notwendigen Maßnahmen ergreifen kann. Die eigentliche Gefahr liegt im Innern der Festung. Korruption und Erpressung sind, von Lakaien ausgeführt, billiger als Bestechung. Und Männer, die mit Geld nie zu kaufen wären, lassen sich aus Angst vor Bloßstellung verführen und zu Sklaven machen. Aus meiner Sicht besteht um so mehr Grund zu der Annahme, daß sich die Deutschen, mit ihrer bekannten Gründlichkeit, der produktivsten und billigsten Methoden bedienen.

Ich habe an dieser Stelle oft zu verstehen gegeben, daß mir Erkenntnisse vorliegen, die meine Vermutung bestätigen. In den letzten Tagen sind mir höchst bemerkenswerte Tatsachen zur Kenntnis gebracht worden, die mit den älteren Informationen übereinstimmen.

Die Verbreitung des Lasters
Im *Cabinet noir* eines gewissen deutschen Fürsten existiert ein Buch, zusammengestellt vom Geheimdienst aufgrund von Berichten deutscher Agenten, die England in den letzten zwanzig Jahren infiziert haben, Agenten, die so heimtückisch sind und derart lasterhafte Ausschweifungen verbreiten, wie sie nur deutsche Köpfe ersinnen und deutsche Körper praktizieren können.

Sodom und Lesbenland
Der Agent, der dieses Buch im Rahmen eines Sonderauftrags entdeckte, gab mir einen kurzen Bericht über den ungeheuerlichen Inhalt. Das Buch beginnt mit einer Zusammenfassung der allgemeinen Instruktionen hinsichtlich der Verbreitung von Lastern, von denen alle anständigen Menschen angenom-

men hatten, sie seien seit Sodom und Lesbenland ausgerottet. Die Autoren sprechen blasphemischerweise sogar von den biblischen Hainen und Bergen. Für den deutschen Agenten, der seiner widerlichen Arbeit nachgeht, werden hier die heimtückischsten Argumente skizziert. Anschließend finden sich, auf mehr als tausend Seiten, die Namen, die in den Berichten deutscher Agenten erwähnt werden. Es sind die Namen von 47 000 englischen Männern und Frauen.

Es ist eine bunte Schar: Geheimräte, Chorknaben, Gattinnen von Ministern, Tänzerinnen, ja sogar die Minister selbst, während Diplomaten, Dichter, Bankiers, Redakteure, Zeitungsbesitzer und Angehörige des königlichen Haushalts ohne erkennbare Rangordnung folgen.

Die Gründlichkeit, mit der die deutschen Agenten vorgehen, zeigt sich auch darin, daß die Namen von Wirtshäusern und Bars genannt werden, die man erfolgreich demoralisiert hatte. Mit Hilfe eines einzigen festen Agenten würde sich das Laster dann garantiert ausbreiten. Zum Schutze derjenigen, deren gesellschaftlicher Ruf durch einen Besuch dieser öffentlichen Stätten Schaden nehmen würde, wurden luxuriöse Wohnungen gemietet und in erotischer Manier eingerichtet. Unzüchtige Fotografien wurden in Umlauf gebracht und zweideutige Pamphlete als anonyme Werke bekannter Schriftsteller gedruckt.

Die Kriegsmarine in Gefahr

Durch dieses perfekte System wurde die gesamte Gesellschaft vergiftet. Sonderagenten wurden in der Kriegsmarine angeworben, speziell unter den Maschinisten. In Portsmouth und Chatham wurden anrüchige Etablissements eingerichtet, in denen die Kampfkraft der britischen Matrosen untergraben wurde. Noch gefährlicher war, daß die deutschen Agenten diese unsittlichen Kontakte dazu nutzten, sich Informationen über die Lage der Flotte zu beschaffen.

Selbst harmlose Spaziergänger waren gefährdet. Hinterhältige Agenten des Kaisers wurden an Orten wie Marble Arch und Hyde Park Corner postiert. In diesem Schwarzbuch der Sünde wird detailliert die Defloration junger Mädchen geschildert, die, angelockt von den Sommerabendkonzerten, in die Parks kamen.

Die Welt der hohen Politik
So unschön all diese Dinge waren, die wirkliche Gefahr ging aus den Berichten jener Agenten hervor, denen es gelungen war, sich Zugang zur Welt der hohen Politik zu verschaffen. Frauen von Männern in führenden Ämtern wurden verlockt, in lesbischer Ekstase die größten Staatsgeheimnisse zu verraten. Die sexuellen Neigungen von Angehörigen des Adelsstandes wurden als Mittel benutzt, um fruchtbare Felder für Spionage anzulegen.

Im Anhang des genannten Buches findet sich eine Liste von Ausdrücken, welche die seelisch kranken Opfer dieser ekelhaften Seuche, die auf so raffinierte Weise von Potsdam verbreitet wird, untereinander angeblich verwenden.

Bedrohung für Leib und Leben
Die offiziellen Berichte der deutschen Agenten sind nicht übertrieben. Der Gedanke, daß 47 000 englische Männer und Frauen aus Angst in den Fesseln des Feindes liegen, ruft alle anständigen Menschen zum entscheidenden Kampf. Drei Millionen Soldaten stehen in Frankreich, deren Leben in Gefahr ist und deren Tapferkeit nichts ausrichten kann, weil 47 000 ihrer Landsleute, darunter Männer und Frauen, in deren Hand das Schicksal des Empire liegt, keinen moralischen Mut besitzen.

Aus meiner Sicht will der Deutsche mit Hilfe einer sorgfältig geplanten Einführung von Praktiken, die auf die Vernichtung unserer Nation abzielen, zu verhindern suchen, daß wir jene Hügel aus Kalk und Schlamm rächen, die einmal Briten waren.

Der Fall von Rom
Als ich schließlich die Perfektion dieses teuflischen Plans erkannte, schien mir, daß die Schrecken von Granaten, Gas und Pestilenz, welche die Deutschen auf dem Schlachtfeld eingesetzt haben, nicht annähernd so geeignet sind, die Männlichkeit Britanniens auszulöschen, wie die Methode, mit der sie die ersten 47 000 schon vernichtet haben.

Wie ich an anderer Stelle bereits ausgeführt habe, ist es eine schreckliche Vorstellung, daß das Britische Empire genauso fallen soll, wie das große Römische Reich einst fiel, und der Sieger, heute wie damals, der Hunne sein soll.

Der Inhalt dieses Buchs hat mir die Augen geöffnet. Die Sache duldet keinen Aufschub.

Rivers warf die Seite hin. »Wenn nur *Deutsche* sich diese wollüstigen Dinge ausdenken können und nur *deutsche* Körper sie praktizieren, wie um Himmels willen sollen es diese siebenundvierzigtausend dann schaffen?« Er setzte seine Brille ab und fuhr sich mit der Hand über die Augen. »Entschuldigen Sie meinen schulmeisterlichen Ton.« Er musterte Manning, registrierte die Erschöpfung um seine Augen und das Zittern seiner Hand, wenn er die Zigarette zum Mund führte. Für jemanden wie Manning, der sich bewußt für ein Doppelleben entschieden hatte, mußte die Erkenntnis, daß beide Seiten seiner Existenz für fremde Augen sichtbar waren, so gewesen sein, als hätte jemand die Tür zum Allerinnersten seiner Identität aufgerissen. »Hat das sonst noch jemand bekommen?«

»Ross. Und ein, zwei andere.«

»Freunde von Ross?«

»Ja.«

»Es ist ... nicht ganz ungefährlich, Ross zu kennen.«

»Was soll ich machen, Rivers? Wir kennen uns ja nicht erst seit gestern.«

Rivers seufzte. »Ich glaube, Sie können nichts machen.«

Manning starrte vor sich hin. »Es würde mir vermutlich helfen, wenn ich es verstehen würde. Ich meine, ich sehe ein, daß der Krieg nicht besonders gut für uns läuft, und es wird immer Leute geben, die statt nach Gründen Sündenböcke suchen, aber ... Warum das? Ich verstehe, daß Leute mit deutschen Namen verprügelt ... oder oder interniert werden. Und Kriegsdienstverweigerer. Ich bin damit nicht einverstanden, aber ich kann es verstehen. Das hier verstehe ich nicht.«

»Ich bin mir auch nicht so sicher. Ich glaube, es ist das Ergebnis bestimmter Impulse, die zu Kriegszeiten ans Tageslicht kommen und offiziell und ganz ausdrücklich geleugnet werden müssen. Homosexualität beispielsweise. Im Krieg gibt es diese enorme Verherrlichung der Liebe unter Männern, die aber gleichzeitig angst macht. Ist es die richtige Art

Liebe? Nun, daß es die richtige Art ist, kann man dadurch klarstellen, indem die andere Art öffentlich ganz eindeutig verurteilt wird. Und dann ist da noch die Lust am Töten ...«

Manning war schockiert. »Ich weiß nicht, ob ...«

»Nein, ich meinte Zivilisten. Stellvertretend, aber trotzdem. Und dabei werden sadistische Impulse geweckt, die man normalerweise verdrängt, und das ist ebenfalls irritierend. Also, das Stück eines bekannten Homosexuellen aufzuführen, in dem eine Frau auftritt, die den abgeschlagenen Kopf eines Mannes küßt ...«

»Ich habe mit Jane über den Prozeß gesprochen. Ich sagte, daß sie in Wahrheit Ross und ein, zwei andere im Visier hätten. Sie fand es nicht überraschend, daß ich so denke. Wie war es gleich? ›Anzunehmen, daß das eigene Geschlecht bei dieser Angelegenheit keine Rolle spielt, ist ein Zeichen geistiger Beweglichkeit, zu der kein Mann imstande ist.‹«

»Ich freue mich schon darauf, Ihre Gattin eines Tages kennenzulernen.«

»Sie sagt, die die ... romantische Auffassung von der Rolle der Frauen – Pflichterfüllung und so weiter – verbirgt in Wahrheit eine tiefsitzende Angst, daß sie aufbegehren könnten. Maud Allan an den Pranger zu stellen ist aus ihrer Sicht nur ein Versuch, den Frauen eine Lektion zu erteilen. Nicht bloß Lesbierinnen. Allen Frauen. So wie Wilde seine Salome als starke Frau zeigt, die aber trotzdem sterben muß. Ich meine, es ist doch sehr bemerkenswert, daß am Ende alle Männer über sie herfallen und sie töten.«

»Wie denken Sie denn darüber?«

»Ich finde es ein wenig naiv. Wer so denkt, verkennt, daß Wilde sich mit Salome identifiziert. Er sagt nicht, Frauen wie diese müssen vernichtet werden. Er sagt vielmehr, Leute wie ich müssen vernichtet werden. Und wie recht er hatte. *Hat.*«

Schön und gut, dachte Rivers, aber Manning ist krank, und ein Gespräch über Literatur wird ihn nicht gesund machen.

»Glauben Sie, daß Spencer verrückt ist?« fragte Manning abrupt.

»Wenn ich mir seine Aussage ansehe: ja. Ob man ihn aber als unzurechnungsfähig anerkennt ...«

»Schon ein merkwürdiger Gegensatz zu Sassoon, nicht?«

Rivers sah überrascht drein.

»Daß Spencer so gefeiert wird. Sassoon sagt etwas ganz und gar Vernünftiges über den Krieg, und sofort steckt man ihn in eine Nervenklinik.«

Natürlich, dachte Rivers, alle Freunde von Robert Ross kennen die Geschichte von Sassoons Protest und wissen, welche Rolle Ross bei Sassoons Entschluß, an die Front zurückzukehren, gespielt hat. Manning sagte: »Ich sollte wohl nicht über ihn reden?«

»Warum?«

»Weil er ein Patient ist.«

»Er ist jemand, den wir beide kennen.«

»Ich habe in der letzten Zeit oft an ihn gedacht. Ich habe mich gefragt, ob sie es wagen würden, ihm diesen Artikel zu schicken. Oder irgend jemandem dort draußen.«

»Wer sich solche Dinge ausdenkt, kann sich vermutlich nicht vorstellen, daß einer dieser ›siebenundvierzigtausend‹ in Frankreich ist.«

Bislang war Manning nicht imstande gewesen, über den Krieg zu sprechen. Er selbst hätte das natürlich bestritten. Vielmehr darauf hingewiesen, daß sie die ganze Zeit darüber sprächen: Strategie, Taktik, Kriegsziele, die merkwürdig unpassende Reaktion von zivilen Schriftstellern, die Gedichte von Sassoon und Graves. Plötzlich glaubte Rivers eine Möglichkeit erkannt zu haben, wie er das Thema ganz vorsichtig anschneiden konnte. »Sind Sie mit der Freudschen Theorie der Kriegsneurose vertraut?« frage er. Er wußte, daß Manning einiges von Freud gelesen hatte.

»Ich wußte nicht, daß es so etwas gibt.«

»Doch, doch. Im Grunde genommen glaubt man, daß die Erfahrung einer ausschließlich männlichen, stark emotionalisierten Umgebung, gekoppelt mit dem Fronterlebnis, homosexuelle und sadistische Impulse auslöst, die normalerweise verdrängt werden. Bei empfindsamen Männern, vor allem denjenigen, bei denen die unterdrückten Bedürfnisse besonders stark sind, führt dies zu einem Zusammenbruch.«

»Glauben *Sie* das?«

Rivers schüttelte den Kopf. »Ich möchte wissen, was *Sie* denken.«

»Ich weiß nicht, weshalb andere Menschen zusammenbrechen. Ich glaube nicht, daß der sexuelle Aspekt bei mir eine große Rolle gespielt hat.« Ein leises Lächeln. »Aber schließlich unterdrücke ich meine Homosexualität auch nicht.«

Rivers lächelte ebenfalls. »Aber Sie müssen doch ein ... ein Gefühl haben, daß es möglich ist oder daß es völliger Unsinn ist oder ...«

»Ich überlege gerade. Kennen Sie Sassoons Gedicht ›Der Kuß‹?«

»Das mit dem Bajonett. Ja.«

»Ich finde, es ist das stärkste Gedicht, das er je geschrieben hat. Ich war nie zusammen mit ihm an der Front, also kenne ich ihn nicht persönlich, aber ich habe mich oft mit Robert Graves unterhalten, und der sagt, daß Sassoon es auf geradezu atemberaubende Weise schafft, an der Front zwei völlig verschiedene Personen zu sein. Er ist ein unglaublich erfolgreicher und draufgängerischer Kommandeur, und doch holt er in der Unterkunft sofort das Notizheft heraus. Wieder ein Gedicht gegen den Krieg. Darin verwendet er die Erlebnisse des Offiziers, aber nie seine Haltung. Doch in diesem Gedicht, dieses eine Mal, bringt er beide Seiten seiner selbst zum Ausdruck.«

Ja, dachte Rivers. »Ja«, sagte er. »Ich verstehe.«

»Und natürlich wimmelt es von sexuellen Anspielungen. Andererseits glaube ich, daß es zu einfach wäre, darin nur eine persönliche ... na, ich weiß nicht. Tatsache ist, das Militär hat eine ziemlich zweideutige Einstellung zum Bajonett. In den Lehrbüchern ist andauernd von der Bedeutung des Nahkampfs die Rede. Einverstanden, aber man gewinnt den Eindruck, daß diese Sache einen eigenen Wert hat, unabhängig davon, ob man sein Ziel erreicht oder nicht. Das ist der *wahre* Krieg. Männlicher Krieg. Nicht dieser ganze Maschinengewehr- und Granatenquatsch. Und das spiegelt sich auch in der Ausbildung wider. Ich meine, diese ständigen sexuellen Anspielungen. *Ramm es ihm in die Eier. Keine kleinen Germanen mehr.* Wenn Sassoon diese Sprache verwendet hätte, wäre er nie veröffentlicht worden.« Manning hielt abrupt inne. »Ich glaube, ich habe den Faden verloren. Nein, genau, ich wollte ... ich wollte mich ehrlich fragen, ob ich den Bajonettdrill so haßte, weil ... weil ich den Körper, den der Strohsack darstellt ... kommen Sie, Rivers. Ein schöner psychologischer Begriff?«

»Liebe.«

»Ich weiß nicht, was die Antwort ist. Ich glaube nicht. Alle hassen es. Woher soll ich wissen, ob ich es mehr hasse? Wir reden ja nicht darüber. Es ist einfach eine grauenhafte Sache, und wir tun es einfach. Ich meine, man spaltet ohnehin große Teile von sich selbst ab.«

»War das bei Ihnen so?«

»Ich denke, ja.« Einen Moment schien es, als wollte er fortfahren, doch dann schüttelte er den Kopf.

Als Rivers sicher war, daß nichts mehr kommen würde, sagte er: »Sie wissen, daß wir über den Krieg reden müssen, Charles?«

»Tu ich ja schon.«

Schweigen.

»Ich weiß einfach nicht, was daran sinnvoll sein soll, alles aufzurühren. Ich weiß, wie die Theorie aussieht.« Er schaute auf seine Hände. »Mein Sohn Robert ... hat sich gerne baden lassen, als er klein war. Und dann hat er sich ganz plötzlich dagegen gewehrt. Wenn das Kindermädchen versuchte, ihn in die Wanne zu setzen, verkrampfte er sich jedesmal und brüllte wie am Spieß. Es stellte sich heraus, daß er beobachtet hatte, wie das Wasser durch das Loch in den Abfluß läuft, und offensichtlich glaubte, er würde mit dem Wasser weggespült werden. Jeder sagte zu ihm, er solle sich nicht so anstellen.« Manning lächelte. »Ich muß sagen, seine Angst erschien mir außerordentlich verständlich.«

Rivers lächelte. »Ich werde Sie nicht durch das Loch in den Abfluß verschwinden lassen.«

Beim Abendessen wurde ausschließlich über den Prozeß gegen Pemberton Billing gesprochen. Das medizinische Gutachten fanden alle kläglich, denn zum erstenmal waren Psychologen gebeten worden, vor Gericht zu einem solchen Thema Stellung zu nehmen. »Und was haben wir davon?« rief jemand. »Serrel Cooke schwafelt von Monstern und erblicher Degeneration. Der Mann ist doch ein Witz.«

Dann ist mir wohl der Sinn für Humor abhanden gekommen, dachte Rivers.

Nach dem Essen flüchtete er aus dem Krankenhaus und machte einen Spaziergang um den Platz. London war bedrückend geworden. Jedes Plakat, jeder Ausruf der Zeitungsjungen, jede Schlagzeile, alles drehte sich um den Prozeß. Lord Alfred Douglas, der mittlerweile im Zeugenstand war, machte für die desolate Verfassung der englischen Armee offenbar die Theaterstücke von Oscar Wilde verantwortlich. Die Orgie irrationaler Vorurteile, die im Old Bailey stattfand, verhinderte jede vernünftige Diskussion über die furchtbare Lage an der Westfront. Manning hatte völlig recht: Die Leute wollten keine Gründe, sondern Sündenböcke. Das war auch im Krankenhaus so, wo die Feindseligkeit gegenüber den pazifistischen Pflegern zunahm, je mehr schlechte Nachrichten aus Frankreich kamen, aber das hatte noch eine gewisse Logik. Männer hatten zu parieren. Und an der Front zu kämpfen. Sofern nicht Jane Mannings Diagnose zutraf, daß er nicht begreifen könne, daß sein Geschlecht überhaupt keine Rolle spielte. Nein, er fand, daß Manning recht hatte. Maud Allan war gewissermaßen zufällig in die Schußlinie geraten. Das eigentliche Ziel waren Männer, die sich nicht anpassen konnten oder wollten.

Rivers' Gedanken wandten sich Sassoon zu. Mannings Erfahrung zeigte deutlich, daß jeder, der zu Robert Ross' Kreis gehörte, gefährdet war und mit der gleichen Behandlung rechnen mußte, wie Ross sie erfuhr. Es war für Ross auch nicht gerade nützlich, daß er gegen den Krieg war, obschon er Sassoons Protest nicht gebilligt hatte – mit dem, wie Rivers fand, völlig richtigen Argument, daß die Aktion Sassoon ruinieren und überhaupt nichts bewirken würde. Laut Manning bestand Ross' Opposition darin, daß er Zivilisten Fotos von verstümmelten Leichen zeigte, in der Hoffnung, einen heilsamen Schock auszulösen. Rivers war froh, daß Sassoon weit weg war von Ross und dem Prozeß.

In Craiglockhart hatte er einmal versucht, Sassoon auf die Gefahr aufmerksam zu machen. Bereits im vergangenen November hatte er ihm vom *Cabinet noir* berichtet, jenem Schwarzbuch mit den 47 000 Namen prominenter Männer und Frauen, die aufgrund ihres Doppellebens von den Deutschen erpreßt werden konnten.

»Immer mit der Ruhe, Rivers. Ich bin nicht prominent.«

»Nein, aber Sie sind mit Robert Ross befreundet, und Sie haben sich öffentlich für Friedensverhandlungen ausgesprochen. Das reicht! Sie sind angreifbar, Siegfried. Es ist sinnlos, das zu leugnen.«

»Und was soll ich tun? Parieren, den Mund halten ... Im Grunde sagen Sie doch, wenn ich mich in einem Lebensbereich nicht anpassen kann, muß ich mich in allen anderen anpassen. Nicht nur ein bißchen an der Oberfläche. Komplett. Auch wenn es gegen mein Gewissen ist. Also, so kann ich nicht leben. Niemand sollte so leben.«

Es war angenehm gewesen, mit Manning über Siegfried zu reden. Abgesehen von Robert Graves, den Rivers gelegentlich traf, war Manning ihr einziger gemeinsamer Bekannter.

Der Platz war menschenleer. In Vollmondnächten verkrochen sich die Leute in die Sicherheit ihrer Keller. Rivers' Schritte hallten ihm auf dem verwaisten Bürgersteig hinterher. Der Mond war aus dem letzten dunstigen Wolkenschleier herausgetreten, und Rivers sah seinen eigenen Schatten vor sich, dessen Konturen so deutlich waren wie am helllichten Tag.

Wie ruhig, wie klar diese Nacht war. Da können wir uns auf etwas gefaßt machen, dachte er. Damit hatte er sich in Craiglockhart nie auseinandersetzen müssen: fallende Bomben in Hörweite von Patienten, die schon erschrocken zusammenfuhren, wenn ein Teelöffel auf einer Untertasse klapperte. Er wandte sich um und ging rasch auf das abgedunkelte, finstere Gebäude zu.

13

Head ist als einziger wach in dem schlafenden Krankenhaus. Er steht, von einer einzigen Glühbirne beleuchtet, mit Gesichtsmaske und Kittel an einem Seziertisch, auf dem ein nackter, nach Formaldehyd riechender Mann liegt, mit verschrumpelten Genitalien und einer Haut von trübem Gold wie altes Pergament. Head zeichnet eine Markierung auf den rasierten Schädel, sagt »Na dann« und greift mit behandschuhter Hand nach einem Bohrer. Aber irgend etwas stimmt nicht. Während der Bohrer loskreischt, rührt sich der goldhäutige Mann. Rivers versucht, »Hör auf, er lebt noch!« zu rufen, doch Head kann oder will ihn nicht hören. Ein Knirschen von Knochen, ein weit aufgerissener Mund, dann packt eine Hand Heads Handgelenk, und die nackte, halb ausgeweidete Leiche richtet sich in ihrer ganzen Schrecklichkeit auf und stößt ihn zurück.

Der Korridor vor Rivers' Zimmer ist leer, unendlich lang, der Fußboden glänzend gewienert. Mit einem Geräusch wie Flügelschlagen gehen am anderen Ende die Türen auf, und die Leiche springt mit einem Satz hindurch, huscht schnuppernd von Tür zu Tür, versucht, ihn mehr mit der Nase als mit den Augen zu finden. Schließlich stößt die Leiche auf die richtige Tür, tritt ans Bett, beugt sich über ihn, hält ihm ihren anatomisch gezeichneten Schädel entgegen, während er sich anstrengt, aufzuwachen und sich zu erinnern, wo er ist.

Mein Gott. Er lag da, spürte den Schweiß auf Brust und Unterleib. Er lag in einem dieser zu hohen, zu schmalen

Krankenhausbetten mit einem Gummilaken auf der Matratze, das bei jeder Bewegung quietschte. Er sah diese Ruine von Gesicht, das sich über ihn beugte. In diesen Momenten zwischen Schlafen und Wachen gelang ihm – für einen kurzen Augenblick – etwas, was für andere Menschen selbstverständlich ist: Er konnte nicht vorhandene Dinge sehen.

Rasch, bevor alles vorbei war, begann er, die Traumbilder zu analysieren. Der geträumte Sezierraum war nicht der Raum im Anatomischen Institut gewesen, wo er Head am Morgen bei der Arbeit zugesehen hatte, sondern der Anatomiehörsaal am Bart's, den er von seiner Studienzeit her kannte.

Welche Gefühle hatte der Traum in ihm hinterlassen ...? Er lag mit geschlossenen Augen im Dunkeln und sortierte Eindrücke. Verunreinigung. Sich vorzustellen, wie Head, dieser sanftmütige Mensch, den Schädel einer unbetäubten Person aufbohrt, grenzte an Verrat. Der Bezug zu den Versuchen, die Head an Lucas ausgeführt hatte, war offensichtlich. Bei jenem kalten Blick, mit dem Head Lucas betrachtet hatte, war Rivers durch den Kopf gegangen, daß die professionelle Gefühlskälte, die für den Arzt so unerläßlich war, in anderen Bereichen die Wurzel der Brutalität war. Nicht nur der Soldat, auch der Folterer geht mit der gleichen Empfindungslosigkeit ans Werk.

In seinem Traum war es um Dissoziation gegangen. Wie so oft in der jüngsten Zeit, war es ein Traum über die Arbeit. Sexuelle Träume schien er nicht mehr zu haben, obschon es in seinen Träumen vor dem Krieg häufig um sexuelle Konflikte gegangen war. Ein Zyniker hätte vielleicht gesagt, daß er zu erschöpft war. Er selbst vermutete, daß es etwas komplizierter und auch interessanter war, hatte aber kaum Zeit für eine Selbstbefragung. Schon gar nicht jetzt. Er richtete sich auf und lüftete seine Pyjamajacke, um den Schweiß zu trocknen. Dann legte er sich wieder hin und versuchte, sich zu beruhigen. Wenn er im Krankenhaus übernachtete, schlief er meistens schlecht, weil das Bett so unbequem war und weil er angesichts der Erwartung, jederzeit geweckt zu werden, nur in einen leichten Schlaf fiel.

Er fing gerade an, einzudösen, als die Trillerpfeife ertönte.

Als der Pfleger an seine Tür klopfte, war er schon aufgestanden und band sich gerade den Morgenrock zu. Er trat auf den Korridor hinaus, folgte dem Mann zum großen Krankensaal, wo Schwester Walters ihn begrüßte. Eine hagere, langnasige Frau aus dem Norden, mit schlaffer Haut und einer klassenkämpferischen Ader, die ihn an Prior erinnerte. Seltsamerweise richtete sich ihr Haß fast ausschließlich gegen ihre Geschlechtsgenossinnen. Sie haßte die Sanitätshelferinnen, jene jungen Mädchen, die meist aus besseren Familien kamen und ihre »patriotische Pflicht« zugegebenermaßen unterschiedlich gewissenhaft erfüllten. Schwester Walters liebte ihre Offizierspatienten – meine Jungs, wie sie sagte –, aber die Sanitätshelferinnen, die immerhin aus einer ähnlichen sozialen Schicht kamen, haßte sie. Eines Abends im vergangenen Dezember, während die Geschütze donnerten und ein Volltreffer auf Vauxhall Bridge die Erde erzittern ließ, hatten sie bei einem Becher Kakao dagesessen, und die Rangunterschiede waren aufgehoben, zumindest so weit, daß sie sich bitter beklagte: »Ich halte es nicht mehr aus, wie die sich anstellen. ›Sieh nur, ich wische Staub‹, ›Ich putze den Fußboden!‹ Wissen Sie, als ich meine Ausbildung anfing, bekamen wir acht Pfund im *Jahr*. Und zwar für eine Siebzig-Stunden-Woche, die Pausen nicht mitgerechnet.«

Jetzt wurde Kakao gemacht und auf Tabletts herumgereicht. Rivers ging von Bett zu Bett. Hier in dem großen Krankensaal waren die meisten Männer relativ ruhig, auch wenn einige stärker als üblich zuckten und zitterten. In den Einzelzimmern, wo die schwierigeren Patienten lagen, waren die Streßreaktionen sehr viel schlimmer. Die Männer, die während des Bombenhagels, bei dem in ganz Kent die Teetassen geklirrt hatten, Witze gerissen hatten – jetzt waren sie ganz und gar entmannt. Weston hatte sich in die Hose gemacht. Er stand schluchzend mitten im Zimmer, während eine Schwester vor ihm kniete und versuchte, ihn durch geduldiges Zureden dazu zu bringen, aus den nassen Sachen zu treten, die rings um ihn lagen. Rivers löste sie ab, steckte Weston in einen sauberen Pyjama und schickte ihn wieder zu Bett. Er blieb bei ihm, bis er sich beruhigt hatte, übergab ihn dann einem Pfleger und machte sich auf die Suche nach Schwester Walters.

Sie reichte ihm seinen Kakao. »Captain Manning raucht. Glauben Sie, Sie könnten ...«

»Ja, natürlich.«

In Craiglockhart hatte es auf den Korridoren nach Zigarettenqualm gestunken, und das Personal hatte sich bemüht, es zu ignorieren. Hier, mit zwei Krankensälen, in denen lauter gelähmte Patienten lagen, mußte auf strikte Einhaltung des Rauchverbots geachtet werden. Rivers klopfte einmal und trat ein.

Manning saß aufrecht im Bett. »Hallo«, sagte er. Es klang überrascht.

»Ich muß Sie leider bitten, die Zigarette auszumachen. Zwei Aufzüge. Zwanzig Rollstühle.«

»Ja, natürlich.« Manning drückte seine Zigarette aus. »Dumm von mir. Wußte nicht, daß Sie auch Nachtdienst haben.«

»Nur bei Vollmond.«

»Ich dachte, diese Theorie hat sich als unhaltbar erwiesen.«

Rivers lächelte. »Sie wissen, was ich meine.«

»Schwester Walters sagt, Vauxhall Bridge hat zwei Treffer abbekommen. Stimmt das?«

»Ja. Aber solange sie die Brücken treffen, brauchen wir uns keine Sorgen zu machen. Nur, wenn sie sie nicht treffen.«

»Erinnert mich an letztes Weihnachten. Entsinnen Sie sich noch an diesen Luftangriff? Ich war bei Ross. Sassoon war auch da, und es war sehr komisch, weil es mein erster Luftangriff war und ich mir eisern vorgenommen hatte, der kaltblütige, gefaßte Veteran zu sein, der die armen, nervösen Zivilisten beruhigt. Ich war völlig fertig mit den Nerven. Ross' Haushälterin war tapferer als ich. Sassoon ging es ähnlich. Ich erinnere mich sogar, wie er sagte: ›Dieses ganze Getue, ob ich zurückgehen soll oder nicht. Ich werde zu nichts nütze sein, wenn ich zurückgehe.‹«

Ein abgehackter Gesang. »Hören Sie mal!« sagte Manning. Er sang mit, fast flüsternd:

Bombed last night
And bombed the night before
Gunna get bombed tonight
If we never get bombed any more,
When we're bombed we're scared as we can be …

»Es ist das erste Mal, daß ich es außerhalb von Frankreich höre.« Eine Pause. »Wissen Sie, ich habe darüber nachgedacht, was Sie gesagt haben … Über das Erinnern und das Reden darüber.«

Rivers stützte das Kinn in die Hände und sagte: »Reden Sie weiter.« Im selben Moment erinnerte er sich daran, wie unverschämt treffend Prior ihn imitiert hatte. Verfluchter Prior.

»Wissen Sie, diese Attacken, die ich habe … Also, sie fangen meistens mit einer Art Wachtraum an. Eigentlich nichts Besonderes, nichts Schreckliches, nur Soldaten, die mit Gasmasken und Pelerinen den Laufgraben entlangstapfen. Alles ist grünlichgelb, etwa die Farbe, die man sieht, wenn man durch die Gasmaske schaut. Der übliche … Brei.« Er schluckte. »Wenn ein Mann vom Lattenrost abrutscht, ist es nicht immer möglich, ihn wieder herauszukriegen, manchmal sinkt er einfach ein. Der Tornister ist so schwer, wissen Sie, und der Schlamm ist fünf Meter tief. Es ist kein gewöhnlicher Schlamm. Es ist wie Moor, es … verschluckt einen. Die Anweisung lautet, daß sich die Leute am Tornister des Vordermanns festhalten sollen.«

»Und Sie sagen, dieser … Traum löst die Attacke aus?«

»Ich weiß nicht. Ich vermute es.«

»Und was im besonderen?«

Manning wollte antworten, schüttelte dann aber den Kopf.

»Wenn Sie das Schlimmste benennen müßten, was wäre das?«

»Aus dem Schlamm ragt eine Hand. Sie hält sich am Lattenrost fest und ... Nur die Hand. Alles andere ist im Schlamm.«

Ein kurzes Schweigen.

»Ach ja, und diese Stimme.« Manning griff nach seinen Zigaretten und erinnerte sich dann an das Rauchverbot. »Sie kommt nirgendwoher. Sie ist einfach da.«

Rivers wartete. »Und was sagt sie?«

»›Wo ist Scudder?‹« Manning lächelte. »Es ist eine ziemlich unangenehme, *wissende* Stimme. ›Wo ist Scudder? Wo ist Scudder?‹«

»Antworten Sie?«

Manning schüttelte den Kopf. »Sinnlos. Sie weiß die Antwort.«

Stille, abgesehen von dem Gesang, der nun immer leiser wurde, und dann, in der Ferne, das Donnern der Kanonen.

Rivers sagte: »Wissen Sie, wenn wir in mein Zimmer gingen, könnten Sie dort rauchen.«

Manning guckte überrascht. »Jetzt sofort?«

»Warum nicht? Außer, Sie haben das Gefühl, daß Sie wieder einschlafen können.«

Manning gab keine Antwort darauf. Das war nicht notwendig.

»Hier«, sagte Rivers und stellte Manning einen Aschenbecher hin. Die Lampe zeichnete einen Lichtkreis um den Schreibtisch, eine Welt.

»Sie nicht?« fragte Manning, während er sich eine Zigarette anzündete.

»Hin und wieder eine Zigarre.«

Manning inhalierte mit geschlossenen Augen. »Einer der Gründe, weshalb ich nicht darüber spreche«, sagte er lächelnd, »von Feigheit mal abgesehen, ist, daß es mir sinnlos erscheint.«

»Weil man es den Leuten nicht begreiflich machen kann?«

»Ja. Selbst relativ unwichtige Dinge. Mit welchen Gefühlen man an die vorderste Linie geht, besonders, wenn man dort schon einmal war und weiß, was einen erwartet. Im Grunde verabschiedet man sich von allem. Man setzt einfach einen Fuß vor den anderen, ein Schritt, dann der nächste, dann der nächste.«

Rivers wartete.

»Es ist ... unbegreiflich«, sagte Manning schließlich. »Ich meine nicht, daß man es nicht begreifen kann, weil man nicht dort gewesen ist. *Ich* kann es nicht begreifen, obwohl ich dort gewesen bin. Ich kriege es einfach nicht in meinen Kopf rein.«

»Sie wollten mir von Scudder erzählen.«

»Ach ja?«

Ihre Blicke trafen sich.

Manning lächelte. »Ja, vermutlich. Er gehörte zu meiner Kompanie. Wissen Sie, es ist doch so: Man glaubt, daß man jeden, der die richtige Anzahl von Armen und Beinen hat und geistig nicht behindert ist, in einen Soldaten verwandeln kann. Also, Scudder war der lebendige Beweis dafür, daß das nicht funktioniert. Er war ein hoffnungsloser Fall. Er wußte es. In der Nacht, bevor wir an die Front sollten, betrank er sich. Na ja, viele haben sich betrunken, aber er war ... sturzbesoffen. Er erschien nicht zum Appell, daraufhin wurde er vors Militärgericht gestellt. Ich habe ihn in der Nacht zuvor besucht. Er wurde in einer Scheune festgehalten, wir saßen auf einem Strohballen und unterhielten uns. Es stellte sich heraus, daß er im Jahr zuvor wegen Kriegsneurose behandelt worden war. Mit Elektroschocks. Ich wußte nicht, daß es so was gibt.«

»O doch«, sagte Rivers, »das gibt es.«

»Er war in Messines, als die Minen hochgingen. Offenbar hat er von Minen und Blut geträumt. Er hat den Kopf hin und her geworfen und sinnloses Zeug vor sich hin gebrabbelt. So hat der Doktor es genannt. *Sinnloses Zeug.* In der Nacht nach seiner Behandlung träumte er nicht mehr von den Minen. Er träumte, daß er wieder im Schützengraben lag und Elektroschocks bekam. Ich blieb ein paar Stunden bei ihm.« Manning lächelte schwach. »Er war ein sehr unglücklicher junger Mann. Ich erwähne das nur für den Fall, daß unter Ihrem Schreibtisch ein orthodoxer Freudianer sitzt.«

Rivers tat, als sehe er nach. »N-nein. Dahinter ist auch niemand.«

Manning lachte. »Die Sache war die, er war sehr klug. Und ich weiß nicht, ob es Snobismus war oder sonst etwas, aber ich hatte zunächst nicht diesen Eindruck. Ich glaube wirklich nicht, daß es Snobismus war, es war nur so, daß er in allem einfach so ungeschickt war. Man konnte sich überhaupt nicht vorstellen, daß dieser Mensch, der alles vermasselte ... ein heller Kopf war. Aber so war es.« Sein Gesichtsausdruck bekam etwas Abwesendes. »Danach achtete ich mehr auf ihn. Ich hatte den Eindruck ...«

»Was hat er bekommen?«

»Beim Prozeß? Zwei Stunden Disziplinarstrafe täglich. Wenn alle anderen sich ausruhten, mußte er Latrinen reinigen und so. Ich bin oft zu ihm gegangen und habe mit ihm gesprochen. Es hat wohl nicht viel genützt, denn es entfernte ihn von den anderen, und am Ende sind es die anderen, die einen stützen.«

»Ja. Sie sagten, Sie hatten den Eindruck ...«

»Ich fand, er war ungeschickt. Und nach diesem Gespräch beobachtete ich ihn dann, bei Bajonettübungen, wie er Anlauf nahm und ausholte und ... danebenstach. Sie wissen ja, das Ding ist so groß, aber er hat es verfehlt. Und plötzlich wurde mir klar, daß es nichts mit Ungeschicklichkeit zu tun hatte. Er konnte es nicht abstellen. Er konnte ... den Teil seiner selbst, der sich dagegen wehrte, nicht ausschalten. Ich bin mir ziemlich sicher, daß er Blut fließen sah, wenn er das Bajonett schließlich reinstieß. Und das ist genau das Gegenteil von dem, was passieren soll. Wissen Sie, ich habe mal Soldaten gesehen ... beim Nahkampf, wie es im Handbuch heißt. Einer las die Anweisungen vor. *Ausholen und zustoßen*, eins, zwei, *herumdrehen*, eins, zwei, *raus*, eins, zwei ... Buchstäblich, wie am Fließband. So muß es sein. Wenn ein Soldat richtig ausgebildet ist, wird er an der Front fast wie eine Maschine funktionieren. Und Scudder war genau das Gegenteil. Irgendwie war das Ganze nach hinten losgegangen. Wahrscheinlich wegen des Zusammenbruchs, ich kann mir nämlich vorstellen, daß mir das gleiche passiert. Zum Beispiel Rot, die Farbe Rot – was immer es ist, sogar bei einer Blume oder einem Buch, es ist immer Blut.«

Rivers war sehr still geworden. Er wartete.

»Draußen an der Front konnte ich bis zum Ellbogen in Blut stehen, es hat mir nichts ausgemacht. Man könnte fast meinen, daß man nicht von den normalen Gefühlen abgeschnitten wird, sondern daß es überhaupt keine Unterscheidungen mehr gibt. Alles fließt ineinander. Ich weiß nicht, ob das einen Sinn ergibt.«

»Durchaus.«

Eine Pause. »Na jedenfalls, wir rückten vor. Es regnete. Ich weiß nicht, warum ich das erwähne. Es regnete ja ständig. Es schüttete aus allen Löchern. Und wir sollten uns am *Friedhof* einfinden.« Manning lachte, ein echtes Lachen aus vollem Herzen. »Ich dachte, mein Gott, hier hat wirklich jemand Humor. Aber es stimmte tatsächlich. Wir sollten auf dem Friedhof lagern. Dort sah es ziemlich ungewöhnlich aus. Alle Gräber hatten Granattreffer abbekommen, man konnte in die Gräber hineinsehen, und das in einem Gebiet, wo überall Leichen herumlagen. Die Toten wurden nicht mehr geborgen und bestattet, es war ja alles zusammengebrochen. Überall lagen Leichen oder Leichenteile in der Gegend herum, und trotzdem fanden einige der Jüngeren, darunter auch Scudder, diese Grabkammern beeindruckend. Sie lagen bäuchlings auf der Erde, versuchten, durch die Löcher zu gucken, denn das Wasser stand in den Grabkammern, und die Särge schwammen herum. Fast schien es, als wären nur diese Leute tot und die Leichen am Straßenrand nicht. Sowenig, wie wir lebendig waren.

In dieser Nacht gerieten wir unter Granatbeschuß. Drei Verwundete. Ich kümmerte mich um Krankenträger – nicht sehr einfach, wie Sie sich denken können. Und als alles organisiert war, kam Hines angelaufen und rief: ›Scudder ist weg!‹ Er war einfach aufgestanden und weggegangen. Die anderen glaubten, er sei auf die Latrine gegangen, aber er kam nicht zurück. Wir stellten einen Suchtrupp zusammen. Ich dachte, vielleicht ist er ja in eines der Gräber gefallen, wir krochen also herum und riefen nach ihm, aber die ganze Zeit wußte ich, daß er nirgends reingefallen war. Ich beschloß, ihm hinterherzulaufen. Ich weiß, nicht gerade das, was ein Kompaniechef tun sollte, aber ich hatte einen ausgezeichneten Stellvertreter und wußte, daß Scudder nicht weit gekommen sein konnte. Alles rückte nach vorn zum Angriff, die Straße war verstopft. Ich hoffte, ihn zu finden, bevor die Militärpolizei ihn erwischte. Sie hätten ihn sofort erschossen. Wir waren so weit vorn, daß man sein Verschwinden als Flucht vor dem Feind betrachtet hätte. Ich stolperte weiter, im Grunde war es aussichtslos, und dann sah ich ihn. Er war nicht sehr weit gekommen. Als ich ihn erreichte, sah er mich nicht einmal an. Ging einfach weiter. Ich ging neben ihm her und versuchte, mit ihm zu reden. Aber er hörte natürlich nicht zu. Da gab ich ihm einen Stoß, so daß wir beide von der Straße hinunterschlitterten und an einem Kraterrand liegenblieben. Über dem Wasser liegt ja immer Gas. Wenn man nah dran ist, brennen einem die Augen. Er war deprimiert. Und ich versuchte, mit ihm zu reden. Er sagte: ›Es ist Wahnsinn.‹ Und ich sagte: ›Ja, ich weiß, aber da müssen wir alle durch.‹ Am Ende nannte ich einfach Namen. Männer seines Zuges. Und ich sagte: ›Die müssen da durch. Sie machen es ihnen noch schwerer.‹ Schließlich stand er einfach auf und folgte mir, wie ein kleines Lamm.«

Manning rührte sich und griff nach einer Zigarette. »Fast unmittelbar nach unserer Rückkehr ging es los. In dem Marschbefehl wimmelte es von Wörtern wie ›Schützengräben‹ und ›Angriffspositionen‹. Es gab keine Schützengräben. Die Angriffsposition bestand aus einer Reihe von Stöcken, die mit ein paar Fetzen weißem Band verbunden waren. Wir hatten uns verspätet, es dämmerte schon. Wenn wir uns nicht verspätet hätten, wären wir in der Dunkelheit direkt an ihnen vorbeigekrochen. Die ›Front‹ war eine Reihe von Granattrichtern, die mit diesem grauenhaften Schlick angefüllt waren, der einen verschlingt. Man duckte sich einfach unterhalb des Randes ... und wartete. Wir rückten vor. Direkt vor uns, in mittlerer Entfernung, in etwas erhöhter Position, Maschinengewehre. Viele Verluste, sehr viele, und keine Hoffnung, sie bergen zu können. Die Sanitäter brauchten mehrere Stunden für hundert Meter. Da lagen wir nun also, kauerten in einer zweiten Reihe von Granattrichtern, genau wie die erste. Und um uns herum war die Hölle los. Sobald es ein bißchen nachgelassen hatte, versuchte ich, zum nächsten Loch zu kriechen. Ich brauchte eine Stunde dafür. In dem anderen Loch fand ich vier Leute, keiner verwundet, Gott sei Dank, dachte ich, und dann sagte einer von ihnen plötzlich: ›Wo ist Scudder?‹ Na ja, ich konnte nichts machen. Ich konnte mich nicht rühren, das Granatfeuer war so stark. Dann gab es eine Feuerpause, und wir hörten jemanden rufen. Es schien aus einem Krater zu kommen, der ein Stück weiter zurück lag, nicht sehr weit, und wir krochen los und fanden ihn.

Er war entweder abgerutscht oder durch eine Explosion hinuntergeschleudert worden. Ich vermute, es war eine Explosion, denn er war ein ganzes Stück weit drin. Er steckte schon bis zur Brust im Schlamm. Wir versuchten, ihn herauszubekommen, wir bildeten eine Reihe und hielten ihm ein Gewehr hin, kamen aber nicht an ihn heran. Er konnte gerade mit den Fingerspitzen den Gewehrkolben berühren, aber seine Hände waren so schlammverschmiert, daß er nicht richtig zupacken konnte. Ich wußte, daß noch jemand anders dort versinken würde, wenn wir es weiter versuchen würden. Scudder geriet in Panik ... er *flehte* uns an, etwas zu tun. So ein Gesicht habe ich noch nie gesehen. Und die ganze Zeit sank er weiter ein, ganz langsam. Ich wußte, was ich zu tun hatte. Ich ließ die Männer eine Reihe bilden und rief ihm zu, daß wir es noch einmal probieren würden, und während er die anderen anstarrte, kroch ich von hinten heran und schoß.« Manning schloß die Augen. »Daneben. Es war schrecklich, denn jetzt wußte er, was los war. Ich schoß noch einmal, und diesmal traf ich.

Wir blieben den Rest der Nacht dort liegen, in diesem Loch. Es war sehr merkwürdig. Wissen Sie, keiner der Männer hätte gesagt: ›Das hätten Sie nicht tun dürfen. Sie hätten ihn langsam sterben lassen sollen.‹ Trotzdem hat niemand mit mir geredet. Sie haben mich geschnitten.«

Ein langes Schweigen. »Seine Mutter schrieb mir in die Klinik. Um mir zu danken. Scudder hatte ihr wohl geschrieben, daß ich freundlich zu ihm gewesen sei.«

Rivers sagte mit fester Stimme: »Das waren Sie auch.«

Manning sah ihn an und blickte dann rasch weg. »Am nächsten Abend wurden wir herausgeholt. Ich meldete mich im Bataillonsstab, wo man sehr unzufrieden war. Offenbar hatten wir einen Frontvorsprung gebildet. Wir hatten in den falschen Granattrichtern gelegen. Sie saßen beim Dinner, es gab Fleischpastete und Rotwein, und plötzlich wußte ich, daß diese Typen uns nicht einmal etwas zu trinken anbieten würden. Hines war mitgekommen, er konnte sich kaum noch auf den Beinen halten. Also beugte ich mich über den Tisch, nahm zwei Gläser, drückte Hines eins in die Hand und rief: ›Meine Herren, auf den König!‹, und natürlich mußten sie alle aufstehen.« Er lachte. »Und dann sahen wir zu, daß wir verschwanden, bevor ihnen einfiel, wie sie einen Offizier wegen Ausbringens eines Trinkspruchs auf den König vors Militärgericht stellen konnten. Kichernd wie zwei kleine Jungs stolperten wir die Straße entlang. Wir lachten noch immer, als die Granate uns erwischte. Ich habe das hier abgekriegt. Der arme alte Hines ... ich kroch rüber zu ihm. Und er sah mir direkt ins Gesicht und sagte: ›Es geht mir gut, Mama.‹ Und starb.«

Rivers rührte sich. Er wollte etwas sagen, als er auf der Straße die Hornsignale hörte. »Wir könnten die Vorhänge aufmachen, ja?«

Er zog die schweren Vorhänge zurück, und graues Dämmerlicht flutete in das Zimmer. Manning kniff die Augen zusammen. Er stand auf und trat zu Rivers ans Fenster, gerade in dem Moment, als auf der anderen Seite des Platzes ein Taxi entlangfuhr. Rivers öffnete die Fenster, und Vogelgezwitscher erfüllte den Raum.

»Wissen Sie«, sagte Manning, »als Ross mir erzählte, daß das Entwarnungszeichen von Pfadfindern gegeben wird, die mit Signalhörnern in Taxis durch die Stadt fahren, habe ich ihm nicht geglaubt.«

Sie sahen das Taxi um die Ecke biegen. Manning sagte: »Früher habe ich eine bestimmte englische Haltung sympathisch gefunden. Inzwischen nicht mehr.«

14

Sarah war unterwegs zu ihm. Der Gedanke munterte Prior auf, als er die Bayswater Road in Richtung U-Bahn-Station entlangging. Erst als er im Zug saß und wie abwesend sein Spiegelbild in der schwarzen Fensterscheibe anstarrte, fiel ihm Spragge ein. Er hatte ihn seit jenem Abend im Park zwar nicht mehr gesehen, jedoch mehr als einmal vermutet, daß Spragge ihm folgte. Vielleicht waren es nur seine Nerven. Er war wirklich in einer schlechten Verfassung, und die unerträglich schwüle Hitze machte es auch nicht besser. Seine Gedächtnislücken traten immer häufiger auf und dauerten immer länger. Das machte ihm angst.

Wie auf mittelalterlichen Landkarten, hatte Rivers gesagt. *Markiere unerforschte Gebiete durch Ungeheuer*. Noch besser, weil noch näher an seiner eigenen Erfahrung, schien ihm der Vergleich mit dem Niemandsland. Er erinnerte sich, wie er eine Straße entlanggeblickt hatte. Die Straße machte eine Biegung, und was hinter der Biegung lag, wurde von einer hohen Hecke verborgen. Dahinter war das Niemandsland. Und dahinter die deutsche Front. Mit lauter Soldaten wie ihm. Männern, die aßen, schliefen, schissen, sich in die Hände bliesen, um die beißende Kälte zu lindern, Männer, die im Kerzenschein angestrengt Briefe lasen, die sie längst auswendig kannten. Er wußte das, alle wußten das. Nur, man konnte es nicht glauben, weil der Weg in ein Land führte, das man nicht betreten konnte, und allein deswegen war alles, was dahinter lag, bedrohlich. Unheimlich.

Irgend etwas an der abgestandenen Luft in der Untergrundbahn regte ihn zu grausigen Gedanken an. Oben im Freien, in der relativ kühlen, nach Ruß riechenden Luft von King's Cross, ging es ihm wieder besser. Bitte, lieber Gott, dachte er, keine Erinnerungslücken, solange Sarah da ist.

Krank vor Aufregung, wartete er an der Sperre. Der Zug fuhr langsam ein und hielt, die Lokomotive ächzte, schnaufte, hustete, stieß Dampf aus, verfiel in ein ärgerliches Brummen, und dann flogen den ganzen Zug entlang die Türen auf, und die Leute kletterten heraus. Vor lauter Freude über das Wiedersehen sah er sie nicht, und einen schrecklichen Augenblick lang waren alle Frauen auf dem Bahnsteig Sarah. Dann wurde es wieder klar in seinem Kopf, und es war nur eine einzige Frau, die direkt auf ihn zukam.

Er fing sie in seinen Armen auf und hob sie in die Höhe. Schließlich setzte er sie wieder ab, und sie musterten einander. Er bemerkte die gelbe Haut, die dunklen Schatten unter ihren Augen, das gelbliche Braun der Haarspitzen, das nicht ihre natürliche Farbe war, sondern eine Folge der Chemikalien, mit denen sie an ihrem Arbeitsplatz zu tun hatte.

»Na?« sagte sie.

»Schön siehst du aus. Aber du siehst ja immer schön aus.«

Er nahm ihre Tasche und dirigierte sie zum Taxistand.

»Können wir nicht mit der U-Bahn fahren?« sagte sie und hielt ihn zurück.

Er sah sie überrascht an.

»Ich bin noch nie U-Bahn gefahren.«

Ihr Gesicht strahlte, als sie auf die abwärts fahrende Rolltreppe trat. Sie war so aufgeregt, daß sie erst sprechen konnte, als sie im Zug saßen, schon an mehreren Stationen gehalten hatten und die Faszination, in einer erleuchteten Kapsel durch dunkle Tunnels zu donnern, sich gelegt hatte. Schließlich wandte sie sich ihm zu: »Du siehst ein bißchen müde aus. Ist alles in Ordnung?«

»Es ist die Hitze«, sagte er. »Ich schlafe nicht gut in der letzten Zeit.«

»Heute nacht wirst du gut schlafen.«

Er lächelte. »Ich hatte gehofft, daß ich heute nacht überhaupt nicht schlafen würde.«

Das war zu direkt. Sie lächelte, blickte aber zur Seite.

»Wie geht's deiner Mutter?«

»Wie immer. Der Laden läuft nicht besonders. Wer interessiert sich heute schon für Gebrauchtwaren.«

»Und Dr. Lawson's Medizin gegen Obstipation und Blockaden bei Frauen? Damit macht sie doch bestimmt glänzende Geschäfte.«

»Von wegen. Inzwischen sind es nur noch Pariser«

»Ja?« fragte Prior unschuldig.

Sarah lächelte und lachte schließlich.

»Wie war's bei dir zu Hause?« frage sie nach einer Weile.

»Ganz gut. Hab ein paar alte Freunde getroffen.«

»Hast du deiner Mama von mir erzählt?«

Er zögerte.

»Also nicht«, sagte sie.

»Ich habe den Boden bereitet.«

»*Billy*. Du glaubst, sie kann mich nicht leiden, oder?«

Er wußte es. Er hatte eine ganz klare Vorstellung von der Sorte Mädchen, das er, wenn es nach seiner Mutter ginge, heiraten müßte. Eines von diesen grünhäutigen, flachbrüstigen Mädchen, die weiße Batistblusen trugen und ihr Taschentuch nicht vergaßen. Im Ministerium wimmelte es von ihnen. Das Erstaunliche war, er fand sie tatsächlich attraktiv, aber auf eine Weise, die ihm nicht gefiel. Sie weckten seine Dämonen so eindeutig, wie Sex mit Sarah sie besänftigte. »Darum geht es nicht«, sagte er.

»Nein?« Sie lächelte. Er merkte, daß es ihr im Grunde egal war. »Und dein Vater?«

»Ich erzähle ihm nicht alles.«

»Glaubst du, er wird mich mögen?«

Das hatte er sich noch nie gefragt. Doch in diesem Moment wußte er schon, daß sein Vater sie gern haben würde und sie ihn. Sie würde den alten Mistkerl zwar nicht sympathisch finden, aber mit ihm zurechtkommen. Der Gedanke, sie mit nach Hause zu nehmen, erschien ihm sofort noch viel unattraktiver. »Wir haben viel Zeit«, sagte er.

Als er sie die Souterraintreppe hinunterführte, schämte er sich wegen der überquellenden Mülltonnen und des Gestanks, aber seine Sorgen erwiesen sich als unbegründet. Sarah fand die Wohnung sehr schön. Während er sie herumführte, hatte er das Gefühl, daß die Zimmer Sarah auch gefallen hätten, wenn sie doppelt so dunkel und doppelt so muffig gewesen wären. Zwei Tage und Nächte würde dies ihr gemeinsames Zuhause sein, und das war das einzige, was zählte.

Sarah beendete die Führung, indem sie sich auf das Bett in seinem Zimmer setzte und selbstvergessen auf und ab wippte, um die Matratze zu prüfen. Dann sah sie, daß er sie beobachtete, woraufhin eine Röte über ihr Gesicht huschte, die ihrer Haut den Gelbstich nahm.- Prior mußte laut schlucken. »Wenn du dich waschen oder ein Bad nehmen willst, es ist nebenan.«

»Ja, ich ...«

»Ich leg dir ein Handtuch raus.«

Prior wünschte sich manchmal, nicht zu wissen, wie es ist, wenn jemand einen packt und über einen herfällt, ehe man bereit ist. Während er ein Handtuch aus dem Schrank nahm, hörte er die Badezimmertür aufgehen, und dann spürte er, wie sich ihre Arme um ihn legten, seine Brust umfingen. Sarah drückte ihr Gesicht zwischen seine Schulterblätter und ihren Mund an seine Wirbelsäule. »Spürst du das?« fragte sie. Und sie fing an, zu stöhnen, tief zu atmen, so daß seine Wirbelsäule und seine Brust vibrierten. Er schob sie sanft von sich. »Du bist bestimmt müde«, sagte er.

Sie kicherte, und er spürte ihr Lachen in seinen Knochen: »So müde auch wieder nicht.«

Schließlich nahmen sie ein Bad. Hinterher, als sie auf dem Bett lagen, stützte sie sich auf einen Ellbogen, so daß ihre

Haare sie beide wie ein Schirm verbargen, und fuhr mit den Fingerspitzen seine Rippen entlang. »Weißt du, was mir an Männern am besten gefällt?« sagte sie, und ihre Finger wanderten abwärts.

»Männern?« Er legte die Hände an den Mund und rief in den Flur: »George? Albert? Seid ihr da?«

Sie lächelte unbeirrt. »Das hier.« Ihr Finger glitt in die Kuhle unterhalb der Rippen und weiter über den Bauch.

»Das?«

»Ja.«

»Mmmmm«, machte er und stemmte die Hüfte hoch.

»Oh, das.«

»Das?« Er richtete sich auf und sank sofort wieder zurück, als sie an ihm hinunterglitt und seinen schlaffen Penis in den Mund nahm.

Sie blickte auf und lächelte. »Er gefällt mir auch ganz gut.«

»Im Moment sieht er ziemlich jämmerlich aus. Schau ihn dir an!«

»Du darfst keine Wunder erwarten.«

Er schloß die Augen. »Mach weiter, vielleicht erlebst du ja eins.«

Beim Anblick von Sarahs verzerrtem Mund, den schmalen Augen, dem Kopf, den sie so weit zurückgeworfen hatte, daß es schien, als müßte ihr Genick brechen, erinnerte er sich an andere Gesichter. Sterbende sahen so aus.

»Was wollen wir machen?« fragte er. »Hast du Hunger?«

»Nicht besonders.«

»Wir könnten zur Oxford Street fahren. Geschäfte ansehen.«

»Klingt ja wahnsinnig aufregend.«

»Oder nach Kew.«

»Wozu hast *du* denn Lust?«

»Kew, würde ich sagen. Das Wetter wird sich bestimmt

nicht halten, und morgen können wir zu Hause was machen.«

»Noch mehr? Du schaffst mich noch.«

»Andere Dinge.«

»Oh.«

Im Botanischen Garten streiften sie ziellos umher, mehr an sich selbst interessiert als an den Pflanzen. Die nachmittägliche Hitze wurde mit der Zeit immer drückender, bis ein metallisches Glühen am Himmel erschien, als hätte sich eine Hochofentür geöffnet. Noch immer schlenderten sie im Gleichschritt dahin, ohne zu bemerken, daß ihre ineinanderfließenden Schatten auf dem Gras immer schwächer wurden.

Regentropfen, die ihnen ins Gesicht platschten, rissen sie aus ihrer Versunkenheit. Wie benommen sahen sie sich um. Inzwischen prasselte der Regen auf ihre Schultern und Köpfe. In unglaublich kurzer Zeit hingen Sarahs Haare in dunklen, rotbraunen Strähnen herunter, und die Ärmel ihrer Bluse waren durchsichtig. Prior schaute sich um, ob es irgendwo einen trockenen Ort gab, sah aber nur Bäume. Dorthin liefen sie jetzt und stellten sich unter, waren aber kaum geschützt. Der Regen lief an den Stämmen herab und fiel ihnen durch das Blätterdach in den Nacken.

Sarah fröstelte. Prior wußte nicht, wo sie waren. Auf einem Grashügel stand ein kleiner pseudogriechischer Tempel, durch den aber der Wind pfiff. Von früheren Besuchen her erinnerte er sich an das Palmenhaus, in dem es bestimmt warm war. Dort würde es am besten sein, wenn er nur wüßte, in welcher Richtung es lag. Er überlegte, wo der Haupteingang war, und glaubte sich daran zu erinnern, daß man sich links halten mußte. »Ich glaube, wir sollten rennen«, sagte er. »Dieser Regen hört nicht so schnell auf.«

Prior legte den Arm um Sarah, und mit eingezogenem Kopf rannten sie los, durch Pfützen hindurch, so daß das Wasser aufspritzte. Kleine, aus Blumenbeeten gespülte

Schlammrinnsale liefen die Wege entlang. Sarah, die sich geweigert hatte, seine Uniformjacke zu nehmen, war bald pitschnaß, der Rock klebte ihr zwischen den Schenkeln, die Bluse war durchsichtig, das Haar strähnig, und ihr Gesicht glühte, aber mit großen Schritten stürmte sie voran. Sie habe beschlossen, es zu genießen, sagte sie.

Der See, ein Durcheinander aus platzenden Kreisen und Blasen, war viel zu unruhig, als daß sich der tintige Himmel darin hätte spiegeln können. Sie rannten die letzten Meter und betraten das Palmenhaus. Prior spürte ein leises Kribbeln auf Gesicht und Hals, dann schlug ihm eine unangenehme, feuchte Hitze entgegen. Er mußte husten. Sarah sah ihn an. »Das ist bestimmt nicht gut für deine Lunge.«

»Doch«, sagte er und streckte sich. »Es ist sogar ideal.«

Die Gänge waren voller Menschen, so daß sie kaum vorankamen. Um sie herum dichtes grünes Blattwerk, bis hinauf in die beeindruckende Glaskuppel über ihren Köpfen. Es roch nach feuchter Erde, nach Blättern, die Feuchtigkeit abgaben, überall tropfte es, und irgendwo sang eine gefangene Amsel. Doch je tiefer sie in das Gewühl vordrangen, desto stärker wurden die menschlichen Gerüche: feuchte Kleider, nasse Haare, dampfende Haut.

Prior nahm Sarahs Arm und zeigte auf die Galerie über ihnen. »Komm, da oben ist es nicht so voll.«

Er hatte eine vage Ahnung, daß es dort oben außerdem luftiger sein würde, denn trotz der Antwort, die er Sarah gegeben hatte, fand er die Atmosphäre bedrückend. Sarah folgte ihm nur langsam, sie wollte sich die Pflanzen ansehen. Sie zupfte ihn am Ärmel und zeigte auf eine Blume mit einem unglaublich rosaroten, penisartigen Staubgefäß. »Ist der nicht wunderbar?«

»Ich dachte, du schwärmst für Brustkörbe?«

»Nicht für Brustkörbe, sondern ...«

Er lachte und zog sie an sich. Sie standen am Fuß der Wendeltreppe. Sie schob ihre Hand zwischen seine Schenkel und rieb. »Ich könnte mich bekehren lassen.«

Er drückte sie noch enger an sich, grub seinen Mund in ihre nassen Haare und sah, ohne sich auf etwas Bestimmtes zu konzentrieren, über ihren Kopf hinweg. Plötzlich registrierte er eine bekannte Gestalt. Das verschwommene Grün wurde klar, und Prior sah, direkt vor sich, das Gesicht von Lionel Spragge, der ihn durch die Zweige einer hohen Pflanze mit löchrigen Blättern anstarrte. Kein Zweifel. Sie waren höchstens anderthalb Meter voneinander entfernt. In dem Moment drehte Spragge sich um und verschwand in der Menge, als würde er von ihr verschluckt.

Sarah sah auf: »Was ist?«

»Laß uns nach oben gehen.«

Er nahm ihre Hand und zog sie zur Treppe. Bei jeder Kehre sah er durch das grüne Blätterdach auf die Köpfe und Schultern hinunter, bis die Menschen schließlich nicht mehr einzeln erkennbar waren. Je höher sie stiegen, desto lauter trommelte der Regen auf das Glasdach. Die Fenster waren beschlagen, und ein dampfendes, diffuses, weißes Licht legte sich über alles. Er sah hinunter auf das schimmernde Blätterdach. Und dann zu den Seitengängen, suchte Spragges breite Schultern und den kantigen Schädel. Während er und Sarah auf der Galerie weitergingen, glaubte er ein paarmal, ihn erkannt zu haben, war aber nie ganz sicher. Sarah war zunächst begeistert von den verschiedenen Formen und Mustern der Blätter, die, wie er mit einem flüchtigen Blick feststellte, tatsächlich wunderschön waren. Doch sie spürte, daß er sich innerlich von ihr entfernte, und schwieg.

Ich hätte ihn ansprechen sollen, dachte Prior, obschon er nicht wußte, was er hätte sagen sollen. Durch sein Schweigen schien die Begegnung im nachhinein etwas Halluzinatorisches zu bekommen. Wieder blickte er hinunter, und jetzt wäre er erleichtert gewesen, wenn er dort Spragges kantigen Kopf gesehen hätte.

Er spürte, daß Sarah ihn beobachtete, und versuchte, sich normal zu verhalten, rieb ein beschlagenes Fenster frei und sah hinaus. »Weißt du, ich glaube, wir sollten einfach losrennen.«

Hier oben, über den Blättern, wo das weiße Licht alles überflutete, fühlte er sich ungeschützt. Spragge dort unten in der Menge brauchte nur durch eine Lücke im Blattwerk hochzugucken, und sofort würde er ihn in dem weißen Licht der Kuppel sehen.

»Na gut«, sagte Sarah.

Sie klang verwundert, war jedoch bereit, jeden Vorschlag von ihm zu akzeptieren. Sie war aber schließlich nicht auf den Kopf gefallen, seine Sarah. Er würde ihr eine Erklärung liefern müssen.

Andere hatten ebenfalls beschlossen, loszurennen. Mehrere Frauen mit regennassen Röcken liefen steifbeinig zum Hauptausgang.

»Kannst du laufen?« fragte er.

Ein amüsierter Blick. »Kannst *du*?«

Gute Frage. Als sie den U-Bahnhof erreichten, keuchte er viel stärker als sie. Während er sich die Seite hielt, fiel ihm ein, daß Spragge gesagt hatte: »Ich stand hinter Ihnen auf dem Bahnsteig.« Plötzlich wollte er nicht mehr mit der U-Bahn fahren. Er wollte nicht eingesperrt sein. »Paß auf, ich habe eine bessere Idee«, sagte er. »Laß uns mit dem Schiff fahren. Wenn wir an der Westminster Bridge aussteigen, könnten wir die Kirche besichtigen.«

Das Schiff hatte bereits angelegt und füllte sich mit Passagieren, als sie den Pier erreichten. Im letzten Moment, als die Maschine schon zu vibrieren anfing, kamen noch etliche Passagiere an Bord, einschließlich einer Gruppe von Schülerinnen, die offenbar einen Ausflug machten. Prior stand auf und bot einer der Lehrerinnen seinen Platz an. »Ich hol dir einen Tee«, flüsterte er Sarah zu und ging zur Bar.

Während er in der Schlange wartete, verstärkte sich das Dröhnen, das Wasser wurde aufgewirbelt, und das Schiff glitt auf den Fluß hinaus. Er nahm die beiden Becher Tee, brachte sie zu Sarah und versuchte, zu trinken, hatte aber Mühe, auf dem schwankenden Deck nicht den Halt zu verlieren. Also stellte er sich an die Tür, die das überdachte Deck mit dem offenen Heck verband. Selbst dort draußen waren alle Bänke besetzt. Der Regen hatte praktisch aufgehört. Durch einen dunstigen Wolkenschleier war hin und wieder eine weiße Sonne zu sehen.

Auf der vordersten Bank amüsierten sich ein paar ältere Cockneys, sie lachten und rissen über alles Witze. Etwas dahinter, auf der dritten Bank ganz außen, saß ein Mann mit auffällig breiten Schultern. Er sah aus wie Spragge, aber das war schwer zu erkennen, weil er einen Hut trug und Prior ihn nur von hinten sah. Er reckte den Hals, um das Gesicht von der Seite zu sehen. Es war tatsächlich Spragge. Kein Zweifel. Trotzdem war er nicht sicher. Er fand es irgendwie merkwürdig, daß sich der Mann nicht umdrehte, nicht rührte. Während Prior sich, auf die Reling gestützt, nach vorne schob, registrierte er eine gewisse Langsamkeit in seinen Bewegungen, als würde er durch Kleister waten. Er sah sich auf diesen Mann zugehen, ihm auf die Schulter klopfen, darauf warten, daß er sich umdrehen würde, aber das Gesicht, das sich ihm zuwandte, war ... sein eigenes. Er setzte sich, die Augen in Höhe der Reling, an der ein paar glitzernde Regentropfen hingen. Er streckte die Hand aus und wischte sie, einen nach dem anderen, mit dem Zeigefinger weg. Die Nässe, die ihm unangenehm in den Ärmel sickerte, brachte ihn zu sich. Er sah wieder hin. Vielleicht war es Spragge, vielleicht auch nicht, aber es sah ganz nach ihm aus. Schädel und Schultern, dieser massige Oberkörper unterschied sich so sehr von seiner eigenen schmächtigen Statur, wie sich zwei Menschen nur unterscheiden können. Und dennoch, als er aufstand und sich der Gestalt näherte, hatte er wieder das Gefühl, als sehe er seinen eigenen Hinterkopf vor sich. Er holte tief Luft, starrte durch die Reling auf den braunen, angeschwollenen, sich dahinwindenden Fluß, zwang sich dazu, einzelne Zweige und Blätter zu verfolgen, die an ihnen vorbeitrieben, und sah die unterschiedlichen Wasserströmungen, die sich trafen und teilten wie spielende Muskeln unter der Haut. Das Schiff näherte sich wieder einer Brücke.

Er richtete sich auf, ging auf den Mann zu und tippte ihm auf die Schulter.

Spragges Gesicht zu sehen war eine derartige Erleichterung, daß es mehrere Sekunden dauerte, bis sich sein Ärger Luft machte. »Was zum Kuckuck machen Sie hier?«

»Ich fahre nach London zurück. Und Sie?«

Er klang wirklich überrascht, aber Prior hatte das kieksende Lachen in seiner Stimme bemerkt. Spragge hatte übertrieben laut geantwortet, als wollte er den Cockneys und dem zahlreichen Publikum auf den hinteren Bänken etwas vorspielen.

Prior senkte die Stimme: »Spionieren Sie mir hinterher?«

»Ihnen hinterherspionieren?« Wieder sehr laut. »Warum sollte ich?«

Er hörte sich an wie ein drittklassiger Schmierenkomödiant, der die gekränkte Unschuld darstellen will. Er wirkte nicht wie jemand, der eine Show abziehen wollte, weil es eine Möglichkeit war, auf eine bestimmte Situation zu reagieren, sondern wie jemand, der gar nicht anders konnte. Man hatte das Gefühl, daß er selbst vor dem Badezimmerspiegel schauspielerte. Daß, wenn es einem gelänge, ihm die Maske wegzureißen, dahinter kein Gesicht wäre. Prior fühlte eine Woge des Ekels in sich aufsteigen. »Wenn Sie mir hinterherspionieren«, sagte er, »werde ich –«

»Ja? Was werden Sie?« Spragge wartete, als interessiere ihn die Frage wirklich. »Die Polizei rufen? Mich verhaften lassen? Es ist nicht verboten, im Botanischen Garten spazierenzugehen.« Er lächelte. »Hübsch, die Kleine«, sagte er mit einem Kopfnicken in Richtung Schiffsbug. Und dann hielt er sich die gewölbten Hände vor die Brust.

»Wenn Sie sich auch nur in ihre Nähe wagen, breche ich Ihnen das Genick.«

Spragge lachte, daß seine Hängebacken zitterten. Er legte Prior die Hand auf die Brust und tätschelte sie sanft. »Schon gut«, sagte er. Dann setzte er sich wieder und schaute über den Fluß, mit einem verstohlenen Blick und einem dünnen Lächeln in Richtung der Cockneys.

Er war an einem Ort, der sich nicht bewegte, nicht schwankte. Offenbar war es kein Schiff. Purpurrot und grün gesprenkelte Hände fuhren über poliertes Holz. Dann war er wieder da, starrte zu einem Fenster hinauf, das aus purpurroten und grünen Lichtstückchen zusammengesetzt war. Er hielt nach Sarah Ausschau, konnte sie aber nicht sehen. Panikerfüllt sprang er auf und begann, Touristen beiseite drängend, die ihm feindselige Blicke hinterherschickten, in der Kirche nach ihr zu suchen.

Schließlich entdeckte er sie. Sie stand vor der Büste eines Bischofs aus dem achtzehnten Jahrhundert und strich mit der Hand über den glatten Marmor. Ein Sonnenstrahl hatte die kastanienbraunen Lichter in ihrem Haar gefunden.

Sie schaute auf, als er atemlos neben ihr erschien. »Wieder da?«

Die Frage war so treffend, daß sie ihn sprachlos machte. Für einen kurzen Moment dachte er, *sie weiß Bescheid*. Aber sofort verwarf er den Gedanken. Natürlich wußte sie nichts.

Sie nahmen ein Taxi nach Hause. Prior dachte an Spragge, weil er Angst hatte, an etwas anderes zu denken. Er ärgerte sich darüber, daß Spragge diesen kleinen intimen Akt im Palmenhaus gesehen hatte, als Sarah sich an ihn gedrängt und seinen Schwanz durch den harten Hosenstoff gerieben hatte. Wirklich ein guter Moment. Sie waren allein gewesen, inmitten dieses Gedränges von nassen, schwitzenden, dampfenden Leuten, und dann hatte ihn Spragges Gesicht durch die Blätter hindurch angestarrt. Hatte er es gesehen? Sicher. Prior fühlte sich nackt und bloßgestellt, als hätte man ihn, die Arschbacken zuoberst, beim Vögeln erwischt.

Das Taxi rüttelte ihn durch. Eine Erinnerung stieg in ihm auf, die mit den Ereignissen des Nachmittags auf den ersten Blick nichts zu tun hatte. Er war asthmakrank, ging an der Hand seines Vaters. Wo mochten sie hingegangen sein? Sein Vater war nie mit ihm weggegangen. Er hatte sich viel zu sehr geschämt für diesen Zwerg, den er auf mysteriöse Weise gezeugt hatte. Vielleicht war seine Mutter krank gewesen. Ja, richtig.

Sie saßen irgendwo auf einer Bank, und eine Frau hatte ihm eine Limonade gebracht. Richtige Limonade, wie sein Vater stolz erklärte – aber warum stolz? –, nicht dieses Brausezeug in Flaschen. Es gab auch Limepudding, in dem Gummibärchen steckten. Während er in dem Pudding herumstocherte, waren sein Vater und die Frau nach oben gegangen. Er hörte Stimmen aus dem geöffneten Zimmerfenster über ihm. *Der Junge, Harry.* Dann die Stimme seines Vaters, heiser und nervös. *Keine Sorge. Er wird sich den Bauch mit dem Zeug vollschlagen, das lenkt ihn ab.*

Sich »den Bauch vollzuschlagen« war nicht einfach gewesen. Pudding aß er gern, aber Gummibärchen haßte er, hauptsächlich wegen der Art und Weise, wie die anderen Kinder sie aßen. Erst knabberten sie an den Füßen herum, dann am Gesicht, und schließlich bissen sie kühn den Kopf ab und hielten den geköpften Torso so, daß man die glänzende offene Wunde sah. Er überlegte, ob er sich um die Gummibärchen herumessen, sie aus ihrem glibberigen Gefängnis befreien sollte, doch er wußte, daß das nicht ging. Der Pudding war extra für ihn – Erwachsene aßen so etwas nicht –, und sein Vater würde schimpfen. Und so hatte er sie, einen nach dem anderen, ohne zu kauen, hinuntergeschluckt, die Augen fest auf die Bäume gerichtet, um nicht daran denken zu müssen, was er tat. Dennoch hatte er ein paarmal gewürgt, und die Tränen waren ihm in die Augen getreten, während im ersten Stock undeutlich geflüstert wurde und die Matratzen quietschten.

Auf dem Heimweg hatte sein Vater beiläufig erklärt: »Sag deiner Mama lieber nichts.« Und dann hatte er ihn sich auf die Schulter gehoben, mit seinen fleischigen Händen die dürren, weißen Beine seines Sohnes umklammert und ihn bis nach Hause getragen, die ganze Strecke, und alle Leute auf der Straße hatten es gesehen. Dieses eine Mal war er im Triumph nach Hause gekommen. Und er hatte seiner Mutter nichts gesagt, obwohl er an ihrem Krankenbett gestanden und gehört hatte, wie sein Vater von einem Besuch im Park erzählte. Er war eingeladen worden, an der großen Verschwörung teilzunehmen, und wußte, obwohl erst fünf Jahre alt, was das bedeutete. Er hatte nicht vor, künftige Ausflüge aufs Spiel zu setzen, indem er seiner Mutter auch nur ein Wort sagte.

In dieser Nacht war er schweißgebadet aufgewacht, und er ahnte schon, daß er sich übergeben würde. Er fing an zu weinen, und nach langer Zeit kam sein Vater herein, polterte im Zimmer herum und stieß sich die Zehen an, bis er schließlich den Lichtschalter fand. Er sah zu ihm auf, zu dem großen Mann, der sich über das Bett beugte. Dann, langsam, kamen die Gummibärchen – unversehrt oder nahezu unversehrt – wieder aus seinem Mund, während sein Vater dastand und ihn anstierte.

Das muß vielleicht ein Anblick gewesen sein, dachte Prior, während er Sarah aus dem Taxi half und den Fahrer bezahlte. Als würde man ein Seepferdchen beobachten, das Junge kriegt.

Kaum hatten sie die Wohnung betreten, stellte er die Gasheizung an und machte zwei Becher starken, süßen Tee, während Sarah verschwand, um sich die nassen Sachen auszuziehen. Sie kam, zitternd vor Kälte, in seinem Morgenmantel zurück. Sie setzte sich vor ihn hin, und er rubbelte ihr die Haare trocken.

»Weißt du noch, du hast mal darüber gesprochen, was dir am besten an mir gefällt. Für mich ist es dein Haar«, sagte er. Er spürte seine Zunge, dick und schwer zwischen den Zähnen. »Das ist mir zuallererst aufgefallen. Die verschiedenen Farben.«

»Du hast es mir erzählt«, sagte sie und drehte sich um. »Aber du brauchst es nicht so romantisch zu machen. Du hast dich gefragt, welche Farbe ich da unten habe, stimmt's?«

Er lächelte. »Ja.«

Sie saßen da, tranken ihren Tee. Sie sagte: »Na, erzählst du's mir?«

»Ja.« Er nahm zwei Handvoll Haare und spielte daran. »Aber es ist schlimmer, als du denkst. *Du* mußt *mir* erzählen, was passiert ist.«

»Wann?«

»Auf dem Schiff.«

Sie machte große Augen, ließ sich aber darauf ein. »Du hast der Frau deinen Platz angeboten, hast dir eine Tasse Tee geholt und dich dann an die Bar gestellt. Ich hab nicht gesehen, was dann passiert ist, ich hab zum Ufer gesehen. Dann kam die Sonne heraus, und ein paar von den Schülerinnen gingen auf das Deck hinaus, und diese Frau fand, sie muß sie im Auge behalten, und ging ebenfalls nach draußen. Als du dann zurückkamst, war der Platz neben mir frei. Ich hab dich gefragt, unter welcher Brücke wir gerade durchfuhren, aber du hast nicht geantwortet. Ich merkte, daß du eine deiner Launen hattest, also hab ich dich in Ruhe gelassen. Dann, als wir ausstiegen, wartete der Mann vom Palmenhaus oben an der Treppe. Er hat etwas über mich gesagt – ich hab ehrlich nicht gehört, was es war –, daraufhin hast du ihn geschlagen. Er ging auf dich los, du hast deinen Stock hochgehalten, wolltest ihm offensichtlich eins über den Kopf hauen, da hat er sich zurückgezogen. Er ging über die Brücke, und du hast mich gepackt und mich in die Kirche gezerrt. Ich hab andauernd gesagt: ›Was ist los?‹ Du hast mir einfach nicht geantwortet, also dachte ich mir, was soll's, bin allein losgezogen und hab mir alles angeschaut.« Sie wartete. »Willst du mir weismachen, daß du dich an all das nicht mehr erinnern kannst?«

»An den Anfang schon.«

»Du weißt nicht mehr, daß du ihn geschlagen hast?«

»Nein.«

»Wer war das eigentlich?«

»Ist doch unwichtig.«

»Für mich nicht.«

»Es hat nichts mit dir zu tun.«

Ihr Gesicht erstarrte.

Während sie zurückwich, sagte er: »Nein, hör zu, es war nicht so gemeint.« Er vergrub das Gesicht in den Händen. »Ich werd dir von ihm erzählen, wenn du willst, aber das ist nicht das Entscheidende. Entscheidend ist, daß ich mich nicht erinnern kann.«

»Ist das schon mal passiert?«

»Es passiert seit ähm ... zwei Monaten.«

Er ahnte, wie es in ihrem Kopf arbeitete, daß sie es herunterspielen wollte. »Aber du hast doch dein Gedächtnis schon früher mal verloren, stimmt's? Ich meine, als du aus Frankreich kamst, hast du gesagt, daß du dich an nichts mehr erinnern kannst.« Ihre Stimme klang tadelnd: »Du bist erschöpft, du mußt besser auf dich aufpassen.«

»Hör zu, *du* mußt mir davon erzählen.« Er versuchte, unbeschwert zu tun. »Du bist der erste Mensch, der ihm begegnet ist.«

»Wieso ›ihm‹? Es bist doch du!«

Prior schüttelte den Kopf. »Du verstehst es nicht.« Er sprang auf und nahm einen Zettel aus der obersten Schublade der Kommode. »Schau her.«

Sarah besah sich den Zettel und las: *Finger weg von meinen Zigarren!*

»Ich hab ein paar Zigarren in meiner Tasche gefunden. Ich hab sie weggeworfen.«

»Aber es ist deine Handschrift.«

»Ja doch. Aber wie kann ich denn ›ich‹ sagen?«

Sarah überlegte. »Als ich sagte, daß du es warst, hab ich nicht ... das Offensichtliche gemeint. Ich ... ich wollte sagen, ich hab diese Laune von dir wiedererkannt. Erinnerst du dich an unseren ersten Ausflug? Am Strand?«

»Ja, natür...«

»An dem Tag warst du so. Du hast alle gehaßt. Im Zug ging es noch, aber kaum waren wir am Strand, ich weiß nicht, was passiert ist, du hast dich einfach in dein Schnekkenhaus verkrochen, ich bin nicht mehr an dich rangekommen. Ich hab richtig den Haß gespürt, der aus dir kam. So nach dem Motto, jeder, der nicht in Frankreich war, ist nichts wert. Und so warst du auch auf dem Schiff. Wenn du in dieser Laune bist, kann man mit dir nicht reden. Du verachtest einfach jeden.« Sie zögerte. »Mich auch.«

»Es ist keine Laune, Sarah. An Launen kann man sich erinnern.«

In dieser Nacht küßte er ihren Rücken, ließ seine Lippen von Wirbel zu Wirbel wandern, ganz sachte, um sie nicht zu wecken.

Kleine Schritte in Richtung Normalität.

Doch in zwei Tagen würde sie wieder weg sein.

15

Sarah reiste Montag früh ab. An der Sperre von King's Cross, inmitten der rußigen Luft, umarmten sie einander, ohne ein Wort des Abschieds.

Er blieb bis zum späten Abend im Büro, um die Konfrontation mit der leeren Wohnung so lange wie möglich hinauszuschieben. Auf dem Heimweg sagte er sich immer wieder, daß es nicht so schlimm sein werde oder zumindest nicht so schlimm, wie er gedacht hatte.

Es war noch schlimmer.

Er ging von Zimmer zu Zimmer, um nach Spuren von ihr zu suchen, redete sich ein, daß ein Abdruck im Sofakissen von ihrem Kopf stammte. Er setzte sich und legte seinen Kopf dorthin, erkannte aber, daß ihm die Leere des Zimmers aus dieser Perspektive nur noch schmerzhafter bewußt wurde.

Das gibt sich schon wieder, sagte er sich.

Er täuschte sich.

Um sich die nötige Bettschwere zu verschaffen, fing er an, nachts durch die Stadt zu streifen. London bei Nacht faszinierte ihn. Er ging die Straßen entlang, sah die Schilder: Marble Arch, Piccadilly, Charing Cross, Tottenham Court Road. Schützengräben hießen nach diesen Orten. Und während er durch die Straßen der nächtlichen Stadt lief, wurde jene andere Stadt, dieses unvorstellbare Labyrinth, allmählich immer größer, die Sandsackmauern blaß im Schein einer

Leuchtkugel, bis irgendein beliebiges Ereignis – ein Fetzen Papier, der über den Asphalt flog, oder das Lachen einer jungen Frau – ihm wieder klarmachte, wo er war.

Er bekam einen Brief von Sarah und stellte ihn auf den Kaminsims, unter die kleine Porzellanfigur des windzerzausten Mädchens mit Hund, so daß er den Brief sehen würde, sobald er durch die Tür trat.

Während seiner nächtlichen Spaziergänge dachte er oft an Spragge, und je mehr er an ihn dachte, desto mehr wunderte er sich. Seine ganze Erscheinung, sein verschwitztes, ungepflegtes Äußeres ließ auf einen Landstreicher schließen, auf einen Mann, der sich mühsam durchs Leben schlug, und doch verriet der Aufwand, den er betrieb, um seine Wohnung zu beobachten und ihm bis nach Kew hinterherzufahren, ein hohes Maß an Zielstrebigkeit. Das paßte nicht zusammen.

Eine naheligende Erklärung war, daß er für Lode arbeitete, doch Prior fand diese Idee nicht überzeugend. In der Geheimdienstabteilung herrschte eine solche Atmosphäre, daß ständig unbegründete Verdächtigungen als Tatsachen angesehen wurden. Es war wie bei jenem Bild, das er einmal gesehen hatte, auf dem mehrere Treppen eine Verbindung zwischen den Etagen eines Gebäudes herzustellen schienen. Erst allmählich hatte er begriffen, daß die Perspektive absurd war, daß die vielen Treppen nichts mit nichts verbanden.

Seine Hauswirtin, Mrs. Rollaston, erschien an der Tür, die Arme vor dem Busen verschränkt, wie Frauen das tun, wenn sie sich bedroht fühlen. »Ich wollte Ihnen nur Bescheid sagen, daß jemand wegen der Mülltonnen vorbeikommt. Ich weiß, ich habe Montag gesagt, aber da konnte niemand kommen.«

Offensichtlich knüpfte sie an ein früheres Gespräch an.

Prior nickte ihr lächelnd zu.

Er konnte sich nicht daran erinnern, irgendwann mit Mrs. Rollaston über die Mülltonnen gesprochen zu haben.

Er mußte sich unbedingt mit Spragge treffen, doch als er in Whitechapel in einer zugigen Gasse stand, stellte er fest, daß auf dem Ordner die falsche Adresse vermerkt war. Die anämische junge Frau, die, mit einem plärrenden Baby in den Armen, vom Souterrain heraufschaute, erklärte, sie wohne schon seit einem Jahr hier und nein, sie wisse nicht, wo der Vormieter hingezogen sei. Aber vielleicht die Hausbesitzerin.

Die Hausbesitzerin, die er schließlich in einer Ecke des nächsten Pub auftrieb, bestätigte, daß es ein gewisser Spragge gewesen sei. Wo er sich aufhalte, könne sie nicht sagen. Ob er wisse, daß dies die Kneipe sei, in der Mary Kelly den Abend verbracht habe, an dem der Ripper sie umgebracht habe? Sie habe Mary Kelly so gut gekannt wie ihre eigene Schwester, hier das Herz, dort die Leber, die Eingeweide auf dem Fußboden, *in dem Sessel dort ...*

Er spendierte ihr ein Glas Portwein mit Zitrone und überließ sie ihren Erinnerungen. Seltsam, dachte er, daß die Faszination, die vom Ripper und seinen bemitleidenswerten fünf Opfern ausging, immer noch so stark war, jetzt, da halb Europa hingemetzelt wurde.

Er verlor immer mehr Zeit. Nicht in langen Phasen am Stück, dafür häufiger, etwa vier-, fünfmal am Tag. Abends blieb er zu Hause, wenn er nicht gerade bei Rivers war. Er wußte, daß ihm die Wohnung nicht guttat, körperlich und psychisch, aber er hatte Angst, auszugehen, weil es *ihm* mehr Möglichkeiten zu geben schien. Unsinn, natürlich. *Er* konnte ausgehen, und er tat es auch, obwohl manchmal nur die Frische auf seiner Haut davon zeugte.

Eines Morgens rief Lode ihn zu sich.

»Ich habe gerade beschlossen, Ihnen die gute Nachricht mitzuteilen«, sagte Lode. »Gibt ohnehin nicht so viel davon heutzutage. Sie haben MacDowell geschnappt.«

Prior wurde fast schlecht bei diesem Schlag ins Gesicht, doch es gelang ihm, seine ausdruckslose Miene beizubehalten. »Ach ja? Wann denn?«

»Vor ein paar Tagen. In Liverpool. In Charles Greaves' Haus. Greaves haben sie auch erwischt.«

»Aha. Das nenne ich Fortschritt.«

»Gut, nicht?«

Prior nickte.

»Wissen Sie«, sagte Lode und musterte ihn aufmerksam, »ich dachte immer, ich würde Sie kennen. Ich dachte, ich wüßte Bescheid über Sie.« Er wartete. »Na ja. Dann mal wieder an die Arbeit.«

Prior überlegte, warum es ihm je als Zeichen von Unsicherheit erschienen war, daß Lode sich ständig den Schnurrbart strich. Jetzt hatte er einen ganz anderen Eindruck.

Die Nächte waren schlimm. Er nahm weiterhin Schlaftabletten, manchmal sogar eine zweite Dosis, wenn die erste nicht wirkte. Rivers beschwor ihn, das Zeug nicht zu nehmen, aber er ignorierte den Rat. Er mußte schlafen.

An diesem Abend – er war nach der zweiten Dosis rasch eingeschlafen – weckte ihn ein Klopfen an der Tür. Das Bromid klebte förmlich an ihm. Er schaffte es zwar, aus dem Bett zu steigen, fühlte sich aber hundeelend. Während er in Hose und Hemd stieg, dachte er für einen Moment, er müsse sich sofort übergeben. Das Klopfen ging weiter, hörte dann auf.

Vermutlich hatte der Betreffende die Geduld verloren und war wieder gegangen. Prior wollte schon wieder ins Bett, als ihm einfiel, daß er die Tür offengelassen hatte. Ausgerechnet, wie dumm von ihm. Aber nur so bekam man etwas Durchzug in die Wohnung.

Es half nichts, er mußte aufstehen und die Tür schließen.

Im Flur hing der Geruch von altem Kohl. Trotz Mrs. Rollastons Zusage war die Mülltonnenecke nicht saubergemacht worden. Prior stolperte weiter und zog sich dabei die Hosenträger über die Schultern.

Die Tür stand offen. Er sah nach draußen. Der Himmel

hatte nicht das normale Blau eines Sommerabends, sondern die Farbe von zerlassener Butter. Er ging wieder hinein und schloß ab.

Als er an der Wohnzimmertür vorbeikam, nahm er eine Bewegung wahr.

Langsam stieß er die angelehnte Tür auf. Spragge saß seelenruhig im Sessel, die dicken Finger locker auf den gespreizten Beinen. Ein einfältiger, ziemlich törichter Ausdruck lag auf seinem Gesicht. Einfältig, aber entschlossen. »Na?« sagte er. »Was wollten Sie von mir?«

»Betreten Sie immer unaufgefordert anderer Leute Wohnungen?«

»Mir schien, als hätten Sie ›Herein‹ gerufen.« Er bemühte sich nicht einmal, die Lüge überzeugend vorzubringen. »Ich wußte, daß Sie zu Hause sind, weil die Tür offenstand. Sie sollten aufpassen. Denken Sie an die Einbrecher.« Ein Blick durch das Zimmer besagte, daß es nichts Wertvolles gab.

Prior war wütend. Nicht weil Spragge unaufgefordert hereingekommen war; es war tiefer, irrationaler. Er ärgerte sich darüber, wie Spragges Finger auf den Oberschenkeln lagen, harmlose Finger von einem wächsernen Rosa, wie billige Würstchen.

»Ich werde aufstehen und noch einmal anklopfen, wenn Sie wollen«, sagte Spragge und zog eine Grimasse.

»Schon gut«, sagte Prior und setzte sich. »Was wollen Sie?«

»Was wollen *Sie* denn?«

Prior starrte ihn verständnislos an.

»Sie sind es doch, der mich verfolgt.«

Spragge war betrunken. O ja, er verbarg es gut. Seine Aussprache ließ nur die leiseste Andeutung von Überkorrektheit erkennen, so etwas wie Trotz, der unter der Oberfläche brodelte.

»Wollen Sie was trinken?« fragte Prior.

»Ja, gut.«

Prior brauchte Zeit, um zu überlegen, wie er sich Spragge gegenüber verhalten sollte. Er ging in die Küche, wo der

Whisky stand. Das Dumme war nur, er fand Spragge dermaßen widerlich, daß ihn die notwendige Auseinandersetzung abstieß. Mit Typen wie Spragge setzte man sich nicht auseinander, man zerquetschte sie.

Er ließ Wasser in einen Krug laufen. Nachdem er den Hahn zugedreht hatte, glaubte er in der plötzlichen Stille eine verstohlene Bewegung im Nebenzimmer zu hören. Sofort lief er zur Tür.

Spragge nahm Sarahs Brief vom Kaminsims. Nein, er nahm ihn nicht, er legte ihn zurück.

»Haben Sie ihn gelesen?« rief Prior. Er erinnerte sich, wie detailliert Sarah über ihr Liebesleben geschrieben hatte. »Haben Sie ihn gelesen?«

Spragge schluckte vernehmlich. »Das gehört zu meiner Aufgabe.«

»Das hätten Sie nicht tun dürfen.«

»Ach, du liebes bißchen«, sagte Spragge. »Glauben Sie, sie hätte was dagegen? Ich hab sie im Palmenhaus gesehen, sie hatte ja praktisch Ihren Schwanz rausgeholt.«

Prior packte Spragge an den Unterarmen und stieß ihm den Kopf voll auf die Nase, ein guter, wuchtiger Stoß. Spragge versuchte, sich ihm zu entziehen, dann sank er vornüber, das Blut schoß ihm aus der Nase, und schnaubend hielt er eine zitternde Hand hoch, um die Blutung zu stillen.

Prior versuchte ihn hochzuziehen, wie ein Kind, das sich mit einem Spielzeug abmüht. Spragge wankte rückwärts, taumelte gegen die Stehlampe, so daß sie umfiel und auf ihm landete. Er lag auf dem Boden, hielt die gespreizten Finger über die gebrochene Nase, wollte sprechen, brachte aber nur ein Gurgeln heraus.

Angewidert, von sich selbst ebenso wie von Spragge, ging Prior in die Küche, hielt ein Geschirrtuch unter kaltes Wasser, drückte es aus, kam zurück und reichte es Spragge: »Hier, legen Sie das darüber.«

Wimmernd und tränenüberströmt tupfte Spragge sich mit dem feuchten Tuch das Gesicht ab. »Gebrochen«, stöhnte er.

Er zeigte vage auf das blutige Geschirrtuch. Prior nahm es ihm weg und brachte ein neues. Er sah die Speckrolle über Spragges Hosenbund und erwog, ihm einen Tritt in die Nieren zu versetzen. Aber das ging nicht, der Mann war ein Bild des Jammers. Er warf Spragge das Geschirrtuch hin und setzte sich in den nächsten Sessel, zornbebend, frustriert. Er wollte kämpfen. Statt dessen rannte er mit Geschirrtüchern herum wie Florence Nightingale.

Nach einer Weile fing Spragge an zu weinen. Prior musterte ihn voller Abscheu und dachte, mein Gott, mir reicht's. »Los jetzt«, sagte er und packte Spragge am Ärmel. »Raus!«

»Ich kann nicht gehen.«

»Ich besorg Ihnen ein Taxi.«

Prior zwängte sich in Stiefel und Gamaschen, ging dann wieder ins Wohnzimmer und zog Spragge hoch. Spragge wankte zur Tür, halb aus eigenem Antrieb, halb von Prior gezogen. Scheißkerl, dachte Prior, während er ihn die Treppe hochbugsierte. Doch sein Zorn war inzwischen verflogen. Er fühlte sich allein.

Spragge stützte sich schwer auf ihn, während sie, wie zwei Betrunkene, die Straße entlangwankten. »Ist Ihnen klar, wieviel Ärger ich bekomme, wenn man mich so sieht?« fragte Prior.

Die ersten beiden Taxis fuhren vorüber. In der braunen Luft sah Spragges Gesicht dreckig aus, aber nicht so blutverschmiert wie in der Wohnung. Ein wenig schwankend stand er da, als hätte er mit dem Lärm und der Hitze, den Passanten und den schwitzenden Gesichtern nichts zu tun. Er kultivierte erkennbar seine Verbitterung, trug sie mit sich herum wie eine randvolle Tasse. »Lode hat mir eine Passage nach Südafrika angeboten. Wußten Sie das? Auf deren Kosten.«

»Werden Sie fahren?«

»Vielleicht.« Er sah sich um, und die Verbitterung brach aus ihm heraus. »Die hier können mich mal.«

Prior fiel ein, daß es ein paar Dinge gab, die er wissen mußte. »Hat Lode Sie beauftragt, mir zu folgen?«

»Ja.«

»Sind Sie mir gefolgt, als ich bei Hettie Roper war?«

»Nein, dorthin nicht.«

Entweder konnte Spragge besser schauspielern, als er es bislang unter Beweis gestellt hatte, oder er sagte die Wahrheit. Spragge winkte plötzlich und brüllte »Taxi!«

Der Wagen hielt ein paar Meter entfernt. »Ich brauche Geld«, sagte er.

Prior suchte in seinen Hosentaschen. »Hier, nehmen Sie das.«

Spragge beugte sich hinunter und sagte »Marble Arch«. Solange Prior in Hörweite war, würde er keine Adresse nennen.

»Sie müssen mir gefolgt sein«, sagte Prior. »Sie waren es. Sie haben der Polizei erzählt, wo sie MacDowell finden.«

Spragge blickte aus dem halbdunklen Wageninnern auf. »Nein, mein Lieber.« Sein Tonfall war ironisch, gleichgültig. »Lode sagt, Sie waren es.«

16

Im Empire Hospital saß Charles Manning über dem Schachbrett und stieß mit der Spitze des Zeigefingers sanft den schwarzen König um.

»Sie gewinnen«, sagte er. »Schon wieder.«

Lucas grinste und deutete dann über Mannings Schulter auf einen Mann in Militäruniform, der neben der Tür stand. Manning erhob sich. Einen Moment lang blitzte so etwas wie Angst in seinen Augen auf. Angst war vielleicht ein zu starkes Wort, aber er war jedenfalls nervös, als er auf Prior zuging und ihm mit seiner üblichen, teuer erworbenen Imitation von Gelassenheit die Hand entgegenstreckte. »Das ist aber eine Überraschung«, sagte er.

»Wie geht es dir?«

»Besser. Komm, wir gehen in mein Zimmer.«

Unterwegs plauderte Manning munter drauflos. »Bemerkenswerter Bursche. Kann sich nicht mehr erinnern, wie die verschiedenen Figuren heißen. Aber spielen kann er, mein Gott.«

Mannings Zimmer machte einen freundlichen Eindruck mit dem Strauß Rosen auf dem Nachttisch und dem gelbrot eingebundenen Buch, das aufgeschlagen auf seinem Bett lag.

»Ein Name, den du bestimmt kennst«, sagte Manning und griff zu dem Buch.

Prior las den Titel, *Counter-Attack*, und den Namen, Siegfried Sassoon.

»Ihr müßt zur selben Zeit in Craiglockhart gewesen sein«, sagte Manning.

»Hmm. Ich weiß aber nicht, wie stark das verbindet. Offen gestanden.« Prior klappte das Buch zu und legte es auf den Nachttisch neben ein Foto von Mannings Frau und Kindern, dasselbe Foto, das bei ihm zu Hause auf dem Flügel gestanden hatte. »Er fand Craiglockhart grauenhaft.«

»Ja?«

»O ja. Eindeutig. Die Leute auch. Seelische Wracks, Neurotiker, Drückeberger.«

»Nun ja«, sagte Manning und bot Prior mit einer Handbewegung einen Stuhl an. »Unter uns neurotischen Drückebergern ... Wie geht es dir?«

»Ganz gut, würde ich sagen. Die Geheimdienstabteilung wird dichtgemacht, ich weiß also nicht genau, wie es weitergeht.«

Manning lächelte. »Ich nehme an, du wirst weiterhin im Ministerium bleiben wollen?«

»Nicht unbedingt.«

»Ach? Tja, das könnte ein bißchen schwierig werden. Ich habe einen Freund im Kriegsministerium, Charles Moncrieff, ich weiß nicht, ob du ihn kennst. Jedenfalls gehört es zu seinen Aufgaben, zu prüfen, wer als Ausbilder von Kadettenbataillonen in Frage kommt. Vielleicht wäre das ja eine Möglichkeit.«

Prior beugte sich vor. »Moment mal. Ich bin nicht hergekommen, um mir von dir oder deinem komischen Freund im Kriegsministerium einen Job zuschanzen zu lassen. Ich wollte nur sagen, wenn du mir freundlicherweise zuhören würdest, daß ich mit dir etwas bereden muß.«

»Was denn?«

»Es geht um eine Mrs. Roper. Beattie Roper.«

Manning sah ihn erstaunt an. »*Die* Mrs. Roper? Die mit dem Giftattentat?«

»Ja.« Prior holte einen Hefter aus seiner Mappe. »Nur, daß sie es nicht war.«

Manning nahm die Akte entgegen. »Ich soll das lesen?«

»Ich habe eine Kurzfassung geschrieben. Es dauert nicht lange.«

Manning las mit äußerster Konzentration. Als er fertig war, sah er auf. »Kann ich das behalten?«

»Ja. Ich habe eine Kopie. Auch von den Dokumenten.«

»Heißt das, du hast dir private Kopien von Akten des Ministeriums gemacht?« Manning schürzte die Lippen. »Du hältst dich nicht gerade an die Spielregeln.«

»Du auch nicht.«

»Wir sitzen in einem Boot, oder?« Seine Stimme wurde etwas schärfer. »Ich dachte, wir sitzen ganz eindeutig in einem Boot.«

Ein flüchtiger Blick auf das Foto. »Nicht ganz.«

Manning stand auf und trat ans Fenster. Eine Weile schwieg er. Dann drehte er sich um und sagte: »Warum? Warum in Gottes Namen kommst du nicht einfach zu mir und sagst: ›Hör mal, ich hab ein Problem. Lies dir diesen Bericht durch.‹ Na gut, du mußt den ersten Schritt tun, wegen ... Diese Sache war nicht nötig.«

Prior erfaßte plötzlich die furchtbare Ahnung, daß Manning recht hatte. »Unsinn. Beattie Roper ist eine einfache Frau aus einem Arbeiterviertel in Salford. Sie ist dir doch völlig egal. Ich meine nicht dich persönlich – obwohl das auch stimmt –, ich meine deine Klasse.«

Manning schien eher interessiert als empört. »Du glaubst wirklich, daß die Klassenzugehörigkeit alles entscheidet?«

»Ob man ernst genommen wird oder nicht? Ja.«

»Das ist doch aber keine Frage von Individuen. Na schön. Ich weiß nichts über Arbeiterfrauen in Salford. Ich will auch gar nicht so tun. Es interessiert mich nicht. Deswegen finde ich es noch lange nicht richtig, daß diese Leute, oder überhaupt irgend jemand, aufgrund einer Falschaussage ins Gefängnis wandern.«

»Die moralische Empörung können wir uns vielleicht schenken. Als ich zu dir kam, dachtest du, ich suche einen bequemen Job. Ich hatte noch kein einziges Wort gesagt. Willst du im Ernst behaupten, du hättest das bei einem Angehörigen deiner Klasse auch angenommen?«

»Ja.«

»Das glaub ich dir nicht.«

»Es ist aber so.«

»Bestimmt kommen sie zu Dutzenden hierher und betteln um einen sicheren Job.«

»Ja«, sagte Manning kalt.

Prior musterte ihn. »Donnerwetter. Macht bestimmt Spaß.«

»Nicht besonders.«

Beide saßen schweigend da, registrierten die veränderte Atmosphäre, ohne recht zu wissen, was es bedeutete. »Du hast recht«, sagte Manning schließlich. »Es war unverschämt von mir, dir das zu unterstellen. Tut mir leid.«

In diesem Augenblick ging die Tür auf, und Rivers kam herein.

»Charles, ich ...« Beim Anblick von Prior blieb er plötzlich stehen. »Guten Tag. Entschuldigen Sie, ich wußte nicht, daß Sie Besuch haben.« Er lächelte Prior zu. »Ich hoffe, Sie strengen meinen Patienten nicht an.«

»Er strengt mich an«, gab Prior mürrisch zurück.

»Weswegen wollten Sie mich denn sprechen?« fragte Manning.

Rivers sagte: »Das hat Zeit.«

Er ging hinaus und ließ sie allein.

Es entstand ein kurzes Schweigen. »Ich muß mich ebenfalls entschuldigen«, sagte Prior. »Du hast natürlich recht. Klassenvorurteile sind nicht besser, wenn sie nach oben gerichtet sind.« Nur eben begründeter. »Glaubst du, ich sollte es ihrem Abgeordneten zeigen?«

»Um Gottes willen, bloß nicht. Wenn das Parlament die Sache ablehnt, ist nichts mehr zu ändern. Nein, ich werde mal mit Eddie Marsh sprechen. Erwarte nur nicht zuviel. Ich meine, sogar aus deinem Bericht geht deutlich hervor, daß sie

Deserteure versteckt hat. Darauf stehen zwei Jahre Zuchthaus. Sie hat erst eins abgesessen.«

»Sie ist nicht deswegen verurteilt worden.«

Manning sagte: »Man wird sie noch nicht freilassen.«

»Sondern?«

»Warten, bis der Krieg zu Ende ist. Sie in aller Stille laufenlassen.«

Prior schüttelte den Kopf. »So lange hält sie nicht mehr durch.«

An diesem Abend verließ Prior um neun Uhr das Haus, um etwas trinken zu gehen. Mitten in der Nacht kam er wieder zu sich, als er versuchte, seinen Schlüssel in das Türschloß zu kriegen. An die fünf Stunden dazwischen hatte er keine Erinnerung.

Rivers rieb sich mit einem hörbaren Seufzer die Augenwinkel. »Das ist die längste Phase, nicht wahr?«

»Ja. So ziemlich.«

»Irgendwelche Vermutungen? Ich meine, hatten Sie getrunken?«

»Wie ein Loch. Ich hab immer noch Kopfschmerzen.«

Rivers setzte seine Brille wieder auf.

»Eine der ... wie soll ich sagen?« – Prior holte tief Luft – »... unangenehmen Seiten meiner gegenwärtigen Arbeit ist, daß ich oft den Kater eines anderen aushalten muß. Ziemlich oft sogar.«

»Nicht eines *anderen*.«

Prior sah zur Seite. »Sie haben keine Ahnung, wie ekelhaft es ist, seine eigene Unterwäsche nach Anzeichen für ›Aktivitäten jüngeren Datums‹ zu untersuchen.«

Rivers betrachtete seine Hände. »Ich werde Ihnen etwas sagen, was Ihnen vermutlich nicht gefallen wird.«

Im Nebenzimmer läutete das Telefon.

Prior lächelte. »Und ich werde mich gedulden müssen.«

Der Anruf kam von Captain Harris. Es ging um die Einzelheiten eines Fluges, der für den nächsten Tag geplant war. Nachdem Rivers die Zeit notiert hatte, blieb er noch eine Weile stehen, um sich zu sammeln, bevor er zu Prior zurückkehrte.

Prior stand am Kamin und blätterte einen Stapel Feldpostkarten durch. Na ja, das war in Ordnung, dachte Rivers und schloß die Tür. Feldpostkarten enthielten keine Informationen über den Absender, außer, daß er noch am Leben war. Jedenfalls gewesen war, als er die Karte abgeschickt hatte. »Sein Buch ist herausgekommen, wußten Sie schon?« sagte Prior und hielt eine Postkarte hoch. »Manning hat ein Exemplar.«

»Ja.«

Rivers setzte sich und wartete darauf, daß Prior sich ebenfalls setzte.

»Vermutlich ist das die wahre Herausforderung«, sagte Prior. »Für Sie. Diejenigen, die an die Front zurückkehren. Sie wollen bestimmt alles über sie wissen. Ich meine, diese Aufforderungen, daß man seine Gefühle akzeptieren soll, zu seiner Angst stehen soll, seine Trauer zulassen soll ... hier wirkt das Wunder.« Prior rückte näher und beugte sich vor. »Aber dort? Glauben Sie, es hilft dort draußen? Oder werden die Leute nur noch schneller verrückt?«

»Es ist noch nie weiterverfolgt worden. Bei Elektroschocktherapie haben wir eine sehr hohe Rückfallquote. Wie es bei mir aussieht, entzieht sich meiner Kenntnis. Diejenigen Patienten, die den Kontakt aufrechterhalten, tun das natürlich aus eigenem Antrieb, und das, was sie erzählen, ist anekdotisch und hat insofern fast keine Aussagekraft.«

»Mein Gott, Rivers, was für ein kalter Hund Sie sind.«

»Sie haben mir eine wissenschaftliche Frage gestellt, ich habe Ihnen eine wissenschaftliche Antwort gegeben.«

Prior setzte sich. »Sie weichen mir geschickt aus.«

Rivers nahm die Brille ab. »Ich versuche wirklich nicht, Ihnen auszuweichen. Eigentlich wollte ich Ihnen sagen, daß Sie sich überlegen sollten, wieder ins Krankenhaus zu kommen. Die ...«

»Nein. Sie können mich nicht zwingen.«

»Natürlich nicht. Ich hatte gehofft, Sie würden mir einfach vertrauen und meinen Rat annehmen.«

Prior schüttelte den Kopf. »Ich würde es nicht aushalten.«

Rivers nickte. »Dann werden wir uns etwas anderes einfallen lassen müssen. Würden Sie wenigstens ein paar Tage Urlaub nehmen?«

Erneut heftiges Kopfschütteln. »Noch nicht.«

Prior vermied es, an die Begegnung mit Beattie Roper zu denken, bis er über den Gefängnishof ging. Sie sei wieder in Hungerstreik getreten, sagte die Aufseherin und rasselte dabei mit ihrem Schlüsselbund. Grippe habe sie auch gehabt. Keine Widerstandskraft. Die ganze letzte Woche auf dem Krankenrevier. Er werde ja sehen, wie schwach sie sei. Der Gefängnisarzt habe sie zwangsernähren wollen, aber das Innenministerium in seiner Weisheit habe verfügt, daß solche Methoden nicht statthaft seien.

Beattie war dünner, als er sie in Erinnerung hatte.

Er blieb an der Tür stehen. Sie lag auf der Pritsche, und das Licht, das durch das vergitterte Fenster fiel, warf einen Schatten auf ihr Gesicht. Die Wärterin stellte sich an die Wand neben der Tür.

»Ich muß allein mit ihr sprechen.«

Er rechnete mit Widerspruch, doch die Aufseherin zog sich sofort zurück.

»Die Stimme der Autorität, Billy.«

An ihren Mundwinkeln hingen Schleimfäden, als würde sie den Mund nur selten öffnen.

Er trat näher heran. »Ich höre, du bist krank gewesen.«

»Grippe. Es hat alle erwischt.«

Er blieb stehen, als brauchte er ihre Genehmigung, um sich zu setzen. Sie nickte in Richtung Schemel.

»Ich habe mein möglichstes getan«, sagte er. »Leider ist es nicht sehr viel. Ich hatte gehofft, Mac könnte helfen, aber ...«

Eine Bewegung der Brust, die ein Lachen gewesen sein mochte. »Da, wo er ist? Du weißt doch, wo sie ihn hingeschickt haben. Nach Wandsworth.«

»Hör zu, du hast Deserteure versteckt. Die Behörden glauben, daß du es wieder tun würdest.«

Sie stemmte sich hoch. »Klar! Ich sehe vielleicht wie eine Vogelscheuche aus, aber hier drin« – sie tippte sich an die Schläfe – »bin ich noch immer dieselbe.«

Draußen vor der Tür hustete die Aufseherin.

»Erinnerst du dich an einen gewissen Brightmore?«

»Nein.«

»Komm, erzähl mir doch nichts.«

Er erinnerte sich nicht, nickte aber.

»Feiner Kerl. Sitzt in Cleethropes. Zwölf Monate. Natürlich hat er auch dort nicht pariert, also bekam er vier Wochen Einzelhaft. Sie haben ein Loch gegraben, der Boden stand voll Wasser. Dort haben sie ihn reingesteckt. Er konnte sich nicht setzen und nicht hinlegen. Um ihn herum nur die Schachtwand. Dann erscheint oben jemand an der Öffnung und ruft hinunter, daß seine Kumpels alle nach Frankreich geschafft wurden und tot sind, und wenn er nicht spurt, wird ihm dasselbe passieren. Er dachte, er wird verrückt. Dann fing es an zu schiffen, und das Wasser im Loch stieg immer höher, und die Soldaten, die ihn bewachten, hatten solches Mitleid mit ihm, daß sie ihn herausholten und in einem Zelt schlafen ließen. Als der Kommandeur das herausfand, hat er sie zur Schnecke gemacht. Am nächsten Tag war er wieder in seinem Loch. Wenn einer der Soldaten ihm nicht eine Zigarettenpackung gegeben hätte, auf die er schreiben konnte, wäre er verreckt dort drin. So haben sie einen Brief rausgeschmuggelt ...«

»Und die Aufseher, die das taten, kamen vors Kriegsgericht. Beattie, in Frankreich stehen Millionen Soldaten bis zu den Eiern im Wasser. Und wer wird dafür vors Kriegsgericht gestellt?«

»Von mir aus jeder verfluchte General in Frankreich. Du

bist nicht der einzige, der sich Sorgen um die Jungs macht, es geht doch um nichts anderes als um die Jungs.« Eine Pause. »Ich wollte nur sagen: Verglichen mit einem Erdloch ist das hier ein Palast. Und ich habe Glück, daß ich hier bin.«

Er schaute sie an, sah deutlich, wie ihr Herz unter dem dünnen Stoff klopfte. »Hast du Hettie gesehen?«

»Zweimal. Ach ja, sie kommt heute. Ich schätze, das haben wir dir zu verdanken.«

»Es ist nichts.«

»Das stimmt nicht, Billy. Es ist eine ganze Menge.« Sie zögerte. »Eines wollte ich dir noch sagen. Nicht daß *ich* es glaube – aber unsere Hettie findet es ziemlich merkwürdig, daß sie Mac erwischt haben. Sie ...« Beattie schüttelte den Kopf. »Sie glaubt, du hast ihnen erzählt, wo sie ihn suchen müssen.«

»Das hab ich nicht getan.«

»Nein, ich weiß. Schon gut, mein Lieber, ich werd mit ihr reden.«

Er legte die Hand auf ihren nackten Arm und spürte den Knochen. »Ich muß wieder los«, sagte er.

Er ging zur Tür und klopfte. »Ich besuch dich bald wieder«, sagte er und wandte sich noch einmal zu ihr um.

Sie sah ihn an, sagte aber nichts.

Während er hinter der Aufseherin den Hof überquerte, hatte er kaum einen Blick für die massiven Mauern mit den unzähligen vergitterten Fenstern. Daß Hettie, mit einer Basttasche in der Hand und eskortiert von einer zweiten Aufseherin, auf ihn zukam, merkte er erst, als sie fast auf gleicher Höhe waren. Er rief ihren Namen, und widerwillig blieb sie stehen.

Die Aufseherinnen schauten zu.

Hettie trat näher. »Ich staune, daß du den Nerv hast, dich hier blicken zu lassen.«

Trotz dieser Worte beugte er sich vor, als erwartete er eine Begrüßung. Sie spuckte ihm ins Gesicht.

Die Aufseherin packte sie am Arm. Langsam wischte er

sich die Wange ab, und ohne den Blick von Hettie zu wenden, sagte er: »Schon gut. Lassen Sie sie los.«

Wie Käfer trotteten sie mit ihren jeweiligen Begleiterinnen in entgegengesetzter Richtung über den weiten Hof. Bevor Hettie von dem Gebäude verschluckt wurde, drehte sie sich noch einmal um und schrie mit einer Stimme, die sich vor Verzweiflung fast überschlug: »Du Schwein! Was ist mit Mac?«

Draußen vor dem Gebäude starrte Prior an der Fassade hoch, die im Nieselregen verschwamm. Hetties Spucke schien sich in seine Haut einzubrennen. Er wischte sich ein zweites Mal die Backe ab, wandte sich um und ging dann raschen Schritts zum Bahnhof. Ein Refrain pulsierte in seinem Kopf. Bei jedem Tritt seiner Stiefel auf dem Kies hörte er: Die Schweine haben gewonnen. Die Schweine haben gewonnen. Die Schweine ...

Dritter Teil

17

Rivers hatte sich den Nachmittag freigehalten, um seinen Aufsatz über Aspekte der militärischen Ausbildung für den Medical Research Council fertigzustellen. Seit Tagen stapelten sich Lehrbücher auf seinem Schreibtisch, in die er sich noch eine Stunde lang vertiefte, ehe er zu seinem letzten Satz zurückkehrte.

> Viele derjenigen, die den modernen Krieg unversehrt überstehen, sind dazu imstande, weil sie eine wenig ausgeprägte Phantasie besitzen. Ist die Phantasie jedoch stark und aktiv, dürfte es weitaus besser sein, ihr zu erlauben, sich mit den Strapazen und Gefahren des Krieges zu beschäftigen, als dauerhafte Verdrängungsmechanismen in Gang zu setzen ...

Es klopfte an der Tür. Captain Bolden hatte eine Schwester angegriffen. Rivers lief den Korridor entlang, sah, daß der Lift im Kellergeschoß war, und stürmte, drei Stufen auf einmal nehmend, die Treppe hinunter. Mehrere Schwestern und zwei Pfleger standen vor Boldens Tür. Anscheinend weigerte er sich, sie hereinzulassen. Dem erregten Stimmengewirr war zu entnehmen, daß Bolden Schwester Pratt ein Messer entgegengeschleudert hatte. Kein sehr scharfes Messer, und es hatte sie auch nicht getroffen, aber immerhin, ein Messer. Schwester Pratt gehörte zu den ältesten und erfahrensten Schwestern der Klinik. Unglücklicherweise hatte sie ihre Erfahrungen in den geschlossenen Abteilungen großer viktorianischer Irrenanstalten gesammelt, wo bei einem Konflikt zwischen Pflegepersonal und Patient ganz automatisch und unstrittig der Patient im Unrecht war. Dabei konnte man beide Seiten gut verstehen. Bolden reagierte oft sehr aggressiv, aber genau das hatte man ihm in den letzten vier Jahren schließlich beigebracht. Und Schwester Pratt mußte sich, zum erstenmal in ihrem dreißigjährigen Berufsleben, mit Patienten abgeben, die das Kommandieren genauso gewohnt waren wie das Gehorchen.

Rivers gab einem Pfleger sein Offiziersstöckchen und klopfte an. »Darf ich reinkommen?«

Ein Grunzer, keine eindeutige Abwehr. Rivers öffnete die Tür und trat ein. Bolden stand am Fenster, noch immer wütend, ängstlich, beschämt. Rivers setzte sich, um Bolden, der kleiner war als er, die Möglichkeit zu geben, ihn zu überragen. Bolden war ein sehr verängstigter Mensch. »Also, was ist es denn diesmal?«

»Ich habe ihr erklärt, daß das Fleisch ungenießbar ist. Daraufhin sagte sie, ich könne von Glück reden, daß ich überhaupt welches bekomme.«

»Und dann haben Sie das Messer geworfen?«

»Ich hab sie ja nicht getroffen.«

Eine halbe Stunde sprachen sie miteinander. Dann stand Rivers auf.

»Ich werde mich bei ihr entschuldigen«, sagte Bolden.

»Gut, das wäre ein Anfang. Aber lassen Sie sich nicht von ihrer Reaktion provozieren.«

»Ich werd's versuchen«, sagte Bolden finster.

»Ich weiß. Übrigens, Sie haben recht mit dem Fleisch. Ich habe es auch nicht runterbekommen.«

Rivers sprach mit Schwester Walters, in der Hoffnung, sie werde Schwester Pratt überreden, Boldens Entschuldigung gnädig anzunehmen. Dabei kam ihm in den Sinn, daß er gleich mit Manning reden könnte, da er schon einmal auf der Station war. Auf dem Weg zu ihm fiel ihm ein, daß Manning sich vermutlich in der neurologischen Abteilung aufhielt, wo er sich mit Lucas und anderen Schachbegeisterten angefreundet hatte. Manning machte gute Fortschritte. Man würde ihn bald entlassen können.

Sie spielten tatsächlich Schach. Wortlos und äußerst konzentriert. Sie blickten erst hoch, als er neben ihnen stand.

Lucas' Wunde war inzwischen völlig verheilt, das Haar wuchs wieder, und dunkler Flaum bedeckte seinen weißen Schädel. Sehr anrührend. Er sah aus wie ein plumpes, unbeholfenes Küken. »Wie läuft's?« fragte Rivers in Richtung Manning.

»Er macht mich fertig«, sagte Manning fröhlich. »Neunzehn zu siebzehn für ihn.«

Lucas zeigte auf die Tafel. »Zwanzig zu siebzehn«, gurgelte er und grinste.

Rechnen konnte er jedenfalls, dachte Rivers und entfernte sich schmunzelnd. Einer der Hilfspfleger wusch gerade einen inkontinenten Patienten, dessen Bett nicht abgeschirmt war. Viggors' Beine machten unwillkürlich kreisförmige Bewegungen, und eigentlich brauchte man in seinem Fall zwei Pfleger, einen, der ihn wusch, und einen, der die Beine festhielt. Die Exkremente liefen ihm an den Schenkeln herunter und breiteten sich auf dem Laken aus. Martin, der Pfleger, stand ratlos und mit hochrotem Kopf da. Viggors war bleich vor Wut und Scham.

Rivers blieb vor dem Bett stehen. »Haben Sie schon mal was von Wandschirmen gehört?« fragte er.

Martin schaute hoch. »Wantage wollte gerade einen holen.«

Wantage saß, eine Zigarette rauchend, im Schwesternzimmer und hatte es offensichtlich nicht eilig, einen Hilfspfleger, einen Wehrdienstverweigerer, aus einer unmöglichen Situation zu befreien. Er machte große Augen. »Ich wollte gerade –«

»Ich weiß genau, was Sie wollen. Schirme rings um das Bett dort! Ein bißchen dalli! Helfen Sie ihm!« Im Weitergehen rief er über die Schulter: »Und machen Sie Ihre Zigarette aus!«

Rivers zitterte noch vor Wut, als er an seinen Schreibtisch zurückkehrte. Er konzentrierte sich auf den unvollendeten Satz.

> ... Ist die Phantasie jedoch stark und aktiv, dürfte es weitaus besser sein, ihr zu erlauben, sich mit den Strapazen und Gefahren des Krieges zu beschäftigen, als dauerhafte Verdrängungsmechanismen in Gang zu setzen, welche zu einem Anstau negativer Energie führen können, die, sobald es zu einem seelischen Schock oder einer körperlichen Verwundung kommt, wie ein Munitionsdepot explodieren wird.

Explodierende Munitionsdepots, dachte Rivers, das war inzwischen bestimmt ein Klischee. Trotzdem, Bolden war ein ganz gutes Beispiel dafür. Er selbst war auch nicht übel.

Es klopfte an der Tür. »Nein«, sagte Rivers. »Ganz egal, was es ist: *Nein.*«

Miss Rogers lächelte. »Während Sie oben auf der Station waren, kam ein Anruf für Sie. Es geht um einen Captain Sassoon.«

Rivers war schon aufgesprungen. »Ja, und?«

»Er liegt mit einer schweren Kopfverletzung im Amerikanischen Rot-Kreuz-Spital, Lancaster Gate. Ob Sie ihn besuchen könnten?«

»Wie schlimm ist es?«

»Ich weiß es nicht. Man hat mir nichts gesagt.«

Im Taxi nach Lancaster Gate gingen ihm immer wieder seine Formulierungen durch den Kopf. *Ist die Phantasie jedoch stark und aktiv, dürfte es weitaus besser sein, ihr zu erlauben, sich mit den Strapazen und Gefahren* ... Er sah zum Fenster hinaus und schüttelte den Kopf, als wolle er Klarheit in sein Denken bringen. Seine Empfehlung war nicht einmal besonders nützlich. Er brauchte keine Phantasie. Er war Neurologe. Er wußte genau, was Granaten und Kugeln aus dem Gehirn machten.

Der Krankensaal war ein großer stuckgeschmückter Raum mit hohen Fenstern, die auf den Hyde Park hinausgingen. Zwei Betten standen leer. In den anderen lagen Leichtverwundete, die alle einen relativ munteren Eindruck machten. Auf dem Tisch in der Mitte des Raums spielte ein Grammophon einen populären Schlager. *You made me love you.*

Eine Schwester eilte ihm entgegen. »Wen möchten Sie – «

»Captain Sassoon.«

»Er wurde in ein Einzelzimmer verlegt. Hat man Ihnen das nicht gesagt? Zwei Stockwerke weiter oben, aber ich fürchte, er darf keine ...« Ihr Blick fiel auf seine Kragenspiegel mit dem Äskulapstab. »Sind Sie Dr. Rivers?«

»Ja.«

»Ich glaube, Dr. Saunders erwartet Sie.«

Dr. Saunders stand draußen vor seinem Zimmer, ein kleiner pausbäckiger Mann mit dünnem, rotblondem Haar und blauen Augen, die zehn Jahre jünger waren als das übrige Gesicht. »Man hat Sie auf die Station geschickt«, sagte er und schüttelte ihm die Hand.

Rivers folgte ihm in das Zimmer. »Wie schlimm hat es ihn erwischt?«

»Die Verwundung ... ist überhaupt nicht schlimm. Ich kann es Ihnen sogar zeigen.« Er holte eine Röntgenaufnahme aus seinem Hefter, der auf seinem Schreibtisch lag, und hielt sie gegen das Licht. Sassoons Schädel starrte ihnen entgegen. »Sehen Sie?« Saunders zeigte auf den unversehrten Knochen. »Die Kugel ist genau hier entlanggeschrammt.« Er zeigte die Stelle an seinem eigenen Kopf. »Er hat jetzt einen hübschen Scheitel auf der Kopfhaut.«

Rivers stieß einen Seufzer aus. »Glück gehabt«, sagte er, so locker wie möglich.

»Ich glaube, er selbst sieht das anders.«

Sie setzten sich einander gegenüber an Saunders' Schreibtisch. »Die Nachricht, die mir übermittelt wurde, war nicht ganz klar«, sagte Rivers. »Ich wußte nicht, ob *Sie* den Wunsch hatten, daß ich ihn besuchen soll, oder ...«

»Ja. Ich habe Ihren Namen in der Akte gesehen und dachte, da Sie ihn früher behandelt haben, wären Sie vielleicht interessiert, ihn zu besuchen.« Saunders zögerte. »Er muß ein sehr ungewöhnlicher Patient gewesen sein.«

Rivers sah seinen Namenszug am Ende des Berichts, den er in Craiglockhart geschrieben hatte. »Er hatte gegen den Krieg protestiert. Es erschien mir ...« – er holte tief Luft – »sinnvoll, bei ihm einen Zusammenbruch zu diagnostizieren.«

»Sinnvoll für wen?«

»Für das Kriegsministerium. Seine Freunde. Letztlich für ihn selbst.«

»Und Sie haben ihn überredet, an die Front zurückzugehen?«

»Es war seine eigene Entscheidung. Stimmt etwas nicht?«

»Er ist ... Als er hier eingeliefert wurde, schien alles in Ordnung mit ihm zu sein. Dann bekam er Besuch, etwa acht Personen gleichzeitig. Erlaubt sind maximal zwei. Aber die diensthabende Schwester war sehr jung und glaubte offenbar, daß sie nicht das Recht hatte, diese Personen zum Gehen aufzufordern. Diesen Fehler wird sie nicht noch einmal machen. Jedenfalls, als sie schließlich gingen, war er in einem furchtbaren Zustand. Völlig durcheinander. In der Nacht hat er dann schlecht geschlafen – alle haben schlecht geschlafen –, so daß wir beschlossen, ihn in ein Einzelzimmer zu verlegen und keine Besucher mehr zuzulassen.«

»Hat er Depressionen?«

»Nein. Ganz im Gegenteil. Er ist sehr aufgekratzt. Redet ununterbrochen. Und jetzt hat er niemanden, an den er sich wenden kann.«

Rivers lächelte. »Dann sollte ich ihn jetzt besuchen, damit er einen Zuhörer hat.«

Weiche Teppiche auf den Korridoren, goldgerahmte Bilder an der Wand. Rivers dachte, während er Saunders folgte, an die Flure in Craiglockhart. Düster, zugig, nach Zigaretten stinkend. Aber dieser luftleere, behagliche Komfort war ebenfalls bedrückend. Rivers sah aus dem Fenster in einen dunklen, tiefen Schacht zwischen zwei Gebäuden hinunter. Auf einem Fenstersims saß eine Taube vor dem Abgrund und krallte sich mit einem rosaroten Fuß an der Kante fest.

»Nachmittags scheint er seine gute Phase zu haben«, sagte Saunders. »Vielleicht schläft er.« Leise öffnete er die Tür, und sie gingen hinein.

Sassoon schlief, das Gesicht unter dem Kopfverband blaß und matt. »Soll ich ...« flüsterte Saunders und zeigte auf Sassoon.

»Nein, lassen Sie nur. Ich warte.«

»Gut, dann gehe ich jetzt«, sagte Saunders und zog sich zurück.

Rivers setzte sich ans Bett. Im Zimmer stand noch ein zweites Bett, das aber nicht bezogen war. Der Nachttisch war mit Blumen, Obst, Schokolade und Büchern überhäuft. Rivers wollte Siegfried nicht wecken, doch allmählich huschte eine Art von Erinnerung an flüsternde Stimmen über das verschlossene Gesicht. Siegfried befeuchtete seine Lippen und schlug kurz darauf die Augen auf. Er richtete sie auf Rivers, erst voller Freude, dann plötzlich beunruhigt. Er streckte die Hand aus und berührte Rivers' Ärmel. Er will sich vergewissern, daß ich es wirklich bin, dachte Rivers. Ziemlich aufschlußreiche Geste.

Die Hand sank herab und berührte seinen Handrücken. Siegfried schluckte, richtete sich auf: »Schön, daß Sie gekommen sind«, sagte er und streckte die Hand aus. »Einen Moment dachte ich ...« Er hielt inne. »Sie werden nicht bleiben können«, sagte er mit einem verlegenen Lächeln. »Ich darf keine Besucher empfangen.«

»Schon gut. Sie wissen, daß ich hier bin.«

»Vermutlich, weil Sie Arzt sind«, sagte Siegfried und ließ sich zurücksinken. »Lady Ottoline haben sie nicht zu mir gelassen. Ich habe Mrs. Fisher auf dem Flur mit ihr sprechen hören.«

Er hat sich verändert, dachte Rivers. Er war gesprächig, unruhig, redete schnell und sah ihm direkt ins Gesicht, was er sonst fast nie getan hatte, schon gar nicht in der Anfangsphase einer Begegnung. Doch er wirkte ganz normal, und die Veränderungen hielten sich in Grenzen. »Warum läßt man denn keinen Besuch zu Ihnen?«

»Wegen letztem Sonntag. Alle waren gekommen, Robert Ross, Meicklejon, Sitwell, mein Gott, Eddie Marsh, und sie haben alle über das Buch geredet, ich war furchtbar aufgeregt ...« Er hob die Hand an die Stirn. »Zisch! Bumm! Ich hatte eine schlechte Nacht, hab alle vom Schlafen abgehalten, da haben Sie mich hierher verlegt.«

»Wie war die letzte Nacht?«

Siegfried verzog das Gesicht. »Schlecht. Ich muß immer daran denken, was für eine große Sache das ist, der *Krieg*, daß man unmöglich darüber schreiben kann und daß es sinnlos ist, sich darüber zu empören. Das ist eine so banale Reaktion, man ... man wird dieser dieser dieser Tragödie einfach nicht gerecht, verstehen Sie? Man verbringt sein ganzes Leben dort draußen und denkt immer nur an diesen winzigen Frontabschnitt, ich meine, dreißig Meter Sandsäcke, das ist der Krieg, von anderen Dingen kriegt man überhaupt nichts mit, und jetzt kann ich alles sehen, riesige Armeen, Leuchtkugeln am Himmel, Millionen Menschen, Abermillionen.«

Rivers wartete. »Sie sagen, Sie können es sehen?«

»O ja. Es breitet sich einfach vor mir aus.« Seine Arme machten eine ausholende Bewegung. »Es ist schon grandios irgendwie, aber auch schrecklich, und dann bekomme ich Angst, weil man dafür ja ein Tolstoi sein müßte.« Er packte Rivers' Hand. »Ich muß Ross sprechen, die anderen sind mir egal, Sie müssen erreichen, daß ich ihn sprechen darf, er sieht furchtbar aus, dieses grauenhafte, wirklich grauenhafte Gerichtsverfahren. Wissen Sie, daß Lord Alfred Douglas ihn als den ›Obersodomiten von ganz London‹ bezeichnet hat? Er hat es allerdings im Zeugenstand gesagt, Robbie kann ihn also nicht verklagen.«

»Vielleicht ganz gut so.«

»Und man hat ihn aufgefordert, seine Mitgliedschaft in allen Komitees niederzulegen. Ich meine, er hat das von sich aus angeboten, aber es wurde sofort akzeptiert. Ich muß ihn unbedingt sehen. Außerdem bringt er mir die Buchbesprechungen mit.«

»Sie sind gut, nicht wahr? Ich habe sie verfolgt.«

»Die meisten.«

Rivers lächelte. »Sie können nicht ein kontroverses Buch schreiben *und* allgemeine Anerkennung erwarten, Siegfried.«

»Nein?«

Sie lachten, und für einen Augenblick schien alles in Ordnung zu sein. Dann verdüsterte sich Siegfrieds Miene. »Wissen Sie, daß wir in Frankreich in den Unterständen gehockt und über den Prozeß geredet haben? Die Zeitungen waren voll davon. Da war man fast schon wieder froh darum, an der Front zu sein, ich meine, Herrgott noch mal, die Deutschen an der Marne, fünftausend Mann geraten in Gefangenschaft, und das einzige, was in den Zeitungen steht, ist, wer mit wem ins Bett geht und ob sie erpreßt werden. Mein Gott!«

»Ich werde sehen, was ich wegen Ross tun kann.«

»Glauben Sie, man wird auf Sie hören?«

Rivers zögerte. »Vielleicht.« Offensichtlich wußte Siegfried nicht, daß er als Arzt gerufen worden war. »Wie geht es Ihrem Kopf?«

Ein verächtliches Zucken. »Nur eine Schramme. Ich hätte mich nie heimschicken lassen sollen, wissen Sie. ›Ich komme wieder‹, das war das letzte, was ich zu meinem Burschen gesagt habe. ›Bin in drei Wochen wieder zurück‹, rief ich ihm zu, während ich abtransportiert wurde. Und dann ließ ich mich korrumpieren.«

»Korrumpieren? Das ist ein hartes Wort, finden Sie nicht?«

»Ich hätte mich weigern sollen, zurückzukommen.«

»Siegfried, niemand hätte auf Sie gehört. Kopfverletzungen muß man ernst nehmen.«

»Aber verstehen Sie denn nicht, der Zeitpunkt war ideal. Haben Sie mein Gedicht in der *Nation* gelesen? ›Ich stand bei den Toten‹. Also. Jedenfalls, ich saß auf dem obersten Ast und sang vor mich hin. PENG! Hoppla, leider daneben.«

»Ich bin froh, daß der Schuß danebenging.«

Siegfried warf ihm einen düsteren Blick zu. »Ich nicht.«

Schweigen.

»Ich fühle mich amputiert. Ich gehöre nicht hierher. Ich sehe mir das alles an ...« Die ausholende Hand deutete auf das Obst, die Blumen, die Schokolade. »Ich wünschte nur, ich könnte es einpacken und an die Front schicken. Ich habe schon ein Grammophon losgeschickt. Dann ... wurde ich krank.«

»Wissen Sie, ich verstehe nicht«, sagte Rivers, »wie das mit der Verwundung überhaupt passieren konnte.«

»Ich war im Niemandsland.«

»Nein, ich meine, wegen dem Helm.«

»Ich hatte ihn abgesetzt.« Eine verlegene Pause. »Wir waren losgegangen, um Handgranaten in ein Maschinengewehrnest zu werfen, wir waren zu zweit, die Deutschen waren frech geworden, verstehen Sie, sie hatten sich zu weit nach vorn gewagt, und so ...« – er lächelte schwach – »... haben wir die Kontrolle wiederhergestellt. Na jedenfalls, wir warfen die Handgranaten, ich glaube nicht, daß wir jemanden erwischt haben – ich meine, es waren keine Schreie zu hören –, dann kehrten wir wieder um, inzwischen wurde es schon hell, und ich war dermaßen glücklich.« Sein Gesicht strahlte. »Mein Gott, Rivers, Sie können sich nicht vorstellen, wie glücklich ich war. Ich stand auf und nahm den Helm ab und drehte mich um, um einen Blick über die deutschen Linien zu werfen. Und in dem Moment hat mich die Kugel erwischt.«

Rivers war so empört, daß er es kaum noch aushielt im Zimmer. Er trat ans Fenster und starrte leeren Blicks auf die Straße, den Zaun, den See, der von weitem in der Sommersonne glitzerte. Er hatte sich einer Illusion hingegeben, dachte er, so getan, als sei dies nur einer von vielen Krisenfällen an einem anstrengenden Tag. Diese Empörung nahm ihm alle Illusionen. »Warum?« sagte er und wandte sich Siegfried zu.

»Ich wollte sie sehen.«

»Sie meinen, Sie wollten getroffen werden.«

»Nein.«

»Es ist früher Morgen, die Sonne geht auf, Sie stehen mitten im Niemandsland und nehmen Ihren Helm ab, Sie wenden sich den deutschen Linien zu, und Sie erklären mir, daß Sie nicht von einer Kugel erwischt werden wollten?«

Siegfried schüttelte den Kopf. »Ich habe doch gesagt, ich war glücklich.«

Rivers holte tief Luft. Er trat wieder ans Bett, zwang sich zu professioneller Freundlichkeit. »Sie waren glücklich?«

»Ja, die meiste Zeit war ich glücklich. In erster Linie wohl deswegen, weil ich es geschafft hatte, den Teil von mir abzuspalten, der den Krieg haßt.« Ein schwaches Lächeln. »Ausgenommen, wenn ich Gedichte für die *Nation* schrieb. Ich war ... Es gibt ein Buch, das Sie unbedingt lesen müssen. Ich werde versuchen, es aufzutreiben. Darin steht, daß ein Mensch, der beschließt, zu sterben, sich von vielen Dingen verabschiedet hat und in gewissem Sinne schon tot ist. Also, ich hatte beschlossen, zu sterben. Blieb mir denn eine andere Wahl? Aber zu beschließen, daß man sterben will, ist noch lange nicht dasselbe, wie sich von einer Kugel erwischen zu lassen. Nicht daß es einen großen Unterschied gemacht hat.« Vorsichtig tippte er an den Verband. »Britischen Scharfschützen hätte ich allerdings mehr zugetraut.«

»Britischen Scharfschützen?«

»Ja, hat man es Ihnen nicht erzählt? Es war mein eigener Unteroffizier. Hat mich mit der deutschen Armee verwechselt, stürmte raus ins Niemandsland und brüllte: ›Kommt schon, ihr Arschlöcher!‹ und schoß auf mich.« Er lachte. »Mein Gott, ich habe noch nie jemanden mit einem so erschrockenen Gesicht gesehen.«

Rivers setzte sich ans Bett. »So nah werden Sie nie wieder dran sein.«

»Ich war schon mal näher dran. Eine Granate ist direkt neben mir gelandet. Buchstäblich. Und nicht explodiert!« Siegfried zuckte plötzlich, wie Rivers es schon tausendmal bei anderen Patienten beobachtet hatte, zu oft, als daß es ihn erschrecken konnte.

»Man kriegt keinen Granatschock, oder?« fragte Siegfried. »Von einer Granate, die nicht explodiert?«

Rivers betrachtete seine Hände. »Diese scheint einigen Schaden angerichtet zu haben.«

Siegfried sah zum Fenster. »Sie unternehmen bald einen Vorstoß, Jowett, fünf oder sechs von den anderen, *meine* Leute, wissen Sie, Rivers, *meine* Leute, Soldaten, die ich ausgebildet habe, und ich werde nicht dasein, wenn sie zurückkommen.«

»Es sind nicht mehr *Ihre* Leute, Siegfried. Sie unterstehen einem anderen. Sie müssen loslassen.«

»Ich kann nicht.«

18

Rivers, der bei den Heads zum Abendessen eingeladen war, stellte bei seinem Eintreffen fest, daß die Haddons und Grafton Elliot Smith schon vor ihm gekommen waren. Die Gelegenheit zu einem vertraulichen Gespräch mit Henry oder Ruth ergab sich erst am späten Abend, nachdem er beschlossen hatte, als letzter zu gehen. Es war nicht ungewöhnlich, daß er nach einem Essen bei den Heads noch etwas blieb, weil er ihre spezielle Art des gutmütigen Lästerns unterhaltsam fand, wohl wissend, daß sie, sobald er gegangen war, über seine eigenen Marotten und Schwächen herziehen würden, was ihm jedoch nichts ausmachte, da er sich ihrer Zuneigung sicher war.

Nicht daß er an diesem Abend zu Klatsch aufgelegt war. Sobald sie unter sich waren, erzählte er ihnen von Siegfried und erläuterte, welchen Eindruck er von ihm gewonnen hatte.

»Erregt, sagst du?« fragte Henry.

»Ja.«

»Manisch?«

»Nein, nein, keineswegs. Aber es war doch eine gewisse ... Euphorie zu bemerken, das eine oder andere Mal, besonders, als er über seine Empfindungen unmittelbar vor der Verwundung sprach. Und nachmittags hat er seine beste Zeit. Die Nächte sind anscheinend schlimm. Ich habe ihm versprochen, wieder vorbeizuschauen. Tja, ich muß los.« Er stand auf. »Ich mache mir keine großen Sorgen. Er wird es schon schaffen.«

»Bedauert er, daß er wieder an die Front gegangen ist?« fragte Ruth.

»Ich weiß es nicht«, sagte Rivers. »Ich habe ihn nicht gefragt.«

Nachdem er Rivers hinausbegleitet hatte, kehrte Head in das Wohnzimmer zurück. Ruth starrte nachdenklich in den Kamin. »Nein, so was würde er nicht fragen, stimmt's?« sagte sie und blickte hoch.

»Könnte sein, daß es ihm sinnlos erscheint«, sagte Henry und setzte sich ihr gegenüber vor den Kamin.

Ein langes, vertrautes Schweigen. Sie waren so erfüllt von den Gesprächen dieses Abends, daß sie keine Lust hatten, viel zu reden, und saßen so behaglich, daß sie noch nicht gleich zu Bett gehen wollten.

»Letztes Jahr hat er mich aufgesucht, weißt du«, sagte Henry. »Es war fast eine Sprechstunde. Es ging ihm ziemlich schlecht wegen Sassoon.«

»Ja, ich weiß. Mir war nicht klar, daß er mit dir darüber gesprochen hat.«

Head zögerte. »Er hat wohl plötzlich erkannt, daß er ... gewissermaßen seine ärztlichen Fähigkeiten dafür einsetzte, eine Situation zu entschärfen, die nichts mit Heilkunst zu tun hatte. Als Militärarzt hat man zu Kriegszeiten eigentlich keine andere Wahl. Es besteht immer die Möglichkeit, daß sich die Bedürfnisse der Armee und die des Patienten nicht vereinbaren lassen, aber bei Sassoon war der Konflikt ... sehr groß. Im Grunde habe ich Rivers nur gebeten, keine Dummheiten zu machen.«

Ruth lachte überrascht. »Der arme Will.«

»Nein, es war mein Ernst.«

»Glaub ich dir, aber zu einem Patienten hättest du das nicht gesagt.«

»Ich habe ihm erklärt, daß Sassoon seine Entscheidungen selbst treffen könne und daß sein Einfluß nicht so groß sei, wie er glaube. Er erschien mir irgendwie ... ich weiß nicht. Nicht überheblich ...«

»Allzu selbstkritisch?«

»Offen gestanden, ich fand ihn neurotisch. Aber seitdem

habe ich ihn mit so vielen Patienten erlebt, daß ich mir nicht mehr sicher bin. Du weißt ja, wenn man andere Menschen eine Zeitlang nicht gesehen hat, ist man nicht mehr auf dem laufenden. Ich glaube, ich war nicht auf dem laufenden. Irgend etwas ist in Schottland mit ihm passiert. Plötzlich hatte er diesen ungeheuren Einfluß auf junge Männer, vielleicht auf Menschen ganz allgemein, aber besonders auf junge Männer. Es ist wirklich phantastisch, sie tun alles für ihn. Werden sogar gesund.«

»Und gehen zurück an die Front?«

»Auch das, ja.«

Ruth zuckte leicht mit den Schultern. »Aus meiner Sicht hat er sich nicht so verändert. Aber mir gegenüber hat er sich ja immer von einer etwas anderen Seite gezeigt.« Sie lächelte. »Ich finde ihn sehr nett, aber ...«

»Er dich auch.«

»Manchmal frage ich mich, warum wir uns überhaupt leiden können, weißt du. Wenn man bedenkt, wie alles angefangen hat. Du jedes Wochenende in Cambridge, damit er dir Nadeln in den Arm pieksen kann. Im ersten Jahr unserer Ehe hatte ich kein einziges Wochenende mit dir allein.«

»So schlimm war es nicht. Jedenfalls bist du ganz gut damit klargekommen.«

»Ob er noch immer glaubt, daß Sassoon seinetwegen zurückgegangen ist?«

Head zögerte. »Ich denke, er weiß, welchen Einfluß er hat.«

»Hmm«, sagte Ruth. »Glaubst du, er ist in ihn verliebt?«

»Sassoon ist ein Patient.«

Ruth lachte und schüttelte den Kopf. »Das ist keine Antwort.

Head sah sie an. »Doch. Unbedingt.«

Siegfried saß aufrecht im Bett, ohne Pyjamajacke, Gesicht und Brust schweißglänzend. »Ist es heiß, Rivers?« fragte er, als wäre ihr Gespräch nie unterbrochen worden. »Oder kommt es mir bloß so vor?«

»Es ist warm.«

»Ich sterbe vor Hitze. Ich komme mir vor wie ein siedender Kessel.«

Rivers setzte sich zu ihm.

»Ich habe an Graves geschrieben. In Versform. Wollen Sie es lesen?«

Rivers nahm den Notizblock und las. Es war eine Schilderung seines Besuchs an jenem Nachmittag. Der Schmerz traf ihn so heftig, daß er einen Moment ganz still sitzen mußte. »So sehen Sie mich also?« sagte er schließlich. »Als jemanden, der Sie zwingt, nach Frankreich zurückzukehren, bis Sie ganz und gar zusammenbrechen?«

»Ja«, sagte Sassoon munter. »Aber keine Sorge, ich will es so. Sie sind mein äußeres Gewissen, Rivers, mein Beichtvater. Sie dürfen mich jetzt nicht enttäuschen, Sie müssen erreichen, daß ich zurückgehe.«

Rivers las das Gedicht noch einmal. »Sie sollten es nicht abschicken.«

»Wieso nicht? Ich habe lang genug daran gearbeitet. Ach so, jetzt verstehe ich, Sie finden, ich sollte das mit den hübschen jungen Soldaten nicht sagen. Sie sind aber hübsch. Sie glauben, Graves wird schockiert sein. Offen gestanden, Rivers, es ist mir egal. Graves zu schockieren ist eines der wenigen Vergnügen, die mir geblieben sind. Ich habe ihm – wohlgemerkt nicht, um ihn zu schockieren – einen ganz normalen Brief geschrieben, nur habe ich dabei den Fehler gemacht, voller Begeisterung über die Ausbildung zu berichten und im nächsten Absatz zu schreiben, was für eine grausame Sache der Krieg ist. Wie reagiert er darauf? Er belehrt mich, daß ich konsequent sein soll, jawohl, und macht mir den pathetischen Vorwurf, ich solle meine Freunde gefälligst nicht erschrecken, indem ich so tue, als hätte ich den Verstand verloren. Das fand ich besonders stark. Ein einziges Mal in meinem Leben habe ich etwas völlig Konsequentes, völlig Vernünftiges getan, nämlich gegen den Krieg protestiert. Und wer hat gesagt, ich soll damit aufhören?«

Graves, dachte Rivers. Aber nicht nur Graves. Es stimmte tatsächlich, jetzt sah er es, vielleicht sehr viel klarer als damals: Die persönliche Bedeutung von Siegfrieds Protest – welche *politische* Bedeutung die Aktion auch gehabt haben mochte – erklärte sich daher, daß ein Mann, dessen innere Konflikte durch den Krieg gefährlich verschärft worden waren, nach Konsequenz und Eindeutigkeit strebte.

»Sie sollten Graves keine Vorwürfe machen. Er hat nur –«

»Tue ich auch nicht. Ich bin nur nicht bereit, mich belehren zu lassen. Ich überlebe an der Front, weil ich zwei Menschen bin, manchmal sogar an ein und demselben Abend. Dann sitze ich mit Stiffy und Jowett zusammen – *Jowett ist ein bildhübscher Kerl* – und fange an, davon zu reden, daß ich kämpfen will, und irgendwann sind alle so erregt, daß sie auf den Tisch hauen und sagen, jawohl, jetzt reicht's, wir wollen was Richtiges erleben. Und dann stehe ich auf und gehe in mein Zimmer und denke, wie jung sie sind. Neunzehn, Rivers. Neunzehn! Und sie haben keinen blassen Schimmer. Mein Gott, hoffentlich leben sie noch.«

Plötzlich brach er in Tränen aus. Er fuhr sich mit dem Handrücken über den Mund und schniefte. »Entschuldigen Sie.«

»Schon gut.«

»Wissen Sie, was meine Jekyll-und-Hyde-Phantasie letztlich vermasselt hat – nein, passen Sie auf, es ist wirklich komisch. Ich bekam einen neuen Stellvertreter. Pinto. Prachtvoller Kerl. Als wir uns das erstemal sahen, las er gerade in *Counter-Attack*. Er guckte hoch und sagte: ›Sind Sie *der* Sassoon?‹ Mein Gott, Rivers, was für eine Frage! Aber natürlich habe ich ›Ja‹ gesagt. Was sollte ich sonst auch sagen? Und trotzdem glaube ich, daß in dem Moment für mich alles zusammenbrach.« Mit deutlich veränderter Stimme fuhr er fort. »Ich erkannte, wie idiotisch es war.«

Rivers sah ihn fragend an: »Was war idiotisch?«

»Die armselige Formel, die es mir ermöglichte, an die Front

zurückzukehren.« Er verlieh seiner Stimme einen affektierten, larmoyanten Tonfall. »Ich gehe nicht an die Front zurück, um Menschen zu töten, sondern nur, um mich um meine Leute zu kümmern.« Dann fiel er in seine normale Tonlage zurück. »Warum haben Sie mir keinen Tritt verpaßt, Rivers? Warum haben Sie mich in meinem Elend schmoren lassen?«

Rivers zwang sich zu einer Antwort. »Weil ich befürchtete, daß Sie überhaupt nicht mehr zurückgehen würden, wenn Sie erst einmal darüber nachdächten.«

Er hätte genausogut schweigen können. »Man braucht nur in den Ausbildungsvorschriften nachzulesen. ›Der Kommandeur hat das Unmögliche zu verlangen, er darf seine Männer nicht schonen. All jene, die nicht mitkommen, müssen zurückgelassen werden. Sie dürfen die Verfolgung ebensowenig aufhalten, wie Verluste den Angriff aufgehalten haben.‹ Das war es. Entbehrliche, austauschbare Figuren. Ihretwegen bin ich zurückgegangen, ich wollte mich um sie *kümmern.*« Eine Pause. »Ich wollte sie bloß bei ihrem ersten Einsatz begleiten, und nicht einmal das habe ich geschafft.«

»Pinto ist dort«, sagte Rivers vorsichtig.

»O ja, und er ist gut. Er ist wirklich gut.«

Der Schweiß lief Siegfried übers Gesicht und Nacken. »Soll ich das Fenster öffnen?« fragte Rivers.

»Ja. Die Schwestern machen es immer wieder zu. Ich weiß nicht, weshalb.«

Rivers ging zum Fenster. Hinter ihm sagte Siegfried: »Schade, daß Ihnen meine hübschen Soldaten nicht gefallen.«

»Ich habe nicht gesagt, daß sie mir nicht gefallen. Ich habe nur gesagt, Sie sollten sie nicht abschicken.«

»Vor allem eines.«

»Jowett«, sagte Rivers.

»Ich habe ein Gedicht über ihn geschrieben. Nicht, daß er je davon erfahren wird. Er schlief. Er sah wie tot aus.« Schweigen. »Seltsam, nicht wahr, daß man für jemand anders väterliche Gefühle empfinden kann, ich meine, echte Vatergefühle. Man nutzt die Situation nicht aus, gerät nicht einmal in Versuchung, und trotzdem gibt es diese andere Seite. Ich denke, das eine macht das andere nicht ungültig. Ich bin überzeugt, daß man beides aufrichtig empfinden kann.«

»Ja«, sagte Rivers, und seine Stimme verriet nur eine Andeutung von Sachlichkeit, »schon möglich.« Er trat wieder ans Bett. »Sie haben gesagt: ›In dem Moment brach für mich alles zusammen.‹«

»Ja. Ich war mit der Situation ja nur deswegen fertig geworden, weil ich das Töten weggepackt, ausgeblendet hatte, und plötzlich muß man erkennen, es ist ganz anders, in Wahrheit gibt es nur eine Person, und diese Person ist ein potentieller Hunnenschlächter. So hat unser Kommandeur uns genannt. Das hatte einen ganz merkwürdigen Effekt. Ich meine, ich bin auf Patrouille gegangen und so, aber das hatte ich ja immer schon getan. Ich konnte nie im Schützengraben hocken – das hat nichts mit Mut zu tun, ich kann es einfach nicht –, aber diesmal war es anders, denn ich bin nicht in der Absicht losgegangen, einen Deutschen zu töten oder gar meine Nerven auf die Probe zu stellen, obwohl das eine Rolle gespielt hat. *Ich wollte es einfach sehen.* Ich wollte die andere Seite sehen. Wie oft habe ich durch das Scherenfernrohr geschaut. Es war ein Kornfeld. Ackerland. Manchmal sah man eine Rauchsäule von den deutschen Linien aufsteigen, aber meistens sah man gar nichts.« Nach einer Weile fuhr er beiläufig fort: »Einmal bin ich rübergegangen. Bin in den Graben runtergestiegen und entlanggegangen, vier Deutsche standen an einem Maschinengewehr. Einer von ihnen drehte sich um und bemerkte mich.«

»Und? Was ist passiert?«

»Nichts. Wir sahen uns einfach an. Dann beschloß er, seinen Kameraden Bescheid zu sagen. Und ich sagte mir, daß es Zeit sei, zu verschwinden.«

Gespannte Stille.

»Ich nehme an, ich hätte ihn töten sollen«, sagte Siegfried.

»Jedenfalls hätte er Sie töten müssen.«

»Er konnte sich mit dem Überraschungsmoment herausreden. Wissen Sie, Rivers, es ist sinnlos, den Leuten zu sagen, sie sollen sich erkennen und ... sich ihre Gefühle eingestehen, denn dort draußen geht es ihnen besser, wenn sie überhaupt keine Gefühle haben. Wenn die Leute töten müssen, sollten sie beizeiten lernen, daß sie das zu erwarten haben. Sie müssen begreifen, daß es ihnen nichts ausmachen darf, denn sonst ...« Siegfried drückte Rivers' Hand so kräftig, daß er das Gesicht verzog, um seinen Schmerz zu verbergen. »Es ist so brutal.«

Rivers war seit über einer Stunde bei Siegfried, und bislang war nichts gesagt worden, was man nicht auch zu einer passenderen Tageszeit hätte besprechen können. Doch nun steigerte sich Siegfrieds Erregung, er stolperte über Wörter, taumelte seinen Gedanken hinterher und versuchte verzweifelt, sie einzuholen. Er sprach von der Unermeßlichkeit des Krieges, davon, daß ein Mensch das alles unmöglich verstehen könne. Immer wieder sprach er von der Notwendigkeit, den jungen Männern das Töten beizubringen; von Kindesbeinen an müßten sie lernen, nichts anderes zu erwarten, und niemals dürften sie ihre Aufgabe in Zweifel ziehen. All das vermischte sich mit seiner Besorgnis über das Unternehmen, das Jowett und den anderen bevorstand. Er sprach so lebhaft und konkret, daß er sich zeitweilig in Frankreich zu wähnen schien.

Jede Diskussion mit ihm wäre sinnlos gewesen. Rivers brauchte drei Stunden, bis er Siegfried soweit beruhigt hatte, daß er endlich einschlief. Selbst als sein Atem schon gleichmäßig ging, blieb Rivers noch bei ihm, weil er befürchtete, Siegfried könne aufwachen, wenn er seine Hand wegzog. Lange Härchen auf Siegfrieds Unterarm schimmerten im Licht. Rivers, der zu müde war, um noch klar denken zu können, erinnerte sich an die Experimente, die er und Head auf dem Gebiet des pilomotorischen Reflexes durchgeführt hatten. Jedesmal, wenn Head ein bestimmtes Gedicht las, hatten sich seine Härchen aufgestellt. Der heilige Schauder, wie es bei den Deutschen hieß. Bei Head wurde er durch Lyrik ausgelöst. Bei Rivers war es, mehr als einmal, die Schönheit einer wissenschaftlichen Theorie gewesen, die eine Fülle disparater Fakten in eine überraschende Ordnung brachte. Am meisten hatte ihn fasziniert, daß Menschen auf die größten intellektuellen und geistigen Schöpfungen ihrer Kultur mit dem gleichen Reflex reagierten, der bei Hunden ein Sträuben des Fells bewirkt. Die harmonische Verbindung von Epikritischem und Protopathischem, der absolute Ausdruck jenes Zustands, den wir als höchste Form von Gesundheit betrachten. Aber weiß der Teufel, warum wir so denken, denn die meisten Menschen überleben nur, weil sie ihre inneren Konflikte kultivieren.

Siegfried schlief inzwischen fest. Vorsichtig zog Rivers seine Hand zurück und knetete die Finger. Es war kälter geworden, und Siegfried war nicht zugedeckt. Rivers schloß das Fenster und blieb noch eine Weile stehen, um die Geschichte, die er gehört hatte, in eine rationale Struktur zu bringen, was ihm aber nicht gelang, wenngleich die Konturen deutlich geworden waren. Siegfried war mit dem Krieg fertig geworden, indem er sich in zwei Menschen geteilt hatte: hier der Antikriegsdichter und Pazifist, dort der draufgängerische, tüchtige Kompaniechef. Die Spaltung war nicht unbedingt pathologisch zu nennen, da die in beiden Zuständen gemachten Erfahrungen untereinander verfügbar waren. Und nicht bloß verfügbar. Es waren die Erlebnisse des Frontoffiziers, die das Rohmaterial – wenn man so wollte: die Munition – für die Gedichte lieferten. Noch wichtiger, aber vielleicht auch ambivalenter: Das Erlebnis des Blutvergießens begründete die moralische Autorität für den Protest des Pazifisten, die »Erklärung eines *Soldaten*«. Kein Wunder, daß Pintos harmlose Frage eine Art Krise ausgelöst hatte.

Obwohl er diesmal in jedem Fall zusammengebrochen wäre, dachte Rivers. Er war mit einem Haß auf den Krieg zurückgekehrt, hatte die Realität des Tötens und Metzelns ignoriert, aber sobald ihm diese Realität klargeworden war, hatte er die Situation als unerträglich empfunden. All das hätte man vorhersehen können. Und man hatte es vorhergesehen.

Die Nacht hatte das Fenster in einen schwarzen Spiegel verwandelt. Sein Gesicht schwamm darin, dahinter Siegfried und das zerwühlte Bett. Wenn Siegfrieds Versuch, sich aufzuspalten, gescheitert war, so galt das auch für ihn. Er hatte Mühe, zugleich teilnahmsvoll und distanziert zu sein, Siegfried ständig mit beiden Seiten des gespaltenen Gesichts des Arztberufs zu betrachten. Doch das war *sein* Problem. Siegfried brauchte davon nichts zu wissen.

Es war noch immer dunkel. Die schwarzen Bäume im Park bewegten sich leise im Wind. Er zog seine Stiefel aus und legte sich auf das andere Bett, nicht unbedingt in der Hoffnung, einzuschlafen, aber vielleicht konnte er ein wenig ruhen. Er schloß die Augen. Zuerst schossen ihm noch die Gedanken im Kopf herum, fast so heftig wie bei Siegfried und nicht weniger wirr. Aus irgendeinem Grund erinnerte ihn die Situation daran, wie er auf dem Trampschiff geschlafen hatte, das zwischen den melanesischen Inseln verkehrte. Man schlief an Bord, in einem überdachten Kabuff auf einer Bank, die senkrechte Streifen auf den Rücken zeichnete, umgeben von anderen Reisenden. Und was für ein bunter Haufen das gewesen war. Besonders an eine Reise erinnerte er sich, auf der ein junger anglikanischer Priester mitgefahren war, der so viel Wert darauf legte, in diesen widrigen Verhältnissen nicht gegen die Gebote der Sittsamkeit zu verstoßen, daß er sich den Unterleib unter der Soutane wusch, während Rivers alle Sachen auszog und sich von den Matrosen, die das Deck schrubbten, einen Eimer Wasser über den Kopf kippen ließ.

Auf dieser Fahrt war außerdem noch ein Händler dabeigewesen, der Seamus O'Dowd hieß, auch wenn er nicht die Spur eines irischen Akzents besaß. O'Dowd trank. Nach den

Mahlzeiten hatte er sich im verqualmten Schiffssalon, üble Wolken von Gin und Mundfäule ausstoßend, seiner Heldentaten als Sklavenhändler gebrüstet, denn er hatte als Kidnapper von Eingeborenen begonnen, die auf den Plantagen von Queensland arbeiten mußten. Inzwischen haute er sie einfach übers Ohr. Sein jüngster Coup hatte darin bestanden, ihnen zu erklären, daß der großen Königin Viktoria (niemand wagte den Leuten zu sagen, daß sie tot war) vor den Geschlechtsteilen der Eingeborenen ekle und sie in ihrem Bett in Windsor erst dann ruhig schlafen könne, wenn sie sich die langen Unterhosen überzögen, die Seamus versehentlich im Rahmen eines Geschäfts erstanden hatte, bei dem er noch betrunkener gewesen war als sonst.

Rivers erinnerte sich daran, daß sie die Unterhosen auf dem Kopf trugen. In diesem Herbst des ersten Kriegsjahres war das große Mode auf der Insel gewesen, nackte junge Männer, die sich lange Unterhosen turbanartig um den Kopf wickelten. Sie sahen schön aus. In England trugen die jungen Männer inzwischen eine weniger vorteilhafte Kopfbedeckung.

Während Rivers zwischen Schlafen und Wachen dahindämmerte, erinnerte er sich an die Gerüche von Öl und Kopra, an die Kakophonie der schnarchenden und keuchenden Schläfer, die zusammengepfercht in dem kleinen Verschlag auf Deck lagen, an das Dröhnen der Maschine, deren Vibrieren man bis in die Zähne spürte, an die fremdartigen, funkelnden, wilden Sterne der Südsee. Er konnte sich beim besten Willen nicht vorstellen, was diese Flut nostalgischer Bilder ausgelöst hatte. Vielleicht waren es seine persönlichen Erfahrungen der Dualität, denn in den Vorkriegsjahren hatte er eine Persönlichkeitsspaltung erlebt, die zweifellos ebenso heftig gewesen war, wie Siegfried sie erlebte. Er hatte ja nicht nur zwei verschiedene Existenzen geführt – hin- und hergerissen zwischen den Professoren von Cambridge und den Missionaren und Kopfjägern von Melanesien –, sondern war an den beiden Orten jeweils ein anderer gewesen. Er selbst hatte dem melanesischen Rivers den Vorzug gegeben, doch seine Bemühungen, diese Person in sein englisches Leben zu integrieren, hatten nur zu Frustration und Verdruß geführt. Vielleicht war, im Gegensatz zur landläufigen Theorie, Dualität der stabile Zustand und jeder Auflösungsversuch gefährlich. Zweifellos hatte Siegfried diese Erfahrung gemacht.

Er stützte sich auf die Ellbogen und schaute hinüber zu Siegfried, der das Gesicht im Schlaf zum Fenster gewandt hatte. Vielleicht wurde dieser Nostalgieanfall von nichts Geheimnisvollerem ausgelöst als der Tatsache, daß er in einem Zimmer zu schlafen versuchte, wo der Atem eines anderen zu hören war. Mit anderen Menschen in einem Zimmer zu schlafen war Bestandteil seines melanesischen Ichs gewesen. In England kam das einfach nicht vor. Doch es war beruhigend, das Ein- und Ausatmen, wie das Auf und Ab der Wellen, die um einen Schiffsbug spielen, und während es draußen langsam dämmerte, schlief er ein.

Als er aufwachte, sah er Siegfried am Bett knien. Das Fenster stand offen, die Gardinen wehten im Wind. Vogelgezwitscher drang herein.

Etwas verlegen sagte Siegfried: »Ich glaube, ich habe gestern abend eine Menge Unsinn geredet.« Er wirkte verfroren und erschöpft, aber ruhig. »Ich hatte sicher Fieber.«

Rivers antwortete nicht.

»Jedenfalls geht es mir wieder gut.« Schüchtern berührte er Rivers' Ärmel. »Ich weiß nicht, was ich ohne Sie machen würde.«

19

Eine Woche später saß Rivers in seinem Sessel vor dem Kamin. Er fühlte sich körperlich erschöpft, aber doch zufrieden. Dieses Gefühl hatte er nur selten, da er an den meisten Tagen emotional derart ausgebrannt war, daß er kaum noch schlafen konnte. Allerdings war er an diesem Tag schon geflogen, was ihn körperlich immer anstrengte, und er hatte Siegfried zwar beileibe nicht gesund, aber doch sehr viel ruhiger und ausgeglichener erlebt als noch vor kurzem.

Das Rätsel war Prior. Prior hatte einen Termin versäumt, was bei ihm noch nie vorgekommen war, und Rivers wußte nicht, was er tun sollte. Im Grunde konnte er nur ein paar Zeilen schreiben und darauf hinweisen, daß er weiterhin bereit sei, ihm zu helfen, aber Prior hatte zu verstehen gegeben, daß ihn das Ausmaß seiner Abhängigkeit mit Besorgnis erfüllte. Falls er beschlossen hatte, die Therapie zu beenden, konnte – und wollte – Rivers nichts tun. Prior würde jetzt nicht mehr erscheinen. Er hatte sich schon um zwei Stunden verspätet.

Rivers überlegte gerade, daß er wohl doch etwas unternehmen sollte, als es an der Tür klopfte und das Hausmädchen eintrat. »Ein Mr. Prior möchte Sie sprechen«, sagte sie etwas unsicher, da es schon ziemlich spät war. »Soll ich ihm ausrichten ...«

»Nein, nein. Schicken Sie ihn hoch.«

Er hatte das Gefühl, dem, was jetzt auf ihn zukam, was immer es auch sein mochte, nicht gewachsen zu sein, doch er knöpfte sich die Uniformjacke zu und sah sich im Zimmer nach seinen Stiefeln um. Prior schien sehr schnell die Treppe heraufzukommen, mit leichten, lockeren Schritten, ganz anders als sonst. Sein Asthma war beim letztenmal sehr schlimm gewesen. Auf dem letzten Treppenstück war er mehrmals stehengeblieben, und dennoch war er fast atemlos eingetreten und hatte kaum ein Wort herausgebracht. Das Dienstmädchen mußte den Namen falsch verstanden haben, oder aber ...

Prior betrat das Zimmer, blieb an der Tür stehen und sah sich um.

»Alles in Ordnung mit Ihnen?« fragte Rivers.

»Ja.« Er blickte zur Uhr und schien sich der Tatsache bewußt zu werden, daß sein spätes Kommen eine Erklärung verlangte. »Ich mußte Sie sprechen.«

Rivers deutete auf einen Stuhl und stand auf, um die Tür zu schließen.

»Also«, sagte er, nachdem Prior sich gesetzt hatte. »Ihre Brust hört sich ja sehr viel besser an.«

Prior holte Luft. Versuchsweise. Er fixierte Rivers und nickte.

»Als wir das letztemal miteinander sprachen, wollten Sie Mrs. Roper im Gefängnis besuchen«, sagte Rivers. »Waren Sie inzwischen bei ihr?«

Prior schüttelte den Kopf, aber nicht, wie Rivers glaubte, als Antwort auf seine Frage. Schließlich sagte er mit merkwürdig zischender Stimme: »Hätte ich Ihnen nicht zugetraut, daß Sie mir etwas vormachen.«

»Was mache ich Ihnen denn vor?« fragte Rivers. Er wartete, hakte dann sachte nach. »Was mache ich Ihnen vor?«

»Daß wir uns schon einmal begegnet sind.«

Rivers schloß für einen Moment die Augen. Als er sie wieder öffnete, grinste Prior. »Eigentlich hatte ich sagen wollen: ›Dr. Rivers, nehme ich an?‹«

»Wenn wir uns noch nicht begegnet sind, wieso kennen Sie mich dann?«

»Ich springe für ihn ein.« Prior breitete die Hände aus.

»Ich vertrete ihn. Nun ja, Sie müssen zugeben, sehr viele Möglichkeiten gibt es nicht. Ich weiß nicht, wie Sie es mit ihm aushalten. *Ich* könnte es nicht. Finden Sie es richtig, ihm diese Sache durchgehen zu lassen?«

»Was für eine Sache?«

»Seine Unverschämtheiten.«

»Kranken sieht man einiges nach«, sagte Rivers trocken.

»Ach, er ist krank, ja?« sagte Prior mit ernster Miene und beugte sich vor. »Wissen Sie, ich glaube, es geht wirklich bergab mit ihm.«

Langes Schweigen. Rivers verschränkte die Hände unter dem Kinn. »Was meinen Sie, ob Sie wohl *ich* sagen könnten?«

»Bedaure. Nein.«

Die Feindseligkeit war deutlich zu spüren. Rivers erinnerte sich, daß er Prior in diesem Zustand schon einmal erlebt hatte, in den ersten Wochen in Craiglockhart. Genau so. Die gleiche verrückte Mischung aus Affektiertheit und Angriffslust.

»Wissen Sie, im Grunde ist es ganz einfach«, fuhr Prior fort. »Entweder wir sitzen hier und führen eine völlig fruchtlose Debatte darüber, welche Pronomen wir verwenden wollen, oder wir reden miteinander. Ich glaube, es ist wichtiger, zu reden.«

»Einverstanden.«

»Gut. Haben Sie etwas dagegen, daß ich rauche?«

»Habe ich je etwas dagegen gehabt?«

Prior klopfte die Uniformtaschen ab. »Ich bringe ihn um«, sagte er lächelnd. »Oh, nein, alles in Ordnung.« Er hielt eine Schachtel Zigarren hoch. »Ich habe ihn erzogen. Er hat sie immer weggeworfen.«

»Worüber möchten Sie gern reden?«

Ein breites Lächeln. »Ich dachte, Ihnen fällt bestimmt was ein.«

»Sie sagen, Sie ›springen für ihn ein‹. Heißt das, Sie wissen alles, was er weiß?«

»Ja. Aber er weiß nicht alles, was ich weiß. Es ist nur ... es ist nicht ganz so klar. Manchmal sehe ich Dinge, die er nicht sehen kann, selbst wenn er anwesend ist.«

»Dinge, die er nicht bemerkt?«

»Die er nicht sehen will. Zum Beispiel haßt er Spragge. Ich meine, er hat wirklich gute Gründe, ihn nicht zu mögen, aber was er empfindet, geht weit darüber hinaus. Und das weiß er, aber er weiß nicht, warum. Obwohl es ins Auge springt. Buchstäblich. Spragge sieht aus wie sein Vater.«

»Wie sein eigener – wie Spragges Vater?«

»Nein. Na ja, vielleicht. Woher soll ich das wissen? Wie *Billys* Vater. Ich meine, die Ähnlichkeit ist wirklich auffällig, aber er sieht es einfach nicht.« Prior hielt inne, irgend etwas an Rivers' Schweigen irritierte ihn. »Verstehen Sie, was ich meine?«

»*Sein* Vater?«

»Ja.«

»Soll das heißen, er ist nicht Ihr Vater?«

»Natürlich ist er nicht mein Vater. Wie denn?«

»Wie denn nicht? Letztlich zeugt ein Körper den anderen.«

Prior sagte mit versteinerter Miene: »Ich wurde vor zwei Jahren geboren. In einem Granattrichter in Frankreich. Ich habe keinen Vater.«

Rivers hatte das Gefühl, daß er Zeit zum Nachdenken brauchte. Eine Woche hätte ihm gereicht. Er sagte: »Ich habe Mr. Prior in Craiglockhart kennengelernt.«

»Ja, ich weiß.«

»Er sprach davon, daß er Billy geschlagen hat. Kam das oft vor?«

»Nein. Merkwürdigerweise.«

»Woher wissen Sie das?«

»Ich habe es Ihnen doch gesagt. Ich weiß alles, was er weiß.«

»Sie haben also Zugang zu seinen Erinnerungen?«

»Ja.«

»Und Sie haben außerdem Ihre eigenen Erinnerungen?«

»Richtig.«

»Warum ›merkwürdigerweise‹?«

Ein leerer Blick.

»Sie haben gesagt, es war merkwürdig, daß sein Vater ihn nicht geschlagen hat.«

»Wenn man sich ihre Beziehung ansieht, muß man doch annehmen, daß so etwas vorgekommen ist. Ist es aber nicht. Einmal hatten seine Eltern Streit, er ging nach unten und versuchte, sie auseinanderzubringen, da nahm ihn sein Vater und warf ihn aufs Sofa. Allerdings hat er, betrunken, wie er war, nicht das Sofa getroffen, sondern die Wand.« Prior lachte. »Er ist nie wieder nach unten gegangen.«

»Er blieb also einfach im Bett liegen und hat gelauscht?«

»Nein, er ist aufgestanden und hat sich auf die Treppe gesetzt.«

»Und welche Gefühle hatte er dabei?«

»Von Gefühlen verstehe ich nichts, Rivers. Das sollten Sie ihn selbst fragen.«

»Heißt das, Sie wissen nicht, was er empfunden hat?«

»Er war wütend. Er hat so gemacht.« Prior hieb eine Faust in die andere Hand. »SCHWEIN SCHWEIN SCHWEIN SCHWEIN. Und dann bekam er Angst. Er dachte wohl, daß er hinuntergehen würde, wenn er sich allzusehr aufregte. Also starrte er auf das Barometer und vergaß alles um sich herum.«

»Und was ist dann passiert?«

»Nichts. Er war ja nicht dort.«

»Wer war denn dort?«

Prior zuckte mit den Schultern. »Ich weiß es nicht. Jemand, dem es egal war.«

»Nicht Sie?«

»Nein, ich habe Ihnen doch gesagt – «

»Daß Sie in einem Granattrichter geboren wurden.« Eine Pause. »Können Sie mir davon erzählen?«

Ein übertriebenes Schulterzucken. »Da gibt es nicht viel zu erzählen. Er war verwundet. Nicht schlimm, aber er hatte

Schmerzen. Er wußte, daß er weitergehen mußte. Aber er konnte nicht. Deshalb kam ich.«

Wieder dieser vage Eindruck von Kindlichkeit. »Wieso konnten *Sie* weitergehen und er nicht?«

»Ich kann das besser.«

»Was?«

»Kämpfen.«

»Wieso können Sie das besser?«

»Herrgott noch mal ...«

»Nein, das ist keine dumme Frage. Sie sind nicht größer, Sie sind nicht stärker, Sie sind nicht schneller ... Sie sind nicht besser ausgebildet. Wie denn auch? Also, warum sind Sie besser?«

»Ich habe keine Angst.«

»Jeder hat manchmal Angst.«

»Ich nicht. Und ich spüre auch keine Schmerzen.«

»Aha. Sie haben die Verwundung also nicht gespürt.«

»Nein.« Prior musterte Rivers mit zusammengekniffenen Augen. »Sie glauben mir kein einziges Wort, stimmt's?«

Rivers war nicht imstande, darauf zu antworten.

»Sehen Sie her!« Prior zog kräftig an seiner Zigarre, bis die Spitze rot glühte, dann drückte er sie, fast beiläufig, in seiner linken Handfläche aus. Lächelnd beugte er sich vor. »Das ist kein Trick, Rivers. Beobachten Sie meine Pupillen«, sagte er und zog ein Augenlid herunter.

Der Geruch versengter Haut erfüllte das Zimmer.

»Und jetzt kriegen Sie Ihren kleinen blauäugigen Jungen zurück.«

Sein Blick bekam etwas Abwesendes, fast so, als stünde er unter Drogen oder unter einem extremen Schock oder kurz vor einem Orgasmus. Dann, urplötzlich, verzerrte sich sein Gesicht vor Schmerz, seine Zähne klapperten, er hob die zitternde Hand und schlug sich an die Brust.

»Ich habe keine Schmerztabletten«, sagte Rivers. »Trinken Sie das hier.«

Prior nahm den Brandy, während er Rivers die andere Hand zum Verbinden hinhielt. »Wollen Sie mir nicht erzählen, was passiert ist?«

»Sie haben sich verbrannt.«

»Wieso das denn?«

Rivers seufzte. »Es war eine dramatische Geste, die schiefging.«

Er hatte beschlossen, Prior nichts von dem Verlust des normalen Schmerzempfindens zu erzählen. Das war ein übliches Symptom bei hysterischen Anfällen, doch dieses Wissen würde Prior nur in seinem Glauben bestärken, daß jener andere Bewußtseinszustand ein Monster war, mit dem ihn nichts verband.

»Wie war er?« fragte Prior.

»Wie Sie waren? Brutal.«

»Gewalttätig?«

»Ja. Wie man sieht«, sagte Rivers und zeigte auf die Brandwunde.

»Nein, ich meine ...«

»Ob Sie auf mich losgegangen sind? Nein.« Rivers lächelte. »Bedaure.«

»Das klingt so, als wollten Sie sagen, daß ich es eigentlich gern tun würde.«

Rivers dachte lange nach. »Das stimmt wohl«, sagte er und knotete die Enden des Verbands zusammen.

»Nein. Warum sollte ich das wollen? Es würde nur zu Chaos führen.«

»Wissen Sie, Billy, das wirklich Interessante am heutigen Abend ist, daß Sie *in dem anderen Zustand* hergekommen sind. Ich meine, Sie wollten den Termin einhalten, während Sie noch in dem anderen Zustand waren.«

»Wie haben Sie mich genannt?«

»Billy. Ich darf doch? Ich ...«

»Doch, es ist bloß, weil Sie das zum erstenmal zu mir sagen. Wußten Sie das? Sassoon war Siegfried. Anderson war Ralph. Neulich fiel mir auf, daß Sie Manning mit Charles anredeten. Ich war immer ›Prior‹. In besonders heiklen Situationen *Mister* Prior.«

»Entschuldigen Sie, ich ...« Mein Gott, dachte Rivers. Prior konnte das nur als Snobismus interpretieren. Und vielleicht hatte er ja auch recht. Teilweise. Obwohl es mehr mit seiner spöttischen Art zu tun hatte. »Ich wußte nicht, daß es Ihnen etwas ausmacht.«

»Tja, besonders scharfsinnig sind Sie nicht gerade, stimmt's? Na, egal.« Er erhob sich. »Ich mach mich auf den Weg.«

»Sie können jetzt nicht gehen, um diese Zeit fährt kein Zug mehr. Und überhaupt, in dieser Verfassung möchte ich Sie ungern allein gehen lassen. Es wäre besser, Sie schlafen hier.«

Prior zögerte. »Na schön.«

»Ich werde das Bett herrichten.«

Rivers wartete, bis Prior fertig war, und ging dann in sein Zimmer. Er sagte sich, daß es fatal wäre, zu so später Stunde Priors Situation analysieren zu wollen. Das hatte Zeit bis zum nächsten Morgen. Doch die Anstrengung, *nicht* an Prior zu denken, erwies sich als fast ebenso katastrophal, denn er fiel in eine Art Halbschlaf, der, abgesehen von Fieber, der einzige Zustand war, in dem er visualisieren konnte. Er wälzte sich fortwährend herum, registrierte kaum noch seine Umgebung, während ständig Bilder vor ihm auftauchten. Frankreich. Krater, eine endlose Schlammödnis, zersplitterte Bäume. Einmal wurde er wach und starrte in die Dunkelheit. Er fand es beinahe komisch, daß die Identifikation mit seinen Patienten schon so weit ging, daß er ihre und nicht seine eigenen Träume träumte. Er hörte die Kirchenglocke drei Uhr schlagen, dann sank er wieder in seinen Halbschlaf. Ein unwirtlicher Ort. Kein Mensch lebte hier, konnte hier leben. Er war ganz allein, bis die Erdoberfläche irgendwann anfing, Blasen zu werfen, übelriechende Dämpfe auszustoßen. Der Schlamm bewegte sich, floß ineinander, erhob sich und stand schließlich in Gestalt eines Mannes vor ihm. Der Mann drehte sich um und marschierte in Richtung England. Er wollte ihm zurufen, nein, nicht dort entlang, und von der Bewegung seiner Lippen wurde er halb wach. Doch er sank wieder zurück, und von neuem floß der Schlamm zur Gestalt eines Mannes zusammen, immer schneller, bis es schien, als sei die ganze Nacht von diesen Wesen erfüllt, die aus flandrischer Erde bestanden und sonst nichts und ihre grotesken Glieder in Richtung Heimat bewegten.

Die Sonne fiel in das Zimmer. Rivers lag da, erinnerte sich an den Traum und kehrte mit seinen Gedanken dann zum vorangegangenen Abend zurück. In jenem Dämmerzustand (es war mehr gewesen) hatte Prior behauptet, daß er weder Schmerz noch Angst empfand, daß er in einem Granatloch geboren war und keinen Vater hatte. Vermutlich auch keine Beziehungen, die schon vor dieser ungewöhnlichen Geburt existiert hatten.

Weder Schmerz noch Angst zu verspüren, und das in einer Situation, in der beides eine angemessene Reaktion gewesen wäre, war nicht unmöglich, nicht einmal abnorm. Er selbst hatte einen solchen Zustand auf seiner Reise zur Torresstraße erlebt. Mit sonnenversengten Beinen lag er auf dem Deck einer Ketsch, wurde hin und her geworfen, die Brecher donnerten über das Schiff hinweg, und das Salzwasser, das in seine Wunden drang, bereitete ihm große Schmerzen. Hilflos mußte er sich übergeben, er konnte nicht stehen, sich nicht einmal aufrichten. Dann war die Ketsch vor Anker getrieben, so daß jeden Augenblick mit einem Unglück gerechnet werden mußte, doch in der ganzen Zeit hatte er sich frei bewegt, sich nicht übergeben, hatte weder Schmerzen noch Angst gespürt. Er hatte nur, wie alle anderen auch, ruhig und gelassen die Handgriffe ausgeführt, die zur Verhinderung einer Katastrophe notwendig waren. Sobald sie gelandet waren, hatten seine Beine wieder höllisch weh getan, so daß er nicht laufen konnte. Er war in seiner Sänfte vom Ufer weggetragen worden und hatte in den ersten Tagen die Patienten vom Krankenlager aus behandelt, indem er auf dem Hintern zwischen den Patienten und dem Arzneischrank hin und her gerutscht war. Lächelnd dachte er daran, daß Prior diese Geschichte gefallen würde. Arzt, hilf dir selbst.

Andere Menschen hatten ähnliche Erfahrungen gemacht. Männer waren mit gebrochenen Beinen vor einer Gefahr davongelaufen. Prior hatte sich jedoch in einen Zustand permanenter Angst- und Schmerzlosigkeit versetzt, der abgeschottet und für das normale Bewußtsein unzugänglich war. Fast schien es, als hätte er sich ein Soldaten-Double geschaffen, eine Gestalt aus flandrischer Erde, wie sie in seinem Traum aufgetaucht war. Und diesen Doppelgänger hatte er mit nach Hause genommen.

Während Rivers über den vorangegangenen Abend nachdachte, stellte er fest, daß sich ein Eindruck ihm besonders stark eingeprägt hatte. In Priors Sprache und Verhalten war immer wieder ein kindliches Element offenbar geworden. Er hatte gesagt, *Er war verwundet. Nicht schlimm, aber er hatte Schmerzen. Er wußte, daß er weitergehen mußte. Aber er konnte nicht. Deshalb kam ich.* Deshalb kam ich. So einfach. Als spräche man mit einem Kind, das noch an Wunder glaubte. Und auf der Treppe. *Was ist dann passiert? Nichts. Er war nicht da.* Wie bei einem kleinen Gör, das glaubt, es sei unsichtbar, wenn es die Augen schließt. Und diese merkwürdige Behauptung: *Ich habe keinen Vater.* Hinter der Erwachsenenstimme lag noch eine andere, die schrill und trotzig sagte: *Er ist nicht mein Vater.* Jedenfalls war das ein Ausgangspunkt. Etwas anderes fiel ihm nicht ein.

Rivers hatte nicht damit gerechnet, daß Prior zum Frühstück erscheinen würde, doch kaum hatte er sich an den Tisch gesetzt, kam Prior zur Tür herein, bedrückt und sichtlich schmerzgeplagt. »Wie haben Sie geschlafen?« fragte Rivers.

»Es ging. Na ja, ein paar Stunden werden es wohl gewesen sein.«

»Ich habe das Mädchen gebeten, uns noch etwas zu bringen.«

»Nicht nötig, ich hab keinen Hunger.«

»Aber einen Kaffee werden Sie doch trinken. Sie sollten wenigstens eine Kleinigkeit essen.«

»Ja, gut, aber dann muß ich los.«

»Mir wäre lieber, Sie bleiben. Ein paar Tage nur. Bis Sie sich etwas erholt haben.«

»Ich denke nicht mal im Traum daran, Ihnen zur Last zu fallen.«

»Sie fallen mir nicht zur Last.«

»Na schön«, sagte Prior schließlich. »Vielen Dank.«

Das Dienstmädchen brachte ein zweites Tablett. Rivers las die *Times*, trank dabei seinen Milchkaffee und stellte belustigt fest, daß Prior ganz konzentriert zulangte. »In einer Stunde muß ich ins Krankenhaus«, sagte er, als Prior fertiggefrühstückt hatte. »Fühlen Sie sich einigermaßen gut?«

Sobald sie in den Sesseln neben dem Tisch Platz genommen hatten, sagte Rivers: »Ich würde gern ein ganzes Stück in die Vergangenheit zurückgehen.«

Prior nickte. Er schien zu erschöpft dafür.

»Erinnern Sie sich noch an das Haus, in dem Sie als Fünfjähriger gewohnt haben?«

Ein schwaches Lächeln. »Ja.«

»Erinnern Sie sich an die Treppe?«

»Ja. Das ist doch nichts Besonderes, Rivers. Die meisten Leute erinnern sich daran.«

Rivers lächelte. »Das war nicht besonders schwer, was? Wissen Sie noch, was dort oben war?«

»Die Schlafzimmer.«

»Nein, ich meine, direkt am Treppenaufgang.«

»Nichts, ich ... doch, das Barometer. Genau. Es stand immer auf Sturm. Damals fand ich das nicht sehr witzig.«

»Fällt Ihnen dazu noch irgend etwas anderes ein?«

»Nein.«

»Was haben Sie gemacht, wenn Ihr Vater betrunken nach Hause kam?«

»Ich hab mir die Bettdecke über den Kopf gezogen.«

»Sonst nichts?«

»Einmal bin ich runtergegangen. Er hat mich an die Wand geworfen.«

»Haben Sie sich sehr weh getan?«

»Nur Schrammen. Er selbst war total fertig. Er hat geheult.«

»Danach sind Sie nie wieder runtergegangen?«

»Nein. Ich saß oben auf der ersten Stufe und habe SCHWEIN SCHWEIN SCHWEIN SCHWEIN vor mich hin gesagt.« Er wollte gerade die Faust in seine andere Hand stoßen, da erinnerte er sich an die Brandwunde.

»Wo waren Sie genau? Haben Sie sich über das Geländer gebeugt?«

»Nein, ich saß auf der obersten Stufe. Wenn sie anfingen, sich anzuschreien, bin ich etwas weiter hinuntergerutscht.«

»Und wo war das Barometer, links oder rechts von Ihnen?«

»Links. Ich hoffe, Sie wollen nicht auf etwas Bestimmtes hinaus, Rivers.«

»Doch.«

»Es war wohl so etwas wie ein Teddybär. Ich meine, es war eine Art Spielgefährte.«

»Könnten Sie sich dorthin zurückversetzen?«

»Ich habe doch gesagt, daß –«

»Nein, lassen Sie sich Zeit.«

»Na schön.« Prior schloß die Augen, öffnete sie dann wieder und schaute verwundert drein.

»Ja?«

»Nichts. Das Licht fing sich darin. Da war eine Straßenlaterne ...« Seine Hand zeigte vage über die Schulter. »Das klingt jetzt bestimmt völlig verrückt. Ich bin in den Lichtschein gekrochen, der auf dem Glas lag.«

Ein langes Schweigen.

»Wenn es zu schlimm wurde. Und ich nicht dasein wollte.«

»Und dann? Sind Sie dann ins Bett gegangen?«

»Muß ich wohl. Hören Sie, wenn Sie glauben, daß diese

Sache auf damals zurückgeht, dann irren Sie sich. Mit den Lücken fing es in Frankreich an, in Craiglockhart wurde es besser. Und vor ein paar Monaten hat es wieder angefangen. Mit Barometern hat das nichts zu tun.«

Schweigen.

»Sagen Sie etwas, Rivers.«

»Ich glaube doch. Ich glaube, als Sie ganz klein waren, haben Sie eine Methode entdeckt, um mit einer sehr unangenehmen Situation fertig zu werden. Sie entdeckten, daß Sie sich in eine Art Trance versetzen können. In diesen Dämmerzustand. Und später, in Frankreich, unter diesem unerträglichen Druck, fiel Ihnen das wieder ein.«

Prior schüttelte den Kopf. »Sie sagen also, es ist nichts, was mir passiert, sondern was ich selber tue.«

»Nicht bewußt.« Rivers wartete. »Schauen Sie, Sie wissen doch, was alles passiert. Die Menschen haben schlechte Laune, sie brechen in Tränen aus, sie haben Alpträume. Sie verhalten sich in vielerlei Hinsicht wie Kinder. Ich will damit nur sagen, daß Sie eine Methode entdeckt haben, die Ihnen als Kind bei der Bewältigung einer bestimmten Situation geholfen hat, die aber –«

»Ich bin in den Lichtschein auf dem Glas hineingekrochen.«

Rivers sah ihn verwundert an. »Ja, das haben Sie gesagt.«

»Nein, in der Kneipe, beim erstenmal. Das erstemal in England. Ich sah das Licht auf einem Bierglas.« Er dachte nach. »Ich war wütend, weil Jimmy tot war und ... alle sich amüsierten. Ich stellte mir vor, wie es wäre, wenn ein Panzer hereinbricht und alles über den Haufen fährt. Und dann bekam ich es wohl mit der Angst. Es war so plastisch, wissen Sie. Fast, als wäre es schon passiert.« Eine lange Pause. »Sie sagen, es ist Selbsthypnose.«

»Ich glaube, ja. Etwas in der Art.«

»Das heißt, wenn ich es schaffen könnte, mich gezielt zu erinnern, könnte ich theoretisch die Lücken schließen. Alle Lücken, denn ich würde ja alle Erinnerungen mitbringen.«

»Ich weiß nicht, ob das sinnvoll wäre.«

»Aber theoretisch würde es funktionieren.«

»Wenn Ihnen der ganze Ablauf hinreichend bewußt würde, ja.«

Prior hing seinen Gedanken nach. »Geht es nur darum, daß man sich erinnert?«

»Ich weiß nicht genau, was Sie meinen.«

»Wenn ich mich erinnere, reicht das, um diese Zustände loszuwerden?«

»Ich glaube nicht. Ich glaube, es muß einen Moment des ... Erkennens geben. Des Akzeptierens. Es muß einen Moment geben, in dem Sie in den Spiegel schauen und sagen, jawohl, das bin ich auch.«

»Das dürfte schwierig sein.«

»Wieso?«

Prior verzog den Mund. »Manche Teile von mir finde ich ziemlich inakzeptabel, selbst in den besten Zeiten.«

Wieder dieser Sadismus. »Gestern abend ist mir an Ihnen nichts aufgefallen, was mir Anlaß zu der Befürchtung gegeben hätte, daß etwas ... Schlimmes passieren könnte.«

»Vielleicht sind Sie nur nicht sein Typ.«

»›*Mister* Prior!‹«

Ein zögerndes Lächeln. »Na schön.«

Rivers erhob sich. »Ich glaube, das reicht fürs erste. Grübeln Sie nicht die ganze Zeit, ja? Und seien Sie nicht bedrückt. Wir sind ein großes Stück vorangekommen. Eine Pause wird Ihnen guttun. Hier, den brauchen Sie.« Rivers ging zum Schreibtisch, öffnete die oberste Schublade und holte einen Schlüssel heraus. »Ich werde dem Hauspersonal Bescheid sagen.«

20

Prior erwachte mit einem Schrei. Er lag im Dunkeln, schweißgebadet und verwirrt, konnte nicht verstehen, warum das graue Fenster rechts von ihm war und nicht vor dem Bett, wo es eigentlich hingehörte. Über zwei Wochen war er schon bei Rivers, und noch immer hatte er diese Momente, in denen er aufwachte und nicht wußte, wo er sich befand. Leise Schritte näherten sich seiner Tür.

»Alles in Ordnung?« Rivers' Stimme.

»Kommen Sie rein.« Prior machte das Licht an. »Tut mir leid, daß ich Sie geweckt habe.«

»Sie haben geschrien. Ich wußte nicht, was es war.«

»Ja, natürlich. Entschuldigen Sie.«

Sie sahen sich an. Prior lächelte. »Schatten von Craiglockhart.«

»Ja«, sagte Rivers. »Wir haben es oft genug erlebt.«

»Sie hatten Dienst damals. Na los, ab ins Bett mit Ihnen. Sie müssen sich erholen.«

»Werden Sie wieder einschlafen können?«

»Ja ja, es geht schon.« Er sah in Rivers' erschöpftes Gesicht. »Sie haben es genauso nötig. Gehen Sie schon!«

Ich habe von Mac geträumt, dachte Prior, während Rivers die Tür hinter sich schloß. Er konnte sich nicht mehr deutlich erinnern, nur an die vielen kämpfenden Tiere und daß es nach Blut gerochen hatte. Rivers hielt es offenbar für ein gutes Zeichen, daß es in seinen Alpträumen nicht mehr um den Krieg ging, sondern um seine Kindheit, aber sie waren deswegen nicht weniger schlimm. Und dennoch ging es um den Krieg, er war ganz sicher. Rivers ließ ihn endlos über seine Kindheit reden, besonders über die frühe Kindheit, die vielen Streitereien zwischen seinen Eltern, über seine Angst, über die Abende, wie er oben auf der Treppe gesessen und gehorcht hatte, während Worte und Schläge sich ihm einbrannten, bis er es nicht mehr ertrug und beschloß, nicht dazusein. Er konnte sich noch immer nicht daran erinnern, was damals während dieser Abwesenheiten passiert war, obwohl ihm jetzt einfiel, daß es diese Abwesenheiten gegeben hatte. Er war allerdings noch sehr klein gewesen. Aus purer Hilflosigkeit hatte er Rivers einmal gefragt, wie er mit seinen eigenen Lücken fertig werde, mit seiner eigenen Dunkelheit, doch Rivers hatte bloß gelächelt und weitergefragt. Rivers machte auf alle Leute den Eindruck eines sanftmütigen Menschen, aber Prior überlegte manchmal, warum das so war. Schonungslos wäre eine passendere Bezeichnung gewesen.

In seinen Alpträumen kamen die Streitigkeiten zwischen seinen Eltern jedoch gar nicht vor. Er träumte von Mac, was ihm merkwürdig erschien, da er an Mac fast nur angenehme Erinnerungen hatte.

Ein großer geteerter Hof. Ein niedriges Gebäude mit vergitterten Fenstern. Der Geruch nach Grießbrei und verschwitzten Socken. Die Singstunde, Montag früh, gleich nach dem Appell. Horton ging neben den Pulten auf und ab, klopfte sich mit dem Rohrstock ans Hosenbein und paßte auf, wer falsch sang. Er schwärmte für romantische Balladen. »Die verlorene Saite« war eindeutig sein Lieblingsstück. Das war jene Zeit, in der Mr. Hailes mit seinen Predigten über »entzündete Organe« und die Entkräftung, die das Spielen mit ihnen bewirkte, den Schülern Angst vor dem Masturbieren einzujagen versuchte. Horton setzte sich ans Klavier und sang in seinem kräftigen Bariton:

> Ich fühlte mich sehr matt und müde,
> Als ich auf meinem Instrumente spielte …

Prior gab einen ungläubigen Lacher von sich, andere kicherten, doch Mac brach in schallendes Gelächter aus. Das Klavier verstummte. Horton erhob sich, rief Mac vor die Klasse und bat ihn, zu erzählen, was er denn so komisch gefunden habe. »Nun?« sagte Horton. »Ich bin sicher, eine kleine Darbietung würde uns alle erfreuen.«

»Ich glaube, Sie würden es nicht sehr komisch finden, Sir.«

Mac wurde verdroschen, Prior kam ungeschoren davon. Horton hatte Prior zwar ebenfalls lachen hören, da war er ganz sicher, aber Prior war, dank seiner sparsam wirtschaftenden Mutter, immer ordentlich angezogen. In seinen gebügelten Hemden und den geputzten Stiefeln sah er genau wie ein Junge aus, der später ein Stipendium bekommen würde, was dann auch tatsächlich der Fall war, nicht zuletzt dank Pater Mackenzies derberem Verständnis vom Spielen auf Instrumenten. Du Dreckskerl, dachte Prior, während Horton ausholte.

Jahre später, als er die Brutalität des Stellungskriegs kennengelernt hatte, dachte er noch immer: *Du Dreckskerl.*

Damals hatte er sich geschworen, Rache zu nehmen. Mehr für Mac als für sich selbst.

Horton war ein Mann mit regelmäßigen Gewohnheiten. Exakt zwanzig Minuten bevor die Glocke das Ende der Mittagspause anzeigte, konnte man ihn über den Hof zur Lehrertoilette gehen sehen. Das Zeitungspapier, mit dem sich die Kinder begnügen mußten, war natürlich nichts für ihn. Eine Rolle Klopapier steckte wie ein gewölbter Busen unter seiner Jacke. Mit militärisch präzisem Schritt marschierte er über den Hof, kaum bemerkt von den schreienden, herumrennenden Jungen. Ihre Witze waren eindeutig fäkalischer Natur, doch Hortons pünktliches Scheißen war ein viel zu alter Witz, als daß noch jemand darüber gelacht hätte.

Eines Mittags unternahm Prior eine Erkundungstour, nachdem er Mac an eine Stelle beordert hatte, von der aus man den Schuleingang genau überblicken konnte. Tags darauf verschwand er mit Mac unauffällig im Toilettenhäuschen, wo sie sich in einem der Abteile einschlossen. Prior nahm ein Streichholz, zündete eine Kerze an, hielt beide Hände vor die Flamme, bis sie kräftig brannte, und befestigte sie dann in ihrem eigenen Wachs auf einem Stück Sperrholz.

Pünktlich auf die Minute betrat Mr. Horton das Häuschen. Das verschlossene Abteil irritierte ihn. »Mr. Barnes?«

Prior stieß unter gewaltiger Anstrengung einen tiefen Grunzer hervor, worauf Horton kein Wort mehr sagte. Nicht einmal über diesen gepreßten Laut konnten sie kichern, denn Hortons Schläge waren nicht zum Lachen. Schweigend warteten sie, hörten sich ein- und ausatmen. Dann setzte Prior die Kerze ganz vorsichtig auf das Wasser, das unter dem Klositz entlanglief. Genaugenommen war es ein einziger langer Sitzbalken, der nur von Trennwänden unterteilt wurde. Die Kerze flackerte kurz auf, doch dann brannte die Flamme wieder gleichmäßig. Prior gab ihr einen kleinen Schubs, so daß sie auf dem dunklen Wasser weitertanzte, viel schneller, als er erwartet hatte. Mac schob bereits den Riegel zurück. Sie liefen über den Schulhof, wo gerade (wie vereinbart) ein Rugbymatch im Gange war, und stürzten sich auf den Haufen ineinander verkeilter Spieler.

Hinter ihnen traf brennende Kerze auf Arsch. Ein ungläubiger, schmerzerfüllter Schrei, und Horton erschien wild um sich blickend. Zwecklos, schuldbewußte Gesichter erkennen zu wollen. Seine Person flößte so viel Angst ein, daß in jedem einzelnen der zweihundert Gesichter, die sich ihm zuwandten, deutlich Schuld geschrieben stand. Und ohnehin mußte er an seine Würde denken. Humpelnd überquerte er den Schulhof, es fiel kein einziges Wort.

Sobald er verschwunden war, gingen Prior und Mac ruhig um die Ecke zu dem verbotenen Areal neben dem Kohlehaufen, wo sie einen feierlichen und völlig lautlosen Siegestanz aufführten.

Und warum erinnere ich mich so detailliert an diesen Zwischenfall? fragte sich Prior. Weil jede Erinnerung an Freundschaft, die ich zutage fördere, ein Schild ist, der mich vor

Hetties Spucke schützt, eine Art Bestätigung, daß ich es nicht getan haben kann. Jetzt überraschte ihn, wie unschuldig er sich gefühlt hatte, als Beattie davon sprach, daß Hettie ihn für einen Verräter hielt. »Ich hab's nicht getan«, hatte er automatisch gesagt, völlig überzeugt, als könne er sich für jede Minute seines Lebens verbürgen. Erst im Zug, auf der Rückfahrt nach London, hatte er sich gezwungen, die Möglichkeit zu akzeptieren, daß er Mac verraten hatte. Daß er es jedenfalls nicht völlig ausschließen konnte.

In der Zwischenzeit hatte Rivers ihm etwas klargemacht, was ihn mit Angst erfüllte. Er wußte nun, daß er im Dämmerzustand bestritten hatte, daß sein Vater sein Vater war. Wenn er bereit war, diese simple biologische Tatsache zu bestreiten – welche Chance hatten dann Vorkriegsfreundschaften? Rivers hatte sichtlich gezögert, als er ihm berichtete, was sein anderes Ich gesagt hatte, und doch hatte Prior nicht einfach mit Leugnen reagiert, sondern mit einer komplizierteren Antwort. Die Behauptung, er sei in einem Granattrichter geboren worden, war eine absurde theatralische Übertreibung. Selbst für meine Begriffe, dachte Prior sarkastisch. Dennoch, wenn man jemanden fragte, der an der Front gekämpft hatte, ob er glaube, daß er noch derselbe sei wie vor dem Krieg, immer noch derjenige, an den seine Familie sich erinnere, dann würden die meisten – nein *alle, allesamt* würden sie mit Nein antworten. Der Unterschied war nur graduell. Und manchmal spürte man eben sehr deutlich, daß die einzigen Bindungen, die wirklich zählten, an der Front geschmiedet wurden. Die Erde der Picardie war ein kräftiger Kitt. War sie, bezogen auf Vorkriegsfreundschaften mit Kriegsdienstverweigerern, vielleicht ein ebenso kräftiges Lösungsmittel?

Nicht in *diesem* Zustand, sagte er sich. In *diesem* Zustand hatte er, Beattie zuliebe, Dokumente kopiert, die Spragge belasteten, und damit ein Kriegsgerichtsverfahren riskiert. Aber Beattie war schließlich eine Frau, konnte nicht an der Front kämpfen. Sein anderes Ich hatte vermutlich weniger Verständnis für kerngesunde junge Männer, die die Kriegsjahre damit verbrachten, jenen Munitionsnachschub zu behindern, von dem das Leben anderer Menschen abhing.

Aber Mac, dachte er. Mac.

Irgendwann döste er schließlich ein, und als er drei Stunden später aufwachte, war das Zimmer sonnendurchflutet. Verschlafen blinzelte er auf seine Uhr und griff dann nach seinem Morgenrock. Rivers saß, schon rasiert und angekleidet, vor den Resten, die vom Frühstück übriggeblieben waren. »Ich hielt es für besser, Sie schlafen zu lassen«, sagte er. »Der Kaffee ist leider schon kalt.«

»Sind Sie wieder eingeschlafen?«

»Ja.«

Lügenbold, dachte Prior. Den kalten Kaffee trank er beim Rasieren und Ankleiden. Rivers wartete am Schreibtisch. Einen Moment lang war Prior nach Rebellion zumute, doch dann sah er, wie müde Rivers war, und dachte, mein Gott, wenn er das schafft, dann schaffe ich das auch. Er setzte sich auf den üblichen Platz, das Licht fiel auf Rivers' Gesicht, und da wurde ihm klar, daß er einen Entschluß gefaßt hatte. »Ich werde Mac besuchen«, sagte er.

Schweigen. »Ich glaube, daß ich keine Fortschritte mache, liegt daran, daß es eine ... eine Sch, eine Sch, *verdammt noch mal!*« Er warf den Kopf nach hinten. »Es gibt eine Schranke, und ich glaube, es hat mit ihm zu tun.«

»Daß Sie in den letzten Wochen etwas über Ihr Verhalten herausgefunden haben, heißt noch lange nichts.«

»Vielleicht doch.«

Wieder ein langes Schweigen. Rivers setzte sich etwas anders hin. »Ja, ich verstehe.«

»Und obwohl ich es einsehe, ich meine, wie wichtig es ist, der ganzen Sache auf den Grund zu kommen, muß ich *jetzt* funktionieren. Wenn wir darüber sprechen, was mit meinen Eltern los war, komme ich mir vor wie jemand, der sein Leben lang ein hoffnungsloser Neurotiker bleiben wird. Ich habe dann das Gefühl, daß ich nie imstande sein werde, etwas zu *tun*.«

»Ach, darüber würde ich mir keine Gedanken machen«, sagte Rivers. »In dieser Welt wird die meiste Arbeit von hoffnungslosen Neurotikern geleistet.«

Rivers warf dabei einen unfreiwilligen Blick auf seinen Schreibtisch. Prior lachte laut. »Soll ich Ihnen dabei helfen?«

Rivers lächelte. »Ich dachte gerade an Darwin.«

»Von wegen. Warum überlassen Sie das nicht mir?« fragte Prior und deutete auf einen Stapel Papiere auf dem Tisch. »Sie tippen es doch nur ab, oder? Der Text ändert sich nicht.«

»Sehr freundlich von Ihnen, aber Sie können meine Handschrift nicht lesen. Deshalb muß ich es mit der Maschine schreiben. Meine Sekretärin kann es auch nicht lesen.«

»Wollen wir doch mal sehen. Darf ich?« Prior nahm ein Blatt. »Rivers, ist Ihnen klar, daß dies das graphische Äquivalent eines Stotterns ist? Ich meine, das, was Sie nicht aussprechen konnten, wollten Sie auch nicht hinschreiben.«

Rivers hob den Zeigefinger. »Sie machen Fortschritte.«

Prior lächelte. Ohne sichtbare Mühe las er einen Satz vor: *Einer der Faktoren, die zur Entstehung von Kriegsneurosen beitragen, ist also der Umstand, daß Gefühle der Geringschätzung oder der Mißachtung von Vorgesetzten unterdrückt werden müssen.* »Dann bin ich ja ein hoffnungsloser Fall, stimmt's? Ich frage mich, warum Sie sich soviel Mühe machen.« Sanft drängte er Rivers vom Stuhl. »Na los, nehmen Sie sich etwas anderes vor.«

Rivers schüttelte den Kopf. »Wissen Sie, das hat noch niemand getan.«

»Ich bin gut im Regelverletzen.«

»Ist das Imponiergehabe?«

»Nein. Der reine Horror.«

Rivers bog gerade um die Ecke, als er einen Mann aus Sassoons Zimmer treten sah. Sie kamen sich auf dem schmalen Flur entgegen.

»Dr. Rivers?«

»Ja.«

»Robert Ross.«

Sie gaben sich die Hand. Nach ein paar unverbindlichen Bemerkungen über das Wetter sagte Ross: »Ich weiß nicht, hat Siegfried eigentlich schon mal über die Zukunft geredet?«

»Ich glaube, er hat einige Ideen. In seiner gegenwärtigen Verfassung kann er natürlich nicht viel unternehmen.«

»Gosse denkt nämlich, man könnte ihn in der Kriegspropaganda einsetzen, wissen Sie. Siegfried hat anscheinend erklärt, seine einzige Qualifikation für diesen Job sei seine Kopfverletzung.«

Sie lachten, verbunden in gemeinsamer Sympathie für Siegfried, und verabschiedeten sich dann voneinander. Rivers hatte das Gefühl, daß Ross ihm etwas sagen wollte, es sich dann aber anders überlegt hatte.

Siegfried saß aufrecht im Bett, mit einem Notizblock auf den Knien. »Waren Sie das, der mit Ross gesprochen hat?«

»Ja.«

»Er sieht krank aus, nicht?«

Er sah schlimmer als »krank« aus. Er sah sterbenskrank aus. »Schwer zu sagen, wenn man den Betreffenden nicht kennt.«

»Nächste Woche kommt er nicht her. Er will aufs Land fahren.«

Rivers setzte sich ans Bett.

»Ich versuche gerade, an Owen zu schreiben«, sagte Sassoon. »Erinnern Sie sich noch an Owen? Eher klein geraten. Hat im Frühstückssaal die *Hydra* verkauft.«

»Ja, ich entsinne mich. Patient von Brock.«

»Er hat mir ein Gedicht geschickt, ich habe es über den grünen Klee gelobt, und inzwischen haben alle es gelesen ...« Siegfried verzog das Gesicht. »Niemand außer mir findet es gut. Und wenn ich es mir jetzt wieder ansehe, bin ich unsicher. Es ist einfach so ...«, sagte er und legte den Notizblock auf den Nachttisch, »daß mein Urteilsvermögen futsch ist. Und nicht nur in bezug auf Owens Gedichte. Ich habe immer geglaubt, ich selbst hätte ein paar gute Sachen geschrieben, aber wenn ich sie mir wieder ansehe, taugen sie nichts. Ich glaube, seit Craiglockhart habe ich nichts Brauchbares geschrieben.«

Rivers sagte vorsichtig: »Im Moment glauben Sie das, weil Sie in einer depressiven Phase sind. Gönnen Sie sich eine Pause.«

»Bin ich depressiv?«

»Das wissen Sie doch selbst.«

»Ich weiß sowieso nicht, wozu das gut sein soll. Ein Antikriegsdichter ist doch nichts anderes als ein Dichter, der den Krieg braucht. Viele Dinge kamen mir so einfach vor, Rivers ...« Eine Pause. »Eddie Marsh hat mich besucht. Er meint, er kann mir eine Stelle im Rüstungsministerium besorgen.«

»Was halten Sie davon?«

»Ich weiß es nicht.«

Rivers nickte. »Na, Sie haben ja viel Zeit.«

»Ich weiß nicht einmal, ob ich nach Frankreich zurückgehen werde. Was meinen Sie?«

»Ich werde mein möglichstes tun, um das zu verhindern. Ich glaube, diesmal verlangt niemand, daß Sie zurückgehen.«

»Ich habe es nie bereut, wissen Sie. Nicht ein einziges Mal.« Er richtete sich plötzlich auf und schlang die Arme um die Knie. »Wissen Sie, was ich wirklich gern machen würde? In Sheffield in einer Fabrik arbeiten.«

»In einer Fabrik?«

»Ja, warum denn nicht? Ich habe keine Lust, den Rest meines Lebens in diesem Kokon zu verbringen, in dem ich vor dem Krieg gesteckt habe. Ich will herausfinden, wie die einfachen Leute so leben. Arbeiter.«

»Und warum Sheffield?«

»Weil Edward Carpenter dort in der Nähe ist.«

Schweigen.

»Warum nicht?« fragte Siegfried. »Warum nicht? Ich habe alles getan, was man von mir verlangt hat. Alles, was *Sie* von mir verlangt haben. Ich habe nachgegeben, bin zurückgegangen. Und warum kann ich jetzt nicht mal was tun, was für *mich* gut ist?«

»Weil Sie noch in der Armee sind.«

»Aber Sie sagen doch selbst, niemand erwartet von mir –«

»Das ist etwas völlig anderes als ein Ausscheiden aus dem Dienst. Dafür sehe ich keine Gründe.«

»Liegt die Entscheidung bei Ihnen?«

»Ja.« Rivers stand auf und trat ans Fenster. Er hatte gehofft, sich diesmal eindeutig für Siegfried einsetzen zu können. Statt dessen sah er sich mit der Aufgabe konfrontiert, abermals einen verrückten Plan zu verhindern, denn es war wieder ein Protest, ein kleinerer, persönlicherer, weniger hoffnungsvoll, als seine öffentliche Erklärung es gewesen war, aber eben doch ein Protest.

Hinter ihm sagte Siegfried: »Gestern gab es ein großes Fest im Park. Mit Musik.«

Rivers drehte sich um. »Ja, richtig, hab ich ganz vergessen. Der vierte August.«

»Eine Art Schrein für die Toten wurde enthüllt. Oder zum Dank für den Krieg. Bin nicht mehr sicher. Es gibt eine Kommission für Kriegsdenkmäler. Eine dieser Kommissionen, aus denen Robbie sich zurückziehen mußte. Die Erinnerung an die glorreichen Gefallenen kann man schließlich nicht einem Sodomiten überlassen. Selbst wenn einige der glorreichen Gefallenen selber Sodomiten waren.«

»Sie sind sehr verbittert.«

»Sie haben recht, es bringt nichts. Zorn kann man im Zaum halten.« Siegfried hob die Hände wie ein Reiter, der mit gespreizten Fingern die Zügel hält. »Ich weiß nicht, was man mit Verbitterung macht. Wahrscheinlich nichts.«

Rivers unterdrückte einen Seufzer. »Ich möchte gern etwas sagen. Zu meiner eigenen Verteidigung wahrscheinlich. Wenn Sie mir irgendwann erklärt hätten: ›Ich bin Pazifist. Ich finde, daß es immer und unter allen Umständen unrecht ist, andere zu töten‹, dann ... dann hätte ich Ihnen widersprochen. Ich hätte Sie gezwungen, mir Ihren Standpunkt argumentativ darzulegen, aber letztlich hätte ich alles in meiner Macht Stehende getan, um Ihnen aus der Armee herauszuhelfen.«

»Sie brauchen sich nicht zu verteidigen. Ich sagte doch schon, ich habe es nie bedauert, daß ich zurückgegangen bin.«

»Dann müssen Sie aber akzeptieren, daß Sie noch immer Soldat sind.« Rivers öffnete den Mund, sah Siegfried an und machte ihn wieder zu. »Wissen Sie, an einem Tag wie heute sollten Sie wirklich nicht im Bett liegen. Ziehen Sie sich an! Wir könnten etwas spazierengehen.«

Siegfried sah zur Tür, an der seine Uniformjacke hing. »Nein, danke, ich möchte lieber nicht.«

»Sie haben sich seit Ihrer Ankunft kein einziges Mal angezogen.«

»Ich lege keinen Wert darauf, die Sanitätshelferinnen zu beeindrucken.«

»Zu beeindrucken? Ist das nicht ein bißchen überheblich?«

»Tatsache, Rivers.« Siegfried lächelte. »Eine der kleineren Ironien des Lebens.«

Rivers ging zur Tür, nahm die Uniformjacke vom Haken und warf sie aufs Bett. »Kommen Sie, Siegfried. Ziehen Sie sie an. Sie können nicht den Rest Ihres Lebens im Pyjama verbringen.«

»Ich kann den Rest meines Lebens auch nicht in Uniform verbringen.«

»Nein, aber den Rest des Krieges müssen Sie darin verbringen.«

Einen Moment lang schien es, als würde Siegfried sich weigern. Dann schlug er langsam die Decke zurück und stieg aus dem Bett. Er sah furchtbar aus. Bleich. Nervös. Erschöpft.

»Wir brauchen nicht sehr weit zu gehen«, sagte Rivers.

Sassoon zog sich langsam die Uniform an.

Prior hatte weniger Mühe, einen Besuch bei Mac zu arrangieren, als er gedacht hatte. Er besaß noch immer offizielle Briefbögen des Rüstungsministeriums, von denen er sich beim Räumen seines Dienstzimmers einen Stapel eingesteckt hatte. Mit seiner Uniform, dem Verwundetenabzeichen und der in ernstem Ton vorgebrachten Bitte, einen alten Freund vor der Schande des Pazifismus zu bewahren, hätte er die Besuchsgenehmigung aber vermutlich auch ohne Briefpapier bekommen.

Mac saß, den Kopf in beide Hände gestützt, auf seiner Pritsche.

Prior sagte: »Tag, Mac.«

Die Hände sanken herunter. Mac sah aus – wie Leute eben aussehen, die wiederholt Streit mit dem Wachpersonal haben.

»Aufstehen!« rief der Wärter.

»Nein«, sagte Prior scharf. »Lassen Sie uns allein.«

Der Mann machte ein verdutztes Gesicht, gehorchte aber. Es war eine Erleichterung, als die Tür hinter ihm ins Schloß krachte. Prior hatte Angst vor einer Situation gehabt, in der Mac sich weigerte, zu salutieren, und die Wärter ihn anschließend eine halbe Stunde lang mit dem Kopf gegen die Wand gestoßen hätten.

»Tja«, sagte Prior.

Kein Stuhl. Keine Glasscheibe im Fenster. Aus dem Kübel, der so stand, daß man ihn von der Tür aus sehen konnte, stank es nach Urin. Und hinter ihm ... ja, natürlich. Das Auge.

»Dich hab ich hier nicht erwartet«, sagte Mac. Stimme und Gesichtsausdruck waren kühl, doch er ließ keinen deutlichen Groll erkennen. Vielleicht hatte er sich, genau wie ein Soldat, inzwischen daran gewöhnt, harte, unpersönliche Schläge einzustecken und auszuteilen. Für Gefühle war da kein Platz.

»Wenigstens haben sie dir eine Decke gegeben.«

Mac war nackt unter der Decke, und die Zelle war selbst im Sommer kalt.

»Nur weil du mich besuchst. Wenn du gehst, verschwindet sie wieder.«

Prior setzte sich auf das untere Ende der Pritsche und sah sich um.

»Eine ihrer stärksten Waffen«, sagte Mac beiläufig. »Die Leute nackt herumzuscheuchen. Vor allem, weil man kein Papier zum Abwischen bekommt, und bei dem Fraß hier kriegt jeder Dünnschiß.« Er wartete. »Das Arschloch spielt eine wichtige Rolle beim Kaputtmachen von Leuten, wußtest du das?«

»Du siehst aus, als hätten sie dich bearbeitet.«

»Bearbeitet? Amüsiert haben sie sich. Einer von ihnen ...« Mac hob den Vorderarm. »Häng dein Handtuch drüber.«

»Ist das vorbei?«

»Die Schläge? Die hören auf, wenn ich klein beigebe.«

Auf der Pritsche lag eine säuberlich zusammengefaltete Uniform.

»Kann ich dich etwas fragen, Billy? Redet ihr an der Front über den Krieg? Ich meine nicht das Übliche, gib die Munition rüber und so, sondern ›Warum kämpfen wir?‹, ›Wozu soll das alles gut sein?‹«

»Nein. Wir sind da, weil wir da sind.«

»Hier ist es genauso.«

Prior sah ihn verwundert an. »Mit wem sprichst du denn hier?«

Mac lächelte. »Klopfzeichen an den Rohrleitungen. Ich kann mich darauf verlassen, daß du dem Kommandanten nichts sagst?«

»Selbstverständlich.«

»›Selbstverständlich‹, Billy?«

»Ich war es nicht.«

Mac lächelte und schüttelte den Kopf. »Warum bist du gekommen, wenn du mir das sagen willst? Warum bist du überhaupt gekommen? Ich weiß es nicht. Oder willst du bloß sehen, was du erreicht hast?«

Prior machte den Mund auf, um es ein zweites Mal zu verneinen, und machte ihn wieder zu. »Ich hab etwas für dich«, sagte er und holte zwei Tafeln Schokolade aus seiner Jackentasche. Er sah ein Leuchten in Macs Augen aufblitzen und dann wieder erlöschen. »Ja, ich weiß. Sie ist vergiftet, ich hab sie angefaßt.« Er hielt ihm die Tafeln hin, wobei er Mac mit seinem Körper vor dem Auge abschirmte. »Aber du mußt überleben.«

Mac stellte sich so vor Prior hin, daß er die Schokolade nehmen konnte, ohne dabei gesehen zu werden. »Richtig.«

»Iß sie lieber auf. Sie werden die Zelle filzen.«

»Nein. Das würde bedeuten, daß sie deine Integrität in Frage stellen. Als Offizier und Gentleman. Trotzdem, ich glaube, ich werde was davon essen.« Er riß das Papier mit einem Fingernagel auf, brach ein Stück ab und fing zu kauen an. Die Bewegungen von Mund und Hals waren ungelenk. Der Hunger hatte das Essen in einen Akt verwandelt, der ebenso intim war wie das Bearbeiten des Bischofs. Prior wollte wegsehen, wußte aber nicht, wohin. Seine Augen konnten nur in der Zelle herumwandern und zu Mac zurückkehren.

»Neun Schritte hier entlang, sieben dort. Ich bewege mich viel.«

»Wie lange mußt du hier abbrummen?«

»Einzelhaft? Neunzig Tage. Wenn ich mich wieder weigere – was ich vorhabe –, dann das Ganze von vorn. Noch mal neunzig Tage.«

Prior schaute auf seine Hände. »Und keine Post?«

»Nein.«

Mac verzog den kauenden Mund zu einem Lächeln. »Warum bist du gekommen, Billy?«

»Weil ich wissen wollte, was du denkst.«

»Über dich? Was für ein egoistisches kleines Arschloch du doch bist.«

»Ja.«

»Ich wollte es nicht glauben. Der Sergeant in Liverpool sagte, daß du es warst, ich meine, er hat deinen Namen erwähnt. Er stand in dem Moment auf meinen Eiern, du kannst dir also vorstellen, daß es einen gewissen Beigeschmack hatte. Ich habe es trotzdem nicht geglaubt, aber je länger ich darüber nachdachte, desto mehr dachte ich: Ja.« Mac wirkte konzentriert und doch irgendwie gleichgültig, als interessiere es ihn nicht, ob Prior zuhörte oder nicht. Vielleicht war das Reden überhaupt nur eine Möglichkeit, seine Würde zu wahren. Prior abzulenken, solange er dem wichtigen Geschäft nachging, die Schokolade zu verzehren. »Und dann dachte ich, er hat es dir selber gesagt. Erinnerst du dich, daß ich dich im Kuhstall gefragt habe, was du tun würdest, wenn du einen Deserteur in Hetties Küche fändest, und du hast gesagt: ›Ich würde ihn anzeigen. Was denn sonst?‹ Und dann fiel mir die Geschichte von dem Mann ein, der eine halbtote Schlange findet und sie wieder hochpäppelt. Er füttert sie, versorgt sie. Und dann läßt er sie frei. Und als sie sich das nächstemal sehen, beißt sie ihn. Da es eine sehr giftige Schlange ist, weiß er, daß ... daß er sterben wird. Und mit dem letzten Atemzug fragt er: ›Warum? Ich habe dich gerettet, gefüttert, versorgt. Warum hast du mich gebissen?‹ Da antwortet die Schlange: ›Aber du hast doch gewußt, daß ich eine Schlange bin.‹«

Ein langes Schweigen. Schließlich rührte Prior sich. »Eine gute Geschichte.«

»Eine wahnsinnig gute Geschichte. Nur ...«

Prior wartete. »Nur was?«

»Soll ich jetzt gierig sein und alles aufessen?«

»Na klar. Wenn du mich fragst.«

»Ich hasse dich bestimmt sehr viel weniger, als du denkst. Ich behaupte gar nicht, daß wir große Busenfreunde waren, und wenn wir uns nach dem Krieg über den Weg laufen, könnte es sogar sein, daß ich versuche, dich umzubringen ...« Er lächelte und schüttelte den Kopf. »Daß du Beattie helfen wolltest – war das alles gelogen?«

»Nein, es stimmte.«

»Weißt du, was ich gut fände? Wenn du mir in die Augen

schaust und mit deinem falschen vornehmen Akzent sagst, ja, ich habe der Polizei verraten, wo sie dich finden, und ich schäme mich nicht dafür. Es war meine Pflicht.«

»Das kann ich nicht.«

Mac sah ihn scharf an. »Das verstehe ich nicht. Ich dachte, dir ist endgültig klargeworden, auf wessen Seite du stehst.«

»Das war schon immer klar«, sagte Prior und hob den Ärmel hoch. »Auf der Seite derjenigen, die das tragen. Mehr oder weniger stolz.« Er stand auf. »Ich werde nicht sagen, daß es mir leid tut.«

Mac sah zu ihm hoch. »Dann tu's nicht. Die Schokolade kannst du hierlassen, sie ist zu wertvoll.«

Prior klopfte und wartete ungeduldig auf den Aufseher. Er bemerkte, daß das gemalte Auge genau auf sein Koppelschloß gerichtet war. Verstohlen steckte er den Finger in das Loch, bis er kühles Glas berührte. Er erinnerte sich, daß Towers' Auge in seiner Hand warm gewesen war.

Der Aufseher erschien. Er folgte ihm, nachdem er noch einen Blick über die Schulter geworfen hatte, den eisernen Laufsteg entlang und die Treppe hinunter. Bevor er mit Rivers sprechen konnte, mußte er den Tag hinter sich bringen, doch darüber war er ganz froh. Es erschien ihm richtig, daß man die erste Verwirrung und den ersten Schmerz allein aushalten mußte. Er zweifelte nicht einen Moment daran, daß Macs Geschichte stimmte – Mac hatte keinen Grund, ihn zu belügen. Obwohl er sich noch immer nicht daran erinnern konnte, er hatte Mac verraten.

Er dachte an jenen Tag, als er Rivers seine zitternde Hand hingehalten und etwas völlig Wirres über Towers' Auge gestammelt hatte, daß die Erinnerung daran ein Talisman geworden war, eine Ermahnung, wem er sich am meisten verpflichtet fühlte. Daran hatte sich nichts geändert. Und doch konnte er nicht entschuldigen, was er Mac angetan hatte. Auch wenn sein anderes Ich Mac haßte, weil er sich weigerte, als Soldat zu kämpfen, weil er versuchte, die Arbeit in den Munitionsfabriken zu sabotieren – Tatsache war, daß er ihm freies Geleit zugesagt hatte, um mit ihm sprechen zu können, Beattie zuliebe. Einmal abgesehen davon, daß sie alte Freunde waren – er hatte ihm eben erst ein persönliches Versprechen gegeben, Mac hatte sich eben erst darauf verlassen, und er hatte es eben erst gebrochen. Weder Mac zu Gefallen noch zu seiner eigenen Beruhigung konnte er sagen: »Ich habe meine Pflicht getan.« Die ganze Angelegenheit war sehr viel dunkler, sehr viel komplizierter.

Im Gefängnishof wurde exerziert. Vertraute Kommandos, das Treten und Stampfen von Stiefeln, exakt ausgerichtete Kolonnen, die sich im Gleichschritt bewegten. Ganz vorn wurde ein Verweigerer »überredet«, mitzumachen. Das heißt, er wurde erst in die eine, dann in die andere Haltung gestoßen. Das »Auf-der-Stelle-Treten« bestand darin, daß die Wärter ihm rechts und links in die Knöchel traten. Niemand machte den Versuch, die Aktion zu verbergen. Wahrscheinlich nahm man an, daß ein Offizier so etwas gutheißen würde.

Prior sah eine Weile zu und wandte sich dann ab.

21

Ein auffrischender Wind wehte über den See, schüttelte die Rosen, fuhr durch rote und gelbe Blütenblätter, die auf der trockenen Erde lagen oder über die Gehwege trieben. Obwohl Rivers und Sassoon erst seit fünfzehn Minuten am Seeufer entlangschlenderten, machte Sassoon schon einen sehr erschöpften Eindruck.

»Ich bin sehr brav gewesen«, sagte er. »In den letzten Tagen. Vor dem Frühstück aufgestanden und angezogen.«

»Gut.«

Klebrig gelbes Sonnenlicht, das schräg durch die Bäume fiel, warf Schatten auf das Wasser.

»Wissen Sie noch, wie Sie mir von Richard Dadd erzählt haben?« fragte Siegfried plötzlich. »Daß er seinen Vater im See ertränkt hat?«

»Ja«, sagte Rivers abwartend. Sassoon schwieg. Schließlich fragte er: »Soll ich mich an einem Baum aufhängen?«

Sassoon lächelte. »Nein, Sie nicht.«

Die leeren Liegestühle am See bauschten sich im Wind, doch an einem sonnigen, windgeschützten Uferstück saßen oder lagen Soldaten, eng umschlungen mit ihren Freundinnen, deren Sommerkleider fröhliche Farbtupfer neben dem Khaki der Uniformen bildeten. Eine Frau in schwarzer Uniform erschien auf der Anhöhe, kam schräg den Hang herunter und näherte sich ihnen, wie ein schwarzer Käfer, der sich durch Gras vorankämpft. In dem Moment lösten sich die Liebespaare voneinander, und ein Mädchen, das dicht neben dem Weg lag, zupfte nervös am Rocksaum.

»Ich war sogar im Aufenthaltsraum«, sagte Sassoon. »Wissen Sie, worüber sie geredet haben? Die Veränderungen, die einem auffallen, wenn man Heimaturlaub hat, und ob es Verbesserungen sind. Und einer sagte, ja, jedesmal haben die Frauen kürzere Röcke an. Für mich ist das ja leider kein großer Trost.«

Rivers unterdrückte einen Seufzer. Niedergeschlagenheit und Verbitterung waren bei Siegfried inzwischen zum Dauerzustand geworden. Wenn er einen besseren Eindruck machte als bei seiner Einlieferung, dann hauptsächlich deswegen, weil Depressivität – vorausgesetzt, sie hat noch nicht das Stadium des Stupors erreicht – sich leichter verbergen läßt als Hochstimmung. In Wirklichkeit ging es ihm sehr schlecht.

»Ich muß sagen, ich freue mich darauf, aus London rauszukommen«, sagte Sassoon. »Haben Sie noch mal von diesem Sanatorium gehört?«

»O ja. Man kann Sie aufnehmen.«

»Es ist ... Entschuldigen Sie, ich habe vergessen, wo es liegt.«

»Coldstream. In der Nähe von Berwick-on-Tweed.«

»Ist das in der Nähe von Scarborough? Owen ist nämlich in Scarborough stationiert.«

»Na ja, nicht gerade in der Nähe, aber an einem Tag würde man es schon schaffen, hin und zurück.« Rivers zögerte. »Es gibt da nur etwas, was Ihnen ... vielleicht nicht gefallen wird. Sie müssen sich vorher einer Prüfungskommission stellen.«

»Ja.«

Sassoon klang irritiert. Er war nicht das erstemal im Krankenhaus: Reitunfall während der Ausbildung, Schützengrabenfieber, verwundet, mit »Granatschock« in Craiglockhart, wieder verwundet. Er kannte den Betrieb.

»In Craiglockhart«, sagte Rivers.

Erschrockenes Schweigen. »*Nein!* Wieso Craiglockhart?«

»Weil Sie mein Patient sind. Weil ich in der Kommission sitzen möchte.«

Sassoon konnte es nicht fassen. »Ich kann unmöglich dorthin zurück.«

»Sie müssen aber. Es ist doch nur für ein paar Tage, Siegfried.«

Sassoon schüttelte den Kopf. »Ich kann nicht. Sie wissen nicht, was Sie verlangen.«

Ein paar Schritte weiter stand eine leere Bank. Rivers setzte sich und bat Sassoon mit einem Zeichen an seine Seite. »Dann erklären Sie's mir.«

Sassoon schwieg, erkennbar mit sich ringend.

»Warum können Sie nicht?« fragte Rivers sanft.

»Weil es bedeuten würde, daß ich einer von denen bin.«

Rivers spürte Zorn in sich hochsteigen, hatte sich aber sofort wieder in der Gewalt. »Einer von welchen?«

Sassoon reagierte nicht. Schließlich sagte er: »Sie wissen, was ich meine.«

»Ich fürchte ja. Einer von diesen Degenerierten, Irren, Drückebergern, Feiglingen.« Er wartete auf eine Reaktion, aber Sassoon blickte zur Seite. »Wissen Sie, Siegfried, manchmal ... werfe ich mir vor, daß ich zu sehr auf Sie eingewirkt habe. In einer Zeit, in der Sie verwundbar waren und ... vielleicht in Ruhe gelassen werden wollten, um ganz allein Ihre Entscheidung zu treffen.« Rivers schüttelte den Kopf. »Nun ja, es wird nicht wieder passieren. Wenn Sie noch immer so denken, dann habe ich Sie überhaupt nicht beeinflußt. Ich habe Ihnen nichts vermittelt. Rein gar nichts.« Er schaute über den See. Der Wind trieb kleine dunkle Wellen über das Wasser. Es erinnerte ihn an eine Gänsehaut, die sich ausbreitet. »Vielleicht sollten wir wieder umkehren.«

»Noch nicht.«

»Sie müssen nach Craiglockhart zurück. Es tut mir leid, ich werde es so kurz wie möglich machen, aber Sie müssen dorthin.«

Siegfried nickte. Er saß da, die großen Hände zwischen den Knien gefaltet. »Na gut. Aber haben Sie verstanden, was ich sagen will? Ich weiß, Sie finden es unverschämt, aber ...

ich gebe dann nicht nur zu, daß ich *jetzt* einer von ihnen bin, sondern daß ich es schon immer war. Können Sie das nicht verstehen?«

»Doch, aber es ist Unsinn. Irgendwann zeige ich Ihnen mal den Bericht, der bei Ihrer Einlieferung in Craiglockhart angefertigt wurde. ›Keinerlei organische oder psychische Anzeichen einer Nervenkrankheit.‹ Wenn Sie sich mit der Vorstellung herumquälen, daß Ihr Protest so etwas wie ein Symptom war, dann hören Sie auf damit. Das war es nicht. Es war eine völlig vernünftige, plausible Reaktion auf die Situation, in der wir uns alle befinden.« Er machte eine Pause. »Aber die falsche natürlich.«

»In Frankreich habe ich es immer als einen Zusammenbruch empfunden. Es war leichter als ...«

»Sich an das zu erinnern, was Sie einmal geglaubt haben?«

»Ja.« Siegfried blickte auf seine Hände. »Und jetzt habe ich das Gefühl, als hätte jemand eine Falle zuschnappen lassen.« Ein leises Lachen. »Nicht Sie, ich meine nicht Sie. Aber so ist es doch, oder? Der Kreis hat sich geschlossen, ich bin buchstäblich wieder dort, wo wir angefangen haben. Nur ist es schlimmer, weil ich jetzt dorthin gehöre.«

»Drei Tage. Ich versprech's Ihnen.«

Siegfried stand auf. »In Ordnung.«

Rivers blieb noch einen Moment sitzen. Er wollte sagen, wenn es tatsächlich eine Falle gibt, dann bin ich ebenfalls gefangen, schaffte es aber nicht. »Kommen Sie«, sagte er und erhob sich. »Wir gehen wieder zurück.«

Die Bombenschäden waren beseitigt worden, wie Prior bemerkte. Die Trümmer weggeräumt, der weiße Staub vom Bürgersteig gefegt, die beiden Hauswände rechts und links der freien Fläche abgestützt. Ein kalter Wind pfiff durch die Häuserlücke, schüttelte die Bäume, wirbelte Unrat über den Rinnstein. Die Sonne schien in die Fenster der gegenüberliegenden Häuserzeile, so daß die andere Seite des Platzes wie eine Flammenmauer aussah.

Prior war zu früh dran, also trödelte er noch etwas herum und bemerkte dabei, was ihm an jenem Frühlingsabend, als er mit Charles Manning zum erstenmal hierhergekommen war, nicht aufgefallen war: daß viele der feinen Häuser ungepflegte Souterraingeschosse hatten, wie weiße Zähne, die am Zahnfleischrand gelblich verfärbt sind.

Er drückte auf Mannings Türklingel und trat ein Stück zurück, als rechnete er damit, warten zu müssen. Doch fast im selben Moment machte Manning die Tür auf, so schnell, daß er in der Diele gewartet haben mußte. Er mochte nervös sein, aber sein Lächeln, seine ganze Haltung vermittelte spontane Ungezwungenheit.

»Bin schon an der Tür«, rief er jemandem über die Schulter zu und trat beiseite, um Prior eintreten zu lassen. »Schön, daß du kommen konntest. Ich wollte eigentlich warten, bis wir beide wieder bei der Arbeit sind, aber ...«

»Ich gehe nicht zurück«, sagte Prior rasch.

»Aha.«

Die Wohnzimmertür stand offen. Keine Schonbezüge mehr.

»Komm nur rein und sieh's dir an«, sagte Manning, der Priors Blick bemerkt hatte.

Sie gingen hinein. Es roch nach Möbelpolitur und Rosen.

»Du hast also einen Maurer gefunden«, sagte Prior und sah zur Tür.

»Ja. Ich muß sagen, ich fand ihn nicht sonderlich vertrauenerweckend, aber er scheint es ganz gut hingekriegt zu haben. Soweit man das beurteilen kann.« Manning tätschelte die Wand. »Ich habe den dumpfen Verdacht, daß der Putz von der Tapete gehalten wird.«

Als ihnen bewußt wurde, daß sie schon ziemlich lange auf die Stelle starrten, wo der Riß in der Wand gewesen war, sahen sie sich einen Moment lang verlegen an. »Komm, setz dich«, sagte Manning.

Eine Vase mit roten und gelben Rosen stand im Kamin, dort, wo vorher zerknülltes, verrußtes Zeitungspapier gelegen hatte. Auch der Spiegel war nicht mehr da. Das ganze

Zimmer war renoviert worden. So viel hatte sich verändert, daß der steife Brokat des Sofas wie ein Schock auf ihn wirkte. Prior straffte die Schultern bei der Erinnerung. Fast schien es, als hätte der Körper in den Nervenenden noch ein zweites Gedächtnisdepot, denn das stocksteife Sitzen löste eine körperliche Empfindung in ihm aus. Er warf Manning einen Blick zu und wußte, daß er sich ebenfalls erinnerte.

»Möchtest du etwas trinken?«

Manning ging zum Sideboard. Prior sah ein Buch, aufgeschlagen, mit dem Rücken nach oben, auf dem Fußboden liegen. Er hob es hoch. *Rex v. Pemberton Billing*. Es war eine komplette Prozeßmitschrift. Eine erstaunliche Lektüre für Manning. Er kam mit den Gläsern zurück. »Ist es gut?« fragte Prior und hielt das Buch hoch.

»Faszinierend«, sagte Manning. »Beim Lesen wurde mir klar, w-w-was w-w-wirklich los ist. Es ist nur so, die Leute haben genug von Tragödien, sie können einfach nicht mehr darauf reagieren. Also haben sie beschlossen, den Rest des Krieges als Farce aufzuführen.«

»Ich bin mir nicht sicher, ob ich mein Geld dafür ausgeben würde.«

»Hab ich auch nicht«, sagte Manning und setzte sich. »Ich hab es geschenkt bekommen. Von einem ›Sympathisanten‹.«

Prior hob die Augenbrauen. »Tatsache?«

»Ja. Ich habe etliche kleine ... Botschaften erhalten.«

»Captain Spencer war bei uns, weißt du.«

»›Bei uns‹?«

»In der Geheimdienstabteilung. Jemand muß ihm gesteckt haben, daß man ihn vor Gericht als erstes fragen würde, ob er die zuständigen Behörden informiert hat, als er die Große Verschwörung entdeckte. Daraufhin ist er durch London gesaust und hat alle informiert.« Prior lachte.

»Hat er Namen erwähnt?«

»Sicher.« Prior blickte auf und bemerkte einen Anflug von Nervosität. »Deinen nicht.«

»Nein, das hatte ich auch nicht angenommen. Ich bin nicht wichtig genug. Robert Ross?«

»Ja.«

Manning nickte. »Du sagst, du gehst nicht zurück?«

»Wohin sollte ich denn zurückgehen? Ich war im Büro, um in meinem Fach nachzusehen und ... es war wie bei der *Marie Céleste.* Die Akten verschwunden, Lode verschwunden.«

»Er ist ...«

»In Wales, als Kadettenausbilder. Macht ihm bestimmt Spaß.«

»Wieso, ist er Waliser?«

»Das war sarkastisch gemeint. Ich glaube, es macht ihm nicht den geringsten Spaß. Spragge. Ich weiß nicht, ob du ...«

»Der Spitzel?«

»Genau. Er ist in Südafrika oder auf dem Weg dorthin. Eins von beiden. Auf Staatskosten.«

Manning zögerte. »Ich ... Du sollst nicht denken, daß es nichts genützt hat. Ich habe Eddie Marsh deinen Bericht gezeigt, und ... er war wirklich stark beeindruckt. Ich übrigens auch. Er fand ihn sehr überzeugend formuliert. Und sehr wirkungsvoll.«

»Er war vielleicht überzeugend formuliert. Aber wirkungsvoll war er bestimmt nicht. Sie sitzt noch immer im Gefängnis.«

Manning lächelte. »Entscheidend ist doch ...«

Die Terrassentür wurde aufgestoßen, und ein pausbäckiges Kind spähte angestrengt in das dunkle Zimmer. »Papa?«

»Jetzt nicht, Robert«, sagte Manning und drehte sich um. »Lauf zu Elsie.«

Mannings Gesicht bekam etwas Weiches, während er zusah, wie das Kind die Tür vorsichtig hinter sich schloß. Haus und Familie erfüllten ihn so offensichtlich mit großer Freude, daß es unhöflich gewesen wäre, ihn zu fragen, ob er den leeren Zimmern vom Frühjahr nachtrauerte, dem Rußgestank und dem abgebröckelten Putz, den Schritten, die ihm hinauf in das Dienstmädchenzimmer gefolgt waren.

»Entscheidend ist doch, daß die Fähigkeit, eine Fülle komplizierter Fakten in eine Struktur zu bringen und knapp und bündig zu präsentieren, ziemlich selten ist. Und Leute mit genau solchen Fähigkeiten werden in meiner Abteilung gebraucht.«

»Die sich womit beschäftigt?«

»Gesundheit und Sicherheit. Um es kurz zu machen, ich biete dir eine Stelle an.«

»Aha.«

»Ich glaube, es könnte dir gefallen. Da es im Grunde um den Schutz der Interessen von Arbeitern geht.«

Prior hatte es nicht eilig, Manning zu antworten. Er hatte sich, nicht völlig widerstrebend, damit abgefunden, nach Scarborough zu gehen, zurück zum langweiligen, unbequemen Leben in einem englischen Armeecamp. Gleichzeitig wußte er, daß Manning ihm ein Angebot machte, für das sehr viele Männer einen Arm oder ein Bein gegeben hätten, nicht nur im übertragenen Sinn. »Steckt Rivers dahinter?«

»Nein.«

Prior blieb skeptisch. »Ich bin dir sehr dankbar, Charles – du sollst nicht glauben, daß ich mich nicht freue, aber ich fürchte, ich kann das Angebot nicht annehmen.«

»Warum denn nicht?«

»Sarah, also meine Freundin, sie lebt im Norden. Ich könnte sie oft sehen, wenn ich in Scarborough bin. Das ist … ein wichtiger Faktor. Und … ich weiß nicht, ob ich einen bequemen Job haben will.«

Manning zögerte. »Einen Vorteil hat er wirklich. Wahrscheinlich würden sie dich nicht nach Frankreich zurückschicken. Aber damit ist ja ohnehin nicht mehr zu rechnen.«

»Ach, ich weiß nicht.«

»Welche Kategorie bist du?«

»A4.«

»Das ist nicht sehr weit oben.«

»In zwei Wochen muß ich vor die Ärztekommission.«

»Rivers würde es nicht zulassen.«

»Rivers hat nichts damit zu tun. Der Grund für meine Einstufung war das Asthma.«

»Aber er würde an die Kommission schreiben, wenn du ihn darum bittest.«

»Ich weiß. Rivers würde meine mangelnde Fronttauglichkeit sicher sehr plausibel darlegen. Man wird ihn bloß nicht fragen.«

»Wie geht es dir wirklich?«

»Sehr viel besser.«

Manning spielte mit seinem Glas. »Was war denn eigentlich los?«

Prior lächelte, schwieg so lange, bis Manning die Aufdringlichkeit seiner Frage peinlich bewußt wurde, und antwortete dann: »Erinnerungslücken. Blackouts. Es scheint sich gelegt zu haben.«

»Weißt du, was du während dieser Anfälle getan hast?«

»Ja.« Prior lächelte wieder. »Nichts, was meinen Neigungen nicht entsprochen hätte.«

Als Manning merkte, daß er ihn mit geradezu unanständiger Neugier ansah, korrigierte er rasch seinen Gesichtsausdruck.

»Und du? Wie steht's mit dir?« fragte Prior.

»Bin auf dem Wege der Besserung. Es war viel anstrengender, als ich gedacht habe.«

»Rivers? O ja.«

»Ich meine, er ist ein richtiger Sklaventreiber. Aber man kann sich nicht beklagen, weil man weiß, daß er sich selbst noch stärker fordert.«

Ihre Blicke trafen sich, amüsiert in ihrer gemeinsamen Sympathie für Rivers. Dann sagte Manning: »Es klingt fast so, als wolltest du wieder zurückgehen.«

»Ja, vielleicht will ich das. Komisch, nicht? Trotz allem – ich meine, obwohl ich nicht an den Sinn des Krieges glaube und kein Vertrauen in unsere Generäle habe und so, dennoch finde ich, daß die Front der einzige *saubere* Ort ist, an dem man sein kann.«

»Ja. Mein Gott, ja.«

Sie sahen sich an und spürten ein so tiefes Einvernehmen, wie es die äußeren Umstände ihrer Beziehung kaum hätten vermuten lassen.

»Für mich wäre das keine Alternative«, fügte Manning hinzu und streckte das Bein aus. »Aber ich weiß, was du meinst.«

»Glaubst du, wir sind verrückt?«

»Beide in der Klapsmühle gewesen.«

»Diesen Ausdruck solltest du Rivers gegenüber lieber nicht verwenden.«

»Ich würde es nicht wagen. Das Angebot steht noch ein paar Tage«, sagte Manning und setzte sein Glas ab. »Ich treffe mich mit Marsh erst wieder am –«

Prior schüttelte lächelnd den Kopf. »Nein. Vielen Dank. Aber ich bleibe bei meinem Nein.«

»Glaubst du nicht, du könntest es bereuen?«

Prior lachte. »Charles, wenn ich zurückgeschickt werde – wenn, wenn, wenn, wenn –, dann werde ich in einem Unterstand sitzen und an diesen Nachmittag zurückdenken und mir sagen ›Du verdammter Idiot!‹«

»Nun ja«, sagte Manning beim Aufstehen. »Versucht hab ich's.«

In der Diele kam ihnen ein Dienstmädchen mit Priors Mütze und Offiziersstöckchen entgegen. Prior musterte sie. Sie war blaß, mittleren Alters, etwa so alt wie seine Mutter, vermutete er. Er starrte ihre Uniform an, erinnerte sich, wie er sein Gesicht in die Achseln gepreßt und den verhärmten, traurigen Geruch wahrgenommen hatte. Manning sagte etwas, aber er hörte nicht, was. Er wandte sich ihm zu und sagte: »Jetzt fällt mir ein, Spencer hat *doch* andere Namen erwähnt.«

Manning sagte ruhig: »Danke, Alice. Ich bringe Mr. Prior zur Tür.«

»Winston Churchill und Edward Marsh.«

»Churchill?« rief Manning erstaunt.

»Ja.«

»Dann ist er wirklich verrückt.«

»Ja, den Eindruck hatte ich auch.« Prior ging zur Tür und blieb stehen. »Er sagte, Churchill und Marsh hätten einen ganzen Nachmittag damit verbracht, einander mit einer geflochtenen Rute den Hintern zu versohlen.«

»Ja.«

»Was meinst du mit ›ja‹?«

»Churchill war seinerzeit Innenminister.«

»Na, das erklärt alles.«

»Es war eine neuartige Rute.« Manning schien ungeduldig. »Die Einzelheiten sind mir nicht bekannt, es hatte eine Kontroverse diesbezüglich gegeben. Manche Leute fanden es wohl brutal, also haben die beiden sie selbstverständlich –«

»An sich ausprobiert.«

»Ja.« Mannings Gesicht wurde hart. »Sie haben ihre Pflicht getan.«

»Und zu welcher Schlußfolgerung sind sie gekommen?«

»Ich glaube, beide fanden, daß sie in ihrer Schulzeit schlimmer verprügelt worden waren.«

Prior nickte, warf einen Blick über die Schulter, um sich zu vergewissern, daß sie allein waren, und kniff Manning dann in die Pausbacken. »Es wird immer ein England geben«, sagte er und lief lachend die Stufen hinunter.

Nachbemerkung der Autorin

Einige Anmerkungen zu den historischen Ereignissen von 1917–1918, die diesem Roman zugrunde liegen, mögen für ein besseres Verständnis des Buches nützlich sein.

Die Geschichte von Beattie Roper stützt sich auf den sogenannten Giftanschlag von 1917. Alice Wheeldon, eine Trödlerin aus Derby, wurde wegen versuchten Mordes an Lloyd George, Arthur Henderson und anderen angeklagt und verurteilt. Lloyd George sollte angeblich mit einem curarebestrichenen Pfeil getötet werden. Die Prozeßakten, die im Public Record Office (London, Chancery Lane) aufbewahrt werden, liefern ein faszinierendes Bild von den Lebensbedingungen radikaler Pazifisten und den Agenten des Rüstungsministeriums, die sie bespitzelten. Mrs. Wheeldon wurde aufgrund unbewiesener Aussagen solcher Agenten zu zehn Jahren Zuchthaus verurteilt, obwohl sie immer wieder beteuerte, daß das Gift für die Wachhunde in einer Haftanstalt bestimmt gewesen sei. Nach dem Krieg wurde sie freigelassen. Gefängniskost, harte Arbeit und mehrere Hungerstreikaktionen hatten sie jedoch so geschwächt, daß sie im Jahre 1919 starb.

Sheila Rowbothams Buch *Friends of Alice Wheeldon* (Pluto Press, 1986) enthält den interessanten Beitrag »Rebel Networks in the First World War«.

Im Januar 1918 brachte der *Imperialist* (der spätere *Vigilante*), eine Zeitung, die dem Abgeordneten Noel Pemberton Billing gehörte und von ihm herausgegeben wurde, einen Artikel unter dem Titel »The First 47000«. Dieser angeblich von Pemberton Billing verfaßte Artikel stammte in Wirklichkeit von einem Captain Harold Spencer, der behauptete, er habe seinerzeit als britischer Geheimdienstagent das Schwarzbuch im *Cabinet noir* eines »gewissen deutschen Fürsten« gesehen.

Im April folgte dann ein kurzer Artikel unter der Überschrift »The Cult of the Clitoris«, wieder angeblich von Pemberton Billing, und wieder war der tatsächliche Autor Harold Spencer. In diesem Artikel war zu lesen, daß sich unter den Zuschauern einer privaten Aufführung von Oscar Wildes *Salome* viele jener 47 000 Personen befänden. Maud Allan, die in der Rolle der Salome auftrat, verklagte Pemberton Billing wegen Verleumdung, da sie in dem besagten Artikel als Lesbierin dargestellt wurde.

Der Prozeß fand unter dem Vorsitz von Lord Justice Darling statt. Pemberton Billing verteidigte sich selber. Als sich kurz darauf herausstellte, daß Darling zu jenen 47 000 gehörte, wurde ihm das Verfahren entzogen.

Wichtigster Zeuge der Verteidigung war Harold Spencer, der vor Gericht seiner Obsession von Frauen mit übergroßer, krankhafter Klitoris, die nur von Elefantenbullen befriedigt werden könnten, freien Lauf ließ. Außerdem behauptete er, daß viele Minister in Asquiths Kriegskabinett in deutschem Sold stünden, daß Maud Allan eine deutsche Agentin und die Geliebte von Asquiths Ehefrau sei, daß zahlreiche hohe Offiziere der britischen Armee Deutsche seien und daß diejenigen, die den Mut und die patriotische Gesinnung besäßen, diese Tatsachen publik zu machen, auf einsame Inseln verbannt würden, wo sie sich mit eisernen Rationen von U-Booten durchschlagen müßten.

Lord Alfred Douglas, Oscar Wildes Geliebter und ein weiterer Zeuge der Verteidigung, nutzte die Gelegenheit, seine Privatfehde mit Robert Ross zu verfolgen, Oscar Wildes treuem Freund und literarischem Nachlaßverwalter, den er als »Obersodomiten von ganz London« bezeichnete.

Nach sechs Tagen Chaos im Gerichtssaal und hysterischen

Presseberichten gewann Pemberton Billing den Prozeß und wurde auf Schultern durch die begeistert klatschende Menge getragen, die sich vor dem Old Bailey versammelt hatte.

Noch im selben Jahr wurde Harold Spencer für geisteskrank erklärt.

Robert Ross starb am 5. Oktober im Alter von neunundvierzig Jahren an Herzversagen.

Pemberton Billing machte als Parlamentarier Karriere.

Siegfried Sassoon (1886–1967) war, nachdem er 1917 öffentlich gegen den Krieg protestiert hatte, auf Vermittlung seines Freundes Robert Graves vor einer ärztlichen Kommission erschienen, die auf Nervenzusammenbruch erkannte und ihn in das Militärhospital Craiglockhart überwies. Dort wurde er von dem bekannten Neurologen und Anthropologen Dr. W.H.R. Rivers, F.R.S. (1864–1922) behandelt. In Craiglockhart gelangte Sassoon zu der Überzeugung, daß er, obwohl sich seine Ansichten über den Krieg nicht geändert hatten, aus Solidarität gegenüber seinen Männern die Pflicht hatte, an die Front zurückzukehren.

Er diente zunächst in Palästina und wurde am 9. Mai 1918 wieder nach Frankreich versetzt. Als er am 13. Juli verspätet von einer Patrouille zurückkehrte, traf ihn ein Schuß aus dem Gewehr eines britischen Soldaten am Kopf. Er kam daraufhin in das American Women's Red Cross Hospital in London, Lancaster Gate. Die Tatsache, daß er immerhin so krank war, daß Rivers es für notwendig hielt, an seinem Bett zu wachen, erwähnt Katharine Rivers in einem Brief an Ruth Head (unveröffentlichte Korrespondenz der Familie Rivers, Imperial War Museum).

Auf das Pflichtbewußtsein von Winston Churchill und Edward Marsh während ihrer Zeit im Innenministerium weist Christopher Hassall in seiner Biographie *Edward Marsh, Patron of the Arts* (Longmans, 1959) hin.

Pat Barker
Niemandsland
Aus dem Englischen von Matthias Fienbork
1997. 324 Seiten

Ich bewundere Pat Barkers unbeirrbare Professionalität des Erzählens, immer der Sache genau angemessen, nie zu Effekten aufgepufft, ohne weinerliches Zerreden, und auf der Hut vor lyrischen Stellen oder poetischen Vergleichen (wenn sie sich dazu entschließt, dann mit entdeckender Präzision, so das nächtliche Meer: »ein zahnloser Mund, der im Dunkel Kieselsteine kaut«). Im *Niemandsland* tut sie endlich ganz, was sie so lange tun wollte – als Feministin, so sagt sie, zu schreiben, aber nicht nur für Frauen oder über Frauen allein. In seiner deutschen Übersetzung hat Matthias Fienbork die sparsame Emotionalität und ihre Sachlichkeit loyal aufbewahrt, und der Verlag sollte uns die anderen Bände der Rivers-Trilogie nicht lange vorenthalten. Es ist ja der dritte Band, den eine englische Jury vor einiger Zeit mit dem berühmten Booker-Preis auszeichnete.

Nichts wäre allerdings abwegiger, als diesen Roman historischer Dimensionen als einen theoretischen Text über die Geschichte der englischen Psychoanalyse oder des Pazifismus zu lesen. Es geht nicht um die Kombination abstrakter Gedanken, sondern um die Menschen, die sie hegen, prüfend mit ihnen spielen, sie zögernd artikulieren. Die heute vierundfünfzigjährige Pat Barker, die mit naturalistischen Romanen aus dem Milieu nordenglischer Kleinbürger begann, hat durch die wissenschaftlichen Arbeiten ihres Gatten, eines Professors der Universität Durham, die Publikationen Rivers' kennen- und schätzengelernt, aber ihre neuen Interessen haben ihre älteren und intimen Themen nicht verdrängt, weder ihre Suche nach der alles erlösenden Vaterfigur (ihren eigenen Vater verlor sie nicht weniger abrupt als Siegfried Sassoon den seinen) noch den ungetrübten Blick auf Frauen und Männer.

Peter Demetz, Frankfurter Allgemeine Zeitung

ENGLISCHE AUTOREN
IM CARL HANSER VERLAG

Mann und Frau,
unter einem Pflaumenbaum stehend
Aus dem Englischen von Jörg Trobitius
1995. 128 Seiten

Auf dem Weg zur Hochzeit
Roman
Aus dem Englischen von Jörg Trobitius
1996. 216 Seiten

Bruce Chatwin

Traumpfade
Roman
Aus dem Englischen von Anna Kamp
1990. 400 Seiten

Was mache ich hier
Aus dem Englischen von Anna Kamp
1991. 392 Seiten

Der Traum des Ruhelosen
Aus dem Englischen von Anna Kamp
1996. 256 Seiten

ENGLISCHE AUTOREN
IM CARL HANSER VERLAG

Bruce Chatwin/Paul Theroux

Wiedersehen mit Patagonien
Aus dem Englischen von Anna Kamp
1992. 96 Seiten

Caryl Phillips

Jenseits des Flusses
Roman
Aus dem Englischen von Matthias Fienbork
1995. 260 Seiten

Graham Swift

Letzte Runde
Roman
Aus dem Englischen von Barbara Rojahn-Deyk
1997. 320 Seiten